Johannes Mario Simmel

Zweiundzwanzig Zentimeter Zärtlichkeit

Johannes Mario Simmel

Zweiundzwanzig Zentimeter Zärtlichkeit

und andere Geschichten aus dreiunddreißig Jahren

Droemer Knaur

1. bis 50. Tausend

Umschlaggestaltung: Fritz Blankenhorn
Gesamtherstellung: Freiburger Graphische Betriebe, Freiburg
Printed in Germany
ISBN 3-85886-073-5

Liebe Leserin, lieber Leser!

Sie kennen bislang – ich weiß es – nur meine Romane und, wenn Sie sehr jung sind, meine Kinderbücher. Daß ich viele Hunderte Geschichten geschrieben habe, das ahnt kaum jemand. Allenfalls denken vielleicht ein paar Menschen über den Geschichtenschreiber Simmel nach, sofern sie in einer Zeitung oder in einer Zeitschrift etwas lesen, das ich geschrieben habe, weil es mir am Herzen lag. Wenn eine solche Geschichte heute erscheint, dann hat das genau dieselben Gründe, aus denen ich meine aberhundert Geschichten geschrieben habe – in den letzten dreiunddreißig Jahren, heute seltener, früher unentwegt. Weil ich nämlich fünfundzwanzig Jahre lang Reporter gewesen bin.

In dieser langen Zeit schrieb ich Kommentare, Glossen, lustige, traurige, erbitterte und nachdenkliche Geschichten, mahnende, beschwörende und zornige. Über Glück und Unglück habe ich geschrieben, über Revolutionen, Kriege, Aufstände, Armut, Hunger und Reichtum. Ich war Gerichtssaalreporter und habe Berichte über die großen Kriminalfälle ebenso notiert wie über das, was den sogenannten ›kleinen Leuten‹ passierte – an komischen, tragischen und das Herz erhebenden Dingen. Ich war einfach das ›Mädchen für alles‹.
Fünfzehn Jahre lang habe ich für eine große Illustrierte gearbeitet. Dort war es geradezu selbstverständlich, daß ich – immer ich! – die jeweils anfallenden Oster-, Weihnachts-, Muttertags-, Neujahrsgeschichten schrieb und was es sonst noch alles an Erbaulichem gibt.

Mit diesem Buch wird Ihnen eine kleine Auswahl meiner Geschichten vorgelegt. Weil es aber, wie gesagt, immer auch Geschichten gewesen sind, in denen steht, was die Menschen im letzten Dritteljahrhundert erheitert, erregt und erschüttert hat, ist auf diese Weise tatsächlich so etwas wie eine Art von Zeitgeschichte entstanden, wenn auch nur in einem ersten kleinen Querschnitt. ›Wien, Wien und soviel Traurigkeit‹ zum Beispiel schrieb ich 1978, die ›Kleine Fanfare‹ 1945, unmittelbar nach Kriegsende – also genau dreiunddreißig Jahre zuvor.

Ich hoffe, daß ich damit so etwas wie ein – allerdings reichlich ungewöhnlicher – Historiker der Welt, in der wir leben, geworden bin: ›Geschichte‹, die gemacht wird, und ›Geschichten‹, die man schreibt, hängen ja nicht nur sprachlich aufs engste zusammen. Jetzt, beim Durchlesen, sind mir wieder viele, viele Dinge eingefallen, die ich längst vergessen hatte, die ich mir aber unbedingt hätte merken müssen. Es wäre schön, wenn es Ihnen beim Lesen ebenso erginge wie mir, denn wir alle vergessen viel zu schnell. Und das dürfen wir nicht!

Im November 1978 J.M.S.

Marlene

Die Frau des Zweiten Speditionsbuchhalters Emil Krummrück starb vor fünf Jahren. Sie war der letzte Mensch gewesen, dem Krummrück sich zugehörig gefühlt hatte. Alle seine anderen Verwandten waren schon tot, und Freunde besaß er längst nicht mehr. Der Zweite Buchhalter Krummrück wurde von Vorgesetzten, Kollegen und Nachbarn häufig als ›schwierig‹ bezeichnet, obwohl er das gar nicht war. Er war nur sehr schüchtern und verschreckt.

Wenn man den Fall ohne falsche Sentimentalität betrachtete, dann mußte man zugeben, daß Krummrück einigermaßen abstoßend aussah – die Ruine von einem Menschen, der verbogene Aufhänger für eine Reihe abgetragener Kleidungsstücke. Man konnte sich gar nicht vorstellen, daß er einmal ein Kind (Gott bewahre sogar ein hübsches Kind!) gewesen sein sollte. Er sah aus, als sei er bereits mit seinen nunmehr dreiundsechzig Jahren auf die Welt gekommen.

Nach dem Tod seiner Frau, die zu Lebzeiten auf ihn geachtet hatte, tat Emil Krummrück aber auch wahrhaftig nichts, um etwas vorteilhafter zu wirken. Im Gegenteil, er vernachlässigte sich. Und das wiederum war ein progressiver Vorgang. Zuerst redete er sich, weil er schüchtern und verschreckt war, ein, alle Leute hielten ihn einfach für abstoßend und scheußlich und wollten nichts mit ihm zu tun haben. Das stimmte zum Teil sogar. Aber daß er so scheußlich und abstoßend aussah, kam eben daher, weil er einfach nicht mehr daran dachte, sich ein wenig zu pflegen. Und je länger Krummrück sich vernachlässigte, um so abstoßender und scheußlicher sah er aus – und es ist verständlich, daß mehr und mehr Menschen nichts mit ihm zu tun haben wollten. Krummrück zog aus dieser Entwicklung die falschen Schlüsse: Zuerst verfluchte er sein tristes Los, dann resignierte er verbittert. Und hätte doch besser daran getan, neue Wäsche und neue Schuhe zu kaufen und regelmäßig die Haare schneiden zu lassen.

Als Krummrücks Frau drei Jahre tot war, wurde es ganz schlimm mit ihm. Da ließ er sich gehen wie noch nie! Da hatten manche seiner Hemden faserige Manschetten, manche seiner Strümpfe Löcher und manche seiner Krawatten Flecken von Eigelb und Bratensauce. Da sprach er kaum noch (außer in dem dunklen, vollgeräumten Speditionsbüro, wenn er mußte), und er gewöhnte sich an, stundenlang in einem kleinen Park auf einer Bank zu sitzen und den ziehenden Wolken zuzusehen. Manchmal stellte er sich vor, wie seine Frau da oben irgendwo auf ihn wartete; aber meistens war er froh darüber, daß man diese Geschichten vom Wiedersehen im Himmel und von der ewigen Seligkeit durchaus nicht unbedingt glauben muß. Der Zweite Buchhalter Emil Krummrück hatte nun schon nicht einmal mehr Sehnsucht nach seiner Frau. Soweit war es mit ihm gekommen. Selbst die Krägen mancher seiner Hemden waren bereits ausgefranst, und den Friseur besuchte er nur noch, wenn der Chef ihn hinbefahl.

In den armseligen kleinen Park jedoch ging Krummrück weiterhin täglich. Er hätte nicht sagen können, warum. Mehr und mehr gewöhnte er sich ab, über das nachzudenken, was er tat und was er nicht tat.

Nachdem er so mehrere Monate lang seine Bank besucht hatte, setzte sich eines Nachmittags ein kleiner Vogel in den Kies vor seine Füße und betrachtete ihn neugierig. Krummrück, der nichts mehr haßte, als wenn ihn jemand neugierig betrachtete, trat nach dem Vogel, und dieser flog weg.

Zwei Minuten später kam er wieder.

Es war eine etwa sperlingsgroße Kohlmeise, ihr Bauch war gelb mit einem schwarzen Längsband, der Kopf schwarz, und im übrigen zeigte das kleine Tier grünliche, graue und weiße Farben in seinem Gefieder. Krummrück trat wieder nach ihm, aber diesmal flog der Vogel nicht mehr fort. Er hüpfte nur zur Seite und plusterte sich auf. Krummrück wandte den Kopf und gab vor, die Meise nicht zu bemerken. Nach einer Minute blinzelte er heimlich aus den Augenwinkeln nach dem Vogel. Die Meise saß noch immer da. Immer noch kokett aufgeplustert.

Mißgelaunt überlegte Krummrück, ob sie vielleicht hungrig war. So wühlte er in den Taschen seines ungebügelten Anzugs, bis er ein halbes Brötchen entdeckte, das er nicht aufgegessen hatte. Er zerdrückte das Brötchen und begann Krümel zu streuen. Die kleine Meise pickte sie sofort auf. Ab und zu hüpfte sie wiederum zur Seite, legte das Köpfchen schief und sah Krummrück an. Das ging eine halbe Stunde lang so. Dann wurde es dämmrig. Krummrück stand auf und wanderte fort. Und auch die Meise flog heim.

Am nächsten Nachmittag brachte Krummrück ein großes Stück Weißbrot mit in den Park. Er genierte sich ein wenig und dachte zu seiner Beruhigung daran, daß es Menschenpflicht ist, hungrigen Tieren zu helfen. Er setzte sich auf seine Bank und wartete. Nicht lange. Schon nach ein paar Minuten kam die kleine bunte Meise angesegelt und landete elegant auf dem Kies. Und Krummrück holte das große Stück Weißbrot hervor. Er war ganz allein im Park an diesem Nachmittag, und es sah ihn keiner, nur die Meise. Und nur die Meise sah, daß Krummrücks mürrisches, schlecht rasiertes Gesicht einmal an diesem Nachmittag von einem fröhlichen Lächeln überzogen wurde und sofort gar nicht mehr so häßlich wirkte ...

Das war nun der Beginn einer Freundschaft.

Krummrück und die Meise trafen einander täglich, auch an Sonn- und Feiertagen. Im Büro wurde der einsame Zweite Buchhalter stets bereits um halb fünf Uhr unruhig. Punkt fünf schloß er seinen Schreibtisch und machte, daß er fortkam. Bei einem Vogelhändler kaufte er besondere Leckerbissen – Haferflocken, Semmelbrösel, Sonnenblumenkerne und das teuere, fabelhafte ›Spezial-Misch-Meisen-Futter‹.

Krummrück hatte die Meise ›Marlene‹ getauft, denn er war zwar seiner Frau stets herzlich zugetan gewesen und hatte sie aus Mangel an Gelegenheit nie betrogen, doch sein bißchen Phantasie wurde noch immer beflügelt und sein armseliger Körper noch immer erwärmt beim Gedenken an die atemberaubende Erscheinung jener unsterblichen Filmdame mit den schönsten Beinen und der aufregendsten Stimme der Welt. Krummrück hatte niemals aufgehört, sie wie ein unirdisches Wesen zu verehren, seit er jenen Film gesehen hatte, in dem die Dame sang, sie sei von Kopf bis Fuß auf Liebe eingestellt.

Jeden Tag, pünktlich um halb sechs, erschien Krummrück bei seiner Bank im Park und fütterte Marlene, die ganz zahm war und sitzen blieb und nicht mit jedem feinen Happen fortflog, um wiederzukehren. (Wie es andere Meisen tun.) Nachdem Krummrück Marlene gefüttert hatte, saßen sie beide da und sahen einander an.

Dann kam der Freitag, da passierte es zum ersten Mal: Krummrück wartete umsonst. Marlene erschien nicht. Er wartete, bis es dunkel geworden war und ging endlich schwankend nach Hause, als sei er betrunken. Er war verzweifelt! Zu Hause stellte er bebend Überlegungen hinsichtlich der Gründe an, die Marlene dem Rendezvous ferngehalten haben konnten. Vielleicht war sie tot! Es gab so viele heimtückische Katzen und so viele rücksichtslose Autorowdies. Nein, nein, nein, das wäre zu schrecklich gewesen! Krummrück suchte und fand eine Menge anderer Gründe, aber keiner beruhigte ihn. Er schlief kaum in dieser Nacht. Am nächsten Nachmittag, Schlag halb sechs, saß er dann wieder auf seiner Bank. Und wieder wartete er umsonst. Marlene blieb verschwunden. Krummrück war ein leicht zu entmutigender Mensch. Er weinte still vor sich hin, denn zum ersten Mal in seinem langen, ereignislosen Leben hatte er das entsetzliche Gefühl, vollkommen verlassen zu sein. Beim Tod seiner Frau hatte er dieses Gefühl längst nicht so stark gehabt wie jetzt, nach dem Verschwinden der kleinen Meise, die vielleicht gestorben war. Krummrück saß da und weinte und wischte die Tränen fort, mit tintenbeschmierten Fingern.

Er ging noch sieben Tage vergeblich in den Park, und am achten wurde er krank. Er wurde so krank, daß der Arzt eine Nachbarin bat, öfter nach ihm zu sehen. Krummrück lag steif in einem häßlichen Bett, starrte zur Decke empor, und wenn er im Fieber sprach, konnte der Arzt ihn nicht begreifen.

»Er redet immer von einer Marlene«, sagte der Arzt zu der Nachbarin. »Wie hieß denn seine Frau?«

»Emma«, antwortete die Nachbarin und dachte angestrengt nach, ob sie nicht eine Marlene kannte, zu der man Krummrück in eine verbotene oder skandalöse Beziehung hätte setzen können.

Dann bekam der Zweite Buchhalter auch noch eine Lungenentzündung. Nun mußte er ins Krankenhaus. Es ging ihm immer elender. Ein paar Tage lang sah es so aus, als müßte er sterben. Man rechnete allgemein schon ganz fest mit seinem Tod. Krummrück starb beinahe, aber dann doch nicht. Er erholte sich, wenn auch völlig lustlos und ohne jede Freude. Drei Wochen später stand er wieder auf klapprigen Beinen. Er sah noch abstoßender aus, denn nun war er auch noch bleich und abgezehrt. Der Chefarzt sagte zu ihm: »Jetzt müssen Sie sich aber sehr schonen und noch ein Weilchen bei uns bleiben, damit Sie wieder zu Kräften kommen.«

»Jaja«, antwortete Krummrück. Rede du nur, dachte er. Mir ist es ganz gleich, ob ich noch einmal zu Kräften komme oder nicht.

Mir ist alles gleich.
Der erste Tag, an dem er ein wenig ausgehen durfte, führte ihn in den Park und zu seiner Bank. Der Park lag gleich hinter dem Krankenhaus. Krummrück hatte keine Hoffnung mehr, Marlene zu sehen, er wollte nur noch einmal auf der Bank sitzen, auf der er einst so glücklich gewesen war, glücklicher als sonst irgendwo. Noch einmal im Park sitzen und an Marlene denken wollte er – dann sollte geschehen, was da wolle. Diese Welt war doch zum Kotzen! Krummrück fühlte sich noch sehr schwach, darum schlief er gleich ein. Als er erwachte, war es genau halb sechs. Ein dünnes Piepsen hatte ihn geweckt. Er schlug die Augen auf und merkte, wie eine große Glückseligkeit ihn überkam. Denn vor ihm im Kies hüpfte Marlene hin und her. Sie sah ihn an, als wolle sie sich entschuldigen. Die Gründe für ihr Fernbleiben hatte sie mitgebracht. Die Gründe flatterten unbeholfen um Krummrück herum – drei winzige Meisen, Marlenes Kinder. Krummrück bewegte sich nicht. Er saß vollkommen still. Die Kinder flatterten auf seine Schultern.
Da dachte der Zweite Buchhalter Emil Krummrück: Zum Teufel, ich weiß gar nicht, wie ich auf die Idee gekommen bin, daß diese Welt zum Kotzen ist. Diese Welt ist doch schön! Wunderbar ist sie! Und mir ist es gar nicht egal, ob ich abkratze oder nicht, ob ich wieder zu Kräften komme oder nicht. Ich *will* zu Kräften kommen! Und also werde ich noch ein Weilchen im Krankenhaus bleiben. Und dann mache ich einen ordentlichen Menschen aus mir. Neue Sachen zum Anziehen werde ich kaufen und einen elektrischen Rasierapparat, und zum Friseur gehe ich von nun an alle vierzehn Tage, ich schwör's. Lange genug habe ich meinen Mitmenschen ein Bild des Abscheus geboten. Nun soll das aber anders werden. Was denn – dreiundsechzig Jahre, das ist doch kein Alter!
Der Zweite Buchhalter Emil Krummrück wurde wieder ganz gesund und kräftig. Er hielt alle Versprechen, die er sich selbst gegeben hatte, und auf einmal lächelten fremde Menschen in der Straßenbahn ihn an, und die Kollegen luden ihn ein zum Kegeln und zum Bier, und Emil Krummrück lachte glücklich. Plötzlich hatte er eine Menge Bekannte und Freunde. Jeden Nachmittag aber ging er in den Park und traf da Marlene und brachte ihr das gute Futter wie eh und je. Marlene kam nun wieder allein – die Kinder hatten sich schnell selbständig gemacht.

In dem kleinen Park lernte Emil Krummrück dann die achtundfünfzigjährige Oberbauratswitwe Cecilie Peterka kennen. Sie saß eines Tages auf seiner Bank, als er kam, und sie sah zu, wie er Marlene fütterte, die mächtig eifersüchtig war, jedoch ihre Gefühle verbarg, denn es gab ihr Lieblingsfutter – Sonnenblumenkerne.

Aus dem Zweiten Buchhalter Emil Krummrück wurde – o Wunder des gepflegten Äußeren! – ein *Erster* Buchhalter Emil Krummrück. Der Witwe Peterka kam er bei den täglichen Begegnungen im Park seelisch rasch näher. Marlene fühlte es natürlich, aber sie ließ sich niemals etwas anmerken, wenn ihr gleichwohl das Herz weh tat, denn schließlich war sie ja auch nur ein weibliches Wesen.

Dann, als die Wochen und Monate verstrichen, machte Cecilie Peterka Krummrück den Vorschlag, zu ihr zu ziehen. Sie hatte eine große Wohnung, und wenn sie zusammenlebten, konnte die Oberbauratswitwe sich richtig um den Ersten Buchhalter kümmern. Also übersiedelte Krummrück. Selbstredend dachten die beiden neuen Lebensgefährten nicht ans Heiraten – da waren doch die Renten! Aber zusammen alt werden, ja, das wollten sie.

Es gab soviel zu tun, und Krummrück war so aufgeregt und selig, daß er viele Wochen lang nicht in seinen Park kam. Er vergaß ihn richtig. Schließlich jedoch erinnerte er sich an Marlene, und er ging, um nach ihr zu suchen. Er fand sie nicht. Er ging noch ein paarmal in den kleinen Park, doch Marlene sah er nie wieder.

Der lustige Clown und seine bitteren Tränen

Kinder, Kinder, war das eine Zirkusvorstellung! Sie fand am Tag vor dem Heiligen Abend statt. Das ganze Land versank bereits, wie es sich gehörte, in tiefem Schnee, und an allen Dachrinnen hingen glitzernde Eiszapfen, aber in dem Zelt war es warm und gemütlich, und es roch nicht nur wie üblich nach Leder und Stall, sondern auch nach Lebkuchen, Pfeffernüssen und Tannenreisig.

Dreihundertsiebenundzwanzig Kinder mit ihren Eltern besuchten die Vorstellung. Die kleinen Jungen und Mädchen waren an diesem Nachmittag die Gäste der Fabrik, in der ihre Väter arbeiteten. Schon im November hatte der Mann, dem die Fabrik gehörte, gesagt: »Das war ein gutes Jahr für uns alle. Ich möchte deshalb eine besonders schöne Weihnachtsfeier für uns alle haben, nicht so eine von den gewöhnlichen. Ich schlage vor, wir gehen alle zusammen in den Zirkus. Und wer Kinder hat, bringt sie mit. Ich selber bringe meine drei auch mit!«

Und da saßen sie nun, zwei kleine Mädchen und ein kleiner Junge, neben ihren Eltern und mitten unter dreihundertvierundzwanzig anderen Kindern. Und das Weihnachtsfest war sozusagen schon in vollem Gang.

Zuerst hatte es Schokolade gegeben und Kuchen, und danach gab es Limonade und Bonbons, und danach gab es viele Geschenke. Die kleinen Mädchen bekamen Puppen und bunte Handtaschen und süße Lutschfische, und die kleinen Jungen bekamen interessante Bücher und Füllfederhalter, die beinahe aus Gold waren, und aufregende Zusammenlegspiele.

Und dann begann die Zirkusvorstellung.

Das war das Allerschönste für die Kinder! Sie saßen selig in dem Riesenzelt und freuten sich, wenn die schwarzen Ponys tanzten, und gruselten sich, wenn die Löwen brüllten, und waren furchtbar aufgeregt, wenn die schönen Damen in den Silbertrikots hoch oben an ihren Trapezen durch die Luft sausten.

Ach, und dann kam der Clown!

Schon als er in die Manege stolperte, erhoben die dreihundertsiebenundzwanzig Kinder ihre Stimmchen zu einem einzigen schrillen Schrei des Entzückens. Von da an konnte man sein eigenes Wort nicht mehr verstehen. Die Kinder lachten, daß das Zelt wackelte. Sie lachten so sehr, daß sie Tränen in die Augen bekamen. Es wurde vielen ganz schlecht vor Lachen.

Der Clown war aber auch großartig! Die Späße, die er machte, waren so ungeheuerlich, daß sogar die Erwachsenen nach Luft schnappten, selbst der Herr Direktor. Und den hatte noch niemand jemals nach Luft schnappen sehen.

Dieser Clown sprach überhaupt nicht, er brauchte keine Worte, um komisch zu sein. Stumm spielte er den Kindern vor, was sie zu sehen verlangten. Er machte ein Ferkel nach und ein Krokodil und einen Tanzbären. Am komischsten war er, als er einen Hasen nachmachte.

Das war allerdings auch der Moment, in dem der große alte Clown nervös zu werden begann. Das war der Moment, in dem er das kleine Mädchen mit der roten Schleife im Haar entdeckte.

Das kleine Mädchen saß zwischen Vater und Mutter in der ersten Reihe, ganz nahe bei der Manege. Es war ein hübsches kleines Mädchen mit einem klugen, schmalen Gesicht und einem feierlichen blauen Kleid.

Der Vater neben ihm lachte. Und die Mutter lachte. Nur das kleine Mädchen mit der roten Schleife lachte nicht. Es war das einzige von dreihundertsiebenundzwanzig Kindern, das nicht lachte.

Der alte Clown dachte bei sich: Jetzt wollen wir doch mal sehen, ob wir dich nicht auch zum Lachen bringen, meine Liebe! Und er spielte nun sozusagen nur noch für das kleine Mädchen in der ersten Reihe.

Der alte Clown war so gut wie noch nie.

Aber ... es half nichts. Das kleine Mädchen blieb ganz ernst. Und ganz ernst sah es den Clown mit großen, starren Augen an, ohne den Mund zu verziehen. Es war ein nettes kleines Mädchen, eines der nettesten. Nur daß es eben nicht lachte.

Dem Clown wurde die Sache allmählich unheimlich. Hinter all seinem Spaß steckte eine Menge Arbeit und wochenlanges Nachdenken. Er paßte stets genau auf, wie seine Zuschauer reagierten, wann der da zu lachen anfing, und wann der da zu lachen aufhörte. Danach richtete er sich bei seinen Späßen. Er nannte das den Kontakt mit dem Publikum. In dieser Vorstellung mit den vielen Kindern war es ihm leichtgefallen, Kontakt zu finden, denn die Kinder waren dankbare Zuschauer. Nur das kleine Mädchen nicht.

Plötzlich befiel den alten Clown, mitten im Hasen-Nachmachen, eine maßlose Traurigkeit und eine schreckliche Ratlosigkeit. Am liebsten hätte er die Vorstellung abgebrochen. Er fühlte, er konnte einfach nicht mehr weiterspielen, wenn dieses kleine Mädchen in der ersten Reihe ihn weiter so ansah.

Und darum tat er etwas Ungewöhnliches. Er trat vor das kleine Mädchen hin und fragte höflich: »Sag einmal, gefällt dir die Vorstellung nicht?«

Das kleine Mädchen sah ihn starr und ernst an und erwiderte freundlich: »O doch, sie gefällt mir sehr!«

»Ja, aber warum lachst du dann nicht, so wie alle anderen Kinder lachen?« fragte der Clown.
»Worüber soll ich denn lachen, bitte?«
»Nun«, sagte der Clown verlegen, »über mich zum Beispiel.«
Der Vater des kleinen Mädchens wollte etwas sagen, aber der Clown gab ihm ein Zeichen, er wollte, daß das Mädchen selbst antwortete.
»Verzeihen Sie bitte«, antwortete dieses, »ich wollte Sie nicht kränken, aber ich kann über Sie nicht lachen.«
»Und warum nicht?«
»Weil ich Sie nicht sehe«, sagte das kleine Mädchen. »Ich bin blind.«

Daraufhin wurde es in dem Riesenzelt totenstill. Das kleine Mädchen saß stumm und freundlich vor dem alten Clown, und dieser wußte nicht, was er sagen sollte. Es dauerte lange, bis er es ungefähr wußte.
Indessen erklärte die Mutter: »Erika war noch nie im Zirkus! Wir haben ihr nur immer davon erzählt.«
»Und diesmal wollte sie unbedingt wissen, wie so ein Zirkus wirklich ist«, sagte der Vater.
Der Vater war Werkmeister in der großen Fabrik. Und er hatte seine Frau und seine Tochter sehr lieb. Sie hatten ihn auch lieb. Es war eine glückliche Familie.
Der Clown fragte bedrückt: »Und weißt du jetzt, wie so ein Zirkus wirklich ist, Erika?«
»Ach«, antwortete Erika fröhlich, »ich weiß natürlich schon allerhand! Vati und Mami haben mir alles erklärt. Die Löwen habe ich brüllen hören und die Ponys wiehern, und ich kann mir eigentlich alles schon gut vorstellen in meiner Phantasie. Nur eines nicht.«
»Und was ist das?« fragte der Clown, der schon wußte, was es war.
»Warum Sie komisch sind«, sagte Erika mit der roten Haarschleife. »Warum man über Sie lachen muß. Also, das ist das einzige, was ich mir absolut nicht vorstellen kann!«
»Hm«, sagte der große Clown. Danach wurde es noch einmal totenstill im Zirkus. Und dann tat der große Clown etwas sehr Hübsches. Er neigte sich vor und sagte: »Paß auf, Erika, ich mache dir einen Vorschlag.«

»Ja, bitte?«
»Aber nur, wenn du auch wirklich wissen willst, warum die andern Kinder über mich lachen.«
»Natürlich möchte ich das wissen!«
»Na schön. Dann werde ich, wenn es deinen Eltern recht ist, morgen nachmittag zu dir kommen.«
»Zu mir nach Hause?« fragte Erika aufgeregt.
»Ja, zu dir nach Hause. Und dann werde ich dir zeigen, was komisch an mir ist. Einverstanden?«
Erika nickte begeistert und schlug die Hände zusammen: »Au fein! Vati, Mami, er kommt zu uns!«
»Das ist sehr nett von Ihnen, mein Herr«, sagte der Vater leise. Und die Mutter fügte noch leiser hinzu: »Wir danken Ihnen sehr.«
»Keine Ursache«, sagte der alte Clown. »Wo wohnen Sie?« Er erfuhr die Adresse und nickte. »In Ordnung. Sagen wir um sechs Uhr?«
»Um sechs Uhr«, sagte Erika. »Ach, ich freue mich schon so!«
Der Clown strich ihr über das Haar, holte tief Atem und kam sich vor wie ein Mann, dem gerade ein Hundertkilogrammgewicht vom Rücken gefallen ist.
»Die Vorstellung geht weiter, Herrschaften!« rief er.
Die anderen Kinder klatschten. Sie beneideten im Moment alle glühend die kleine blinde Erika, die der wunderbare Clown persönlich besuchen wollte ...

In dieser Nacht schneite es. Und am nächsten Tag schneite es. Es schneite immer weiter. Um halb sechs Uhr gab es bei Erika zu Hause die Weihnachtsbescherung. Die Kerzen brannten hell auf dem Christbaum, und das kleine Mädchen betastete alle die schönen Geschenke, die auf dem Tisch lagen, und gab dem Vater einen Kuß und der Mutter einen Kuß, aber fragte immer wieder: »Glaubt ihr, daß er auch kommt? Glaubt ihr, daß er auch wirklich kommt?«
»Bestimmt«, sagte die Mutter. »Er hat es doch versprochen.«
Er kam auf die Minute pünktlich. Im Radio sangen viele Stimmen gerade ein Lied, in welchem vom Frieden auf Erden die Rede war, als die Flurglocke läutete.
Erika selbst lief hinaus, um zu öffnen. Auf dem Gang stand der alte Clown.

Er trug einen Wintermantel und darunter einen dunklen Anzug. Er hatte weiße Haare und ein zerfurchtes, blasses Gesicht. Aber das sah Erika natürlich nicht.
Sie schüttelte ihm die Hand und sagte stotternd vor Aufregung: »Das ... das ... das ist aber nett, daß Sie wirklich gekommen sind!«
»Na, erlaube mal«, sagte der Clown. Dann begrüßte er die Eltern. Und dann überreichte er seine Geschenke für Erika: drei Bücher, die in einer besonderen Schrift gedruckt waren, welche Blinde lesen können.
Erika hatte schon ein paar Bücher in dieser Schrift gelesen und war sehr glücklich über die drei neuen. Aber es kam noch schöner.
»Wenn ich vielleicht einen kleinen Cognac haben könnte«, sagte der alte Clown. Er bekam einen – und keinen kleinen.
Nachdem er ihn getrunken hatte, nahm er Erika an der Hand und führte sie zu einem Sessel, der vor dem Weihnachtsbaum stand. Die Eltern sahen schweigend zu, wie der alte Clown Erika auf den Sessel setzte und ihre kleinen Hände ergriff und vor ihr niederkniete.
»Streich mal über mein Gesicht«, sagte er dabei. »Und über den Hals. Und über die Schultern. Und die Arme und Beine. Das ist nämlich das erste: Du mußt ganz genau wissen, wie ich aussehe.«
Dabei sah der Clown ohne Maske und Kostüm eigentlich gar nicht komisch aus. Das wußte er. Und es war ihm auch gar nicht geheuer bei dem Experiment, auf das er sich eingelassen hatte. (Darum hatte er den Cognac verlangt.) »Fertig?« fragte er zuletzt.
»Mhm«, sagte Erika.
»Du weißt, wie ich aussehe?«
»Genau.«
»Na, dann kann es ja losgehen«, sagte der Clown. »Aber bitte, nimm deine Hände nicht von mir fort. Du mußt mich dauernd abtasten, damit du auch alles begreifst, was ich mache.«
»Na klar«, sagte Erika.
Und der alte Clown begann zu spielen. Er machte alles noch einmal, was er schon im Zirkus gemacht hatte. Die Eltern standen bei der Tür und hielten einander an den Händen und sahen zu.

»Jetzt kommt der Tanzbär«, sagte der alte Clown. Die dünnen, zarten Fingerchen Erikas wanderten über ihn, während er den Tanzbären nachmachte. Und noch blieb ihr Gesicht ernst.
Aber der Clown ließ sich nicht beirren, obwohl es die schwerste Vorstellung seines Lebens war. Er machte das Krokodil nach. Und danach das Ferkel. Schneller und schneller glitten Erikas Finger über sein Gesicht und seine Schultern hinweg, sie atmete unruhig, ihr Mund stand offen. Und auch die Erwachsenen atmeten unruhig.
Es schien, als könnte Erika mit ihren kleinen Händen wirklich sehen, wie andere Kinder mit den Augen, denn auf einmal kicherte sie. Dünn und kurz. Aber sie kicherte. Und zwar beim Ferkel.
Der große alte Clown verdoppelte seine Bemühungen. Da begann Erika zu lachen.
»Und jetzt kommt der Hase«, sagte der Clown und begann seine Glanznummer. Erika lachte lauter, immer lauter. Sie verschluckte sich vor Heiterkeit.
»Noch einmal!« rief sie selig. »Bitte, noch einmal!«
Da machte der alte Clown noch einmal den Hasen. Und noch einmal. Und noch einmal. Erika bekam nicht genug. Die Eltern sahen einander an. So hatte Erika noch niemals in ihrem Leben gelacht.
Zuletzt war sie völlig außer Atem.
Sie rief: »Mami! Vati! Jetzt weiß ich, was ein Clown ist! Jetzt weiß ich überhaupt alles! Das ist ganz bestimmt das schönste Weihnachtsfest von der Welt!«
Ihre Wangen glühten. Ihre kleinen Finger glitten noch immer über das Gesicht des alten Mannes, der vor ihr kniete.
Und plötzlich erschrak Erika ein wenig. Denn sie hatte bemerkt, daß der große Clown weinte.

Wien, Wien und soviel Traurigkeit

Wenn ich mir was wünschen dürfte,
wünscht' ich mir ein wenig Glück.
Denn wenn ich gar zu glücklich wäre,
hätt' ich Sehnsucht nach der Traurigkeit.
Aus einem alten Lied,
das Marlene Dietrich sang.

Ich habe diese Sehnsucht. Immer, wenn ich nach Wien komme, erfüllt sie sich. Meine Mutter stellte, wenn ich als kleiner Junge einmal traurig war, eine Porzellantaube auf den Schrank meines Kinderzimmers. Am Sockel der Taube lief eine Schrift entlang, die lautete: ›Nur dem Fröhlichen blüht des Lebens Baum‹. Und des Lebens Baum blühte dann auch mir stets gleich wieder. Damals war ich immer so fröhlich, sagen die Leute. Aber das war in einer anderen Zeit, die fern liegt, wie hinter einem Rauch.

1924 wurde ich in der Stadt Wien geboren. Meine Eltern stammten aus Hamburg, mein Vater hatte seine Firma in Wien zu vertreten. So kam ich im ›Rudolfinerhaus‹ zur Welt. Und auch meine Schwester wurde in Wien geboren, später.

Heute lebe ich in Monaco, direkt am Meer. Doch in Wien war ich, als der Anstreicher einzog, und in Wien war ich, als er sich in Berlin umbrachte und Europa in Trümmern lag. Meinen einundzwanzigsten Geburtstag feierte ich in der tiefsten Etage des dreistöckigen Kellers eines vierstöckigen Hauses auf dem Neuen Markt, schräg gegenüber dem Donner-Brunnen, direkt gegenüber dem Hotel Meissl & Schaden, das total ausbrannte. (Scheissl & Maden haben die Wiener dieses Hotel immer genannt.)

Da unten, im Keller, hatte sich eine verwegene Gesellschaft versammelt: geflohene Kriegsgefangene, deutsche Deserteure, politisch und rassisch Verfolgte, ein paar alte Damen, eine ehemalige Schönheitskönigin, deren Mann von den Nazis ins KZ Mauthausen gebracht worden war. Dieser schönen Frau verdanke ich es, daß ich noch am Leben bin. Und dieses Haus wurde zum Schauplatz meines ersten Romans ›Mich wundert, daß ich so fröhlich bin‹. Vor mehr als dreißig Jahren habe ich ihn geschrieben. Mich wundert's immer mehr ...

1945, im Sommer, wurde ich Dolmetscher der amerikanischen

Militärpolizei. In der Station Währingerstraße/Ecke Martinstraße. Da war zuvor ein Möbelgeschäft gewesen. Seit vielen Jahren ist da wieder ein Möbelgeschäft. (Mit meiner schon begonnenen Chemiker-Laufbahn hatte es damals ein Ende. Die Laboratorien waren zerstört, ich mußte Geld verdienen – für meine Mutter, meine Schwester und mich.) Meinen ersten Roman schrieb ich, wenn ich Nachtdienst hatte und alles ruhig war. Im Hinterzimmer der MP-Station. Die Amis schenkten mir eine Schreibmaschine und Papier.
Wenn ich nun in diese Stadt komme, sehe ich mir stets das Möbelgeschäft an. Für mich ist es keines, wird es niemals eines sein. Ich sitze da immer wieder in der Zeitmaschine des H. G. Wells, und ich sehe grüngestrichene Auslagescheiben und einen Station-Jeep auf dem Pflaster, und es ist wieder 1945 für mich, und tausend Geschichten von damals fallen mir ein, lustige, tragische. Mich wundert, daß ich so fröhlich bin ...
Draußen in Neustift am Wald, im Talkessel der riesigen Weinberge, stehe ich dann auf der alten ›Nuß-Allee‹, dem Haus gegenüber, in dem ich so viele Jahre lang gelebt habe – als Kind, als Junge, als Heranwachsender. In der Zeit meiner Kindheit habe ich mit meiner jüngeren Schwester und vielen anderen Kindern die Nüsse gesammelt, die von den alten Bäumen der Allee gefallen sind.
Meine Mutter hatte einen Wunsch. Sie wollte ›auf dem Friedhof über unserm Haus‹ begraben werden. Es war ein sehr schöner Friedhof, alt, klein und erfüllt von einem fast schon unwirklichen Frieden. Inzwischen ist er gewaltig angewachsen und läuft die ganze ›Sommerhaide‹ entlang. Seit 1965 liegt meine Mutter dort.
Meine Schwester hat Wien nie verlassen. Sie lebt ganz in der Nähe, in einem anderen Haus. Verheiratet mit dem politischen Karikaturisten Angerer (Rang) vom ›Wiener Kurier‹. In ihrem Haus gibt es eine Bücherwand und darin eine Ecke voller Fotos, die meisten vergilbt. Von unserer Familie sind nur noch wir zwei am Leben. Mein Vater mußte weg, 1938, als die Nazis kamen. Sein Name stand auf den Listen mit der Überschrift: ›Sofort zu liquidieren!‹ Als ›Politischer‹. Er war Sozialdemokrat, sein Leben lang. Wie sein Vater. Wie ich es bin. Meine Mutter hatte viele Sorgen. Einem einzigen Menschen konnte sie alle diese Sorgen anvertrauen: der Mila.

Mila Blehova, so hieß die kleine Frau aus einem tschechischen ›Städtl‹, die seit meiner Geburt da war und bei uns blieb und die engste Vertraute und beste Freundin meiner Mutter wurde in jenen schlimmen Jahren. Die Mila! Sie war der gütigste und mutigste und gerechteste Mensch, den ich je traf. Ich habe dieser Frau einen Roman gewidmet – ›Affäre Nina B.‹. Im Roman spielt sie eine große Rolle. So, wie sie im Buch ist, genauso war sie im Leben.
Über die Höhenstraße fahre ich zum Cobenzl. Da gibt es ein berühmtes Restaurant und eine berühmte Bar und ein sehr großes Espresso, rund gebaut, keine Wände, nur Glasscheiben. In diesem Espresso habe ich oft gegessen, später, als ich schon nicht mehr in Wien lebte, wenn ich hierherkam, um zu arbeiten. In diesem Espresso habe ich viel geschrieben und auf die Stadt hinuntergesehen, und jedes Jahr waren es mehr Tote, an die ich denken mußte. Ich habe Telefongespräche angemeldet nach fernen Städten, sehr, sehr fernen, und ich habe einer Frau gesagt, daß ich sie liebe, wenn ich auch glaubte, daß ich sie nie wiedersehen würde. Und ich habe Schillinge in die Musikbox geworfen und immer dieselbe Platte gewählt – unser Lied, ›Stormy Weather‹. Und jene Frau in der Ferne hat die Musik gehört ...
Jetzt stehe ich wieder vor diesem Espresso. Schneidend kalt pfeift der Wind hier oben. Die Eingangstür ist mit Brettern vernagelt. ›Geschlossen‹ steht auf einem Brett. Ich blicke durch die schmutzigen Scheiben. Das Inventar ist verschwunden, der Fußboden herausgerissen. Keine Musikbox mehr. Selten habe ich so Trostloses gesehen. Vermutlich soll hier alles renoviert werden – für den nächsten Sommer. Trotzdem: Ich werde nie mehr hierherkommen. Denn nie mehr wird es so sein wie einst ...
1945, im Herbst, wurde ich von einem Mann in den Prater gerufen. Im Prater hatte es die schwersten Kämpfe zwischen Sowjets und SS gegeben. Beinahe alles war zerstört. Der Mann, der mich rief, hatte einen berühmten Namen als Verleger. Er wollte, daß ich ›Moby Dick‹ neu übersetzte. Als das wunderbare Buch zu einem Viertel fertig war, starb der Mann. Die Frau nahm sich das Leben. Ich weiß nicht, wo das Manuskript geblieben ist. Nun suche ich das Haus von einst. Es ist verschwunden.
Ich gehe hinüber in den Wurstl-Prater, in dem ich vor einem Vierteljahrhundert zugesehen habe, wie Carol Reed den ›Dritten Mann‹ drehte. Es ist noch früh am Vormittag. Kein Mensch zu

sehen. Die Geisterbahn, das Riesenrad, die Budenstraßen sind geschlossen. Ratten huschen vorbei. Kein Laut. Greller, kraftloser Wintersonnenschein. Kälte treibt mir Tränen in die Augen.
Die UNO-City. Eine unheimliche Totenstadt. Auch hier keine Menschenseele. Wolkenkratzer. Dazwischen die bizarren Fassaden halbfertiger Gebäude. Sie ragen in den hellen Himmel. Ich stolpere über Trümmer. Die Damen und Herren von der UNO sollen hier einziehen. Aber sie möchten das nicht.
Was ist die UNO heute? Reden wir lieber nicht davon! Damals, als wir von der ›Charta der Vereinten Nationen‹, als wir von Roosevelts ›Vier Freiheiten‹ voll Seligkeit und Erwartung zum erstenmal hörten, hatte ich hier in der Nähe ein Wochenendhaus gemietet. Im Dachstuhl schrieb ich dann später meinen zweiten Roman: ›Das geheime Brot‹. Da war es mit der Seligkeit schon wieder vorbei. ›Spaltung‹ und Blockade in Berlin. Kalter Krieg. Ernüchterung. Verzweiflung. Weltuntergangsstimmung. Orwells ›1984‹, Gheorghius ›25 Uhr‹, Arthur Koestlers ›Sonnenfinsternis‹ und ›Gottes Thron steht leer‹ . . .
Da gab es eine Zeitung – ›Neues Österreich‹. Es gibt sie längst nicht mehr. Damals arbeitete ich dort. Hielt diesen Zusammenbruch aller unserer Hoffnungen nicht aus. Schrieb ›Das geheime Brot‹ – wider besseres Wissen, aus Protest, um den Lesern und mir Mut zu machen. So wie ein Kind im Finstern singt. Ich erzählte die Geschichte von lauter armen Leuten, die sich nicht entmutigen lassen und es fertigbringen, aus einer Ruine wieder ein Haus zu machen. Der Chefredakteur des ›Neuen Österreich‹ lehnte den Vorabdruck ab. Er hatte Angst, die Leser könnten protestieren gegen so viel Fröhlichkeit. Die Kritiker nannten das Buch ein ›Wunsch-Märchen‹.
Das schiefe Holzhäuschen gibt es nicht mehr, die ganze Schrebergartenkolonie ist abgerissen worden, ich weiß es seit vielen Jahren. Trotzdem komme ich immer wieder hierher. Jahrzehnte später erst ist ›Das geheime Brot‹ berühmt geworden. Heute wird es gekauft wie nie zuvor. Was sind das für Menschen, in der ganzen Welt, die heute dieses Buch von einst lesen? Menschen voller Angst vor der nächsten Katastrophe, denke ich, denn ich habe selbst Angst vor der nächsten Katastrophe.
Hier, in der Nachbarschaft der halbfertigen UNO-City, wurde jener Roman geschrieben.
›Alle Menschen sind frei und gleich an Würde und Rechten ge-

boren . . .‹ Ach, es ist schon so lange her. Über die Nordwestbahnbrücke rollt ein endloser Güterzug. Die Lokomotive pfeift laut. Die große Reichsbrücke, stromabwärts, ist im vergangenen Sommer eingestürzt. Wie viele bunte Blumen blühten in dem Garten vor meinem kleinen Wochenendhaus! An einer Wand gab es draußen einen Stall. Kaninchen raschelten in ihm . . .
Innere Stadt.
Die uralten Cafés, die Weinstuben, die ›Beisln‹, die ›Durchgänge‹ zwischen zwei Gassen. Hier saß ich mit Freunden nächtelang, hier lief ich mit ihnen nächtelang herum, und wir debattierten über Camus und erregten uns über Sartre, über Hemingway, Silone, Tennessee Williams, Huxley. Damals war ich Österreichs jüngster Kulturredakteur in der ›Welt am Abend‹, und Schönberg, Priestley, Thornton Wilder, Henry Moore waren Sensationen für uns. Damals gingen drei oder vier von uns in jedes Konzert, zu jeder Galerieausstellung, in jeden neuen Film, zu jeder Theaterpremiere. Und infolge der anschließenden Diskussionen wurden die Kritiken so spät fertig, daß ich am Morgen zuletzt selber mit den Manuskripten zur Druckerei rennen mußte. Die lag am Fleischmarkt. Die Redaktion befand sich in der Wollzeile, ein paar uralte Gäßchen mit ›Durchgängen‹ dazwischen.
Und da war jenes sehr schöne Mädchen, das unbedingt Journalistin werden wollte und plötzlich in meinem Zimmer stand. Ich wollte sofort, als ich das Mädchen sah, etwas ganz anderes, und deshalb engagierte ich sie als Filmkritikerin. Sicherheitshalber sah ich mir den ersten Film, den sie rezensieren sollte, heimlich vorher an. Aber an ihrer Arbeit mußte ich überhaupt nichts ändern – sie hatte nur eine etwas eigenwillige Art der Interpunktion.
Natürlich verliebten wir uns ineinander. Das Glück dauerte ganze zwei Jahre. Dann verloren wir uns aus den Augen. 1972 fand ich sie in Cannes wieder. Und im März 1976 haben wir geheiratet – in Wien, auf dem Standesamt Martinstraße/Ecke Währingerstraße, schräg gegenüber dem schönen Möbelgeschäft, in dem ich einst als Dolmetscher der Military Police arbeitete!
Ach, und die vielen, vielen Nächte in meinem Redaktionszimmer bei der ›Welt am Abend‹! Diese Zeitung war französisch lizenziert, jede Besatzungsmacht besaß ihre eigene Zeitung. Und

wenn ich Nachtdienst hatte, kamen immer Freunde aus anderen Redaktionen, und es kamen alliierte Kulturoffiziere – als der Kalte Krieg begann, heimlich –, und es kamen Korrespondenten von AP und UP und INS und TASS – wahrhaftig! Und meine Jugendliebe kam, natürlich.
Was für ein wunderbares Leben hatten wir doch! Die Russen brachten Wodka und Fleisch, die Amis Konserven und Zigaretten, die Engländer Whisky, die Franzosen Rotwein. Und alle, alle brachten Bücher und Schallplatten und Zeitschriften aus der ganzen Welt. Wir saßen bis zum Morgen zusammen, so viele Nächte, und debattierten – die Russen mit den Amis, die Engländer mit den Österreichern, eine einzige große Familie war das. Was gab es da für Freundschaften, was für Pläne, lieber Gott!
Wien – Sehnsucht nach Traurigkeit. Ich gehe in die alten Cafés und ›Beisln‹, sofern sie noch existieren, ich gehe in die Hofreitschule, ins Burgtheater, in die Oper. Nur die Erinnerung geht mit – die Erinnerung an so viele, die gestorben sind oder verdorben, die versagt oder ganz große Karrieren gemacht haben, die verschollen sind, verkommen, wer weiß, wo und wie und warum. Ich bin noch da – ein Weilchen noch, denn unser Leben ist so kurz, und unser kleines Sein umschließt ein Schlaf.
Wieder einmal bin ich heimgekehrt in die Fremde, die einst mein Zuhause war.
Prinz-Eugen-Straße Nr. 30. Ein graues Haus, unverändert. Sitz des Paul Zsolnay Verlags. Hier erschien ich eines Tages im Jahr 1946 und sagte, ich hätte ein Buch anzubieten. ›Begegnung im Nebel‹ war der Titel. Das Manuskript wurde angenommen. Ich bekam einen Vertrag und tausend Schilling Vorschuß. Das war ein ungeheures Vermögen, und ich war schon betrunken, bevor ich mit dem Lämmlein (so nenne ich die Frau, die ich mir herübergerettet habe aus unser aller Stunde Null) überhaupt den ersten Schluck Wein trank im ›Terrassen-Café‹ in Gersthof. Das ›Terrassen-Café‹ gibt es nicht mehr so, wie es damals war, Paul von Zsolnay, der aus der englischen Emigration zurückkehrte, ist schon lange tot. Den Verlag leitet seitdem mein Schulfreund Hans W. Polak. Ich habe viele neue Freunde in Wien – nur noch wenige von damals.
Wien hat sich sehr verändert. Oft finde ich meinen Weg nicht mehr. Es gibt Trabantenstädte, sie bauen eine gewaltige U-Bahn,

da sind neue Wohnviertel, Schnellstraßen, ein riesiger Flughafen in Schwechat.
Vor einem Luftangriff war ich einmal hier draußen in Schwechat. Mit dem Fahrrad schaffte ich es noch bis zum Zentralfriedhof. Dann kamen die Bomber. Ich kletterte über eine Mauer und kroch unter einen ungeheuer kitschigen Grabstein. Über ihm erhob sich ein mächtiger Pavillon – wahrhaftig! Aber diese Monstrosität rettete mir – wieder einmal – das Leben. Rechts und links detonierten Bomben einer ›Flying Fortress‹, die, von der Flak getroffen, nun ihre ganze Bombenlast einfach ausklinkte, um leichter zu werden, höher steigen, vielleicht entkommen zu können. Die dicken Marmor- und Eisenplatten des Mausoleums schützten mich. Viele Bomben trafen die Gräber und wühlten sie auf. Als alles vorüber war, hingen Skelette mit grinsenden Totenköpfen in den Ästen der Bäume.
Immer wieder fahre ich hinaus zu diesem Zentralfriedhof, der unfaßbar groß ist und von dem die Wiener sagen, Chicago sei nur doppelt so groß, aber nicht einmal halb so lustig. Das Grab im Mausoleum habe ich wiedergefunden. Wenn ich heimkehre nach Monaco, erzähle ich meiner Frau stets von allen Wegen, die ich gegangen bin. Des Abends sehen wir dann aus unserem gläsernen Haus auf dem Dach eines Wolkenkratzers hinab auf die Lichter von Monte Carlo und die Lichter der Schiffe draußen auf dem Meer, rote, gelbe, grüne.
Und immer wieder sprechen wir von Wien und von all dem Schönen und Schrecklichen, das uns widerfahren ist in dieser Stadt, aber eigentlich meistens nur von dem Schönen. Und so wird meine Sehnsucht nie enden, diese Sehnsucht nach der Traurigkeit über eine vergangene Zeit.
Gewiß geschieht nichts, was geschieht auf dieser Welt, sinnlos oder zufällig. Hast Du vielleicht doch recht gehabt, liebe Mila Blehova, als Du sagtest, wir müßten keine Angst haben, das Böse siegt niemals? Vielleicht, Mila, dauert es also nur sehr, sehr lange? So wären meine Reisen nach Wien und meine Wege in die Vergangenheit also nicht Sehnsucht nach Traurigkeit, sondern Sehnsucht nach Hoffnung? Niemand kann mir das sagen.
Doch wenn ich zum letztenmal diese Stadt Wien und alle Stätten meiner Erinnerung gesehen haben werde, wenn ich dort bin, Mila, wo Du bist, dann werde ich, der stets so vieles wissen wollte, endlich wissen, was wert ist, gewußt zu werden.

Kleine Fanfare

Es gibt Leute, die machen aus jedem Park einen Misthaufen. Dann gibt es solche, die machen aus jedem Misthaufen einen Park. Und schließlich existiert, wie es scheint, im Augenblick in Wien eine Gruppe von Menschen, die es sich zum Ziel gesetzt hat, aus den Parks, welche ihre Vorgänger zu Misthaufen werden ließen, wieder Parks zu machen. Das Ganze kann als reversibler Prozeß gewertet werden, bei dem am Ende bestenfalls wieder das zutage kommt, was ursprünglich da war. Gesehen mit den Augen eines exakten Wissenschaftlers, entbehrt ein solcher Vorgang deshalb jedes schöpferischen Sinnes und kann Zynikern allein zur Illustration der Art und Weise dienen, in der wir unser Leben verbringen.

Es ist nicht schwer, etwas Schönes kaputtzumachen. Das haben wir alle gesehen. Aber aus den Trümmern das Schöne wiedererstehen zu lassen – dazu gehört, wie zum Mut, mehr als eine Faust. Dazu gehört auch ein Kopf. Und ein Herz. Denken Sie doch: ein Herz!

Mit der den Journalisten eigenen Unbekümmertheit unternehmen wir es an dieser Stelle, ein paar Dutzend Männern zu danken, die wir gar nicht kennen. Wir sehen sie manchmal, wenn wir durch die Straßen der Stadt laufen, und denken dann, daß es an der Zeit wäre, ihnen die Hand zu schütteln. Manche von ihnen tragen alte Militärhosen, andere Overalls. Manche halten Gartenschläuche in der Hand, andere Schaufeln und Rechen. Sie säen Grassamen in den festgetrampelten Lehm um die Luftschutzbunker und tragen alte Konservenbüchsen und geborstene Nachttöpfe zu Hauf. Sie streuen Kies auf schmale Fußwege und setzen Pelargonien an ihre beiden Seiten. Der Schweiß rinnt ihnen dabei über den mageren Rücken, sie halten einen Zigarettenstummel im Mundwinkel fest und summen, wenn sie gut gelaunt sind, die Melodie eines amerikanischen Schlagers vor sich hin.

Um sie herum macht die Großstadt Krach. Straßenbahnen klingeln vorüber, Autos fahren nach Westen und Osten und tausend junge Mädchen mit Aktentaschen und gelegentlichen Sorgenfalten auf der Stirn laufen in ihre Büros, um vor dem Chef zu zittern.

An den Ecken stehen ein paar Herren in nagelneuen Anzügen

und breitkrempigen Hüten. Sie tragen kleine Schnurrbärte, sprechen ein gebrochenes Deutsch und unterhalten sich ernst über den neuen Schleichhandelskurs des Dollars. Oder über fünfzig Eisenbahnwaggons voll Zucker. Oder über zweitausend Kühlschränke, sofort greifbar, eine einmalige Gelegenheit. Ihre Hände sind makellos sauber und mit Ringen geschmückt. Die Hände der Männer, die in den verwüsteten Parks herumklettern und verbogene Traversen fortschleppen, sind dreckig. Aber sie sind dennoch hundertmal sauberer als die untadeligen der Herren mit den breitkrempigen Hüten, an denen unsichtbarer Schmutz klebt wie Pech und Schwefel.

Die Männer, denen diese Zeilen gelten, sind Helden, die es von sich selbst nicht wissen. Sie sind es möglicherweise eben deshalb. Sie setzen sich mit ihrer Arbeit ein lebendes Denkmal, das schöner ist als alle Denkmäler aus Stein und Bronze. Kein Mensch weiß, wie sie heißen. Sie sind so anonym wie die Samenkörnchen, die sie in den mißhandelten Großstadtboden legen.

Für die großen Feldherren, Demagogen und Menschenschlächter wurden noch zu allen Zeiten Fanfaren geblasen, und erwachsene Männer standen vor ihnen stramm wie vor dem lieben Gott. Wir haben keine Fanfare. Aber wir würden, wenn wir eine besäßen, mit Vergnügen in sie stoßen, unseren unbekannten Freunden zu Ehren. Wir stehen auch vor niemandem stramm. Aus Prinzip nicht. Aber vor den Männern in den geflickten Arbeitsanzügen würden wir tief den Hut ziehen. Wenn wir einen hätten. In der Bibel, die wir in letzter Zeit gelegentlich mit großem Interesse lesen, findet sich irgendwo eine Stelle, an der es heißt, daß unser Leben ein gutes Leben gewesen ist, wenn wir zwei Grashalme dort zum Gedeihen bringen, wo vorher nur einer wuchs.

Unsere Freunde lassen Grashalme zu Hunderttausenden wachsen. Dort, wo vorher überhaupt kein Gras wuchs. Dort, wo vorher Luftschutzhelme und alte Sparherde herumlagen. Nicht nur Grashalme. Sondern auch blaue, weiße und rote Blumen, duftende Sträucher und junge Bäume, deren Blätter im Wind Booggie-Wooggie tanzen.

Sie machen Parks aus Misthaufen.

Parks für uns alle. Auf den Lehnen der frischgestrichenen Bänke steht nicht mehr ›Kampf bis zum Sieg‹ oder ›Wer plündert, wird erschossen‹ oder ›Nur für Arier‹. Es steht überhaupt nichts auf ihnen. Sie sind für alle Menschen da, die sich müde fühlen. Oder die verliebt sind. In den neuen Parks werden wir alle zu Mitgliedern einer großen Familie. Vorübergehend wenigstens. Wir lächeln, wenn ein Baby zwei Zitronenfaltern nachstolpert, wir pfeifen leise einer jungen Dame in einem hellen Sommerkleid nach und geben höflich Auskunft, wenn jemand uns um die Zeit fragt. Wir gehen durch die neuen Parks, riechen das Gras und die roten Nelken und haben ein ungemein angenehmes Gefühl im Magen. So, als hätten wir eben ein neues Hemd angezogen. So, als hätte uns gerade jemand ein CARE-Paket geschenkt. So, als hätten wir endlich wieder ein ganz reines Gewissen.

Die Männer, welche die Parks für uns wiederschaffen, sind Helden, weil sie anderen mit ihrer Arbeit Freude, nichts als Freude bereiten. Das können wenige Helden von sich sagen. Die meisten bringen Tränen, Tod und Zerstörung, Ungerechtigkeit und Hunger mit sich. Unsere Freunde, denen wir hier danken, fangen es leise und behutsam an. Sie wollen niemandem weh tun. Nicht einmal den Regenwürmern. Wer mit Blumen verkehrt, wird mit der Zeit ein guter Mensch. Vielleicht müßten wir alle Kresse vor unseren Fenstern ziehen, um glücklicher zu werden . . .

Wir wissen nicht, wem zuerst die Idee kam, Wiens Parkanlagen wieder instandzusetzen. Wahrscheinlich einem ganz gewöhnlichen Menschen in einem ganz gewöhnlichen Büro. Eine große Idee ist immer sehr einfach. Sie kann jedem von uns kommen. Aber diesem Mann, den wir nicht kennen, kam sie. Vielleicht war es auch eine Gruppe von Menschen, die jenen Plan faßte, uns eine unrationierte Zuteilung an Freude zu schenken. Wir wissen es nicht. Vielleicht waren es hundert. Vielleicht waren es fünfzig. Aber selbst wenn es ein einziger gewesen wäre, so sei ihm gedankt.

(Das war die erste Kurzgeschichte meines Lebens.)

Zweiundzwanzig Zentimeter Zärtlichkeit

Er heißt Juanito de Valespier, ist Franzose und hat einen Stammbaum, der bedeckt einen Bogen Packpapier. Einen großen. Und dabei ist er so klein. Als ich ihn kennenlernte, vor dreizehn Jahren, da konnte jedes ausgewachsene Meerschweinchen es mit ihm aufnehmen. Heute mißt er zweiundzwanzig Zentimeter. Heute ist er ein alter Herr, einundneunzig Jahre alt. Der liebe Gott möge ihn uns noch lange erhalten. Einundneunzig – das ist kein Spaß. Obwohl Juanito noch immer auf jedes Bett und auf jeden Stuhl springt, und wenn die dreimal so hoch sind wie er. Das machen Sie mal nach! Aber ach, ein Hundejahr steht eben für sieben Menschenjahre, und da ist so mancher Zahn, der Juanito fehlt. Ein Yorkshire-Terrier ist er. Sie wissen schon – das sind diese ganz Kleinen mit den langen Haaren, die ihnen ins Gesicht hängen, weshalb sie Schleifen zum Hochbinden benötigen. Weil er so winzig ist, wurde Juanito ›Moustique‹ getauft, das heißt ›Mücke‹.

Vor dreizehn Jahren besuchte mich die erste Große Liebe meines Lebens. Damals lernte ich Moustique kennen. Ich muß etwas gestehen: Ich mochte Hunde nie. Ich und Shakespeare. Der mochte sie auch nicht. Sie erinnern sich: ›. . . die Hunde, die durch ihr Bellen Gottes Frieden stören und den Gesang der Nachtigall . . .‹ (Goethe übrigens konnte Hunde auch nicht leiden. Wie ich.) Außerdem habe ich Angst vor Hunden, die größer sind als fünfzehn Zentimeter. Und die Hunde merken das natürlich sofort. Moustique war zwölf Zentimeter groß, also noch unter der Angstschwelle, aber dafür war er damals ein ungeheurer Kläffer, und wenn jemand Gottes Frieden störte und den Gesang der Nachtigall, dann er.

Moustique ließ sich von keinem Fremden anrühren. (Adel verpflichtet.) Wenn es jemand versuchte, schnappte er zu. Er hatte die schlimme Gewohnheit, alle Menschen, sofern sie lange Hosen trugen, blitzschnell in dieselben zu kneifen, denn er hatte eine schlechte Meinung von den Menschen und argwöhnte stets, sie könnten etwas gestohlen haben und forttragen. Und dann, Gott sei's geklagt, war er noch nicht stubenrein. Ein so junger Hund, das wäre ja auch zuviel verlangt, nicht wahr? Aber Moustique, in seiner Kindheit Blüte, übertrieb. Kein Vorhang, kein Tischbein, das er nicht angepinkelt hätte.

Bei mir war es eine mit Seidenbrokat überzogene Couch, die er sich aussuchte. Weil es doch meine erste Große Liebe war (nicht Moustique, sein Frauchen, das wir hier einmal Angela nennen wollen), legte ich, um Auseinandersetzungen zu vermeiden, ein Kissen über den feuchten Fleck, den der Edelmann auf dem Seidenbrokat hinterlassen hatte. Angela merkte es wohl, Moustique merkte es wohl. Sonst niemand. Die beiden dankten es mir mit Blicken . . .

Dreizehn Jahre später kam ich zu Angela. Sie lebt im Süden, am Meer, hoch oben in einem Penthaus, um das eine riesige Terrasse läuft. Als ich ihre Wohnung betrat, geschah das erste Wunder. Moustique kam mir entgegen, langsam und feierlich. Ich dachte an meine Hosenbeine, Gottes Frieden und so weiter. Nichts dergleichen! Moustique kniff nicht, Moustique bellte nicht. Moustique rieb sich an meinen Schuhen, sprang vor Freude immer wieder in die Höhe und gab keine Ruhe, bevor ich ihn nicht in den Arm genommen und gestreichelt hatte. (Hinter den Ohren, wie Hunde es lieben.) Danach kam ich aus dem Staunen nicht mehr heraus. Moustique begann mit mir zu schmusen, daß Angela fast eifersüchtig wurde. Moustique fraß Plätzchen, zerkleinert, nur noch aus meiner Hand. Moustique saß, wenn ich saß, nur noch in meinem Schoß. Wohin ich in der Wohnung ging – Moustique ging mit, dicht vor oder hinter meinen Füßen, ich mußte sehr achtgeben. Er hatte nicht vergessen – einundneunzig Menschenjahre nicht! –, daß ich ihm einst Schelte erspart hatte, als ich das Kissen auf den Pinkel-Fleck legte. Moustique war der erste Hund, der mich liebte. Und er war der erste Hund, den ich liebte, ganz plötzlich, ich konnte nicht anders. Da hatten wir das zweite Wunder.
Apropos Pinkeln: Moustique verließ schon lange nicht mehr das Penthaus. (Sein Alter, die Gefahren der Straße . . .) Er erledigte alle Geschäfte auf einem Seitentrakt der Terrasse, der immer mit dem Gartenschlauch saubergespritzt wurde. Angela nannte diese Gegend die ›Avenue de Pipi‹.
Moustique und ich wurden unzertrennlich. Wo immer ich war, da war auch er. Wenn ich nicht da war, dann suchte er mich überall und sprang immer wieder auf ›meinen‹ Sessel, um traurig meine Abwesenheit festzustellen. Oh, aber jedes Wiedersehen war ein Freudenfest, ein Hopsen, Streicheln, Flirten – niemals

ein Bellen, niemals ein Kneifen! Moustique verließ mich auch nachts nicht. Er schließ am Fußende des Bettes. Wenn ihm kalt war, kroch er unter die Decke. Morgens, sofern er fand, daß ich lange genug geschlafen hatte und arbeiten mußte, weckte er mich mit vielen kleinen zärtlichen Schubsen seiner Nase auf meine Nase, meinen Hals, meine Wangen. Schlug ich dann die Augen auf, stand er auf meiner Brust, das Köpfchen schiefgelegt, und mit einer seiner winzigen Pfoten streichelte er mich ganz sanft.

Einmal, als ich im Bad saß, wollte Moustique auf den Wannenrand springen. Er sprang – aber er landete in der Muschel des Klos, das unmittelbar neben der Wanne stand. Wir zogen ihn heraus und wuschen sein ergrautes Haar und trockneten es, und ich fragte Angela, wie Moustique solch Irrtum hatte unterlaufen können.

»So etwas passiert ihm manchmal«, sagte sie. »Ist es dir denn nicht aufgefallen?«

»Aufgefallen, was?«

»Na, daß er dauernd direkt vor deinen Füßen läuft und sich bloß deshalb so schnell bewegen kann, weil er seit dreizehn Jahren in dieser Wohnung lebt und genau weiß, wo jedes Möbelstück steht, wo die Türen und Mauern sind? Er weiß nicht, wie du aussiehst«, sagte Angela, »er weiß nicht, wie ich aussehe. Er weiß nicht mehr, wie irgend etwas aussieht. Seit einem Jahr geht bei ihm alles nur noch nach Geruch und Geräusch und Gefühl und Erinnerung. Hast du denn wirklich nicht bemerkt, daß der arme Moustique blind ist?«

Karussell umsonst

Jakob Odernja ist dreiundvierzig Jahre alt und hat eine Metzgerei in Göttingen. Der Fleischerladen ist klein und alt und dementsprechend schlecht ist das Geschäft. Außer dieser Metzgerei hat Jakob noch eine Frau – Hilde – und drei Kinder im Alter von sieben, neun und zwölf Jahren. Die Kinder sind in Ordnung, typische lustige Göttinger Kinder. Mit der Frau ist die Sache ein wenig schwieriger. Die Frau ist eigentlich ein Mann, so energisch

ist sie. Alle haben Angst vor ihr. Auch Jakob. In der Metzgerei und zu Hause hat die Frau die Hosen an. Jetzt übrigens nicht mehr. Jetzt ist sie Jakob und seinen drei Kindern weggelaufen. Ganz plötzlich. Wegen einer Registrierkasse.
Das kam so:
Die Odernjas besaßen zwar eine nur schlecht gehende Metzgerei, aber daneben auch noch ein bißchen Geld. Das hatten sie sich im Laufe der Jahre zusammengespart. Und in die Göttinger Kreissparkasse gelegt. Als die Metzgerei nun schlechter und schlechter ging, da beschlossen die Odernjas eines Tages, dafür dem unerquicklichen Äußeren ihres Ladens und mangelnder Werbung die Schuld zu geben. Sie wollten einen Teil des Ersparten dazu verwenden, das Geschäft wieder ›feinzumachen‹, die Wände weißen zu lassen, eine neue Inneneinrichtung zu kaufen und vor allem eine Registrierkasse. So eine große, moderne, mit Chrombeschlägen, die klingelte, wenn man auf ihr addierte. Von einer solchen Kasse versprachen die Odernjas sich Wunder.
Hilde lag krank im Bett, als dieser Plan reifte. Deshalb ging Jakob auf die Bank, um das Geld abzuheben. Er hatte einen langen Zettel bei sich, auf dem standen die Dinge, die er mit dem Geld für die Metzgerei kaufen sollte. Die Registrierkasse stand an oberster Stelle. Jakob hob das Geld ab, und als er wieder auf die Straße trat, lief er direkt in Peter Franke hinein. Peter Franke war ein Bekannter, Besitzer eines Karussells, der als Schausteller im Land umherzog und davon lebte, daß Leute sich auf die bunten Holztiere seines Ringelspiels setzten, sich im Kreis drehen ließen und dafür bezahlten. Dieser Peter Franke war die Wurzel allen Übels.
Denn in seinem Innern verzehrte sich Jakob Odernja, seit er Franke kannte, in einer Sehnsucht: Er wollte auch Karussellbesitzer sein. Nicht berufsmäßig, versteht sich! Er wollte einfach ein Karussell besitzen und es sich leisten können, seine drei Kinder darauf fahren zu lassen. Nicht nur seine Kinder. Alle Kinder der Straße. Alle Kinder von Göttingen. Von Göttingen und Umgebung! Und umsonst, umsonst natürlich! Denn es war dem guten Jakob immer unendlich flau im Magen, wenn er seinen drei Kindern nach dem drittenmal Fahren sagen mußte, daß der Spaß nun vorbei sei, weil es langsam zu teuer wurde. Dann nickten die Kinder, ihre Gesichter wurden ganz alt, aber sie folgten sofort.

Das war das schlimmste. Jakob träumte manchmal von dem Karussell.
So stand es also um ihn, als er Peter Franke begegnete, der sich entschlossen hatte, eine Bauerntochter zu ehelichen und solide zu werden. Nur mit dem Ringelspiel wußte er dann nichts mehr anzufangen. Das wäre er gerne noch losgeworden. Peter Franke und Jakob Odernja gingen ins ›Grüne Schwein‹ und bestellten zwei Bier und zwei Korn. Dann begannen sie zu verhandeln. Denn Peter Franke hatte Jakob Odernja eine Mitteilung von allergrößter Wichtigkeit gemacht: Zu dem Karussell gehörte selbstverständlich auch eine nagelneue, bildschöne, verchromte Registrierkasse.

Als Jakob nach Hause kam in die Metzgerei, da brachten ihn seine drei Kinder vor Freude fast um. Sie stürmten davon – zu *ihrem* Karussell! Sie fuhren auf ihm, bis ihnen todübel wurde. Der neunjährige Karl schlief auf seinem Schaukelpferd ein. Die anderen Kinder der Stadt hatten von der Sache gehört und kamen gleichfalls in Scharen herbeigerannt. Polizei regelte den Verkehr. Und Peter – noch ein paar Korn und Bier mehr im Magen – bediente das Ringelspiel freundlich grinsend und gratis. Als einen letzten Freundschaftsdienst für Jakob. Denn von morgen an war er nicht mehr da, sagte er. Von morgen an mußte Jakob das Karussell bedienen.
In dieser Nacht machte Hilde Jakob den größten Krach ihrer Ehe. Am Ende dieses Krachs sah Jakob sie nur noch erstaunt an. Er staunte darüber, daß er mit dieser Frau so lange gemeinsam gelebt hatte. Er hatte sie ja überhaupt nicht lieb. Kein bißchen. Sie war ihm ganz fremd und gleichgültig. Häßlich und laut war sie. Hilde wußte gar nicht, welchen Gefallen sie ihm tat, als sie morgens ihre Koffer packte und krank, wie sie war, fortfuhr, zu ihrer Mutter. Sie wollte die Scheidung einreichen, erklärte sie. Die Kinder konnten vorläufig bei Jakob bleiben.
Die Kinder blieben bei Jakob. Auch sie bemerkten das Fortgehen der Mutter ohne besondere Trauer. Sie hatten ihr Ringelspiel. Und Jakob erzählte vage etwas von einer Reise, die Hilde unternehmen mußte. Im übrigen saß er nun von früh bis spät auf seinem Karussell und ließ es sich drehen. Von früh bis spät hörte er nur Lachen und glückliches Geschrei. Von früh bis spät sah er nur glückliche Kindergesichter. Was er hörte und sah, gefiel ihm

ausgezeichnet. Er fühlte sich wohl. So wohl wie noch nie in seinem Leben. Die Metzgerei ging daneben natürlich in aller Stille vollends vor die Hunde.
Als Jakob den Laden richtig schloß – er hatte ja doch keine Zeit mehr, in ihm zu stehen, seit er das Ringelspiel bediente –, wurde er auf das Rathaus gerufen. Dort saßen drei wütende Herren und ein besorgter Beamter. Die drei wütenden Herren waren drei konzessionierte Karussellbesitzer aus Göttingen. Ihnen hatte Jakob, ohne es zu wissen, unerträgliche Konkurrenz gemacht damit, daß man bei ihm umsonst fahren durfte. Die drei Herren sahen sich dem Nichts gegenüber. Der Beamte fragte: Hatte Jakob eine Konzession? Bezahlte er Steuern? Wovon lebte er? War das Karussell ordnungsgemäß versichert? War Jakob Mitglied des Verbandes deutscher Schausteller? Wenn nein, warum nicht? Wenn ja, warum fügte er sich dann nicht den Statuten? Das waren viele Fragen, und es gab wenige Antworten darauf. Jakob Odernja saß still auf seinem Sessel und sah auf seine Schuhe.

Er hat sein Karussell behalten dürfen.
Er bekam die Konzession, versöhnte sich mit der Konkurrenz, trat in den Verein ein und bezahlt Steuern. Ja, richtig, noch etwas: Er verlangt jetzt natürlich auch Eintrittsgeld. Zwanzig Pfennig für Kinder, fünfzig für Erwachsene. Die eigenen Kinder dürfen nur mitfahren, wenn ein Platz frei bleibt. Jakob gibt genau acht, daß keiner schwindelt. Göttingens Kinder können nicht verstehen, was passiert ist. Sie sehen Jakob Odernja an, als hätte er sie verraten. Er bemerkt es wohl, wenn sie ihn so ansehen. Dann jagt er die Kinder weg. Aber wenn es zu schlimm wird, geht er ins ›Grüne Schwein‹ und trinkt ein paar Korn. Dem Wirt erzählt er dabei immer wieder dieselbe Geschichte. Der Wirt kann sie schon auswendig. Es ist die Geschichte mit den vielen Fragezeichen. Was hätte Jakob denn tun sollen? Seine Metzgerei war pleite. Und wovon sollte er leben? Und seine Kinder, was wurde aus denen? Hätte er das Karussell hergeben sollen? Warum durfte gerade *er* nicht für das Ringelspielfahren Geld verlangen, wenn alle anderen es taten? Warum sahen die Kinder ihn so an, verdammt noch mal?
So beginnt das immer. Und es geht weiter bis spät in die Nacht hinein. Der Wirt hört geduldig zu. Er hat Jakob gerne. Helfen kann er ihm natürlich nicht.

Der schlimmste Tag des Jahres

Man konnte ihn nicht schön nennen, beim besten Willen nicht! Sein Fell, schwarz und weiß gefleckt, war zerzaust und struppig, die Beine waren zu mager, zu kurz und zu krumm, die ungleichen Schlappohren hingen traurig herab. Und Traurigkeit blickte aus den runden, glanzlosen Augen. Es war ein trauriger kleiner Hund.

Unsicher und schüchtern strich er in der Bahnhofshalle umher. Die Bahnhofshalle war gewaltig groß und strahlend erhellt. Es gab die verschiedensten Geschäfte – wer Geld hatte, konnte dicke Zigarren kaufen, geistreiche Bücher, die feinsten Delikatessen, die buntesten Bonbons, betörend duftende Parfums aus dem fernen Paris.

In der Mitte der gewaltigen Bahnhofshalle stand ein Weihnachtsbaum. Der war glatt zehn Meter hoch! Elektrische Kerzen leuchteten auf seinen Zweigen, silbernes Lametta hing von ihnen herab. Der Weihnachtsbaum war fast so gewaltig groß wie die Bahnhofshalle. Unter dem Stern an seiner Spitze stand zu lesen, daß die Deutsche Bundesbahn ein gesegnetes Fest entbot. Das stand da schon seit einer Woche zu lesen, aber heute abend war es endlich soweit! Heute abend war der vierundzwanzigste Dezember.

Draußen war es sehr kalt. In der Halle war es wärmer. Darum war der kleine Hund in die Halle gekommen. Weil er draußen auf den regennassen Straßen so fürchterlich gefroren hatte. Er war auch hungrig. Aber die Kälte war schlimmer gewesen. Kälte ist das schlimmste für kleine Hunde.

Es waren sehr, sehr viele Menschen in der Halle. Der kleine Hund mußte verflixt aufpassen, daß niemand aus Versehen auf ihn trat. So viele Menschen waren da. Wohin er sah, er sah nur Beine! Beine von Damen und Beine von Herren und Beine von Kindern. Und Beine von anderen Hunden, größeren, schöneren, feineren. Und glücklicheren. Die anderen Hunde marschierten allesamt neben den Beinen ihrer Besitzer einher, es waren Hunde mit Anhang, sie waren nicht so allein wie der kleine Hund mit den ungleichen Schlappohren und der gefleckten Nase.

Nicht alle Menschen in der Halle waren Kunden der Bundesbahn. Nicht alle verreisten. Viele erledigten in der Halle zur allerletzten Minute ihre Weihnachtseinkäufe. Bis in den späten

Nachmittag hatten sie noch an ihren Schreibtischen gesessen, in Konferenzen, hinter Schaltern. Die Läden in der Stadt hatten bereits geschlossen, nur die Geschäfte in der Bahnhofshalle waren noch geöffnet. Viele Leute kauften viele Dinge, wohlriechende, wohlschmeckende, schön anzusehende. Zwischen den Leuten bewegte sich der kleine, magere Hund.
Viele sahen ihn. Viele hörten ihn, denn manchmal winselte er dünn, leise und sehr bescheiden. Aber es war achtzehn Uhr dreißig am vierundzwanzigsten Dezember! Wer in der Welt hatte da Zeit, sich um einen kleinen Hund zu kümmern?
Ein Herr sagte: »Na, hast du dich verlaufen?«
Eine Dame sagte: »Sieh doch, Felix, der arme Hund! Müßte man nicht ...«
Aber Felix unterbrach sie: »Los, los, los! Der Wagen steht im Halteverbot. Wegen dem Köter kriegen wir noch ein Strafmandat!«
Wie gesagt, es war der vierundzwanzigste Dezember!
Ein kleines Mädchen rief: »Mami, Mami, schau, der Hund! Ist der häßlich! Da ist unser Rex aber viel schöner!«
Ein großer Bernhardiner beschnupperte den kleinen Hund dort, wo große Hunde kleine Hunde zu beschnuppern pflegen.
Und ein sehr nervöser, sehr gereizter Herr, der an diesem Abend noch elf Familienangehörige zu bescheren hatte, gab dem kleinen Hund einen kleinen Tritt, als er ihm in den Weg lief, und brummte: »Auch das noch!«

Neben dem gewaltigen Lichterbaum der Deutschen Bundesbahn stand eine Bank. Ein altes Fräulein saß darauf. Fräulein Strohbach war ihr Name: Emilie Strohbach, Rentnerin.
In einem altmodischen, aber peinlich gepflegten schwarzen Persianermantel saß sie da, einen winzigen schwarzen Hut auf dem weißen Haar. Die kleinen Füße steckten in altmodischen Stiefelchen, die kleinen Hände steckten in einem altmodischen Muff. Fräulein Emilie Strohbach war sehr klein und sehr alt. Ihr Gesicht trug einen Ausdruck von Verzagtheit und Güte. Fräulein Strohbach war zu alt ... Alle Verwandten hatte sie überlebt, nun stand sie ganz allein auf der Welt. Das ist kein Spaß, alt und allein zu sein! Von allen Tagen des Jahres fürchtete Fräulein Strohbach seit langem diesen am meisten: den Heiligen Abend, diesen fürchterlichen vierundzwanzigsten Dezember.

Das war vielleicht ein Tag, der hatte es in sich! Die anderen Tage waren auch kein Honiglecken, aber dieser Vierundzwanzigste war bei weitem der schlimmste.
Zu Hause, in dem dunklen Zimmer mit den dunklen Möbeln, fühlte man sich erdrückt von der Erinnerung. Zu Hause konnte man immer nur denken: damals, damals, damals . . . Zu Hause mußte man immer weinen.
Nicht daß es ungemütlich oder kalt gewesen wäre zu Hause – nein, das nicht. Es gab Wärme und Lebkuchen und auch einen Tannenzweig mit einer gelben Kerze, denn Fräulein Strohbach erhielt dreihundert Mark Rente im Monat und davon konnte man zur Not auch noch leben, wenn man sich davon auch zur Not keinen Mercedes 600 kaufen kann . . . Aber was hätte Fräulein Strohbach mit einem Mercedes 600 anfangen sollen . . .?
Nein, es war weder Kälte noch Armut, vor denen das Fräulein sich in ihrem Zimmer fürchtete. Es war etwas anderes. Es war die Einsamkeit. Die Einsamkeit war es, die sie daheim nicht ertrug.
Und so war Fräulein Strohbach hierher in die Bahnhofshalle gewandert, weil es hier doch um vieles gemütlicher war. Stimmen und Gelächter gab es hier, andere Menschen, die man bei ihrem interessanten Tun beobachten konnte. Leben, Leben gab es hier!
Fräulein Strohbach liebte die Halle fast schon. Sie war entschlossen, noch lange hier zu verweilen. Die Bank bot viel Platz, denn sie war leer. Das kleine Fräulein dehnte und reckte sich.
Sie war der einzige Mensch weit und breit, der saß. Alle anderen hasteten oder standen. Das Karussell des Weihnachtsfestes kreiste um Emilie Strohbach, sie war sein Mittelpunkt. Und sie dachte beklommen diese drei Gedanken:
Erstens: Wenn ich doch nur noch einen einzigen Menschen hätte, zu dem ich gehen könnte. Zweitens: Wenn ich doch nur ein bißchen mehr Geld hätte, um mir auch etwas Schönes kaufen zu können. Drittens: Wenn doch dieser Vierundzwanzigste bloß schon vorüber wäre.
Gerade, während sie den dritten Gedanken dachte, sah sie den kleinen Hund.
Auf seinem mühevollen Weg durch die große Halle war der kleine Hund endlich bei der Bank neben dem Lichterbaum gelandet. Da stand er nun und sah Fräulein Strohbach an mit trau-

rigen, demütigen Augen. Die ungleichen Ohren hingen herab, und der Stummelschwanz bewegte sich rastlos.
Fräulein Strohbach war der einzige Mensch in der Halle, der Zeit hatte. Fräulein Strohbach beging einen Fehler. Sie gab dem kleinen Hund zwei kleine, freundliche Worte. Sie sagte: »Na, du?«
Damit war sie sozusagen bereits verraten und verkauft.
Der kleine Hund geriet vollkommen außer sich. Er bellte entzückt, sprang auf die Bank und begann dem alten Fräulein die Hand zu lecken, die sie aus dem alten Muff genommen hatte.
Stundenlang, tagelang war er umhergeirrt. Nun sagte jemand »Na, du?« zu ihm. Das nahm er natürlich als Sympathie-Erklärung. Hand aufs Herz, was hätten Sie an seiner Stelle getan?
Es gibt einen äußersten Grad von Einsamkeit, aus dem wächst die Bereitschaft zum Glauben. Der häßliche kleine Hund glaubte, Fräulein Emilie Strohbach habe Interesse an ihm gefaßt. Also winselte er und beleckte die Hand und zeigte sich von seiner freundlichsten Seite, nämlich im rechten Profil: Rechts war sein Fell weniger struppig.
Fräulein Strohbach lachte ein bißchen, dünn und hoch. Sie streichelte den Hund ein bißchen unsicher und schwach. Sie sagte: »Lauf, Kleiner, lauf!«
Aber der Hund lief nicht. Er legte seinen Kopf in des Fräuleins Schoß und lächelte selig. Das Lächeln besagte: Endlich daheim!
Das Lächeln versetzte das Fräulein in Panik. Um Himmels willen, dachte sie – was, wenn ich den Hund nicht mehr los werde? Lieber Gott, was soll ich mit einem Hund anfangen? Ich, die ich selber gerade noch so durchkomme. Hilf mir, lieber Gott. Mach, daß der kleine Hund ein Einsehen hat und weggeht!
Aber der liebe Gott erhörte ihr Flehen nicht. (Man weiß, wieviel der arme liebe Gott an einem vierundzwanzigsten Dezember zu tun hat.)
»Geh weg«, sagte Fräulein Strohbach und schubste den kleinen Hund ein bißchen. Er fiel zur Erde, bellte kurz und vergnügt – und sprang wieder auf die Bank. Das war ein lustiges Spiel, es machte ihm Spaß.
»O Gott«, sagte Fräulein Strohbach.
Sie stand auf und eilte zum Ausgang der Halle. Der kleine Hund folgte ihr laut bellend.

Fräulein Strohbach versuchte es mit verschiedenen Listen. Sie ging sehr rasch, sie lief beinah. Sie versteckte sich hinter einer Säule. Sie schlug Haken und beschrieb gewagte Bögen. Der kleine Hund folgte ihr fröhlich bellend allüberall hin.
Zuletzt landete Fräulein Strohbach außer Atem wieder auf der Bank neben dem Lichterbaum. Noch ehe sie saß, saß schon der Hund.
Verzweiflung bemächtigte sich des Fräuleins.
Sie sagte zu dem kleinen Hund, der sie aufmerksam betrachtete:
»Was soll ich mit dir anfangen? Ich bin arm, verstehst du das nicht? Ich bin zu arm, um einen Hund zu haben.«
Er bellte übermütig.
»Bell nicht. Laß mich in Ruhe. Hast du denn kein Zuhause, wo du hingehen kannst?«
Der kleine Hund schüttelte den Kopf.
»Ach, lieber Gott im Himmel«, sagte Fräulein Strohbach.
Viele Menschen gingen an der Bank vorbei, sie waren alle in Eile. Die Halle leerte sich. Der Heilige Abend kam jetzt aber schon mächtig in Fahrt.
»Das Futter... Die Steuer... Es geht nicht, nein, es geht nicht«, sprach Fräulein Strohbach. »Ich bekomme dreihundert Mark im Monat«, teilte sie dem Hund unnötigerweise mit, während sie – ein neuer Fehler – sentimental sein struppiges Fell streichelte und dachte: Wenn ich doch mehr bekäme, nur ein bißchen mehr! Gerade so viel, daß ich mir dich leisten könnte, denn du gefällst mir. Ich wär' nicht mehr so allein...
Und gleichzeitig dachte sie: Unsinn! Was soll das alles? Es ist einfach nicht im Budget!
Das dachte sie.
Und sagte darum laut:
»Ich lasse mich doch nicht von dir erpressen. Weißt du, was ich mache, wenn du nicht verschwindest? Ich bringe dich zur Bahnhofswache. Ja, das tue ich, meiner Seel! Also geh schon, geh!«
Aber der kleine Hund ging nicht. Und Fräulein Strohbach brachte ihn nicht zur Bahnhofswache.
Eine ganze Stunde lang saßen sie nebeneinander auf der Bank unter dem Lichterbaum der Deutschen Bundesbahn, sahen sich an, schwiegen und gedachten der Vergangenheit.
Dann sagte das Fräulein: »Du hast mir gerade noch gefehlt.«
Der kleine Hund begann wieder ihre Hand zu lecken. In der

Ferne läuteten Glocken, und draußen im kalten Regen leuchteten viele Signallichter, grüne, rote und weiße.
Nun lag die Halle verlassen. Die Menschen hatten sich verlaufen. Die Bahnhofsgeschäfte schlossen. Fräulein Strohbach und der Hund saßen unter dem Lichterbaum.
Da trat ein Mann heran. Er war groß, rotgesichtig und schwer.
»Verzeihen Sie«, sagte der Mann und verbeugte sich. »Würden Sie das hier wohl annehmen, liebe Dame?« Und er überreichte ein Paket und einen Briefumschlag.
Fräulein Strohbach schrak auf. »Wer sind Sie?«
»Mein Name ist Brenner«, sagte der Dicke. »Mir gehört der Delikatessenladen da drüben. Ich habe Sie beobachtet. Sie und den Hund. Schon seit einer Stunde beobachte ich Sie beide.«
»Und was ist in dem Paket?«
»Ein bißchen Schinken, ein bißchen Wurst, ein bißchen Käse, ein paar Büchsen Konserven und Brot. Ein Fläschchen Kognak, denn es ist kalt. Auch Kaffee, feiner Kaffee. Und Weintrauben ...«
Der kleine Hund bellte.
»... und zwei feine Knochen«, sagte der Dicke.
Fräulein Strohbach begann zu weinen. Sie sagte leise: »Das geht nicht, nein, das geht doch nicht, Herr Brenner!«
»Ich habe Sie beobachtet«, sagte der Dicke. »Warum soll das nicht gehen?«
Fräulein Strohbach erwiderte: »Weil ich Sie nicht kenne, mein Herr.«
»Aber ich kenne Sie«, sagte der Dicke.
»Sie – mich? Und wer bin ich?«
»Sie sind das alte Fräulein, das zu dem kleinen Hund freundlich gewesen ist«, erklärte der Dicke. »Ich sehe gerne freundliche Menschen. Und freundliche Hunde. Gehen Sie nun nach Hause, liebe Dame.«
Fräulein Strohbach kramte in ihrer altmodischen Tasche und sagte: »Ich habe kein Taschentuch.«
Der Dicke gab ihr das seine. Es war blütenweiß und sehr groß.
Das Fräulein schneuzte sich und fragte: »Und was ist in dem Kuvert?«
Verlegen erwiderte der Dicke: »Fragen Sie doch nicht so viel. Das ist ein Vorschuß.«

»Vorschuß worauf?«
»Na, auf die Hundesteuer, verdammt noch mal. Die bezahle nämlich ich.«
»Nein!«
»Doch!«
»Aber wie kommen Sie denn dazu?«
»Das weiß ich auch nicht, wie ich dazu komme«, sagte der Dikke. »Aber wenn es mir nun mal Spaß macht?« Er schüttelte zuerst Fräulein Strohbach die Hand und danach dem kleinen Hund die kleine Pfote und sagte dazu: »Fröhliche Weihnachten, Herrschaften!«
»Ein frohes Fest auch Ihnen«, sagte das Fräulein. »Sie sind ein guter Mensch, Herr Brenner.«
»Ach, Quatsch«, sagte Herr Brenner.
Der häßliche Hund bellte, und das hieß: Doch, doch!
»Komm, Kleiner«, sagte Fräulein Strohbach. »Jetzt gehen wir nach Hause.«
Nach Hause . . . du lieber Gott, wie sehr freute sie sich plötzlich darauf!

Rosis Tod

Vorgestern kam es vor der Oper zu einem Zwischenfall, der einiges Aufsehen erregte. Das Pferd des Droschkenkutschers Karl Lackner glitt auf den Gleisen der Straßenbahn aus, stürzte und brach sich ein Bein.
Es gibt nicht mehr viele Droschken auf der Welt. In Wien gibt es noch ein paar. Da heißen sie Fiaker. Und vor der Wiener Oper ereignete sich der Zwischenfall.
Das Pferd war weiß und schwarz gefleckt. Es war nicht mehr jung. (Kutscher Lackner hatte auch schon weiße Haare.) Wenn ein Mensch sich ein Bein bricht, so ist das ein Malheur ohne besondere Bedeutung. Er kommt ins Krankenhaus, liegt sechs Wochen und kann dann wieder laufen. Ein Pferd könnte sich ebensogut gleich den Hals brechen. Ein Pferd mit einem gebrochenen Bein ist restlos erledigt.
Kutscher Lackner war sich darüber auch vollkommen im klaren.

Zahlreiche Neugierige bat er mit gepreßter Stimme: »Geben Sie mir keine guten Ratschläge, Herrschaften. Gehen Sie doch weiter!«
Aber davon war keine Rede! Die Zuschauer standen eisern da und starrten das Pferd an, das auf der Erde lag und die Augen verdrehte.
Sogleich erschien ein Polizist. Er war klein und dick und hatte ein rotes Gesicht mit vielen Falten. Der Polizist holte einen Notizblock aus der Tasche und stellte Fragen. Kutscher Lackner beantwortete sie gereizt und verlangte: »Es muß was für die Rosi getan werden!«
»Geboren, zuständig, wohnhaft«, leierte der Polizist gleichmütig. Er wußte so gut wie Lackner, daß es mit der Rosi aus war, aber bei ihm handelte es sich um eine Meldung für das Revier – und bei Lackner um eine sterbende Freundin, eine alte Kameradin, die seinen Fiaker durch Staub und Hitze gezogen hatte, bei Sonne und Regen, Winter und Sommer, viele Jahre. Darum redeten die beiden aneinander vorbei. Darum ließ sich Kutscher Lackner in seiner Trauer hinreißen, eine Folge starker Worte unbedacht auszusprechen.
Der Polizist nickte böse, beleckte seinen Bleistift und sagte: »Sie, Herr!«
Jedermann wußte sogleich, daß die Situation nun völlig verfahren war. Sobald zwei, die gewohnt sind, du zueinander zu sagen, auch wenn sie sich gar nicht kennen, die Anredeform wechseln, dann liegen Ohrfeigen in der Luft.
Ein Halbstarker rief entzückt seinen Freund aus einem nahen Espresso herbei, und ein kleiner Junge pfiff vor Aufregung auf zwei Fingern. Der traurige Anlaß zu dieser Szene war vorübergehend in Vergessenheit geraten. Dann aber ließ ein schrecklicher Klageruf alle zusammenfahren.
Die Rosi schrie.
Sie schrie heiser und wie ein Mensch in großer Not. Dabei hob sie den Kopf vom Pflaster und schloß die Augen. Einen Moment lang war es totenstill. Und dann fiel der Schädel dumpf auf die Fahrbahn.
Nun veränderte sich die Lage völlig! Der kleine Junge schämte sich so sehr, daß er zu heulen anfing. Eine alte Frau mit einem Marktnetz voller gelber Rüben sagte: »Schrecklich, schrecklich!« Und der dicke Polizist zog seine Uniformjacke aus, legte

sie zusammen und schob sie der Rosi unter den Kopf. Das Notizbuch steckte er in die Hosentasche. Kutscher Lackner stand neben ihm und wußte nicht, was er mit seinen großen, roten Händen anfangen sollte.
Jemand meinte: »Das beste ist, man erschießt das Pferd!«
»Dazu«, sagte ein anderer, »bedarf es einer amtlichen Erlaubnis.« Dieser Mann war mager und hatte ein verkniffenes Gesicht, und alle verachteten ihn dafür, daß er dem Tod als Bürokrat begegnete.
Kutscher Lackner fuhr sich mit der Hand über die Stirn und fragte: »Womit hab' ich das nur verdient?«
»Es ist verboten, Tiere auf der Straße zu erschießen«, sagte der Bürokrat. In diesem Augenblick schrie die Rosi wieder.
»Es ist mir wurscht, was verboten und was erlaubt ist«, sagte der dicke Polizist, während er seine Pistole hervorholte. »Ich kann das Tier nicht mehr schreien hören.«
»Ich auch nicht«, sagte Kutscher Lackner. Er sah den Polizisten an, und über zwei Sätzen waren sie Freunde geworden. »Erschieß sie«, bat Lackner leise. »Aber nimm zuerst deine Jacke weg, sonst wird sie ganz blutig.«
»Das macht nichts«, erwiderte der Polizist, während er eine Patrone in den Lauf springen ließ. Kutscher Lackner kniete nieder und streichelte den Rücken der Rosi. Immer dieselbe Stelle am Hals, zärtlich und langsam. Man konnte am Streicheln sehen, wie lieb er die Rosi hatte und wie nah ihm ihr Ende ging.
Der Pistolenschuß machte nicht viel Lärm. Dazu war es zu laut auf der Straße. Die Kugel traf die Rosi zwischen den Augen und tötete sie sogleich. Ein leichter Geruch nach Pulver verbreitete sich.
Kutscher Lackner stand auf und sagte: »Sie war ein gutes Pferd.«
»Jetzt tut ihr nichts mehr weh«, antwortete der Polizist. Sie sahen einander an und fanden, daß sie beide nasse Augen hatten. Da gaben sie sich kurz die Hand.
Die Umstehenden begriffen sogleich, daß sie nun störten und gingen weiter. Die beiden Männer blieben bei dem toten Tier zurück und redeten leise miteinander.
»Meine Existenz«, sagte Kutscher Lackner, »meine Familie ... die Rosi war mein einziges Pferd. Ich hab doch kein Geld für ein neues ...«

»Paß auf«, sagte der Polizist, »mein Bruder, der kennt einen Bauern. Bei Salzburg. Dort gibt's Pferde zu kaufen.«
»Wenn ich aber doch kein Geld habe.«
»Mein Bruder redet mit dem Bauern. Dann kannst du es abzahlen. In ganz kleinen Raten. Und wenn du mal mit einer hängenbleibst, macht es auch nichts. Das ist ein reicher Bauer.«
»Glaubst du wirklich . . .?«
»Na klar! Um sechs hab ich Dienstschluß. Du holst mich beim Revier ab, und wir fahren gleich zu meinem Bruder.«
Das Leben geht immer weiter! Wir sollen nicht verzweifeln an der Traurigkeit einer einzigen Stunde. Die beiden Männer saßen auf dem Randstein neben dem toten Tier und warteten auf den Wagen, der es fortbringen sollte. Sie sprachen von der Rosi und schmiedeten schon wieder Pläne.
»Lächerlich«, meinte der Polizist, »das wäre ja lächerlich, wenn wir dir nicht helfen könnten!«
Zu dieser Zeit war die Rosi schon im Pferdehimmel angekommen und hüpfte auf vier gesunden Beinen über eine wunderschöne Wiese. Sie war sehr glücklich und nahm sich vor, für ihren alten Freund, der eine kurze Weile noch in Wien zurückgeblieben war, nach dem Abendbrot ein bißchen fröhlich zu wiehern. Für ihn und den Polizisten, der sie erlöst hatte von ihrer Qual.

Unheimlicher Brief von einer längst verstorbenen Dame

Also, meine Mutter kommt zur Tür herein, und im Gesicht ist sie beinahe so weiß wie das Papier, auf das ich gerade diese (wirklich wahre) Geschichte tippe, und in den zitternden Händen hält sie ein kleines, geöffnetes Päckchen (mir scheint, mit einem alten Etui darin) und einen Brief.
»Was ist denn los, um Himmels willen, Mami?«
Aber sie antwortet nicht, sondern läßt sich nur in den alten geschnitzten Stuhl neben der großen alten Vitrine fallen. Auf der anderen Seite des Stuhls steht eine hohe Tonvase auf dem Tep-

pich. Lange, braune und dünne Zweige stecken darin, mit kleinen Knospen. Es sind Palmkätzchenzweige. Der Gärtner hat sie meiner Mutter gebracht. Er behauptet, die Kätzchen würden in der Wärme des Zimmers zu blühen beginnen. Sie tun's nur nicht. Also, zwischen der Vitrine und der Vase mit den Zweigen sitzt meine Mutter und starrt das Etui in dem Päckchen an und schüttelt den Kopf, immer wieder.

»Mami!«

»Ja?« sagt sie und schaut mich an, als wäre es halb drei Uhr früh, und ich hätte sie gerade aus einem tieftieftiefen Traum wachgerüttelt. »Was ist los?«

»Das frage ich dich! Wer war das? Wer hat da eben geläutet?«

»Ein Expreßbriefträger.«

»Na und?«

»Na, und deshalb brauche ich jetzt einen Cognac«, sagt meine Mutter. »Mir ist ganz schlecht. Nun mach schon, Junge. Kannst ruhig ein größeres Glas nehmen.«

Nur wer meine Mutter kennt, vermag zu ermessen, was das heißt, wenn sie ein größeres Glas Cognac verlangt – nachmittags um halb vier!

Obwohl – sie war schon diesen ganzen Gründonnerstag vor dem fröhlichen Osterfest nicht so wie sonst, sondern bedrückt und still. Weil ich sie liebhabe, ist mir das natürlich auf den Magen gegangen, und ich habe immer wieder gefragt: »Was ist denn bloß?«

»Ach nichts«, hat sie dann erwidert. Oder: »Ich muß dauernd daran denken, wie schnell das Leben vergeht.« Oder: »Weißt du, jetzt bist du erwachsen und meistens weit weg von mir, aber einmal, da warst du klein und immer hier, und ich habe dich Butzl genannt. Und mir kommt vor, als wäre das gestern gewesen.« Oder: »Wer weiß, wie viele Ostern wir noch so zusammen erleben werden ...«

In dieser Art, Sie verstehen schon. Sie ist einfach traurig, daß wir so flüchtig zu Gast sind hinieden auf Erden. Der Gründonnerstag ist ja auch ein trauriger Tag. (Der Karfreitag, natürlich, ist noch trauriger.)

Also, meine Mutter trinkt einen Schluck, und es kommt wieder Farbe in ihr Gesicht, aber fröhlicher wird sie nicht. Sie sagt bloß ratlos: »Eilboten und Eingeschrieben. War es. Kein Absender. Werde ich vielleicht verrückt?«

Das glaube ich ja nun nicht, aber ich überlege, ob meine Mutter etwa einen solchen Schreck erlitten hat, daß sie nur noch Sätze mit höchstens vier Wörtern bilden kann.
»Schau nicht so, Junge. Lies!«
Also nehme ich den Brief. Er ist mit der Maschine geschrieben, und das Papier ist viele Jahre alt und riecht nach Lavendel.
»Liebe Frau Lisa«, lese ich laut, »ich starb, wie Sie sich vielleicht noch entsinnen werden, am 11. Mai 1948. Sie wohnten meinem Begräbnis bei, was ich damals erfreut bemerkte, da ich zu meiner Lebzeit eine tiefe Verehrung für Sie ...«
Ich lasse den Brief sinken.
»Na, bitte«, sagt meine Mutter. Und trinkt noch einen Schluck. (Immer noch traurig.)
»Ich glaube, ich nehme lieber auch einen«, sage ich.
Also stoßen wir kurz mit den Gläsern an, ich stärke mich und lese weiter: »... tiefe Verehrung für Sie empfunden habe. Punkt. Ich wurde am 30. März 1861 geboren und feiere heute in den Himmlischen Gefilden meinen 100. Geburtstag. Warum ich Ihnen gerade heute schreibe, liebe Frau Lisa? Nun, zunächst habe ich noch zu meiner Lebzeit im Hundertjährigen Kalender nachgesehen und festgestellt, daß mein hundertster Geburtstag im Jahre 1961 auf den Gründonnerstag fallen wird ... Haben wir heute wirklich den Dreißigsten?«
»Gib dich jetzt nicht mit Nebensächlichkeiten ab«, sagt meine Mutter. »Lies weiter. Ja, heute ist der Dreißigste.«
Ich lese: » ... und dann besitzen Sie – wie ich von da, wo ich nun bin, deutlich sehen kann – noch immer Ihre geliebte Vitrine mit dem märchenhaften Inhalt. Mit jenen schönen, absonderlichen und alten Dingen, die, wie Sie mir einst sagten, Ihnen alle Geschichten zu erzählen vermögen ...«
Jetzt muß ich einen Moment unterbrechen und etwas erklären: Meine Mutter lebt in Wien, im Westen der Stadt, schon weit draußen, da, wo die Weinberge sich emporheben zum Wienerwald. Da wohnt sie. In einer Villa, die eine Dachterrasse hat. Von der Terrasse kann man über die ganze Stadt hinwegsehen. Manchmal besucht meine Mutter mich in München, manchmal besuche ich sie in Wien. An diesem Gründonnerstag 1961 bin ich bei ihr. Wir wollen wie immer zu Hause Ostern feiern. Das wäre das eine. Und dann wäre da noch diese Vitrine ...
Also, die Vitrine kommt aus Frankreich und steht auf einer alten,

geschnitzten Kommode aus beinahe schwarzem Holz und ist selber auch aus schwarzem, geschnitztem Holz, und nur an der Frontseite hat sie Flügeltüren mit großen Glasscheiben. Hinter den Glasscheiben liegen, seit ich zurückdenken kann, viele wunderbare Dinge, die mich als Kind besonders fasziniert haben: alte Fächer und Ikonen, Amulette, Engelchen, Ketten und Ringe. Alraunen, ein einzelner Ballschuh, riesengroße Silbermünzen, ein winziger venezianischer Spiegel, ein Jesuskind aus Wachs mit verblichenem blondem Haar, ein Glockenspiel, ein schwedischer Lichterbaum und viele, viele andere Dinge. Im Laufe der Jahre sind natürlich noch ein paar neue dazugekommen. Und was in diesem irrwitzigen Brief steht, das hat meine Mutter wirklich immer gesagt: »Alle diese Dinge erzählen mir Geschichten!«

So. Das mußte ich erklären, denn diese beiden Punkte dürfen Sie nicht vergessen: daß meine Mutter eine Vitrine besitzt und daß die Geschichte in Wien spielt.

Jetzt lese ich weiter.

». . . Für diese Vitrine, liebe Frau Lisa, möchte ich Ihnen nun ein kleines Präsent, eine Rarität aus dem vergangenen Jahrhundert, zum Geschenk machen, denn ich weiß sie in jenem Glaskasten wohlgeborgen für die nächsten paar Jahrtausende. (Verzeihen Sie, daß ich mit Maßstäben der Ewigkeit rechne, man gewöhnt sich das hier so an!) . . .«

Ich glaube, ich brauche noch einen Cognac.

». . . Der Inhalt des kleinen Etuis, das ich Ihnen anbei zukommen lasse, stellt das Patengeschenk der Königin Maria Christina von Spanien (Tochter des österreichischen Erzherzogs Karl Franz) an mich dar, die, wie schon erwähnt, am 30. März 1861 das Licht der Erdenwelt erblickte . . . Was ist denn in dem Etui, Mami?«

»Eines nach dem andern«, sagt meine Mutter leise und beklommen, »lies zuerst den Brief zu Ende.«

Ich lese laut: »Daß ich, eine Bürgerliche, eine so erlauchte Patin besaß, erklärt sich ohne Schwierigkeiten aus folgendem Sachverhalt: Mein Vater selig war der k. und k. Hofkapellmeister Pius Laurentius Richter (1818–1893). Im Jahre 1859, zwei Jahre vor meiner Geburt also, wurde er Musiklehrer der habsburgischen Erzherzogin Gisela und Ihrer Majestät der Kaiserin Elisabeth, der Erzherzoginnen Maria Theresia und Mathilde, ferner der habsburgischen Erzherzöge Friedrich, Carl Stephan, Eugen, Wilhelm und Rudolf und endlich eben jener kleinen Erzherzogin Maria Christina, die später einmal als Gemahlin Alfons' XII. Königin von Spanien werden sollte und die meines Vaters anläßlich meiner Geburt huldvollst und aufmerksam gedachte und mir jenes Patengeschenk machte, das ich nun in Ihre Hände lege, liebe Frau Lisa. So«, sagte ich, »und jetzt lese ich nicht eine einzige Zeile weiter, bevor ich nicht das Patengeschenk gesehen habe!«

»Du hast immer schon eine mir so völlig unerklärliche fremdländische Hast an dir gehabt, mein Sohn«, sagt meine Mutter traurig. »Aber bitte, wenn du es nicht mehr aushältst ...«

Und sie gibt mir ein abgestoßenes altes Etui aus schwarzem Leder.

Ich öffne es.

Innen ist es mit rotem, schon ziemlich zerschlissenem Samt ausgeschlagen, das Etui, und auf einem kleinen, ebenfalls zerschlissenen Seidenkissen liegt eine goldene Uhr!

So eine richtig alte, verstehen Sie? Wie man sie im Museum sieht, im Wiener Uhren-Museum. Gold, Gold, alles Gold! Ein Wappen und eine komplizierte Gravierung auf der Rückseite. Und ein verschnörkeltes Schlüsselchen, auch aus Gold, zum Aufziehen.

»Junge, Junge«, sage ich zu meiner Mutter, »das ist ja vielleicht ein Ding.«

Sie seufzt. »Was glaubst du, wozu ich den Cognac brauchte?«

»... Sie fragen, warum ich ausgerechnet Ihnen dieses Geschenk zukommen lasse«, lese ich weiter. »Nun, ich will es Ihnen sagen, liebe Frau Lisa! Genau vierzehn Tage vor meinem Tode war ich zum ersten- und zum letztenmal da draußen in Ihrem Haus in Neustift am Wald zu Besuch. Damals zählte ich bereits 87 Jahre und konnte infolge einer schweren Arthrose nur noch höchst mühsam und selten ausgehen. Mein einziger Kontakt mit der Erdenwelt, in der ich einst als Pianistin – ich darf das in aller Bescheidenheit sagen – eine nicht unbedeutende Rolle spielte, bildeten kleine Hauskonzerte, welche ich mit jungen und alten Freunden, die bis zuletzt meine Schüler waren, veranstalten durfte, aus Gottes Gnade.

Oft erzählten mir damals mein Sohn Carl und seine Frau Fritzi von der Schönheit der Landschaft, in der zu leben Sie das Glück haben. Wie sehnte ich mich danach, Sie zu besuchen! Einmal

sprach ich diesen Wunsch unbedacht aus, er kam Ihnen zu Ohren, liebe Frau Lisa – und Sie erfüllten ihn.
Mit einem Taxi ließen Sie mich aus der Stadt holen und wieder heimbringen, später, obwohl Sie – wie ich heute hier, wo man alles weiß, weiß – damals nur sehr wenig Geld hatten und Taxis noch so teuer waren.
Ach! Zusammen mit meinem Sohn Carl und meiner Schwiegertochter Fritzi geleiteten Sie mich an jenem Nachmittag behutsam über die Stiegen Ihres Hauses hinauf bis zu jener Terrasse auf dem Dach. Da saß ich dann ganze zwei Stunden lang, und ich blickte über die Weinberge hinab zu der riesigen Stadt Wien, ich sah die ungarischen Berge in der Ferne, den Stephansdom, das Riesenrad, und als es dämmerte, sah ich Millionen Lichter aufflammen und zuletzt auch noch das erleuchtete Riesenrad – zum letzten Mal in meinem Erdenleben.
Es war ein glücklicher Tag, den Sie mir damals schenkten. Und darum, liebe Frau Lisa, verstehen Sie jetzt, will auch ich Ihnen an meinem ersten Hundertsten – zu solcherlei Terminen ist uns Seligen das gestattet – eine Freude machen, eben mit jenem Taufgeschenk meiner erlauchten Patin, der Königin Maria Christina von Spanien.
Möge mein Ostergruß Sie erfreuen, mögen Ihnen noch viele gesegnete Frühlinge beschieden sein.
Leben Sie wohl! Aus den Ewigen Himmeln grüßt Sie Ihre getreue Carolina Elsner, geb. Richter.«

»Möchtest du mir bitteschön dafür eine Erklärung geben«, sagt meine Mutter, als ich den Brief sinken lasse.
Ich setze zu einer solchen an, aber sie nimmt mir die Flasche weg und sagt: »Jetzt wird nicht mehr getrunken. Eine vollkommen logische Erklärung, bitte. Vorwärts, du alter Materialist und Zyniker!«
»Zunächst«, sage ich, »tippen Tote ihre Briefe nicht!«
»Ach nein?« sagt meine Mutter. Sie kann schrecklich ironisch sein, wenn sie will. »Sie schreiben mit der Hand, ja?«
»Sie schreiben überhaupt nicht! Und sage nicht wieder: Ach nein!«
Meine Mutter sagt gar nichts. Sie steht auf und öffnet ihre Vitrine und fängt an, einen besonders vorteilhaften Platz für die Uhr zu suchen. Und erst nach einer langen Weile bemerkt sie:

»Am schönsten wäre es natürlich, wenn du mir überhaupt keine vollkommen logische Erklärung geben könntest. Geschichten, für die es keine vollkommen logischen Erklärungen gibt, habe ich nämlich am liebsten.«
»Ich muß dich enttäuschen: Für diese Geschichte gibt es eine.«
»Ach ja?«
»Du sollst nicht ach ja sagen!«
»Du hast gesagt, ich soll nicht ach nein sagen.«
»Mami, bitte! Hör mir zu: Diese alte Dame hat einen Sohn, den Carl. Und der Carl ist mit der Fritzi verheiratet. Unterbrich mich nicht! Die alte Dame hat die goldene Uhr wirklich durch ihr ganzes Leben aufbewahrt, und als sie fühlte, daß es mit ihr zu Ende ging, da hat sie wahrscheinlich zu ihrem Sohn Carl gesagt: Zu meinem hundertsten Geburtstag schenke diese Uhr bitte der Frau Simmel. Na, und das hat er getan! Und weil er – ich habe ihn jahrelang nicht gesehen, aber das weiß ich noch genau –, weil er ein so kultivierter und geistreicher Mensch ist, der Carl, hat er den Einfall gehabt, dir im Namen seiner Mutter diesen Begleitbrief zu schreiben. Nicht umsonst ist alles getippt. Ganz logisch! Bist du zufrieden mit meiner Erklärung?«
»Nein«, sagt meine Mutter. »Du hättest mich doch vorhin unterbrechen lassen sollen.«
»Wann?«
»Als du sagtest: Der Carl ist mit der Fritzi verheiratet.«
»Na, das stimmt doch!«
»Nein, das stimmt nicht. Der Carl *war* mit der Fritzi verheiratet. Er ist vor zwei Jahren gestorben.«
»Was?«
»Am 4. Mai 1959. Du kommst eben zu selten nach Wien«, sagt meine Mutter klagend. »Ich habe es dir übrigens damals geschrieben. Du hast es vergessen.«

Also rufe ich die Fritzi an, und Gott sei Dank, die lebt noch, und ich kann mit ihr sprechen, denn sonst würde ich vielleicht noch verrückt!
»Fritzi«, sage ich, »Fritzi, du hast den Brief an meine Mutter geschrieben, und du hast meiner Mutter die goldene Uhr geschickt, gib's zu!«
»Ich gebe zu«, sagt die Fritzi darauf, »daß ich die Uhr geschickt habe. Den Brief habe ich nicht geschrieben.«

»Aber ...«
»Den Brief hat der Carl geschrieben.«
»Der Carl? Der Carl ist doch ...«
»Mario«, sagt die Fritzi ganz sanft, »sei bitte kein Idiot. Der Carl hat den Brief natürlich geschrieben, als er noch lebte. 1955. Er war noch ganz gesund damals. Aber er meinte immer, man könnte nie wissen. Und er wollte so gern, daß deine Mutter die Uhr seiner Mutter zu deren hundertstem Geburtstag bekommt. Und da hatte er den Einfall mit dem Brief. Eben weil man nie wissen kann, wie er immer meinte. Er sagte zu mir: Wenn ich den Gründonnerstag 1961 noch erlebe, dann fahren wir zusammen zur Lisa hinaus und bringen ihr die Uhr. Wenn ich den Gründonnerstag aber nicht mehr erlebe, dann schick du ihr die Uhr. Und den Brief! Na ja, und das habe ich getan«, erklärt die Fritzi am Telefon.
»Fritzi«, sagte ich stotternd, »es ... es ist sehr schwierig, darüber zu sprechen ... aber ... aber ... aber wir müssen doch alle einmal sterben, nicht wahr ... und wenn ...«
»Du meinst, wenn ich nun auch krank geworden oder gestorben wäre?« fragt sie ganz ruhig.
»Hrm! Nein! Ich meine ... ja, das meine ich!«
»Dann hätte in meinem Testament gestanden, daß *du* die Uhr und den Brief in Verwahrung nehmen und deiner Mutter zum Gründonnerstag 1961 schicken sollst.«
»Und wenn auch ich ...«
»Dann hätte deine Schwester es getan. Die ist jünger.«
»Es geht nicht um jünger«, sage ich, »es geht um älter. Wenn nun meine Mutter ...«
Da unterbricht mich die Fritzi: »Ja«, sagt sie, »das hat mein armer Carl seiner Mutter damals auch entgegengehalten, als sie ihn bat, deiner Mutter 1961, zu ihrem hundertsten Geburtstag die Uhr zu schenken. Mama, hat der Carl gesagt, wie soll ich dir das versprechen? Ich kann sterben, die Fritzi kann sterben, der Mario kann sterben, die Frau Simmel kann sterben – wir alle können sterben!«
»Und was hat seine Mutter geantwortet?«
»Sie hat gesagt, Carl, hat sie gesagt, du weißt, ich habe das Zweite Gesicht – Carls Mama hat wirklich Dinge voraussehen können, ihr ganzes Leben lang. Und so hat sie zum Carl gesagt: Daß die Frau Simmel leben wird zu Ostern 1961, das *weiß* ich

eben! Da kannst du Gift darauf nehmen! Na, und hat sie nicht recht behalten?«
Meine Mutter, die mithört, lächelt. Zum erstenmal an diesem Tag! Aber als sie bemerkt, daß ich es bemerke, dreht sie schnell den Kopf weg. Es war auch nur ein ganz kleines Lächeln.
»Die Mutter von meinem armen Carl hat sich gewünscht, daß deine Mutter die Uhr bekommt«, sagt indessen die Fritzi. »Nun, und sie hat sie bekommen. Hast du schon einmal etwas von Auferstehung gehört, lieber Mario?«
Darauf gebe ich eine dumme Antwort.
»Doch, doch«, sagt die Fritzi, »so etwas nenne ich Auferstehung. Und jetzt laß mich einmal mit deiner Mutter reden.«
So gebe ich meiner Mutter den Hörer und gehe aus dem Zimmer, damit die beiden guten Freundinnen sich wieder einmal richtig unterhalten können. Und weil ich weiß, das wird ein langes Gespräch, mache ich einen kleinen Spaziergang und denke über alles nach.
Als ich wieder in die Wohnung komme, steht meine Mutter vor der geöffneten Vitrine und hält die goldene Uhr ans Ohr. »Ich habe sie aufgezogen«, sagt sie. »Und sie tickt! Sie geht! Sie funktioniert noch immer. Und sie ist so alt ...«
»Ich muß dich um Entschuldigung bitten.«
»Wieso?« fragt meine Mutter und hört zu, wie die Uhr tickt.
»Das, was ich vorhin gesagt habe, war keine vollkommen logische Erklärung. Ich bin sehr froh darüber, daß die Mama vom armen Carl recht behalten hat mit ihrem Zweiten Gesicht. Aber mit einem Zweiten Gesicht kann man eine Geschichte einfach nicht vollkommen logisch erklären!«
»Ich sage dir doch, daß ich die Geschichten, die man nicht vollkommen logisch erklären kann, am liebsten habe«, antwortet meine Mutter. Und ich starre sie an, denn plötzlich lächelt sie – aber wie! Es ist, als wäre die Sonne aufgegangen in ihrem Gesicht! Und dabei war sie doch so traurig, diesen ganzen Gründonnerstag lang. Wie fröhlich sie jetzt auf einmal ist!
»Mami, was hast du denn?«
»Wir sind morgen bei der Fritzi zum Tee eingeladen. Sie will dich endlich einmal wiedersehen.«
»Und darum bist du auf einmal so fröhlich?«
»Nicht deshalb«, antwortet sie, und ihr Lächeln wird noch heller, noch strahlender.

»Sondern weshalb?«
»Sondern weil ich mir gerade überlegt habe«, sagt sie, »wer diese Uhr und einen Brief dazu an *meinem* hundertsten Geburtstag bekommen wird.«
»Wer?«
Und meine Mutter lächelt und summt ein bißchen und schweigt.
»Und was wird in dem Brief stehen?«
»Das wirst du schon sehen«, sagt meine Mutter und streichelt die alte Uhr, »das wirst du dann schon sehen, mein Sohn. Übrigens, hast du es bemerkt?«
»Was?«
Sie zeigt zu der großen Tonvase auf dem Teppich. Und bei Gott, unsere Palmkätzchen haben zu blühen begonnen ...
Ach, all ihr kleinen Palmkätzchen im Wald und auf den Weiden, höret auf Frau Carolina Elsner, geb. Richter, die da oben in den Ewigen Himmeln wohnt, höret auf die alte Dame mit dem Zweiten Gesicht und blüht noch viele, viele Frühlinge für meine liebe Mutter!

Wohin soll ich mich wenden?

Wohin soll ich mich wenden
in meiner Angst und Not?
Wer wird mir Hilfe senden,
wenn mir die Hölle droht?

Den Mann, von dem in den nächsten Zeilen die Rede ist, wird man dereinst den Moses des atomischen Landes nennen. Er trägt mit Vorliebe weite Pullover, Hosen ohne Bügelfalten und Sandalen. Sowie wildes weißes Haar, das seinen Löwenkopf umgibt. Schon zu Lebzeiten hat man ihn unter die Unsterblichen eingereiht. Mit dreizehn Jahren bat er seinen Vater, die deutsche Staatsbürgerschaft ablegen zu dürfen. Später, als die Welt schon ihn und sein Genie verehrte, verbrannten die Nazis seine Bücher. Der Mann lebt jetzt in Princeton, USA. In einem bürgerlich-ordentlichen Haus. In seiner Freizeit spielt er gern Geige. Schnabel,

einer der besten Beethoven-Interpreten der Welt, unterrichtet ihn manchmal. Einmal soll er dabei sein begleitendes Spiel unterbrochen und gesagt haben: »Es ist furchtbar verdrießlich, Albert, daß Sie nicht zählen können!«
Mit dem Zunamen heißt dieser Mann Einstein. Albert Einstein. Von seinem Ruhm hallt die Welt wider. Seine Lehren haben ein neues Zeitalter eingeleitet. Sie haben der Wahrheit – die in unserem Jahrhundert ein heimatloser Flüchtling ist, eine ›displaced person‹ – einen Platz gewiesen, wo sie ihr Haupt zu betten vermag. Zumindest der wissenschaftlichen Wahrheit. Es ist ein Unglück ohne Beispiel, daß seine Lehren in der Union der Sozialistischen Sowjetrepubliken soeben auf den Index gesetzt worden sind. Mit der offiziellen Begründung, daß sie auf ›bourgeoisem Idealismus‹ beruhen. Dieses Unglück wird selbst dann nicht geringer, wenn man es im Sinne der Relativitätstheorie betrachtet. Im Gegenteil. Denn gerade wenn man mit der Dimension der Zeit zu rechnen beginnt, erhebt sich die Frage, warum wohl weit über dreißig Jahre vergehen mußten, ehe man in Einstein jenen verdammenswerten Reaktionär erkannte, der er nun für ein Fünftel der Menschheit zu sein hat. Die Wahrheit bleibt die Wahrheit, verboten oder von Staats wegen sanktioniert. Aber das Kissen, auf das sie ihr Haupt bettet, ist wieder um ein Stück kleiner geworden.
Das ist der Tragödie erster Teil.

Eine Todsünde begeht, so erklärte am 9. April 1952 zu Rom Monsignore Pericle Felici, wer sich als katholischer Christ einer psychoanalytischen Behandlung unterzieht. Monsignore Felici erklärte dies im Amtsblatt des römischen Klerus. Und der Mann, dessen Lehren er mit jener Erklärung auf den Index setzte, ist Sigmund Freud.
Monsignore schrieb, Freuds Lehren seien reiner Materialismus der häßlichsten Form, selbst wenn dieser von der Tünche Hegelscher Dialektik überstrichen sei.
In Parenthese wäre zu bemerken, daß auch Freud, der allerdings schon tot ist, bereits unter den Unsterblichen weilt. Auch seine Lehren haben ein neues Zeitalter eingeleitet. Auch seine Lehren haben der ›displaced person‹, Wahrheit genannt, einen Platz gewiesen, wo sie ihr Haupt zu betten vermag. Hunderttausende verdanken ihm und den Männern, die, auf seinen Lehren fu-

ßend, weitergearbeitet haben, Gesundheit, Glück und neues Leben.
Doch Monsignore meint: Der Kernsatz von Freuds Lehren sei der von der Sublimation der Triebe. Mit ihm möchte Freud alles sittliche Handeln des Menschen erklären. (Zum Beispiel die Tatsache, daß noch im Ersten Weltkrieg katholische Priester Kanonen segneten.) Monsignore meint, dies gehe nicht an. Er kann es nicht wahr sein lassen, daß religiöses Empfinden und christliche Demut nichts weiter sein sollen als beschämende Triebhaftigkeit. Dies allein, so meint er deshalb, genüge schon, um darzutun, was er die ›Absurdität der Psychoanalyse‹ nennt.
Es ist ein Unglück ohne Beispiel (wenn man von jenem Einstein absieht), daß Monsignore die Theorien Sigmund Freuds nur als ein ›höchst originelles und phantastisches Gebäude‹ hinstellt und daß er der Ansicht ist, die ›sehr begrenzten praktischen Erfahrungen‹ dieses Gebäudes seien bei ›seelisch zurückgebliebenen Einzelpersonen‹ gesammelt worden und beruhten ›auf Tatsachen, die im persönlichen und im Gemeinschaftsleben sekundären Ranges seien wie zum Beispiel den Träumen‹.
Monsignore kann es Freud nicht verzeihen, daß er alle moralischen Handlungen des Menschen auf Triebe zurückführt. Er folgere daraus, daß das Edle nur äußere Hülle bleibe, die Substanz jedoch das, was sie von Natur aus sei: pervers und schädlich.
Wir sind der Ansicht, daß es pervers und schädlich ist, Bücher zu verbrennen, Menschen ihres Glaubens wegen zu töten oder ihrer Freiheit zu berauben und wissenschaftliche Theorien aus politischen oder religiösen Gründen auf den Index zu setzen. Wir sind der Ansicht, daß wir ein Recht haben, auch im Falle des Monsignore Pericle Felici, die Frage zu stellen, warum wohl weit über dreißig Jahre vergehen mußten, ehe man zu Rom in Sigmund Freud jenen verdammenswerten Materialisten erkannte, der er nun für weit mehr als ein Fünftel der Menschheit zu sein hat.
Sibirien – oder Albert Einstein mitten ins Herz! So lautet die Alternative der sowjetischen Wissenschaftler.
Die Hölle – oder Sigmund Freud mitten ins Herz! So lautet jene der katholischen Ärzte und Patienten.
Die Wahrheit bleibt die Wahrheit, verboten oder von Staats und Kirche wegen sanktioniert. Das Kissen jedoch, auf welches sie ihr Haupt bettet, wird kleiner von Tag zu Tag. Durch Verbre-

chen wider den Geist, welche geschehen Tag für Tag, in Ost und West, auf beiden Seiten.
Das ist der Tragödie zweiter Teil.

Wer wird uns Hilfe senden, wenn uns die Hölle droht? Wohin soll'n wir uns wenden in unserer Angst und Not?

Aber sie redeten nicht miteinander

Er war ein sehr kleiner Junge. Als er an dem gewaltigen Säulentor vorbeimarschierte, sah man erst richtig, wie lächerlich klein er war und wie gewaltig groß das Tor.
Sein sommersprossiges Gesicht hatte sich dunkelrot verfärbt vor Kälte, unter der blauen Mütze mit den herabgeklappten Ohrenschützern lugte flachsblondes Haar hervor. Die Hände hielt der Junge in den Taschen eines alten, grauen Mäntelchens vergraben, aus dem er auch bei aller Kleinheit längst herausgewachsen war. Seine Halbschuhe waren abgetreten, die gestopften Strümpfe darin feucht. Das kam von dem wässerigen Schnee, der seit Stunden fiel.
Vor dem großen Tor hörte das eine Deutschland auf. Hinter dem großen Tor fing das andere Deutschland an. Es schneite in dem einen Deutschland wie im anderen, es schneite in der ganzen zweigeteilten Stadt, dem Schnee waren die Sektorengrenzen völlig gleichgültig.
Auf der einen Seite des großen Tores stand ein junger Mann in einer grünen Uniform und fror. Und weil ihn im sogenannten Ostsektor fror, war er ein Ostpolizist. Auf der anderen Seite des großen Tores stand ein junger Mann in einer graublauen Uniform und fror gleichfalls. Und weil ihm im sogenannten Westsektor fror, war er ein Westpolizist. Die beiden jungen Männer hätten aufeinander zugehen und miteinander reden können, denn sie beherrschten dieselbe Sprache. Aber sie redeten nicht miteinander, sie froren schweigend, und schweigend bewachten sie das große Tor, obwohl es da nur noch sehr wenig zu bewachen gab.
Durch die Nässe, die Dämmerung und über den schmutzigen

Schnee kam der Junge auf den Westpolizisten zu, zog höflich seine Mütze und sagte: »Guten Abend, ich bin geflohen.«
»Was ist das für ein Quatsch?« erwiderte der Westpolizist. »Von wo bist du geflohen?«
»Na, von drüben.« Der Junge wies mit dem Daumen über die Schulter.
Der Westpolizist nieste und sagte: »Wie alt bist du denn überhaupt?«
»Elf«, sagte der Junge. »Aber im Februar werde ich zwölf.«
»Und warum bist du geflohen?«
»Ich will zu meiner Mutti«, sagte der Junge.
»Wo ist deine Mutti?«
»Im Westen«, sagte der Junge, als spräche er von Kalifornien.
»In Westdeutschland?«
»Nein, in Westberlin.«
»Und dein Vater?«
»Der ist im Osten«, sagte der Junge, als spräche er von Sibirien. »Im Ostsektor.«
»Das verstehe ich aber nicht«, sagte der Westpolizist. »Wie gibt's denn so was? Am Heiligen Abend –« er nieste wieder »– in der Christnacht, da müssen doch Kinder und Eltern zusammensein.«
»Meine Eltern nicht«, sagte der Junge. »Meine Eltern sind geschieden. Seit einem Jahr. Die Schuld hat meine Mutti gehabt. Sie hat meinen Vater verlassen, ich weiß nicht, warum. Deshalb haben sie mich auch meinem Vater zugesprochen bei der Verhandlung. Er hat mich heute verdroschen. Mein Hintern ist ganz blau. Darum bin ich abgehauen.«
»Warum hat er dich verdroschen?«
»Er hat so eine Blonde mit nach Hause gebracht und gesagt, sie wird mit uns Weihnachten feiern, und ich soll ›Tante‹ sagen zu ihr und ›du‹. Da habe ich gesagt, ich sage nicht ›Tante‹, und ich sage auch nicht ›du‹. Da hat er mich verdroschen.«
»Und da bist du also geflohen.«
»Jawohl, bitte«, sagte der Junge und strahlte den Westpolizisten aus hellen Kinderaugen an, verzagt, schüchtern, um Sympathie werbend.
»Weißt du, wo deine Mutti wohnt? Hat sie Telefon?«
»Ja.«
»Na, dann ruf sie doch an. Da drüben steht eine Zelle.«

»Es ist nur«, sagte der Junge und fuhr sich mit dem Handrücken über die feuchte Nase, »weil ich doch geflohen bin. Ich habe kein Westgeld.« Er lachte verschämt. »Ich habe überhaupt kein Geld.«
»Da sind zwei Groschen«, sagte der Westpolizist und griff in die Tasche. »Weißt du die Nummer?«
»Klar«, sagte der Junge. »Seit der Scheidung. Ich habe sie mir aufgeschrieben. 91 83 77.«
»Na also, dann ruf sie an.«
Der Junge lief durch den Schnee zu der neuen Telefonzelle, die gegenüber einer Zollbaracke am Rand der breiten, öden Straße stand. Hier gab es keine Häuser, keine Autos, keine Menschen. Hier gab es überhaupt nichts außer einem großen Tor, außer Dunkelheit, abgeholzten Bäumen, schmutzigem Schnee und zwei verschiedenen Deutschlands in einer deutschen Stadt.
Der Westpolizist sah, wie der kleine Junge die Münzen in den Automaten warf und wählte. Er sah ihn sprechen und den Hörer wieder einhängen. Dann kam der kleine Junge durch die Nässe und den Schmutz zu ihm zurück, langsam, mit schlurfenden Schuhen.
»Sie wohnt nicht mehr da ... Da wohnen jetzt andere Leute ... Sie wissen nicht, wo die Mutti jetzt wohnt ... Was soll ich da bloß machen?«
»Am besten, du gehst nach Hause.«
»Aber dann muß ich ›du‹ zu ihr sagen, oder er verdrischt mich wieder. Ich mag die Neue nicht. Sie hat gebleichte Haare. Mir ist es egal, wer schuld war. Warum bin ich nicht meiner Mutti zugesprochen worden?«
»Dein Vater wird sich Sorgen machen«, sagte der Westpolizist. »Heute ist Weihnachten. Da gehören kleine Kinder nach Hause.«
»Ich will zu meiner Mutti!« Der Junge begann zu weinen.
»Nun heule nicht. Du wirst dich noch erkälten, wenn du hier so rumstehst. Mach schon, hau ab. Los, los!« sagte der Westpolizist nervös.
Der Junge blickte ihn lange an, dann drehte er sich um und ging zu dem großen Tor zurück.
Der frierende Westpolizist sah ihn dort mit dem frierenden Ostpolizisten reden. Er sah, wie der Ostpolizist den Kopf schüttelte, aber der Junge redete weiter auf ihn ein.

Nach zehn Minuten kam er zurück. Er machte einen erschöpften Eindruck.

»Na, was ist?« fragte der Westpolizist.

»Er sagt, er wird in einer Viertelstunde abgelöst, und ich soll machen, daß ich zu meinem Vater komme ...«

»Siehst du, er sagt dasselbe wie ich. Übrigens, ich werde auch in einer Viertelstunde abgelöst.«

»Ich heiße Hansi Jawronski«, sagte der Junge. »Meine Mutter heißt Maria Jawronski. Sie hat in der Bleibtreustraße 10 gewohnt ...«

»Bleibtreustraße 10«, wiederholte der Westpolizist. »Warum sagst du mir das?«

»Haben Sie mich nicht danach gefragt? Der Ostpolizist hat mich gefragt.«

»Ich nicht«, sagte der Westpolizist, »ich habe dich nicht gefragt. Schau mal, Hansi, in Westberlin leben zwei Millionen Menschen, wie soll man da eine Frau Jawronski finden?«

»Für Kinder ist das bestimmt schwer«, sagte der Junge, »aber für die Polizei doch nicht. Die Polizei weiß alles! Könnten Sie nicht mit dem Ostpolizisten reden? Vielleicht weiß der, wie man rausfinden kann, wo meine Mutter ist.«

»Wir reden nicht miteinander«, sagte der Westpolizist.

»Ach so«, sagte der Junge. Danach ging er fort.

Er ging bis zu der Zelle, trat hinein, blätterte in dem Telefonbuch und tat, als suche er eine Nummer. Das tat er zehn Minuten lang. Dann setzte er sich auf den Zellenboden und stützte den Kopf in die Hände. Der Westpolizist sah ihn so sitzen, als das Auto kam, das seine Ablösung brachte. Er drehte sich noch einmal um, als er mit dem Auto davonfuhr, in den Westsektor hinein.

Zur gleichen Zeit wurde drüben in dem andern Deutschland der Ostpolizist abgelöst. Auch er fuhr mit einem Aute davon.

Der neue Westpolizist, ein junger Mann in graublauer Uniform, der fror, ging zu der Telefonzelle, öffnete sie und sagte zu dem Jungen: »Mein Kamerad hat mir erzählt, daß du zu deiner Mutti willst.«

»Ja, bitte«, sagte der Junge und stand auf. Er war jetzt sehr müde, und darum sah er noch kleiner aus.

»Du darfst aber nicht hier in der Zelle sitzen.«

»Wo darf ich denn sitzen, bitte?« fragte der Junge. Er war schon zu müde, um verzweifelt zu sein.

»Komm mit«, sagte der neue Westpolizist.
Er führte den Jungen über die breite, nasse Straße zu der Zollbaracke hinüber. Darin saßen zwei Beamte und spielten Kanasta. Es war sehr warm in der Baracke. An der Wand hing ein Tannenzweig. Ein Radio lief. Helle Stimmen sangen: »Stille Nacht, heilige Nacht . . .«
»Da rüber«, sagte der Westpolizist.
Der Junge setzte sich auf eine Bank. Der Westpolizist sprach mit den beiden Zollbeamten. Die nickten und spielten weiter Kanasta. »Hier kannst du bleiben«, sagte der Westpolizist und ging wieder in das Schneetreiben hinaus.
». . . alles schläft, einsam wacht nur das traute, hochheilige Paar«, jubelten die hellen Stimmen.
Der kleine Junge auf der unbequemen Bank sank langsam seitwärts und seufzte tief.
Dann war er eingeschlafen.

Zwei Stunden später erwachte er, weil eine Frau ihn an sich preßte.
Verschlafen öffnete er die Augen. Seine Mutter kniete vor ihm auf dem harten Barackenboden und lachte und weinte, und beides tat sie zur gleichen Zeit.
Das erschien dem kleinen Jungen sehr sonderbar.
»Aber Mutti«, sagte er leise. Er war noch ganz von seinem Traum umfangen, in dem es viele Pfefferkuchen und Lichter, eine Spielzeugeisenbahn und ein großes, gefahrvolles Tor gegeben hatte. »Aber Mutti, wie kommst du denn hierher?«
Tränen rannen über ihr noch hübsches, nicht mehr junges Gesicht: »Ein Polizist hat bei mir angerufen, in der neuen Wohnung. Er hat gesagt, daß du hier auf mich wartest . . .«
»Das war aber nett von ihm«, meinte der Junge. »Ich hätte nicht gedacht, daß er das tun würde.«
»Mein armer, kleiner Hansi«, rief die Mutter, indessen die beiden Zöllner so taten, als hätten sie ein Schriftstück zu prüfen, »was ist denn nur geschehen? Vati hat dich geschlagen?«
»Ja. Willst du es sehen?«
In diesem Augenblick öffnete sich die Tür der Baracke, und ein Mann trat ein, nicht mehr jung, schlecht gekleidet, sorgenvoll. Schneeflocken lagen auf den Schultern seines alten Mantels, er sah blaß und krank aus.

Der Junge fuhr auf der Bank hoch und gegen die Bretterwand zurück. Er rief, die Hände vor das Gesicht hebend: »Nicht ... nicht ... er schlägt mich wieder!«
»Hansi«, sagte der Mann und trat näher, »mein Gott, Hansi, ich tu dir doch nichts.« Zu der Frau sagte er unendlich verlegen: »Guten Abend, Maria.«
»Was machst du hier?« fragte die Frau, und ihre Stimme zitterte.
»Ein Polizist war bei mir. Er hat mir erzählt, daß Hansi hier am Brandenburger Tor ist. Da bin ich gleich hergekommen.« Und zu dem Jungen: »Wie konntest du denn so etwas tun? Weißt du, was für eine Angst ich ausgestanden habe?«
Der Junge erwiderte: »Ich komme nie mehr zu dir zurück. Nie mehr im Leben. Lieber will ich sterben. Ich sage nie ›du‹ zu der Blonden. Und nie sage ich ›Tante‹!«
»Das mußt du auch nicht«, antwortete der Mann. »Verzeih mir, daß ich dich geschlagen habe. Du wirst sie nie mehr sehen, ich habe sie weggeschickt.«
»Ehrenwort?« flüsterte der Junge ungläubig.
»Ehrenwort«, sagte der Mann. »Sie ist schon fort. Es ist niemand in der Wohnung. Wenn du willst, können wir gleich wieder hingehen und die Kerzen am Baum anzünden.«
Der Mann sah die Frau an. Sie sah zur Seite, und er sagte zu ihr noch einmal: »Wenn du willst, können wir gleich hingehen und den Baum anzünden.«
»Ich habe auch einen Baum bei mir zu Hause«, sagte die Frau und sah den Mann nicht an. »Es ist keine sehr große Wohnung und keine sehr schöne, aber es ist auch ein Baum da, Hansi.«
»Ja, was machen wir denn nun?« fragte der Mann und sah die Frau an, und seine Augen flehten: Verzeih, wenn du kannst.
Der Junge begann zu lachen, ein kleines, schlaues Lachen der Zuversicht. Er rief: »Wenn wir jetzt schon mal im Westen sind, dann laßt uns doch am Heiligen Abend zu Mutti gehen! Und zu den Feiertagen gehen wir dann rüber in den Osten!«
Nun lachten sie alle, und auch die Zöllner zeigten plötzlich Humor. Im Chor wünschten sie der gespaltenen und wiedervereinigten Familie: »Fröhliche Weihnachten!« Und »Fröhliche Weihnachten« antworteten die drei.
Sie hielten einander an den Händen, als sie die Zollbaracke verließen. Hand in Hand marschierten sie in das Schneetreiben hinaus. Der kleine Junge ging in der Mitte. Er stolperte und stürzte

fast, und auf einmal mußte er wieder weinen, aber nun vor Glück.
Zu beiden Seiten des großen Tores standen noch immer Polizisten, der eine in einer graublauen Uniform, der andere in einer grünen. Die Polizisten traten von einem Bein auf das andere, denn sie froren beide, diesseits und jenseits des Brandenburger Tores. Sie waren beide jung. Sie hätten aufeinander zugehen und miteinander reden können, denn sie beherrschten dieselbe Sprache. Aber die beiden Polizisten gingen nicht aufeinander zu, und sie redeten nicht miteinander. Sie froren weiter, jeder in seiner eigenen Finsternis, und sie bewachten das große Tor, obwohl es da nur noch sehr wenig zu bewachen gab.

Sehnsucht Römisch Eins

Anfang dieser Woche prügelten sich zwei Herren auf dem Wiener Heumarkt. Der eine versuchte schon bald ein paar unerlaubte Griffe und wurde disqualifiziert. Die Prügelei war zu Ende. Die Zuschauer, die gekommen waren, um Blut zu sehen, und zwar größere Mengen davon, fühlten sich unbefriedigt. Sie fanden, daß der Eintrittspreis in keinem richtigen Verhältnis zu der gebotenen Brutalität stand. Sie wollten noch ›a bisserl a Hetz‹. Deshalb zerlegten sie die Tribünen, zerfetzten Plakate und begannen eine großangelegte Privatschlacht gegen Polizei und Überfallkommando. Eine Dame, von der ich gern ein Foto hätte, verletzte einen Polizisten mit einem Holzprügel schwer. Siebzehn Personen wurden festgenommen. Aber dennoch hat sich Bolle, wie es weiter nördlich in einem Liedchen heißt, ganz köstlich amüsiert.

Als ich vor ein paar Tagen in München war, passierte etwas Ähnliches. Ein Türke kämpfte gegen einen Amerikaner. Und der Türke steckte dem Amerikaner die Finger in den Mund, um ihm die Mandeln herauszunehmen. Das ließ sich der Amerikaner nicht gefallen. Und auch der Schiedsrichter fand, das ginge wirklich zu weit. Der Türke benahm sich sehr schlecht.
Noch viel schlechter benahm sich ein Türke oben auf der Gale-

rie, unter den Zuschauern. Dieser zweite Türke feuerte ein Bierglas gegen den Ring. Er wollte den Schiedsrichter treffen, es war ein patriotischer Türke. Aber er traf nicht den Schiedsrichter, sondern eine Frau, die in der zweiten Reihe saß. Sie erlitt eine Gehirnerschütterung. Daraufhin rasten etwa hundert Männer, Schaum vor dem Mund, auf die Galerie, suchten und fanden den Schleuderer und machten sich daran, ihn zu lynchen.
Als die Polizei erschien, hatte man dem Patrioten ein Auge ausgetreten, sechs Rippen eingedrückt, ein Bein gebrochen und beinahe alle Zähne ausgeschlagen. Von den Tätern, wie üblich, keine Spur.
Ich habe hier die unappetitlicheren Einzelheiten des Vorgangs, die in den Münchner Zeitungen zu lesen waren, ebenso unerwähnt gelassen wie eine Beschreibung der Fotos, die von dieser Sache erschienen. Aber ich glaube doch, daß diese Geschichte, so wie sie dasteht, genügt, um einen Menschen dahin zu bringen, sich erst einmal heftig zu übergeben.

Weil ich einen schwachen Magen habe und ein wenig erschrokken bin über diesen allseits bemerkbaren Triumph von Mannestugenden und Mannesreaktionen, die vor vielen Jahren schon Ortega y Gasset beunruhigt haben, als er den ›Aufruhr der Massen‹ schrieb, und weil ich mich noch deutlich an die Zeit erinnere, in welcher Szenen wie die geschilderten sich unter hochgesinnten und feingekleideten Männern in der Berliner Krolloper, im Sportpalast oder im Zusammenhang mit einer spontanen Volkserhebung vor einer Wiener Synagoge im Zweiten Bezirk ereigneten, dachte ich nach Lektüre der Berichte über die letzten Vorfälle zunächst, daß es vielleicht ein guter Gedanke wäre, die Ringerei auf dem Heumarkt einzustellen. Aber dann sagte ich mir sofort, daß dies ein sehr unstaatsbürgerliches und unbilliges Verlangen ist – wenn man nämlich bedenkt, wieviel Steuer die Unternehmer doch bezahlen, und ich erweiterte meine Gedankengänge. Freistilringkämpfe, sagte ich mir, scheinen ein Massenbedürfnis zu sein. Sie sind ein Zeichen der Zeit. Die Renaissance hatte Leonardo, wir haben die Catcher vom Heumarkt. Wer darüber verzweifelt, ist selbst daran schuld. Anstatt zu verzweifeln, sollte man versuchen, mit dem betrüblichen Tatbestand einen anderen betrüblichen Tatbestand aus der Welt zu schaffen. So wie man eine Bakterienart durch eine andere heilt.

Man sollte sich die Sehnsucht der Massen zunutze machen. Man sollte einen Riesenfreistilring bauen. So groß wie ein Olympiastadion. Oder noch größer. Im Zuschauerraum sollten feine, bequeme Polstersessel stehen. Und Erfrischungen müßten gereicht werden. Und die Musik müßte spielen. Und der Eintritt wäre selbstverständlich frei.

Die Kämpfe verlören nichts von ihrer Internationalität. Im Gegenteil! Sie würden erst so richtig global. Die feinsten Herren beteiligten sich an ihnen. Wann immer auf einer Konferenz, so wie die Dinge heute stehen, der eine Delegierte der Ansicht ist, daß die Forderungen des anderen Delegierten unannehmbar, eine Beleidigung und eine Bedrohung der nationalen Unabhängigkeit seines Landes sind, steht er auf und geht weg. Und die Konferenz fällt ins Wasser. Dann schreiben die Zeitungen von einer Krise, wir versuchen, Zucker zu hamstern, und wenn die Delegierten sich zuletzt noch entschließen, doch wieder zusammenzukommen, atmen wir dankbar auf. Die Delegierten sind unser ganzer Trost. Wir wissen: Wenn sie uns eines Tages sagen werden, daß es keinen Sinn hat, weiter zusammenzukommen, wird es einen neuen Krieg geben. Die Delegierten auf beiden Seiten werden sich für eine Weile in ihre hübschen möblierten Bunker zurückziehen, während wir in den neuen Krieg gehen. Sie müssen in Sicherheit leben, denn dann brauchen wir sie mehr denn je. Weil uns doch irgend jemand sagen muß, wo wir sterben sollen. Nach dem Krieg lassen sich die Delegierten dann wieder gemeinsam auf einer ersten Friedenskonferenz fotografieren.

Ich glaube, man sollte dieses Schema einmal ändern. Wenn der eine Delegierte der Ansicht ist, er müsse dem anderen Delegierten den Krieg erklären, dann soll er es doch tun. Aber ihm persönlich. Griechisch-römisch, Catch as catch can, Freistil, oder wie er will.

Dann könnten sie in das Riesenstadion gehen und sich so lange prügeln, bis einer von ihnen genug hat. Und dann wäre der Krieg zu Ende. Wir alle aber könnten von unseren Polstersesseln aus zusehen.

Es ist durchaus berechtigt, anzunehmen, daß es dann überhaupt keine Kriege mehr geben wird und daß allen Konferenzen wunderbare Einigungserfolge beschieden sein werden. Auch wenn das Stadion keine andere Wirkung hätte als diese, wäre es in seiner Existenz schon gerechtfertigt.

Ich würde gern noch die Zeit erleben, in der die Menschen abends, nach getaner Arbeit, gelegentlich in dieses Stadion marschieren, um zu sehen, wie der nächste Krieg ausgeht, und wie der Schiedsrichter die Ringer (beides Schwergewichtler natürlich) ankündigt zu einem Kampf über zehn Runden. Ich könnte meine Limonade trinken, mich behaglich zurücklehnen und reinstes Vergnügen empfinden bei dem Gedanken, daß in diesem ›Krieg‹ einmal das Blut, der Schweiß und die Tränen der Delegierten fließen würden.

Ich habe Willi mitgebracht

Mit drei Koffern reiste Werner Sünning. Im ersten Koffer lag Wäsche. Im zweiten Koffer lagen Anzüge. Im dritten Koffer lag sein Bruder Wilhelm. Besser gesagt: was sterblich war an ihm. Eine weite Reise hatte der Kaufmann Werner Sünning hinter sich, mit Flugzeug, Schiff und Bahn. Er kam aus Saloniki. Er wollte heim nach Iserlohn. Er brachte die Gebeine seines Bruders mit. Der war in Griechenland gefallen am 6. Oktober 1944. Nun schrieb man das Jahr 1959.
Einen Monat zuvor hatte Werner Sünning seinen Urlaub angetreten. Er fuhr nach Genua, Beirut, Istanbul, Athen. In Griechenland wollte er das Grab seines Bruders Wilhelm besuchen, der in Athen viele Jahre Vertreter einer großen deutschen Firma gewesen war. Er hatte Griechenland und die Griechen geliebt. Aber 1943 mußte er eine Uniform anziehen und auf Menschen schießen, gegen die er nichts hatte und die er nicht kannte. Und ein Jahr später erschoß dann einer von denen, die auch gegen ihn nichts hatten, den Wilhelm Sünning ...
In Athen erlebt Bruder Werner eine böse Überraschung. Er muß feststellen, daß Wilhelm vierzehn Jahre nach seinem Tod noch immer kein Grab gefunden hat. Seine Gebeine liegen in einem griechischen Armeedepot bei Saloniki unter Verschluß, in einer amerikanischen Munitionskiste. Es gibt noch achthundertundneun andere Munitionskisten in diesem Depot. Mit den Gebeinen von achthundertundneun anderen deutschen Soldaten.
Außer sich fliegt Werner Sünning mit der nächsten Maschine

nach Saloniki. Dort geht er zum deutschen Generalkonsul. Sünning bittet ihn um Unterstützung bei dem Versuch, das Armeedepot zu besichtigen.
»Ausgeschlossen!« Der Generalkonsul winkt ab. »Wenn ich die Behörden anrufe, dann sagen die mir nur wieder: Holt doch um Gottes willen endlich eure Toten raus!«
»Und warum geschieht das nicht?«
»Das«, antwortet der Generalkonsul, »ist eine Angelegenheit der Deutschen Kriegsgräberfürsorge. Die schickt zwar jedes Jahr Delegationen her, um den passenden Ort für einen Friedhof zu finden, aber bisher konnte keine der Delegationen sich entscheiden. Sie wollten alle einen Platz mit Blick auf Saloniki. Die Plätze, die ihnen die Griechen anboten, waren ihnen nicht hübsch genug.«
»Und warum baut dann niemand wenigstens eine allgemein zugängliche Baracke für die achthundertzehn Toten?«
Darauf antwortet der Generalkonsul mit der Gegenfrage: »Wer soll denn die Baracke bezahlen? So etwas kostet doch mindestens zehntausend Mark!«
Indessen ist Sünning mit diesem Argument nicht zu überzeugen. Er nimmt ein Taxi, engagiert einen Dolmetscher und fährt hinaus vor die Stadt zum Depot des III. Griechischen Armeekorps. Das liegt in der Nähe einer Mühle, die Alatin heißt.
Während das Taxi auf der Straße wartet, geht Sünning mit dem Dolmetscher zum Posten. Der läßt sie anstandslos durch die Sperre und leitet sie zur Wache. Im Wachzimmer sitzen zehn Soldaten und spielen Halma. Der Dolmetscher beginnt zu sprechen, und alle sehen Sünning mit großen Augen an.
Plötzlich steht einer der Soldaten auf, geht auf Sünning zu und sagt lächelnd, in bestem Deutsch: »Haben Sie eine gute Reise gehabt, mein Herr? Selbstverständlich helfen wir Ihnen gern.«
Sünning stottert vor Freude und Glück. Die griechischen Soldaten helfen Werner Sünning wie gute Freunde. Sie empfinden wohl, daß es keine Bürokratie geben darf, wenn es um Tote geht.
Nachdem er ihnen die Nummer auf der Erkennungsmarke seines Bruders genannt hat, führen sie Sünning in ein Betonhäuschen mit achthundertzehn Munitionskisten. Sie sind zu einem Gebirge hochgeschichtet. Die Soldaten müssen es fast ganz abtragen. Sie arbeiten eine Stunde lang und schwitzen sehr, aber keiner flucht.

Dann steht die grüne Kiste, die sie suchen, vor Werner Sünning. Sie trägt die aufgemalte Nummer 72–94 und wiegt etwa zehn Kilogramm. Es ist nicht sehr schwer, was übrig bleibt von einem Menschen ...
In der brütenden Hitze des Betonhäuschens hört Werner Sünning sich wie aus weiter Ferne sagen: »Bitte, darf ich die Kiste mitnehmen? Mein Bruder muß doch ein Grab haben. In Deutschland leben noch unsere Eltern. Wir haben Willi alle sehr geliebt ...«
Sie haben Werner Sünning die Kiste 72–94 gegeben. Griechische Soldaten, Feinde von gestern, Freunde von heute, haben dem Mann, der seinen toten Bruder in die Heimat bringen wollte, die Hand geschüttelt. Sie haben die Kiste zum Taxi getragen. Und der Dolmetscher hat übersetzt, was einer von ihnen zum Abschied sagte: »Der Krieg ist die dreckigste und gemeinste Sache von der Welt. Lassen Sie uns beten, daß dieser Wahnsinn sich nie mehr ereignet!«
Der Taxichauffeur und der Dolmetscher wünschen Werner Sünning Glück, als sie wieder in die Stadt kommen. Sie weigern sich beide, Geld zu nehmen. Sünning schleppt die Kiste in sein Hotelzimmer und verschließt sie im Kleiderschrank.
Dann besucht er noch einmal den deutschen Generalkonsul und bittet um eine Transportbescheinigung für die Kiste. Die bekommt er auch. Der Herr Generalkonsul ist verblüfft über Sünnings Erfolg. Er macht ihn zum Abschied darauf aufmerksam, daß er trotz der Transportbescheinigung mit großen Schwierigkeiten beim Zoll rechnen müsse.
Um diesen zu entgehen, kauft Werner Sünning vor Abflug der Maschine, die ihn nach Athen zurückbringen soll, bei einem Trödler einen alten Koffer. In den paßt die Munitionskiste genau hinein.
Der Flug nach Athen ist sehr stürmisch, es geht durch ein wüstes Gewitter. Aber Werner Sünning lächelt glücklich vor sich hin. Man hatte sein Gepäck nicht durchsucht.
Auch den Zöllnern an Bord der ›Campidoglio‹, die ihn nach Venedig brachte, mußte er nur seinen Paß zeigen. Nun schwimmt sein toter Bruder mit ihm durch das Mittelmeer. In Venedig fordern die Zöllner Werner Sünning auf, zwei seiner drei Koffer zu öffnen. Die Munitionskiste liegt im dritten ...
Dann geht es mit der Bahn weiter in Richtung Deutschland. Die

Kontrolle an der Grenze Schaffhausen-Singen ist manchmal sehr streng, erzählen sich die Reisenden. Werner Sünning stellt sich vor, was geschehen kann, wenn man ihn zwingt, in dem vollbesetzten Abteil alle drei Koffer zu öffnen. Da kauft er in Schaffhausen schnell noch vier Päckchen Zigaretten. Die deklariert er dann in Singen, und der deutsche Zöllner hat zu tun.
»Wissen Sie denn nicht, daß Sie für jede von diesen Zigaretten acht Pfennig Zoll bezahlen müssen? Schön, Sie waren ehrlich, also machen wir es gnädig. Geben Sie mir eine Pauschale von einer Mark zwanzig.«
Werner Sünning bezahlt die eine Mark zwanzig gern. Dafür wird sein Gepäck nicht kontrolliert. Der Zigaretten-Trick hat geklappt.
Als Werner Sünning endlich nach Iserlohn heimkehrt, erwarten ihn die Eltern am Bahnhof. Sie fragen: »Hast du Willis Grab gesehen?«
Da sagt er leise: »Ich habe ihn euch mitgebracht.«
Der Städtische Friedhof von Iserlohn ist wohl der schönste in ganz Westfalen. Mit seinen Bäumen, Hecken, breiten Wegen und endlosen Rasenflächen gleicht er einem friedlichen Park. Hier hat Werner Sünning nun seinen Bruder Wilhelm begraben, der vor vierzehn Jahren in einem fernen Land gefallen ist, das er liebte. Einer von achthundertzehn toten deutschen Soldaten hat nach vierzehn Jahren endlich sein Grab gefunden. Aber achthundertneun Munitionskisten liegen noch immer in einem Armeedepot unweit vor Saloniki nahe einer Mühle, die Alatin heißt.

Mitten in jeder Nacht

Diese Geschichte hat sich schon vor ein paar Jahren zugetragen. 1948, um genau zu sein. Mein Freund Walter hat sie mir damals erzählt. Es ist keine besonders ungewöhnliche Geschichte, aber ich liebe sie. Heute ist sie mir wieder eingefallen, nach all den Jahren.
1948 war mein Freund Walter Mitbesitzer einer kleinen Bar im Innern von Wien. Es war eine Bar in einer Seitengasse, nebenan

befand sich eine Kirche. Das Geschäft ging gut. Sie werden sich erinnern: Es war die Zeit, in der so viele Leute wie ausgedurstet Schnaps jeder Art tranken, weil es doch so lange keinen gegeben hatte. Ja, Walter verdiente damals gut. Sein Kompagnon war ein Schieber, der sich selten blicken ließ und gelegentlich in Haft genommen wurde. Dann mußte Walter ihn gegen Kaution herausholen. Den Rest besorgten zwei tüchtige Anwälte. Es war immer die gleiche Geschichte.

Aber sonst hatte Walter ein ruhiges Leben. In der Bar arbeiteten noch zwei Mädchen hinter der Theke. Lizzy und Dolores, Lizzy hieß mit dem Familiennamen Manierlich, Dolores hieß Vorkapitsch. Sie waren beide sehr hübsch und sehr tüchtig und arbeiteten abwechselnd in Tag- und Nachtschichten. Am Samstag war auch noch Herr Glückselig da, der Pianist aus Dresden. Wochentags gab es nur ein Radio und einen Plattenspieler. Mein Freund Walter schlief häufig in der Bar. Er wohnte weit draußen in Dornbach, und der Weg wurde ihm manchmal zu beschwerlich. Außerdem ging er nicht gern nach Hause. Er konnte sich nämlich noch deutlich an eine Zeit erinnern, in welcher in seiner Wohnung eine Frau und ein kleiner Junge auf ihn gewartet hatten. Damals war er gern nach Hause gegangen. Aber dann mußte er in den Krieg, und als er wiederkam, waren die Frau und der kleine Junge tot: Jemand hatte sie in den Kämpfen um die Stadt zufälliger- und unglücklicherweise erschossen. Und nun ging Walter nicht mehr so gern nach Hause in die leere, stille Wohnung. Am vierundzwanzigsten Dezember 1948 zum Beispiel erfüllte ihn ein großer Ekel bei dem Gedanken an ein solches Nachhausegehen. Er saß also in der kleinen Bar herum und trank ein bißchen.

Hinter der Theke stand mit aufgestützten Armen Dolores, die Dienst hatte, und redete leise mit einem einsamen Mann, der ihr gegenübersaß und Whisky, mit Soda daneben, trank. Der Mann sah sehr wohlhabend aus und saß schon ziemlich lange da. Er hatte auch schon ziemlich viel getrunken – ebenso wie Walter, der allein in einer kleinen Loge Patiencen legte. Der Mann an der Theke erzählte, daß seine Frau ihn betrog und fortgefahren war mit so einem Kerl.

Hinten, in der Ecke, saß eine sehr geschminkte Frau, die nervös eine Zigarette nach der andern rauchte und abwechselnd Cognac und schwarzen Kaffee bestellte. Immer wieder blickte sie auf die Uhr, als erwarte sie jemanden. Schon seit zwei Stunden blickte sie auf die Uhr. Sie war nicht mehr jung, aber gut gewachsen und tadellos angezogen. Das kleine Radio auf dem geschlossenen Klavier spielte Weihnachtslieder. Kinderstimmen sangen »Stille Nacht, heilige Nacht«. Die geschminkte Frau in der Ecke bestellte Kaffee.

Um halb elf läuteten verschiedene Kirchenglocken, als die Tür aufgerissen wurde und eine größere Gesellschaft in das Lokal kam: drei Männer und ein Mädchen. Die Männer waren sehr laut und alkoholisiert, das Mädchen war mit Schmuck behängt, trug ein Nerzcape und machte einen sehr ordinären Eindruck. Die Neuankömmlinge erfüllten die Bar mit Lärm. Sie bestellten Sekt, ließen Korken knallen und beanstandeten das Radio und seine Musik. Einer der Männer – er behielt seinen Hut auf – versuchte den Apparat auf eine andere Station einzustellen. Aber von überall ertönten Weihnachtslieder. Walter erhob sich ein wenig mühsam und holte den Plattenspieler hervor. Sie spielten Platten. Das Mädchen mit dem vielen Schmuck verlangte ›Moonlight Serenade‹ von Glenn Miller, und als die Platte wirklich da war, tanzte sie zu ihrer Musik mit einem der Männer. Walter tanzte mit Dolores. Und der Mann, dem die Frau weggelaufen war, ging in die Ecke zu der Frau, die abwechselnd Kaffee und Cognac trank, und setzte sich zu ihr. Sie hatte es aufgegeben, auf die Uhr zu sehen.

Es fand sodann etwas wie eine allgemeine Verbrüderung statt. Man spielte noch zahlreiche Jazzplatten, man rückte ein paar Stühle zusammen, und die Männer gaben Runden aus. Sie tranken ziemlich durcheinander. Walter kam mit den drei Männern ins Gespräch. Sie gefielen ihm nicht besonders, aber sie waren seine Gäste. Zunächst lief auch alles gut. Der Streit begann, als das Mädchen mit dem Schmuck hinausging, weil ihm schlecht war. Das war um halb zwölf. Da sagte jemand, der Schnaps sei nicht gut gewesen. Gegen diese Behauptung protestierte Walter.

»Macht Ihnen ja keiner einen Vorwurf«, sagte der Mann, der den Hut aufbehalten hatte, »das ist dieser dreckige Friedensschund, den sie uns jetzt anhängen. Im Krieg hätten sie sich das nicht getraut.«

»Jawohl!« sagte der Mann neben ihm, »da habe ich vielleicht andere Sachen getrunken!«

»Mensch, waren das Zeiten«, sagte der dritte.

»Nur nicht den Mut verlieren«, sagte der mit dem Hut, »sie kommen bald wieder.«
»Das wollen wir stark hoffen«, sagte der dritte.
»Und eins darauf trinken«, sagte der zweite.
Sie hoben alle die Gläser und tranken auf den Beginn eines neuen Krieges.
Walter hob sein Glas nicht. Nachdem sie ihn zweimal vergeblich dazu aufgefordert hatten, sagte der mit dem Hut: »Du pazifistischer Scheißkerl!«
Dann warf Walter sie hinaus. Die Prügelei war kurz, aber gewaltig, es gingen ein paar Gläser und ein Stuhl dabei in Stücke, und Walters Mund war zerschlagen und seine Lippen bluteten, als er sie endlich alle draußen hatte. Der Mann, dem die Frau weggelaufen war, und die Frau mit dem geschminkten Gesicht standen auf und gingen, gemeinsam und wortlos. Dolores machte sauber. Walter saß auf einem Sessel und stierte vor sich hin. Er war nun schon sehr betrunken, und alles drehte sich um ihn.
»Hol ein Taxi«, sagte er zu dem Mädchen.
Sie fuhren zusammen. Die Straßen waren leer. Es schneite. Hinter dem Gürtel wurde das Schneetreiben dichter. Walter brachte zuerst Dolores nach Hause, dann fuhr er weiter nach Dornbach hinaus. Bei der Eisenbahnüberführung fluchte der Chauffeur plötzlich und trat auf die Bremse. Der Wagen kam ins Schleudern, Walter sah nach vorne. Im Licht der Scheinwerfer erblickte er eine junge Frau, die mitten auf der Fahrbahn zusammengebrochen war. Neben ihr kniete ein Mann und bemühte sich um sie.
Walter und der Chauffeur sprangen ins Freie.
»Helfen, bitte«, sagte der Mann im Schnee. Er sprach mit einem schweren slawischen Akzent.
»Was ist los?«
»Meine Frau kriegt Kind.«
»Großer Gott«, sagte Walter. »Was?«
»Ja, Kind«, sagte der Slawe. »Kann nix mehr laufen. Versteh'? Bitte, Spital.«
Der Chauffeur sah Walter an.
»Na, los«, sagte Walter.
Sie trugen die Frau in das Taxi. Sie hatte ein Tuch um den Kopf gewunden und sah sehr mager und armselig aus. Sie stöhnte ein paarmal während der Fahrt.

»Leben drüben, in Lager«, sagte ihr Mann und wies in die Nacht hinaus.
»Aha«, sagte Walter.
»Lager nix gut. Kalt. Zuviel Leute. Versteh'?«
»Ja«, sagte Walter. Er hielt den Kopf der jungen Frau in seinem Schoß und sah nach vorne in das dichte Schneetreiben hinein. Als sie das Krankenhaus erreichten, kümmerten sich Träger um die Schwangere; sie verschwand sofort hinter der Tür eines Operationssaals. Der Mann mußte warten. Walter setzte sich neben ihn, der Chauffeur nahm sein Geld und ging. Die beiden Männer schwiegen.
»Wie heißen Sie eigentlich?« fragte Walter endlich.
»Nowak«, sagte der Mann.
»Und mit dem Vornamen?«
»Franz.«
»Und Ihre Frau?«
»Mila«, sagte der Mann verwundert. »Warum?«
»Ich wollte es nur wissen«, sagte Walter und stand auf. Er gab Nowak fünfhundert Schilling. Da begann Nowak zu weinen und wollte ihm die Hand küssen, aber Walter stieß ihn entrüstet zurück.
»Gute Nacht«, sagte er. »Viele Grüße an Ihre Frau.«
Damit ging er.
Draußen schneite es noch immer, eine milchige Helligkeit erfüllte die Luft. Walter atmete tief. Er fühlte sich nicht länger betrunken. Langsam setzte er Schritt vor Schritt. Er hatte die Hände in den Taschen vergraben und lächelte versunken. Er ging nach Hause.

Arme Marilyn, kleine Marilyn

War da einmal ein Kutscher, der entdeckte auf dem Lande, bei armen Bauern, ein ganz wunderbares Pferd. Das wunderbarste, das er je gesehen hatte. Und er verstand sich auf Pferde.
Schöner als alle anderen war dieses Tier, größer, stärker, arbeitswilliger und dabei sanft, freundlich und sehr, sehr glücklich auf dem Lande. Der Kutscher kaufte dem Bauern das Pferd ab.

Für wenig Geld. Arme Leute können nicht handeln, sie sind stets zu hungrig dazu.
Nun kam das Pferd in die Stadt. Es wäre gern auf dem Land geblieben. Aber wen kümmern schon die Gefühle eines Tieres, mit dem man Geld verdienen kann?
Und Geld verdiente unser Kutscher nun mit seinem neuen Pferd. Jetzt konnte er dreimal, fünfmal soviel Aufträge annehmen wie zuvor mit seinen tristen Mähren!
Einen kleinen Fehler entdeckte der glückliche Besitzer allerdings an seinem Prachtpferd: Es war immer hungrig.
Zunächst fand der Kutscher sich mit dieser Peinlichkeit ab. Mehr noch: Er gab dem Tier, das für ihn schuftete, besonders viel Hafer. Er hatte nämlich entdeckt, daß sein Pferd sich in der großen, lauten Stadt unsicher fühlte, daß es leicht nervös und schreckhaft wurde.
Nach einer Weile jedoch begann der Kutscher, der sehr geizig war, nachzurechnen, was der Hafer kostete. Ich muß, so überlegte der Kutscher, diesem Tier abgewöhnen, zuviel zu fressen. Dann verdiene ich noch mehr mit ihm.
Er war klug, unser Kutscher! Er wollte sein Pferdchen nicht schockieren! Er senkte die Haferration nicht gleich abrupt, nein, ganz allmählich! Zuerst die Hälfte. Danach die Hälfte der Hälfte. Und so weiter.
Zwei Wochen später erzählte er vollkommen verstört und erschüttert: »Alles ging wie geschmiert. Arbeitete wie eh und je, das Vieh. Was denn? Die Last, die es nicht zog, die gab es nicht! Und dann, dann gebe ich dem Pferd einen ganzen Tag lang überhaupt nichts zu fressen! Es geht immer noch alles prima! Noch einen Tag lang. Dann ist's aus.«
Wieso?
»Was soll ich euch sagen? Kaum hat es sich daran gewohnt, da legt es sich hin und krepiert!«

Ein Mensch ist kein Tier.
Aber beide sind lebendige Wesen. Es gibt viele Wege, lebendige Wesen zu töten. Die Geschichte vom Kutscher und seinem Gaul war nur eine Fabel. Die Geschichte, die wir nun erzählen, ist mehr: Sie ist traurige, häßliche Wahrheit. (Die Wahrheit ist selten fröhlich und schön.)
War da einmal eine Industrie, eine der größten der Welt, die ent-

deckte einen Menschen. Einen armen Menschen, einen unbekannten, gering geachteten, oftmals bereits mißbrauchten, geduckten, gedemütigten, unsicheren Menschen.
Ach was, geduckt! Ach was, gedemütigt!
Die Chefs der großen Industrie verstanden sich auf Menschen, so wie unser Kutscher sich auf Pferde verstand. Sie wußten, was ein Mensch wert ist, wieviel man mit ihm verdienen kann, was er zu leisten vermag. Die Chefs der großen Industrie wußten, was sie gefunden hatten, als sie Norma Jeane Baker fanden, ein junges Mädchen: eines der schönsten, eines der aufregendsten, eines der arbeitswilligsten, eines der am billigsten zu erwerbenden. Ein junges Mädchen, das bald darauf die ganze Welt unter einem anderen Namen kennen sollte. Unter dem Namen Marilyn Monroe . . .
Wie schon gesagt: Ein Mensch ist kein Tier. Man muß ihn anders behandeln, wenn man das Äußerste aus ihm herausholen, das meiste mit ihm verdienen will. Zum Beispiel muß man ihn *mitverdienen* lassen. Und ihm mehr, immer mehr Geld geben und nicht weniger und immer weniger Futter, wie unser Kutscher seinem Gaul. Man muß ihm auch noch Ruhm geben, Berühmtheit und ›publicity‹. Man muß ihn zu einem Begriff machen, zu einer (offenen oder geheimen) Sehnsucht von Millionen, zum (offenen oder geheimen) Wunschtraum von Millionen.
Das alles wußten die Herren der Riesenindustrie. Sie waren nicht umsonst Chefs der großen Traumfabrik, die Film heißt. Sie machten aus Marilyn Monroe, dem geduckten, gedemütigten, unsicheren, unehelichen Menschenkind mit der bösen, elenden Jugend einen der strahlendsten, begehrenswertesten und gewinnbringendsten Markenartikel der Welt!

Natürlich mußte der Mensch Marilyn Monroe dazu ein bißchen ummontiert werden. Ein bißchen sehr ummontiert. Leute, seien wir ehrlich! *Vollkommen* ummontiert . . .
Die Menschen, die das Leben hervorbringt – auch die schönsten, die klügsten, die mutigsten –, sind a priori noch nicht Idole für Millionen. So, wie sie sind, kann man sie nicht verkaufen an Millionen. Man muß sie in eine für Millionen gleichermaßen begehrenswerte, bewunderungs- und nachahmenswürdige Form bringen.

Wenn ein Mann sich in eine Frau verliebt, dann verliebt er sich in ihre Persönlichkeit, in ihre – verzeihen Sie das harte Wort – in ihre Seele.
Ein Mann, sagen wir.
Aber *Millionen* Männer?
Und Millionen Frauen? (Denn Frauen vor allem gehen ins Kino!) Sie sehen, *wie* schwierig das Problem ist. Millionen Menschen lieben Millionen andere wegen ganz verschiedener Nuancen von Aussehen, Seele und Charakter. Was muß man tun, damit Millionen Männer *und* Frauen (Achtung, Hochspannung!) *eine* Frau lieben und Geld dafür ausgeben?
Man muß Millionen verschiedener weiblicher Wesenszüge, Charaktere und Figuren mischen und einen Typ herausdestillieren, der so ist, wie alle Frauen *sein* möchten und wie ihn sich alle Männer *wünschen*. Kluge Männer gehen ans Werk. Sie sehen nach, wie es in der Welt gerade mit dem Sex steht, mit dem Humor, dem Brustumfang und der Liebe. Geben noch eine Prise künstliche Naivität dazu, weil das noch nicht da war, eine Prise Sentimentalität – und einen tüchtigen Schuß Skandale. (Skandale sind immer gut.)
Das alles läßt sich leicht arrangieren mit einem Mädchen, das aus dem Dunkel kommt und Angst hat vor dem gleißenden Licht einer weltweiten Verherrlichung; mit einem labilen, verschreckten, hilflosen und schutzbedürftigen Mädchen, das man aus Elend in Luxus hineinkatapultiert, genauso wie unser Kutscher sein Pferd von den Feldwegen und Weiden des Landes in das Dickicht der Städte brachte, wo es Scheuklappen brauchte, um nicht zu stürzen auf dem Boden, der da plötzlich schwankte unter ihm.

Der Boden schwankte unter Marilyn Monroe von Anbeginn. Von Anbeginn war sie eine Tänzerin auf hohem Drahtseil, unerbittlichen Gewalten ausgeliefert zwischen Himmel und Erde, Glorie und Untergang, Leben und Tod. Niemals hat sie sich auch nur einen einzigen Augenblick lang wirklich sicher gefühlt in der Gestalt, die man aus ihr geformt hatte. Sie spielte sie perfekt, diese Gestalt, man war allseits zufrieden mit ihr, wenn die Kassenrapporte kamen. Wen kümmerte es je, daß sie zu Freunden sagte: »Ich habe immer Angst, wenn ich ins Atelier muß. Darum bin ich unpünktlich, darum komme ich so oft zu spät oder sage, ich sei krank. Ich bin hysterisch, heißt es dann, unberechenbar, man muß mich feuern. Ich habe bloß immer Angst. Wenn ich vor einer großen Szene, die ich spielen soll, im Gang neben dem Studio eine Putzfrau sehe, dann beneide ich sie und denke: *Das* hättest du werden sollen, das war dein Weg! Sie haben dich nicht Putzfrau werden lassen. Der Regisseur schreit dich an: ›Los, und jetzt eine Träne, Marilyn, aber schnell!‹ Wißt ihr, daß mir da einmal sogar zwei Tränen gekommen sind? Aber nur, weil ich dachte: Wie kann er's wagen, der Hund, wie kann er's wagen, zu sagen: ›Los, eine Träne, aber schnell!‹«

Was heißt denn das: Wie kann er's wagen?

Wen kümmern die Gefühle eines Menschen, mit dem Geld zu verdienen ist?

Arme Marilyn, kleine Marilyn.

Du tatest ihnen Unrecht, den Kutschern – pardon, den großen Herren! Denn natürlich konnte, mußte ein Regisseur es wagen, von dir Tränen zu verlangen, auch wenn kein Grund für echte Tränen vorlag. Du hast das Geld der großen Herren genommen, kleine Marilyn, *viel* Geld – vermutlich aus dem gleichen Grund, aus dem das Pferd des Kutschers gierig dessen Hafer fraß. Denn es war hungrig, sehr, sehr hungrig. Indessen: Für viel Geld muß man auch vieles tun. Je berühmter du wurdest, je höher deine Gage kletterte, um so tiefer und tiefer gerietest du in Abhängigkeit. Du warst nicht mehr du selbst. Dein Leben wurde umgelogen, dein Charakter, deine Aussprüche. Wozu? Zum Wohlgefallen von Millionen. Wer Millionen gefallen soll, dem *muß* man sein privates Leben nehmen, seinen Charakter, seine – pardon, da ist das Wort schon wieder – seine Seele. Wo kämen wir sonst hin? Das Wesen eines Stars muß so viele Bilder zeigen und Wünsche befriedigen wie die unendlich vielen Kombinationen der bunten Glassplitter eines Kaleidoskops, die man immer von neuem durcheinanderschütteln kann und die doch nur Glassplitter sind, kein Leben.

Kein Leben!

Dem Pferd nahm der Kutscher langsam sein Futter. Dir, kleine Marilyn, nahmen sie langsam dein Ich, dein eigenes Ich. Du wurdest ein Idol, ein käuflicher Traum, ein Fetisch. Du warst nicht mehr du. So kann man auch töten ...

Als Kind, so hast du Freunden erzählt, war es deine größte Freude, ›Familie‹ zu spielen mit anderen Kindern. Weil du nämlich

nie eine Familie gehabt hast, weil du sehr glücklich und zufrieden gewesen wärest mit einem kleinen Mann in einem kleinen Haus, mit Kindern, einem Hund, in einem kleinen Leben.
Das gab es nun nicht mehr!
Wenn du, verzweifelt auf der Suche nach dir selbst, in den Spiegel sahst zu Zeiten deines Ruhms: Hast du dich da gefunden? *Nie!* Hast du überhaupt noch etwas von dir vorgefunden? *Nichts!*
Nur noch das Kaleidoskop . . .

Aber du warst immer noch ein Mensch, ein lebendiges Wesen! So suchtest du Halt und Schutz bei Männern, die dir in deiner Ratlosigkeit unerschütterlich erschienen, nicht durcheinanderschüttelbar wie Kaleidoskop-Scherben, die stark waren und kühn, berühmt und klug: bei einem von der Nation vergötterten Baseball-Star, bei einem weltbekannten Dichter.
Zu spät. Sie hatten dich schon längst zu ihrer willenlosen, seelenlosen Puppe degradiert, die Herren der Traumfabrik. Wie Professor Dr. Friedrich J. Hacker, einer der großen Psychoanalytiker Hollywoods, sagt: »Die Monroe blieb eine Sklavin des Brustumfangs, der sie berühmt gemacht hatte.«
Deine Ehen zerbrachen.
Noch gabst du nicht auf. Du hattest es satt, stets nur die ›doofe Blonde‹ zu spielen. Du wolltest Schauspielunterricht nehmen, ernsthafte Rollen haben, Goethe und Dostojewskij hast du gelesen. Du wolltest diskutieren über sie. Man hat dich ausgelacht.
Ausgelacht und dabei immer weiter ausgebeutet, so wie der Kutscher sein Pferd. Futter: für dich geistige Nahrung und menschlicher Trost in einer unmenschlichen Welt – jeden Tag bekamst du die halbe Portion des Vortages.
Dann warst du endlich ganz allein, völlig verlassen, überfordert wie das Pferd unseres Kutschers. Du wußtest nicht mehr aus noch ein.
Wir hören, daß du einmal zu Freunden sagtest: »Und *wenn* ich erledigt wäre? Und *wenn* niemand jemals wieder von mir reden würde? Welche Erleichterung! Ruhm? Ruhm ist schön! Und Ruhm ist abscheulich – wie der beste Kaviar abscheulich werden kann, wenn man ihn jeden Tag runterwürgen muß. Ruhm ist nicht Leben, nicht das Leben, das ich mir gewünscht habe . . .«

Ach, kleine Marilyn, es hat dir also nicht gefallen, das Leben, das so viele kluge Herren für dich schufen, um an dir Millionen zu verdienen.
Wie das Pferd, das aus der Natur in die Stadt gebracht wurde, hast du dich unerwartet hingelegt und bist krepiert.

Wie unsere Welt wieder eine Welt des Friedens werden könnte (Vorschlag)

»Soll ich dir etwas sagen?«
»Na los doch, sag's mir!«
»Wenn ich es dir sage, wirst du glauben, ich bin beschwipst.«
»Du bist doch auch beschwipst!«
»Entschuldige, du vielleicht nicht?«
»Natürlich bin ich beschwipst! Wer ist zu Silvester nicht beschwipst? Habe ich vielleicht behauptet, daß ich nüchtern bin?«
»Nein, das nicht.«
»Na also, dann sag mir schon, was du mir sagen willst!«
Dieses Gespräch fand am letzten Tag des Jahres statt, um 23 Uhr 15 in Kunerts Wohnung. Kunert ist Junggeselle. Er besitzt eine schöne große Wohnung im fünften Stock eines Hauses mit sieben Stockwerken, und seit Jahren finden wir alle, daß man nirgends so gemütlich Silvester feiern kann wie bei ihm. Er ist der beste Gastgeber. Und es macht ihm soviel Spaß, es zu sein. Darum feiern wir seit Jahren bei ihm.
Wir kamen nach dem Abendessen um neun Uhr, und wir brachten genug zu trinken mit. Insgesamt waren wir elf Personen: fünf Damen und sechs Herren. Kunert achtete stets darauf, daß er weniger Damen als Herren einlud. Es kam so eine ganz andere Stimmung auf.
Sie kam auch diesmal auf! Wir tranken und tanzten und unterhielten uns. Die meisten kannten einander, aber vier kannten sich noch nicht und begannen zu flirten. Um 23 Uhr 15 trat Kunert dann zu mir und fragte mich, ob er mir etwas sagen solle.
»Na, sag schon!«

»Ich hör einen Vogel.«
»Du bist ganz normal.«
»Ich habe nicht gesagt, ich *habe* einen Vogel, ich habe gesagt, ich *höre* einen Vogel!«
»Wo?«
»Was, wo?«
»Wo hörst du den Vogel?« fragte ich.
Kunert erwiderte, er höre den Vogel überall. Er könne das Geräusch nicht lokalisieren. Es mache ihn nur verrückt. Lottchen Bröge und Evi Sylt kamen zu uns und fragten, was es gebe. Kunert sagte, es gebe nichts Besonderes, keinen Grund zur Aufregung, er höre nur einen Vogel.
»Das gibt's nicht«, sagte Lottchen Bröge. »In der Nacht singt kein Vogel.«
»Der Vogel, den ich höre, singt nachts«, sagte Kunert. »Und wie!«
Nun kamen alle anderen zu uns, auch die zwei Paare, die flirteten, und wir debattierten darüber, ob bei Kunert etwa eine Spezialform von Delirium tremens ausgebrochen sei: Vogelgezwitscher an Stelle der üblichen Mäuse.
Lottchen Bröge ging zum Fenster, öffnete es und steckte den Kopf ins Freie. Dann drehte sie sich um: »Soll ich euch einmal etwas sagen?«
»Fang nicht du auch noch an!« rief ich.
»Ich muß aber«, sagte Lottchen. »Ich höre den Vogel jetzt auch.«
»Na bitte!« rief Kunert.
»Und außerdem kann ich ihn sehen!« sagte Lottchen. »Da fliegt er!«
Nun stürzten alle an die Fenster und sahen hinaus. Es war eine klare, eiskalte Nacht mit vielen Sternen. Die Straße lag leer im Licht ihrer Laternen.
Ich drehte den Kopf nach oben. In Höhe des Daches flog ein kleiner, grauer Spatz im Kreis und piepste, als bekäme er dafür bezahlt. Nun flatterte er zu uns herab, piepste noch lauter, flog wieder zur Dachrinne empor, stieß wieder herab und flatterte außer Atem mit den Flügeln.
»Zum erstenmal in meinem Leben sehe ich einen betrunkenen Spatzen«, sagte ich. Die anderen widersprachen. Der Vogel war tatsächlich nicht betrunken, sondern versuchte, unsere Auf-

merksamkeit auf die Dachrinne zu lenken. Irgend etwas mußte in der Dachrinne geschehen sein. Aber was?
Das Piepsen des kleinen Vogels zerrte an unseren Nerven. Einer drehte das Radio ab. Kunert holte schon seinen Mantel: »Komm mal mit, wir gehen auf den Dachboden, nachsehen!«
»Piepspiespieps«, machte der Spatz erfreut, als hätte er jedes Wort verstanden.
Also zogen wir, elf Mann hoch, auf den Dachboden. Wir nahmen eine Flasche Cognac mit, falls die Expedition länger dauern sollte. Auf dem Boden war es eisig kalt, und ich dachte an den kühnen Admiral Byrd, obwohl der zu Silvester nie auf Dachböden herumgeklettert war.
»Ogottogottogott«, rief Lottchen Bröge erschrocken, als sie ins Freie gesehen hatte. »Da ist ja noch ein Spatz!«
Tatsächlich saß ein zweiter Vogel in der Rinne. Der erste flog piepsend um ihn herum. Der zweite sah ihm dabei traurig zu. Er konnte nicht fliegen. Er war im Eis der Rinne festgefroren.
»Wir müssen ihm helfen«, sagte der Doktor Wedekind. »Ich bin selber noch nie hinten festgefroren, aber ich kann mir vorstellen, daß es zum Peinlichsten gehört, was einem passieren kann!«
»Pieps«, machte der Festgefrorene. Oder die Festgefrorene, dachte ich. Evi Sylt dachte dasselbe, denn sie sagte: »Vielleicht ist das ein Spatzen-Ehepaar. Sie ist festgefroren, und er versucht, Hilfe herbeizuholen. Wißt ihr, was wir hier miterleben? Wir erleben ein rührendes Beispiel von großer Liebe!«
»Mit ein bißchen warmem Wasser könnte man die Kleine auftauen«, sagte Kunert. Von jetzt an war der festgefrorene Spatz für uns alle eine ›sie‹.
»Aber wie kommst du denn bis zur Rinne?« fragte ich. »Das ist doch ein schräges Dach!«
»Ihr könntet mich an einem Seil hinunterlassen!«
»Quatsch, da fällst du runter und brichst dir das Genick!«
»Aber was sollen wir denn machen? Die arme Kleine!«
»Rufen wir mal die Funkstreife«, sagte der Doktor Wedekind.
Das schien uns allen eine gute Idee zu sein, und so trampelten wir wieder hinunter in Kunerts Wohnung, um die Funkstreife zu rufen. Wir machten Lärm beim Hinuntertrampeln, andere Wohnungstüren gingen auf, und andere Beschwipste erschienen. Als sie erfuhren, worum es ging, folgten sie uns in Kunerts Wohnung, wo Wedekind mit der Funkstreifenzentrale telefonierte.

»Es ist eine Sache von Leben oder Tod«, erklärte der Mediziner. »Ich bin Arzt, hick, ich kann das beurteilen.«
»Wir schicken sofort einen Wagen«, sagte der Mann von der Zentrale. Er kam auch wirklich gleich darauf, mit Blaulicht und Sirene.
Drei Polizisten in Lederjacken trampelten zu uns herauf. Nun war schon das ganze Haus wach. (Alte Herrschaften schlafen sogar in der Neujahrsnacht.)
Die Polizisten prüften die Lage und entschieden, daß man vom Boden aus nicht zur Rinne vordringen konnte. Da mußte die Feuerwehr her, mit einer Magirusleiter!
Die Herren von der Polizei telefonierten mit den Herren von der Feuerwehr. Als der rote Wagen mit der Riesenleiter vor Kunerts Haus hielt, war die Straße schon schwarz von Menschen. Sie klapperten mit den Zähnen, tranken von Zeit zu Zeit aus mitgebrachten Flaschen und sahen alle zu der Dachrinne empor.
Scheinwerfer flammten auf. Die Riesenleiter wurde ausgefahren. Auf ihr hob sich ein Feuerwehrmann, angeseilt und gesichert, zum Himmel empor. In der rechten Hand hielt er eine Kaffeekanne mit heißem Wasser. Nun kamen bereits Zuschauer aus den Nebenstraßen. Es war totenstill. Die Menschen hielten den Atem an.
Der kleine Spatz umkreiste piepsend den Kopf des Feuerwehrmannes, während der mit dem warmen Wasser die Frau Gemahlin auftaute. Sie war schon sehr schwach und konnte nicht fliegen. Es war sozusagen eine Rettung in letzter Minute.
Der Feuerwehrmann steckte die kleine Spatzenfrau vorsichtig in sein Hemd, direkt über die warme Haut, und ließ sich wieder hinunterfahren.
Alle Menschen klatschten Beifall. Und alle wollten die Gerettete sehen, als der Feuerwehrmann unten eintraf.
Aber der Doktor Wedekind sagte: »Kommt nicht in Frage, das Tier kann sich den Tod holen, wenn wir es jetzt nicht sofort ins Warme bringen!«
»Folgen Sie mir, meine Herren«, sagte Kunert zu den Polizisten und den Feuerwehrleuten. Und wir gingen wieder in seine Wohnung zurück.
Hier frottierte Lottchen Bröge die Gerettete mit einem Taschentuch. Dann gaben wir ihr heiße Milch. Dann legten wir eine Wärmeflasche vor Kunerts schon sehr abgeleerten und zerzau-

sten Weihnachtsbaum und setzten den kleinen Vogel darauf. Er hockte unter den grünen Nadeln auf der roten Flasche, und einmal sagte er »Pieps« – sprich danke.
»Macht das Fenster auf«, sagte Lottchen Bröge.
Es wurde geöffnet. Wir warteten eine Weile, und dann kam der Gatte ins Zimmer geflattert. Er flog gleich auf den Weihnachtsbaum zu und setzte sich neben seine Frau.
»Leise, leise«, sagte der Doktor Wedekind, »und starrt die beiden nicht dauernd an, sie müssen ja ganz verlegen werden!«
Wir taten also, als ob wir uns für die beiden Spatzen überhaupt nicht mehr interessierten, nur ab und zu blinzelten wir über die Schultern zu ihnen.
Sie saßen aufgeplustert nebeneinander und sahen mich an. Wir öffneten zwei neue Flaschen, und die Polizisten und Feuerwehrleute tranken mit, und Evi Sylt wurde auf einmal sentimental und sagte: »Wenn ich mir vorstelle, daß mich ein Mann so rührend beschützt wie dieser Spatz seine Spätzin. Es ist eben ein Beispiel von ewiger Liebe.«
»Sachte, sachte«, brummte Kunert. »Nun muß ich euch aber einmal etwas sagen. Wenn es schon ein Beispiel von ewiger Liebe ist, dann ist es aber gewiß auch ein Beispiel von erstaunlichem, menschlichem Verhalten! Ich und ihr, wir sind alle nicht so prima. Und die vielen Leute, die auf der Straße standen und klatschten, haben bestimmt auch schon mal ein schiefes Ding gedreht! Aber sind sie nicht alle sofort bereit gewesen, etwas für den kleinen Spatzen zu tun?«
»Ich weiß schon, was du meinst«, sagte Lottchen Bröge, und die Feuerwehrleute und Polizisten nickten im Chor mit den Köpfen.
»Gar nicht abzusehen, was in der Welt geschehen könnte, wenn kleine Spatzen häufiger in Not kämen! Jeden Tag! Jede Stunde! Millionen Spatzen! Am besten zwei Spatzen für jeden Menschen!«
»Du meinst«, sagte Evi Sylt, »wenn die Tiere häufiger menschliche Hilfe brauchten, dann würden die Menschen häufiger Gelegenheit haben . . .«
»Genau«, sagte Kunert. Er goß die Gläser aller Damen und Herren voll, und während er das tat, fuhr er fort: »Was für ein Leben, Herrschaften, was für ein Leben! Die Menschen hätten keine Zeit mehr, sich um die mächtigen Politiker zu kümmern und um die Generäle mit den vielen schönen goldenen Orden!

Und die Generäle und Politiker selber hätten nicht mehr soviel Sorgen mit den Menschen und könnten glücklich und in Frieden mit den Kaninchen zusammen Fußball spielen!«
»Pieps«, sagten die beiden Spatzen unter dem Christbaum im Chor.
Was sie damit meinten, war uns allen klar. Sie wünschten uns ein gesegnetes Neues Jahr. Denn das hatte inzwischen schon mächtig begonnen.
»Auch Ihnen beiden alles Gute«, sagte Kunert zu den Spatzen und verbeugte sich. Und dann erhoben wir alle unsere Gläser und tranken.

Ich weiß nicht, was soll ich bedeuten

Jede Jahreszeit hat ihre eigenen Geschichten. Es gibt die verträumten Geschichten zur Weihnachtszeit, wenn der Schnee fällt und es so anheimelnd nach gebratenen Äpfeln riecht, es gibt die Geschichten der Schwermut und Sehnsucht, wenn im Herbst die Blätter auf den nassen Asphalt fallen, und es gibt die Sommergeschichten voll süßer Reife und Sonnenglast. Ich glaube, daß die Geschichte, die ich im folgenden erzählen will, zum Osterfest gehört. Denn sie beginnt in einer Stunde der Not und der Trauer und endet mit einem Ereignis, das neues Glück bringt und neuen Glauben schafft ...

»Rosen«, sagte die junge Frau leise. »Schöne rote Rosen für die Damen ...«
Sie ging durch die große, dämmrige Bar. Sie ging von Tisch zu Tisch. Etwa fünfunddreißig Jahre mochte sie alt sein, und man konnte sie nicht eigentlich hübsch nennen. Ihr schwarzes Haar trug sie streng in der Mitte gescheitelt und hinten zu einem großen Knoten zusammengenommen. Der Mund sah aus, als könne er sich – außerdienstlich – nur schwer zu einem Lächeln entschließen, und in ihren Augen saßen die Schatten des Wissens von Zeiten voller Dunkelheit und Leid ...
»Rosen«, sagte sie mit einer Stimme, die herb und ein wenig heiser klang, »schöne rote Rosen, ... das Stück eine Mark ...«

Sie verkaufte nicht viel. Die Paare an den Tischen waren zu sehr mit sich selbst beschäftigt, um sie zur Kenntnis zu nehmen, und ihre Stimme verlor sich auch ein wenig im Spiel des Pianisten. Er spielte: ›So schön wie heut', so müßt es bleiben . . .‹.
Die junge Frau trug ein schwarzes Wollkleid mit einem schmalen silbernen Gürtel. In den Händen hielt sie einen großen Bastkorb. In ihm lagen die Blumen.
Sie sagte immer wieder dasselbe, während sie durch die Bar schritt. Und ihre Augen ruhten ernst auf all den Menschen, die ihre Rosen hätten kaufen können und es nicht taten.
An der Theke saß ein sehr betrunkener Herr. Das heißt: Nur der Mixer, der ihn bediente, wußte, wie betrunken er war. Denn der Mixer hatte die Whiskys gezählt. Der betrunkene Herr ließ sich seinen Zustand in keiner Weise anmerken. Er saß aufrecht, die Hand, welche die Zigarette hielt, zitterte nicht im geringsten, wenn er sie zum Mund führte, er schwankte nicht, und seine Augen waren nicht gerötet. Es schien ein Herr zu sein, der über eine gewisse Übung im Konsumieren von Whisky verfügte.
Ganz still saß er da und sah zu dem Pianisten hinüber. Er sah auf die Hände des Pianisten. Die Hände des Pianisten schienen ihn ungemein zu interessieren. Einem aufmerksamen Beobachter wäre aufgefallen, daß an der linken Hand des sehr betrunkenen Herrn zwei Fingerkuppen fehlten. Dem Mixer war es aufgefallen. Doch der war ein alter, weltweiser Mixer, und also sprach er nicht über seine Beobachtung. Es war dreiundzwanzig Uhr dreißig. Man schrieb den 15. Oktober . . .
»Rosen gefällig, mein Herr?« Die junge Frau war zu dem betrunkenen Herrn getreten. Er sah sie an. Er war etwas älter als sie, er hatte leicht angegrautes Haar, ein sensitives, schmales und blasses Gesicht und einen klugen, nervösen Mund.
»Wie bitte?« fragte er abwesend.
»Möchten Sie Rosen kaufen?« Sie lächelte geschäftsmäßig.
»Ja«, sagte er, »warum nicht?«
»Und wie viele?«
»Wie viele haben Sie denn?«
»Fünfundzwanzig«, sagte sie.
»Dann«, sagte er, »möchte ich fünfundzwanzig Rosen kaufen.« Er machte eine vage Bewegung mit der Hand, an der die Fingerkuppen fehlten. »Verteilen Sie sie bitte. An alle Damen, die hier sind. Mit meinen besten Empfehlungen!«

Die junge Frau nickte beglückt: »Jawohl, mein Herr, sofort ...« Sie entfernte sich eilig, als habe sie Furcht, er könne seinen Auftrag widerrufen.
Der Herr an der Theke wandte sich an den Mixer: »Zahlen bitte«, sagte er. Der Mixer stellte einen Teller mit der Rechnung vor ihn hin. Es war eine sehr hohe Rechnung. Der Herr zog ein Bündel loser Banknoten aus der Hosentasche und warf sie auf den Teller. »Meinen Mantel bitte«, sagte er. Man beeilte sich, denselben herbeizubringen. Der Herr schlüpfte hinein. Der Herr gab der Garderobenfrau Geld. Der Herr schritt, umdienert von Kellnern, zum Ausgang.
Im Hintergrund des Raumes verteilte die junge Frau noch immer Rosen. Sie bemerkte den Herrn nicht. Und er bemerkte sie nicht. Er wollte sie nicht prellen. Er hatte die Frau nur inzwischen vollkommen vergessen. Er ahnte nichts mehr von ihrer Existenz. Der Portier riß die Tür zur Straße auf. »Gute Nacht, mein Herr. Soll ich ein Taxi rufen?«
»Nein«, sagte der Betrunkene, dem zwei Fingerkuppen fehlten, »ich gehe zu Fuß. Ich hab's nicht weit ...«
Hinter der Bar lag ein Park. Ihn betrat der Herr gemessenen Schrittes. Durch den dünnen Herbstnebel sah er die krummen Silhouetten kahler Bäume im diffusen Licht einer alten Laterne. Er ging sehr zielstrebig und rasch, und er hatte bald den See in der Mitte des Parkes erreicht. Der See war groß und sehr tief. Der Herr entledigte sich seiner schwarzen Lackschuhe und machte einen ersten Schritt ins Wasser hinein. Das Wasser war eiskalt. Er zuckte zusammen wie unter einem Peitschenhieb und rang nach Luft. Das Blut sang rauschend in seinen Schläfen, ihn schwindelte kurz, aber dann machte er entschlossen einen zweiten Schritt. Und einen dritten. Der See wurde rasch tiefer. Nun ging ihm das Wasser schon bis zu den Knien. Er machte einen vierten Schritt. Er dachte: Das Wasser ist kalt. Aber ich will ja auch nicht darin leben. Ich will darin sterben. Und dazu muß es nicht wärmer sein ...
Als er den siebenten Schritt machte – das Wasser ging ihm bereits bis zur Brust –, hörte er ihre Stimme: »Halt! Halt! Das dürfen Sie nicht tun!«
Er drehte sich um. Er sah die junge Blumenfrau aus dem Nebel auf sich zustürzen, atemlos, aufgeregt und empört. »Bleiben Sie stehen!« schrie sie.

»Machen Sie, daß Sie wegkommen«, sagte er.
»Das könnte Ihnen so passen!« Sie rannte, wie sie war, hinter ihm her in das Wasser hinein. Keuchend erreichte sie ihn, glitt aus, klammerte sich an ihn und versuchte wild, ihn mit sich an Land zu ziehen. »Los, kommen Sie mit mir!«
»Ich denke nicht daran!« Nun rangen sie miteinander. Das Wasser spritzte nach allen Seiten. »Lassen Sie mich los!« schrie er.
»Das kommt gar nicht in Frage!« schrie sie. »Sich umbringen, ohne meine Rosen zu bezahlen!«
Er ließ sie los. »Großer Gott«, sagte er verblüfft, »die Rosen! Die habe ich ja ganz vergessen!«
»Das habe ich gemerkt«, erwiderte sie ironisch.
»Ich habe sie wirklich vergessen«, verteidigte er sich. »Ich bezahle sie natürlich gleich.« Danach griff er in alle seine Taschen. Und danach bekannte er beschämt: »Es tut mir leid, ich habe kein Geld mehr!«
»Überhaupt kein Geld?«
»Keinen Groschen.«
Sie sah ihn so lange an, wie man braucht, um bis drei zu zählen, dann schrie sie los, so laut sie konnte: »Polizei! Hilfe! Polizei!«
Er versuchte, ihr den Mund zuzuhalten. Es gelang ihm nicht. Sie schrie weiter, laut und andauernd. Sie war eine sehr energische junge Frau . . .

»Warum wollten Sie sich umbringen, Herr Weigand?« fragte der Schnellrichter am nächsten Morgen.
Die Polizei war gekommen, Herr Walter Weigand – so hieß der lebensmüde Herr – war gezwungen worden, den Rest der Nacht auf einer Pritsche des nahen Polizeireviers zuzubringen, und stand nun, übernächtig, unrasiert und sehr erkältet, vor den Beamten. Hinter ihm, auf einer Bank, saß die junge Blumenfrau. Auch ihre Personalien waren inzwischen festgestellt worden. Die junge Blumenfrau hieß Marie Holub.
»Ich wollte mich umbringen«, sagte Walter Weigand. »weil ich plötzlich darauf kam, daß ich in den letzten Monaten vollkommen versoffen geworden bin. Ich bin ein menschliches Wrack und habe gesoffen, weil ich in meinem Beruf nicht mehr arbeiten kann. Ich bin stellungslos und kann in meinem Beruf nicht mehr arbeiten, weil mich jemand mit seinem Auto anfuhr. Es passierte nicht sehr viel, nur eine kleine Verletzung. Es gingen die Spitzen

von zwei Fingern drauf. Aber das ist es eben: Ohne diese zwei Fingerspitzen kann ich nicht mehr arbeiten. Ich bin nämlich Konzertpianist . . .«

Darauf folgte ein längeres Schweigen. Am Ende dieses Schweigens sagte die Blumenfrau Marie Holub mit ihrer kehligen, herben Stimme: »Ich ziehe meine Anzeige zurück.«

»Warum?« fragte der Richter.

Marie Holub sagte: »Weil mir dieser Herr leid tut.«

»Ich pfeife aber auf Ihr Mitleid«, sagte Weigand. »Ich bin im Augenblick mittellos, ich habe keine Wohnung, keine Möbel mehr, ich habe alles bestens in Alkohol umgesetzt – aber ich will doch versuchen, meine Rosen zu bezahlen. Ich habe noch nie Schulden bei einer Frau gehabt. Das ist mir unangenehm. Und ich weiß überhaupt nicht mehr, was ich bedeuten soll!«

»Wenn Sie«, sagte nun Marie Holub, »keine Wohnung und keine Möbel mehr haben, wenn es Ihnen unangenehm ist, Schulden bei einer Frau zu haben, und wenn Sie überhaupt nicht mehr wissen, was Sie bedeuten sollen, dann arbeiten Sie diese Schulden doch ab!«

»Wie?«

»Ich habe draußen vor der Stadt eine Gärtnerei. Mein Mann ist gestorben, Herr Weigand. Ich sage das nur, damit Sie sehen, daß auch andere Leute ihre kleinen Sorgen haben, und damit Sie endlich aufhören, sich selbst so verflucht leid zu tun. Und dann sage ich es natürlich auch, weil ich seit dem Tod meines Mannes allein bin und alles selber machen muß und zuviel zu tun habe und nicht nachkomme...« Marie Holub schwieg. Weigand schluckte zweimal schwer. Es war ihm sehr übel an diesem Morgen...

Die Gärtnerei lag an der Peripherie: kahle Beete, Misthaufen, Glashäuser, ein Feld, drei Bäume und eine baufällige kleine Hütte.

»In der Hütte«, sagte Marie Holub, während sie mit dem übernächtigen Walter Weigand durch ihren Besitz schritt, »können Sie nicht schlafen. Da gibt es nur ein Bett, und in dem schlafe ich. Aber im Glashaus ist eine Pritsche. Die können Sie haben.« Sie hatten das Glashaus erreicht. Vor seinem Eingang erhob sich die verdorrte Karikatur eines Holunderbaums. Weigand stolperte über ihn und fluchte. »Warum reißen Sie das Zeug nicht aus?«

»Weil ich nicht *will!*« sagte sie plötzlich laut.

»Und warum wollen Sie nicht? Was gefällt Ihnen an diesem blöden, verdorrten alten Holunderbaum?«
»Er ist nicht blöd, und er ist nicht alt, und er ist nicht verdorrt. Er gefällt mir. Ich habe eine Beziehung zu ihm!«
»Wann hat er zum letzten Mal geblüht?«
»Vor drei Jahren«, sagte Marie.
»Oh«, sagte Walter Weigand.
»Er wird wieder blühen!«
»Ach, Quatsch!«
»Gar kein Quatsch! Er wird blühen! Ich verspreche es Ihnen! Aber Sie glauben mir nicht, das sehe ich ja. Weil Sie keinen Mut haben! Deshalb wollten Sie sich auch umbringen! Und ich sage Ihnen: Auch Ihnen wird es einmal wieder gutgehen! Auch Sie werden wieder einmal glücklich sein!«
»Genauso, wie der Holunderbaum wieder blühen wird«, sagte er und zog eine Grimasse.

Walter Weigand blieb bei Marie Holub.
Er stellte sich zunächst sehr ungeschickt an, denn er hatte in seinem Leben noch nie etwas mit Gärtnerei zu tun gehabt. Marie war geduldig und freundlich zu ihm. Sie zeigte ihm, wie man die Beete mit dem Spaten umstach, wie man Mist auf sie streute, wie man die Blumen verpackte und wie man sie austrug. Er fuhr für sie auf einem alten Fahrrad in die Stadt, zu vielen Menschen, in viele Häuser, und abends war er immer todmüde, wenn er auf seine alte Pritsche in dem alten Glashaus sank, vor dem sich der verdorrte Holunderbaum erhob . . .
Natürlich hatte er alkoholische Rückfälle.
Der schlimmste kam, als er fünfzehn rote Rosen in das Städtische Konzerthaus bringen mußte. Im Städtischen Konzerthaus probte eine sehr berühmte junge französische Pianistin eben für ihr Abenddebüt. Weigand lauschte ihr eine Weile, dann ging er schnell fort.
Marie Holub fand ihn gegen drei Uhr früh völlig betrunken in einer Vorstadtkneipe. Es war die achte Kneipe, in der sie ihn suchte. Diesmal war Weigand nicht wie ein Gentleman betrunken. Diesmal war er so betrunken, daß er nicht mehr ordentlich gehen konnte. Marie Holub sagte kein einziges böses Wort, obwohl er sich schrecklich benahm, sondern brachte ihn still nach Hause in sein Glashaus, wo sie ihn aufs Bett legte. Am nächsten

Abend bat sie ihn zu sich in die Hütte: »Ich habe ein Essen vorbereitet«, sagte sie. Es gab Kartoffelpuffer und Gulasch. Dazu gab es Bier. Danach stellte Marie Holub schweigend eine Flasche Kognak auf den Tisch. Und zwei Gläser daneben. Mit der Bemerkung: »Mir ist es lieber, Sie besaufen sich hier. Sonst reden die Leute so viel über uns!«

Walter Weigand sah sie stumm an.

»Na los, trinken Sie schon!« Sie füllte die Gläser und trank selbst einen Riesenschluck. Da trank er auch. Einen ganz kleinen Schluck.

Danach starrte er sie an.

»Warum starren Sie mich so an?«

»Ich dachte eben: Was sind Sie doch für eine kluge und tapfere Frau«, sagte er.

Sie schüttelte den Kopf. »Wenn Sie wüßten«, sagte sie, »wie dumm und feige ich bin ...« Dann lächelte sie plötzlich: »Ich habe mir heute etwas gekauft, Herr Weigand!«

»Was denn?«

»Eine Schallplatte. Ich habe sie mir schon so lange gewünscht, ich habe sie immer im Radio gehört.« Sie holte ein uraltes rotes Koffergrammophon aus einer Ecke und zog es auf. Dann holte sie die neue Platte hervor. Es war das Hauptlied aus dem Film ›Limelight‹ von Charlie Chaplin. Es hieß ›Eternally‹.

Die Platte kreiste. Die Nadel setzte ein. Dünn, zittrig und manchmal krächzend erklang die Melodie. Es war alles sehr feierlich. Weigand stellte sein Glas auf den Tisch und sah Marie Holub an. Sie lächelte. Da lächelte auch er.

»Was heißt ›Eternally‹?« fragte sie.

»Es heißt: ›Für alle Zeiten‹«, erwiderte er.

Er konnte später nie genau sagen, wann er zum erstenmal erkannte, daß er Marie Holub liebte. Er arbeitete mit ihr, er arbeitete schwer in diesen Monaten. Er war immer mit ihr zusammen. Und er verliebte sich in sie: in ihren Mut, in ihre leise Fröhlichkeit, in ihr Schweigen, wenn die Abenddämmerung heraufzog. In ihre Stimme. In die Augen. Ihren Gang. Ihr Lächeln. In ihr scheues, zaghaftes Lächeln zuallererst ...

Das Weihnachtsfest begingen sie gemeinsam: sie machten einander kleine Geschenke und entzündeten die Kerzen eines kleinen Baumes. Dann saßen sie vor ihm und sprachen über ihre

großen und ehrgeizigen Pläne für das nächste Jahr. Sie hatten soviel angepflanzt! Sie hatten soviel ausgesät! Sie wollten die Gärtnerei vergrößern. Sie wollten einen Gärtner anstellen. Ja, ihre Pläne waren groß! Und Marie Holub holte – wie jeden Abend – das alte Grammophon hervor, und wie jeden Abend erklang die Melodie aus ›Limelight‹.
Er sah sie an »Marie?« sagte er.
Sie lächelte.
»Ich bin glücklich«, sagte er.
Sie nickte lächelnd »Ich auch.«
Er küßte sie lange. Ihre Arme schlossen sich um ihn. Die Platte kreiste. Ein Klaviersolo setzte ein. Er hörte es ohne Trauer, denn alle Trauer versank in der Süße dieses einen Kusses.
Draußen vor dem Glashaus stand der verdorrte Holunderbaum im Schnee und reckte seine schwarzen Arme gegen den dunklen Himmel . . .

Wie glücklich waren sie!
Der Frühling kam. Die ersten Pflanzen, die sie gesät hatten, durchbrachen die Erde, im Glashaus blühten die ersten Blumen. Die Sonne schien. Die Vögel kamen wieder. Und Marie und Walter liebten sich. Von Tag zu Tag mehr, inniger, tiefer. Sie erkannten, daß sie ohne einander nicht mehr atmen, nicht mehr denken, nicht mehr fröhlich sein konnten. Walter Weigand übersiedelte aus dem Glashaus in die Hütte.
Die Katastrophe, die alles zerstörte, kam mit dem Karfreitag. Am Karfreitag nämlich erschien auf dem wolkenlos blauen Himmel eine kleine weiße Wolke. Danach machte ein harmloser kleiner Wind sich auf. Das war um zehn Uhr morgens. Um elf Uhr morgens hatte sich der Himmel schwefelgelb überzogen, und aus dem harmlosen kleinen Wind war ein Sturm geworden, der die Bäume erzittern ließ. Um elf Uhr dreißig brach dann der Orkan los. Es war der schlimmste Orkan seit Menschengedenken. Er brachte den Hagel. Der Hagel kam Punkt zwölf Uhr mittags. Zu dieser Zeit war der Himmel schwarz geworden. Die Bäume bogen sich unter der Gewalt des Orkans, tief zu Boden gepreßt, mit grauenvollem Ächzen, hin und her. Mauerteile, Ziegel und Bleche flogen durch die Luft. Man konnte nicht mehr die Hand vor den Augen sehen.
Marie und Walter standen an den Fenstern der Hütte und starr-

ten in die tobende Dunkelheit hinaus. Er sah, daß sie stumm betete. Da faltete auch er die Hände und betete: »Lieber Gott, nicht. Bitte, bitte, bitte, nicht, lieber Gott. Hilf, lieber Gott. Bitte, bitte, bitte, hilf uns . . .«
Doch der Hagel stürzte krachend immer stärker herab. Die Welt ging unter. Die Fenster des Glashauses brachen. Die Beete wurden fortgeschwemmt. Das Dach der Hütte flog fort. Regenwasser strömte in die Stube. Es war entsetzlich. Doch dann geschah das Entsetzlichste. Er sah, daß Marie zu weinen begann. Sie, die nie geweint hatte, weinte nun. Sie weinte lautlos, die Tränen liefen über ihre Wangen, und sie weinte wie ein Mensch, der nie mehr aufhören kann zu weinen.

Es kam der Nachmittag.
Es kam die Nacht. Das Unwetter verzog sich, draußen wurde es wieder ganz still. Und ein bleicher Mond schien über die gespenstisch verwüstete Landschaft. Nichts regte sich. Alles schien tot zu sein.
Marie weinte nicht mehr. Sie lag mit offenen Augen auf ihrem schmalen Bett und starrte die Decke an. Walter Weigand lag neben ihr. Er streichelte sie. Er küßte sie. Er sprach ihr Mut zu. Sie antwortete nicht. Sie war am Ende. Sie hatte keine Kraft mehr . . .
Er bemühte sich die ganze Nacht um sie. Es hatte keinen Sinn. Sie antwortete nicht einmal. Ein grauer Morgen kroch an den Scheiben hoch. Die Sonne ging auf. Ihre ersten Strahlen fielen ins Zimmer. Der Ostersonnabend begann mit Glanz und einem blauen Himmel.
Marie setzte sich im Bett auf, sie zog die Beine an den Leib, sie starrte zum Fenster.
Er drückte sie an sich: »Mein Lieb«, sagte er, »mein süßes Herz, hab Mut, es wird alles gut werden . . .«
Sie schwieg.
»Wir werden neu anfangen. Wir werden zusammen arbeiten . . .«
Und noch immer schwieg sie.
»Marie«, sagte er drängend, »bitte, sprich doch zu mir! Ich habe dich doch lieb, Marie! Wenn wir zusammen sind, kann doch nichts geschehen!«
Da hörte er ihre Stimme, die etwas atemlos sagte: »Sei still . . .«

Er sah sie an. Seine Augen folgten ihrem Blick. Und dann fühlte er, wie eine große Glückseligkeit ihn überkam. Denn er sah den alten verdorrten Holunderbaum neben dem zerstörten Glashaus.
Der alte Holunderbaum war nicht länger verdorrt. Er war über und über bedeckt mit kleinen grünen Blättern.

Im Altertum war er heilig

Die beiden Männer lachten dröhnend, als sie hereinkamen. Der eine war groß, rotgesichtig und dick, der andere klein und mager wie ein Frettchen. Leicht schwankend durchquerten sie die dunkle Schankstube und setzten sich in die Ecke beim Fenster. Der Dicke trug einen Lodenanzug. Auf der grünen Weste glänzte eine silberne Uhrkette. Ein Pferdchen hing daran. Wenn der Dicke lachte, tanzte das Pferdchen. Der Kleine sagte ihm etwas ins Ohr. Da begann das Pferdchen wieder zu tanzen.
Die rothaarige Kellnerin hatte sich mit einem Gast unterhalten, der an der Theke stand und Bier trank.
Nun kam sie zu den beiden Männern beim Fenster. Sie sagte: »Grüß Gott.«
»Grüß Gott«, sagte der Dicke und stieß den Kleinen an. »Sieh doch, Konrad, was für eine wunderschöne Saaltochter wir hier haben.« Er sprach mit einem leichten Schweizer Dialekt. Es kamen oft Gäste aus der Schweiz. Die Grenze lag drei Kilometer entfernt.
»Was soll's denn sein, meine Herren?« fragte die Kellnerin.
»Wir sind doch hier richtig im ›Goldenen Adler‹?« erkundigte sich der Kleine. Er trug eine Stahlbrille, die ihm dauernd auf der Nase nach unten glitt.
»Das hier ist der ›Goldene Adler‹, ja.«
»Größtes Haus am Platz«, sagte der Dicke und nickte. »Wir waren in ein paar Weinstuben, da hat man uns informiert. Sie haben fünfunddreißig Betten, Warm- und Kaltwasser in jedem Zimmer. Zwei Bäder. Gepflegte Küche. Einen Fernsehapparat. Und den Großen Meyer.«
»Darum kommen wir her«, sagte der Kleine.

»Warum?« fragte die rothaarige Kellnerin und sah zu dem blonden Mann, der an der Theke stand und Bier trank.
»Wegen dem Großen Meyer«, sagte der Kleine. »Sie sollen einen hervorragenden Weißwein haben. Von dem möchten wir zwei Viertel. Und dann möchten wir einen bestimmten Band vom Großen Meyer.«
»Den mit H«, sagte der Dicke.
Nun lachten sie wieder beide, und die Stahlbrille rutschte, und das Silberpferdchen tanzte. Draußen auf dem Marktplatz schien die Sonne. Kinder spielten ›Himmel und Hölle‹. Ihre hellen Stimmen drangen in die kühle, stille Schankstube herein.
Die hübsche Kellnerin holte den Wein. Der blonde Mann griff nach einer alten Zeitung und hielt sie sich vors Gesicht. Die Fremden beim Fenster lachten, bis sie außer Atem kamen.
Als die Kellnerin den Wein gebracht hatte, tranken sie durstig.
»Der ist richtig«, sagte der Dicke, »bringen Sie uns gleich einen Liter, damit Sie nicht so oft laufen müssen.«
»Glauben Sie nicht, daß Sie schon genug haben?« fragte die Kellnerin.
»Ach nein«, sagte der Kleine sanft.
»Was soll's«, meinte der dicke Schweizer. »Morgen ist Ostern!«
»Wenn wir jetzt vielleicht um den Großen Meyer bitten dürften«, sagte der Kleine.
Die Kellnerin ging fort und kehrte mit zwei Lexikonbänden zurück. »Wir haben zwei Teile H«, sagte sie. »Einen von Germanin bis Hornbaum und einen von Hornberg bis Impressionismus. Welchen wollen Sie?«
»Den von Germanin bis Hornbaum«, sagte der Dicke. »Sie sind wirklich bezaubernd, mein Kind, wie heißen Sie?«
»Cora«, sagte die Kellnerin. »Und ich habe es nicht gerne, wenn man mich anfaßt.«
Der Kleine stand auf und verbeugte sich tief: »Vergeben Sie meinem Freund diesen spontanen Ausdruck des Entzückens über die Schönheit eines österreichischen Naturkindes.«
»Ich habe es nicht böse gemeint«, sagte die Kellnerin, die Cora hieß. Sie ging zur Theke zurück und sah dabei wieder den blonden Mann an, der sich die Zeitung vor das Gesicht hielt.
Beim Fenster blätterte der Dicke in dem Lexikonband. Dazu sagte er: »Jetzt werde ich dir gleich zeigen, wie entsetzlich ungebildet du bist, Konrad. Was weißt du überhaupt von ihm?«

»Ich weiß«, sagte der Kleine, »daß man ihn im Altertum heiliggesprochen hat. So manche schöne Königin hat in ihm gebadet. Dadurch ist sie noch schöner geworden. Wenn Männer in ihm baden, werden sie grausam.«
»Was für ein Quatsch.«
»Kein Quatsch, das habe ich gelesen. Sie werden grausam. Du kannst es ja jetzt einmal versuchen.«
»Honduras, Honegger, Hongkong«, las der Dicke und fuhr mit seinem rosigen Zeigefinger die aufgeschlagene Buchseite herab. »Hier haben wir ihn schon! Paß auf: Er wird gewonnen aus dem Körper von Bienen ...«
Der Kleine lachte so, daß er sich verschluckte und keine Luft mehr bekam. Er wurde dunkelrot im Gesicht und rang nach Atem.
»Hände hoch!« rief der Dicke und schlug ihm heftig auf den Rücken. Da ging der Erstickungsanfall vorbei.
»Einen Schluck auf den Schreck«, sagte der Kleine. »Lies weiter, Ludwig!«
Der Dicke las: »... aus den Körpern von Bienen, Hummeln, Meliponen, Trigonen und Wespen; er stammt aus den Nektarien der Blüten sowie aus Blattlaus-Exkrementen. Galt im Altertum als heilig.«
»Meine Rede«, sagte der Kleine.
»Das Rohprodukt, direkt aus den Waben, kommt als Scheibenhonig zum Verkauf«, berichtete der Dicke. »Honig aus unberührten Zellen, die noch keine Nachkommenschaft enthielten, heißt Jungfernscheibenhonig. Der Jungfernscheibenhonig ist streng zu unterscheiden vom sogenannten Leckhonig – auch Lauf-, Tropf- oder Senkhonig genannt –, der durch Auslaufenlassen der Waben auf speziellen Leckapparaten gewonnen wird.«
»Donnerwetter«, sagte der Kleine ergriffen.
Der blonde Mann hatte die Zeitung sinken lassen. Die rothaarige Kellnerin stand mit offenem Mund da. Auf dem Marktplatz spielten noch immer die Kinder. Die Glocken der nahen Kirche läuteten den Osterfrieden ein. Die Sonne sank ...
»Die einzelne Biene«, las der Dicke feierlich, mit erhobener Stimme, »kann, der Größe ihres Sammelmagens entsprechend, nur ungefähr zwanzig Milligramm Nektar von einem Flug einbringen. Sie muß also 50000 bis 60000 Flüge unternehmen, um

ein Kilogramm Nektar zu sammeln, das 50 bis 90 Prozent Wasser enthält.«

»Du heiliger Bimbam«, sagte der Kleine. Er schüttelte den Kopf.

»Dennoch«, las der Dicke, »vermögen starke Bienenvölker an guten Tagen mehrere Kilogramm Honig zu sammeln!«

»Bravo«, sagte der Kleine. »Und du hast ein starkes Bienenvolk!«

»Das walte der Himmel«, sagte der Dicke. »Wir wollen sein ein einig Volk von Bienen.«

»Ludwig«, sagte der Kleine, »erlaube, daß ich mein Glas auf dein Volk erhebe. Möge es stärker und stärker werden.«

»Ich danke dir, Konrad.«

»Prost, Ludwig!«

»Prost, mein Kleiner.«

Sie tranken.

»So ein Liter ist doch gar nichts, was?« meinte der Dicke.

»Fräulein Cora«, sagte der Kleine, »wenn wir Sie bitten dürften . . .«

»Meine Herren, haben Sie nicht wirklich genug?«

»Was soll's denn, was soll's denn«, sagte der Dicke. »Wo morgen doch Ostern ist!«

Sie waren bereits ganz hübsch betrunken. Aber sie betrugen sich vorbildlich. Sie lärmten nicht. Sie randalierten nicht. Und der Dicke faßte Cora auch nicht mehr an. Er wandte sich an den blonden Mann mit der Zeitung und fragte höflich: »Würden Sie uns das Vergnügen bereiten, ein Glas mit uns zu trinken, mein Herr?«

»Aber gerne«, sagte der und kam an den Tisch. »Mein Name ist Haberer.«

Der Dicke und der Kleine erhoben sich.

»Paradeiser«, sagte der Kleine.

»Bünzli«, sagte der Dicke.

»Wenn wir noch um ein Glas bitten dürften, Fräulein Cora«, sagte Herr Bünzli. Dann setzten sich alle.

»Sie sind nicht von hier, Herr Bünzli?« mutmaßte der blonde Herr Haberer.

»Nein, ich bin Eidgenosse.«

»Und Sie, Herr Paradeiser?«

»Ich bin Österreicher.«
Die rote Cora brachte ein drittes Glas. Die Herren prosteten einander zu und tranken.
»Werden wir gewiß noch ein Literchen brauchen«, sagte Herr Bünzli.
»Das geht dann aber auf mich«, sagte Herr Haberer.
»Unter gar keinen Umständen«, protestierte Herr Paradeiser. »Wie Sie uns hier sehen, feiern wir nämlich einen Sieg.«
»Jawohl«, sagte Herr Bünzli.
»Was ist denn das für ein Sieg?« fragte der blonde Herr Haberer.
Der Dicke und der Kleine sahen einander an.
»Sollen wir es ihm erzählen?« fragte Herr Paradeiser.
»Können wir es ihm erzählen?« fragte Herr Bünzli.
»Er hat ein anständiges Gesicht.«
»Er wirkt vertrauenerweckend.«
»Also erzählen wir es ihm?«
»Was soll's denn«, sagte Herr Bünzli. »Morgen ist Ostern. Erzählen wir es ihm.«
Danach tranken sie einen ordentlichen Schluck.
Und dann sagte der Dicke: »Herr Haberer, wie wir hier vor Ihnen sitzen, sind wir so etwas wie Verwirklicher der Paneuropa-Idee. Wir haben die Grenzen, welche die Völker trennen, überwunden.«
»Mit Hilfe eines starken Volkes«, sagte Herr Paradeiser und wies auf Herrn Bünzli.
»Mit Hilfe meines starken Bienenvolkes, ja«, sagte der Dicke.
»Ich verstehe«, sagte der blonde Haberer. »Der Herr ist drüben in der Schweiz wohl Imker?«
»Nicht direkt«, antwortete der Dicke. »Mein Onkel Friedrich war Imker. Er ist gestorben. Er hat mir sein Bienenvolk vererbt. Können Sie sich vorstellen, wie mir zumute war?«
»Ich verstehe«, sagte der blonde Herr Haberer, der so wenig verstand wie zu jenem Zeitpunkt, wo er das zum ersten Mal behauptet hatte. »Dann sind Sie wohl auf der Suche nach jemandem, der Ihnen Ihre Bienen abnimmt.«
»Nicht mehr. Ich war es, bis ich Herr Paradeiser traf.«
»Auf einer Reise. In der Eisenbahn«, ergänzte der. »Ich wollte in der Schweiz Freunde besuchen. Denen brachte ich Honig mit. Und den Honig mußte ich verzollen. Das hat mich fürchterlich geärgert.«

»Honig ist in Österreich viel billiger als in der Schweiz«, sagte der blonde Haberer.
»Eben! Kein Mensch weiß, warum!«
»Man kann nur annehmen«, sagte Herr Bünzli, »daß die österreichischen Bienen eine schlechte Transportarbeiter-Gewerkschaft haben und von kapitalistischen Unternehmern ausgenützt werden. Bei uns in der Schweiz haben die Bienen größere Rechte!«
»Aber dafür ist der Honig teurer«, sagte Herr Paradeiser. »Herr Bünzli war im Abteil, als ich den Zoll bezahlen mußte. Darüber sind wir ins Gespräch gekommen. Und so wurde die Idee geboren.«
»Was für eine Idee?«
»Die wir heute ausprobiert haben. Prost, Herr Haberer.«
»Prost, die Herren!«
»Sehen Sie, Herr Haberer, es ist Frühling. Die Natur erwacht. Neues Leben überall. Die Bäume grünen, die Luft ist lind, das Osterfest, es steht vor der Tür.« Der Dicke zog mit dem Fingernagel eine Linie auf das Tischtuch. »Das hier ist die Schweiz. Das hier ist Österreich. Und nun stellen Sie sich noch einmal den strahlenden Frühlingsmorgen vor, den Sie heute erlebt haben.« Mit zwei dicken Fingern ließ Herr Bünzli seine Hand über die Schweizer Hälfte des Tischtuches auf die Daumennagelgrenze zumarschieren. »Das bin ich. Hier sehen Sie mich durch das junge Grün der eidgenössischen Wiesen mit ihren Schlüssel- und Gänseblümchen schreiten. Was ziehe ich hinter mir her? Einen Leiterwagen ziehe ich hinter mir her. Und was steht darauf? Ein Bienenhaus steht darauf, Herr Haberer!«
»Hier«, löste Herr Paradeiser ihn ab, mit zwei mageren Fingern über die österreichische Hälfte des Tischtuches auf die Daumennagelgrenze zustelzend, »nahe ich. Was ziehe ich hinter mir her? Einen Leiterwagen. Und was steht darauf? Ein Waschtrog mit österreichischem Honig. Ich lege mich in das frische Gras, sehe zum blauen Himmel auf, denke an Goethe und Osterspaziergang und ziehe das Tuch fort, das meinen Honigtrog bedeckt hat ...«
»Ich wiederum«, verwies Herr Bünzli auf die eidgenössische Hälfte des Tischtuches, »öffne das Bienenhaus und lasse mein Volk ausfliegen. Lege mich ebenfalls ins frische Gras, sehe zum blauen Himmel auf und denke an Schiller.«

»Sein starkes Volk steigt auf«, fuhr Herr Paradeiser bewegt fort. »Schweizer Bienen riechen österreichischen Honig. Überfliegen die Grenze. Machen sich an meinen Waschtrog. Fressen sich voll, bis sie kaum noch fliegen können. Und schleppen sich in die Schweiz zurück. Nach Hause. In ihren Bau. Den guten, den billigen, den unverzollten österreichischen Honig im Bauche. Muß ich weitersprechen, Herr Haberer?«
»Das ist nicht nötig«, erwiderte der Blonde und lachte kehlig. Die Kellnerin kam. Sie sagte, daß Herr Haberer drüben, im Büro, am Telefon verlangt würde. Er erhob sich unwillig.
»Gleich wieder da«, brummte er.
»Die Herren wollen bitte schnell zahlen«, sagte die rote Cora, sobald er verschwunden war.
»Aber keineswegs«, sagte Herr Bünzli. »Wie kommen Sie darauf, liebes Kind?«
»Ich bin ganz sicher, daß Sie schnell zahlen wollen«, antwortete die Kellnerin. »Der Herr Haberer ist nämlich vom Zoll. Er hat heute nur dienstfrei.«
Die Herren erhoben sich. In Eile legten sie Geld auf den Tisch. In Eile bewegten sie sich zum Ausgang. Hier verbeugten sie sich tief.
»Das war aber nett von Ihnen, Fräulein Cora«, sagte der Herr Bünzli.
»Das werden wir Ihnen nie vergessen«, sagte Herr Paradeiser.
»Was soll's denn, was soll's denn«, sagte die rote Cora. »Morgen ist Ostern!«

Reisevorbereitungen der kleinen Raphaela

Die Multiple Sklerose ist eine unheilbare Krankheit. Das heißt: Sie ist eine Krankheit, von der Ärzte noch nicht genug wissen. Sie selbst hat gar nichts dagegen, daß man sie heilt. Es ist nur bisher noch niemandem so richtig gelungen. Es gelang auch niemandem im Falle der kleinen Raphaela Fasano in den Vereinigten Staaten, einem Mädchen von elf Jahren, bei dem die Ärzte fürchten, daß es das Weihnachtsfest nicht mehr erleben wird.
Es ist schrecklich schwer, angesichts des Todes noch vernünftige

Entschlüsse zu fassen. Aber Raphaelas Eltern brachten es zuwege. Ihre Tochter hatte nur zehnmal Weihnachten erleben dürfen – und während es in dieser Hinsicht allen anderen elfjährigen Kindern der Welt nicht besser ging, so hatten diese doch die Aussicht auf viele weitere Weihnachten in den kommenden Jahren. Raphaela hat solche Aussicht nicht. Sie hat überhaupt keine Aussichten mehr. Nicht einmal mehr eine besonders gute auf das diesjährige Fest. Denn sehr wahrscheinlich wird sie am 24. Dezember schon tot sein.

Die Eltern wußten, daß Raphaela das Weihnachtsfest liebte, wie alle anderen Kinder es lieben. Sie fanden, daß es eine der unverständlichen Grausamkeiten Gottes war, ihre Tochter sterben zu lassen. Aber eine ganz besonders unverständliche Grausamkeit schien es ihnen, dies so einzurichten, daß alles noch vor dem Heiligen Abend zu Ende ging.

Die Eltern der kleinen Raphaela, die schon ihre Reisevorbereitungen traf, hatten keine Zeit, mit Gott dem Allmächtigen (und Unverständlichen) zu hadern, denn jeder Tag war ein Tag dem Tode näher. Da beschlossen sie, wenn *Er* ihnen schon ihr Kind nahm, den Geburtstag *Seines* Kindes zu verschieben. Es war nicht anzunehmen, daß *Er* etwas dagegen hatte. Und so verschoben sie ihn auf den 27. November.

Am 27. November war für die kleine Raphaela der 24. Dezember. Vor ihrem Bett stand ein Christbaum, auf dem Boden lagen Geschenke, und die Freundinnen waren zu Besuch gekommen. Und dann drehte der Vater das Radio an, und da horchten sie alle auf und erschraken. Denn aus dem Lautsprecher kam die Stimme eines berühmten Mannes, der sang. Der berühmte Mann hieß Mario Lanza und ist ein amerikanischer Rundfunkstar. Und er sang, am 27. November und für eine einzige Zuhörerin, von der er mehr als fünftausend Kilometer entfernt war, das Lied des 24. Dezember, das Lied, welches beginnt: »Stille Nacht . . .«

Raphaela war sehr glücklich über dieses Lied. Und besonders glücklich war sie darüber, daß Mario Lanza es sang. Denn Raphaela verehrte Mario Lanza sehr. Sie fand, er sei ein großartiger Sänger. Viel, viel großartiger als alle anderen. Und schöner auch. Die Eltern hatten Herrn Lanza einen Brief geschrieben, ihm den traurigen Sachverhalt mitgeteilt und ihn gefragt, ob er sich wohl an der seltsamen Weihnachtsfeier beteiligen wolle. Und Lanza sagte natürlich zu. Und auch seine Rundfunkgesellschaft sagte zu.

Wenn man sich die Sache einmal mit Raphaelas Augen besieht, dann hatte sie sogar den anderen etwas voraus! Denn wo gab es noch ein Kind auf der weiten Welt, für das der berühmte und schöne Mario Lanza am 27. November ein Lied sang, das noch zu allen Zeiten für den 24. Dezember reserviert worden ist? Raphaela war deshalb auch sehr aufgeregt und machte die kleinen Hände auf und zu vor Begeisterung. Oder wenigstens die linke Hand. Die rechte war bereits gelähmt. Aber ihre Aufregung war überhaupt nichts im Vergleich zu der maßlosen, ungeheuerlichen, schrecklichen Aufregung, die Mario Lanza ergriffen hatte. Er mußte, während er sang, die ganze Zeit an das kleine Mädchen denken, und zum Schluß passierte ihm etwas, das ihm vor dem Mikrophon noch nie passiert war. Seine Stimme versagte ...

Und während wir Raphaela nun wieder verlassen und sie die letzten Vorbereitungen für ihre lange Reise trifft, denken wir darüber nach, ob Mario Lanzas schöne Stimme wohl bis hinauf zu Gott dem Allmächtigen gedrungen ist und *Er* sie gehört hat. Nicht, weil wir glauben, daß *Er* dann ein Wunder geschehen und Raphaela gesund werden lassen würde – nein, solche Wunder geschehen nicht, aber wir könnten uns doch vorstellen, daß der liebe Gott, nach allem, was ihr zugestoßen ist, sich der kleinen Raphaela nun wenigstens da oben besonders annimmt und dafür sorgt, daß sie am 24. Dezember noch einmal Weihnachten feiern kann. Bei *Ihm*. Im Himmel. Dort, wo es am schönsten ist. Und dann wäre sie, trotz allem, doch zu beneiden. Denn dann wäre sie eines von den ganz wenigen Kindern, das mit elf Jahren zwölfmal Weihnachten feiern durfte.

Musik in Salzburg

Heute vor einer Woche saß ich in Salzburg. Auf der Bank mit dem fehlenden Brett vor der Bahnhofssperre 7. (Schnellzugabfahrt nach Wien D 135 aus Paris über Zürich, Bregenz, Innsbruck usw., fahrplanmäßige Ankunft 7.58 Uhr.) Es schneite und es regnete abwechselnd, immer ein paar Minuten so, ein paar Minuten so. Dazu blies ein teuflischer Wind. Ich hatte kaum geschlafen. Ich hatte noch nicht gefrühstückt. Und ich war entsetzlich erkältet. Ach ja, richtig, noch etwas: D 135 hatte Verspätung.

Der Bahnhof sah genauso trostlos aus, wie alle Bahnhöfe der Welt am frühen Morgen aussehen. Er war fast leer. Ein alter Mann kehrte mit einem alten Besen Schmutz weg. Eine alte Frau wühlte in einem Papierkorb. Ab und zu pfiff eine Lokomotive. Und ein paar einsilbige Männer, die wie ich auf den Zug warteten, marschierten auf und ab, rauchten oder starrten auf die Geleise. Der Mann neben mir hatte einen gut entwickelten Raucherkatarrh. Mit einem Wort: ein erfreulicher Moment.

Ich dachte, daß ich gern das Arabische beherrscht hätte, weil ich gehört habe, daß es sich für den Gebrauch im Affekt besonders gut eignet. Ich glaube, auch die anderen Passagiere fühlten eine Sehnsucht nach harten Worten und phantasievollen Flüchen. Nicht wegen des Wetters oder der Zugverspätung. Dafür konnte ja schließlich kaum ein Mensch etwas. Ach nein, uns alle irritierte etwas ganz anderes. Etwas, das uns so nervös machte, daß wir uns zuletzt überhaupt nicht mehr richtig ansehen konnten, etwas – was soll ich viel herumerzählen? Uns irritierte Blasmusik.

Jawohl, Blasmusik. Und dazu was für eine! Lieber Gott! Die Blasmusik drang aus dem Bahnhofsrestaurant zu uns. Um 7.58 Uhr, vorher und nachher. Es war sehr sonderbare Blasmusik. Eine Zeitlang blieb es immer still. Dann, plötzlich, heimtückisch und unerwartet, stürzte die Musik mit Tschinellenschlägen und Trommelgekrach ins Freie und überflutete uns. Danach kam wieder eine Pause. Und dann ging es gleich weiter. Die Pausen waren das unangenehmste an der Geschichte. Es gab viele Pausen.

Wir, die wir auf den Zug warteten, dachten wahrscheinlich alle ungefähr dasselbe. Zum Kuckuck, dachten wir, was sitzen da drinnen für Leute? Haben die es die ganze Nacht so getrieben? (Es hörte sich so an, als ob sie es hätten.) Werden die Musiker denn nicht müde? Warum spielen sie überhaupt zu dieser Stunde? Und warum immer wieder? Warum, o Gott, immer wieder? Ach, wenn sie doch aufhörten, diese gesunden, kräftigen, durch die Nachtwache nicht anzufechtenden rustikalen Musikfreunde, ach, wenn sie doch – Tararabum – diäh! bum-diäh! bum-diäh! – Tarara – und so weiter.

Dann geschah etwas Komisches. Einer nach dem andern von uns hielt es nicht mehr aus. Die Wut verwandelte sich in Neugier. Und einer nach dem andern nahm eine betont nonchalante Wanderung auf. Zwischen der Sperre und dem Bahnhofsrestaurant, hin und her. Wenn er so zehnmal herummarschiert war, dann betrat er plötzlich, so, als wolle er es eigentlich gar nicht betreten, so, als betrete er es vielleicht sogar gegen seinen Willen, das Restaurant und verschwand für eine Weile. Manche von den Leuten, die auf den Zug warteten, verschwanden nach der eben beschriebenen Wanderung überhaupt. Aber ein paar kamen wieder heraus. Und ihre Gesichter trugen plötzlich einen Ausdruck inniger Hingabe und großer Sanftheit. Warum? fragten sich die draußen sitzenden Beobachter. Weshalb die Hingabe? Woher die Sanftheit? Was hatten die Leute gesehen? Was, zum Teufel, ging nun in dem Bahnhofsrestaurant wirklich vor? Ich beschloß nachzusehen, legte den gewissen Zickzackweg zurück und betrat das Lokal dann so, als wollte ich es eigentlich gar nicht betreten, als beträte ich es vielleicht sogar gegen meinen Willen.

Das Lokal war leer. Bis auf einen einzigen Tisch. Dort war es dafür aber sehr voll! Mindestens zwei Dutzend Menschen saßen da. Sie kamen vom Lande, sie trugen die typischen schwarzen Kleider, die typischen Stiefel, die typischen schwarzen Kopftücher. Die Kapelle befand sich unmittelbar vor dem Tisch. Sie bestand gleichfalls aus Bauern. Sie spielten auf ihren Trompeten und schlugen auf die Trommel ein, daß man sein eigenes Wort nicht verstand. Aber sie machten dazu ganz feierliche Gesichter, und auch die Menschen an dem Tisch waren eher ernst. Sie hatten Gläser mit Rotwein vor sich stehen, und ich sah auch ein paar geöffnete Eßpakete. Obwohl eigentlich niemand trank. Und obwohl eigentlich niemand aß. Weil alle eigentlich nur versunken dasaßen und einen Mann von ungefähr fünfunddreißig Jahren anschauten, der sich unter ihnen befand.

Als ich den Mann sah, da fühlte ich, wie mir plötzlich sehr heiß wurde, und ich setzte mich schnell. Der Mann war ein Heimkehrer, offenbar erst vor sehr kurzer Zeit heimgekommen. Höchstens vor ein paar Stunden. Er trug noch die alte Uniform, und Bartstoppeln trug er auch. Jetzt verstand ich, warum die Men-

schen, die das Lokal vor mir betreten hatten, es mit einem solchen Gesichtsausdruck verließen. Die Kapelle spielte für den Heimkehrer, für den verlorenen Sohn, der nach Hause gekommen war. Wahrscheinlich waren das alles Leute aus seinem eigenen Dorf, viele davon seine Verwandten, der Feuerwehrhauptmann, der Mesner und der Guldenwirt. Sie waren alle mit ihren Bündeln und schwarzen Lacktaschen nach Salzburg gekommen, um ihn vom Zug abzuholen, sogar ein kleiner Bub, der die Trommel transportieren helfen durfte. (Man transportierte sie in einem alten Kinderwagen.) Der Heimkehrer saß da, und er sah verklärt aus und in Frieden mit sich selbst, so wie jener, der auf Leonardos Bild zu betrachten ist, welches ›Das Abendmahl‹ heißt. Und die Menschen um ihn sahen so ähnlich aus.
Neben dem Heimkehrer saß seine Mutter, eine kleine alte Frau mit einem winzigen Gesicht, das unter dem Kopftuch fast verschwand. Sie rührte sich nicht. Sie hielt seine Hand fest und rührte sich nicht. Nur immer dann, wenn ein Musikstück zu Ende war, gab sie nach einer Pause das Zeichen zu neuem Einsatz. Die Mutter sah ihren Sohn überhaupt nicht an. Sie sah quer durch das Lokal starr in die Ferne, und ich drehte mich um, weil ich sehen wollte, wohin sie blickte. Sie blickte ein Plakat für Schwechater Bier an, aber sie sah es natürlich nicht. Ihr Blick ging durch das Plakat und durch die Mauern hinaus ins Freie, zurück in das Sandmeer der Zeit und vorwärts in die riesigen Nebelschwaden der Zukunft hinein. Die Mutter saß da und rührte sich nicht. Ihre Hand umklammerte den Arm des Sohnes.
Später verließen dann alle das Lokal. Zuerst gingen die Mutter und der Heimkehrer. Die Freunde und die Kapelle folgten. Die Musiker spielten, dem wiedergefundenen Sohn zu Ehren, als ich sie alle die Treppen der Unterführung heruntersteigen und verschwinden sah. Die Töne des Liedes drangen noch lange aus dem dunklen Tunnel zu uns.

»Und sonst, lieber Freund«, sagte die junge Frau und nippte an ihrem Martini, »kennen Sie keine neuen Geschichten?«
»Ich kenne noch eine«, sagte der junge Mann und lächelte ihrem Bild zu, das der Spiegel hinter der Bartheke ihm zeigte. »Und sie hat den Vorteil, wahr zu sein – oder den Nachteil, wie man's nimmt. Denn es ist eine Geschichte von solcher Unwahrscheinlichkeit, wie nur das Leben selbst sie sich erlauben darf. Ein Mann, der anwesend war, als sie passiert ist, hat sie aufgeschrieben und mir geschickt. Ich werde nichts dazuerfinden. Ich werde sie genauso erzählen, wie sie sich ereignet hat.«
»Noch zwei Martinis«, sagte die junge Frau zum Mixer.
Der junge Mann begann zu erzählen.

Irgendwo im Zwölften Bezirk, dort, wo er nicht am schönsten ist, steht ein Haus. Ein Eckhaus. Es muß einmal ein Traum von einem Eckhaus gewesen sein, der Augapfel irgendeines Fleischhauers oder Wirtes mit gepflegten Weinen und gutbürgerlicher Küche. Heute ist es nur noch ein Alptraum. Verwahrlost, vor allem schmutzig. Die Leute, die in dem Haus wohnen, haben Sorgen. Die meisten von ihnen sind alt. Viele sind krank. Und alle sind arm. In diesem Hause lebte ein achtundsiebzigjähriger Mann, das heißt, besser gesagt: er starb. Er war dabei zu sterben. Es war ein langwieriges und beschwerliches Unternehmen, und es dauerte schon eine ganze Weile. Der Mann war seit Jahren halb blind und seit Monaten fast bewegungsunfähig. Er lag zu Bett. Seine Frau war jünger als er, aber sie fühlte sich nicht so. Es gibt Häuser, in denen die Menschen frühzeitig alt werden. Dieses Haus war so ein Haus. Außerdem war auch die Frau krank. Die beiden lebten von einer Rente, die ihnen der Staat in seiner Großmut gab. Es war keine große Rente. Aber es waren ja auch keine großen Leute. Es waren kleine Leute. Ganz kleine Leute. Für die genügte eine ganz kleine Rente.
Und eines Tages war es soweit. Der Mann rief die Frau zu sich und teilte es ihr mit: Er müsse nun sterben. Sie widersprach ein bißchen, aber er schüttelte nur den Kopf. Er kannte sich aus. Diesmal kam er nicht mehr davon. Nur noch ein einziges Problem war zu klären, dann konnte er sterben. Das war das Problem des Geldbriefträgers.

Der Geldbriefträger kam am Letzten. Er brachte das Rentengeld und eine Quittung. Das Rentengeld bekam man erst, wenn man die Quittung unterschrieb. Und die Quittung konnte man nur unterschreiben, wenn man noch am Leben war. Unter dem Einfluß dieser kurzen logischen Gedankenkette standen die letzten Tage des alten Mannes. Er und seine Frau sprachen ganz offen darüber. Sie hofften beide, daß der alte Mann so lange durchhielt. Das war ein katastrophales Wort, aber es war auch katastrophal, wenn der alte Mann nicht durchhielt. Denn die Wohnung stand fast leer; alles, was man wegtragen konnte, war schon weggetragen worden. Ins Pfandhaus. Und außerdem überall Schulden. Lächerlich kleine Schulden für große Leute. Aber riesengroße für kleine. Die Krankheit des Mannes hatte diese Situation geschaffen. Sterben kostet Geld. Nicht jeder kann es sich leisten.

In einem solchen Haus spricht sich alles schnell herum. Als der Letzte kam, wußten es alle: Der alte Mann starb. Und wenn er starb, bevor er die Quittung unterschrieben hatte, dann stürzte für die alte Frau die Welt zusammen. Dieser Tatbestand faszinierte jedermann, und für kurze Zeit verstummten sogar die sonst als so anregend empfundenen Streitgespräche vor den Gemeinschaftsklosetts in jeder Etage. Am Morgen des Letzten waren die Gänge des Hauses angefüllt mit Menschen. Eine regelrechte Melderkette hatte sich gebildet. Von der Straße hinauf in den dritten Stock bis zur Wohnungstür der alten Leute. Durch sie wanderten die Nachrichten. Hinunter und hinauf. Er lebt noch. Atmet noch. Es geht ihm schlecht. Er nimmt sich zusammen. Er nimmt sich sehr zusammen. Und der Geldbriefträger kommt. Er ist bereits in der Straße. Wir sehen ihn schon.

Als es so weit war, daß man ihn sah, rannten ein paar Frauen los, erklärten dem Briefträger die Situation und flehten ihn an, von seiner Tour abzuweichen und sofort zu dem alten Mann zu kommen. Nun sind Menschen in Uniform immer anders als Menschen in Zivil. Selbst wenn es sich nur um die Uniform eines Briefträgers handelt. Der Briefträger sagte, er könne keine Ausnahme machen. Jeder komme dran. Alles zu seiner Zeit. Und sie sollten ihm nicht im Wege stehen. Das sagte er, und dann ging er in das nächste Haus. Er hatte viele Kunden in dieser Straße. Denn die meisten Leute hier lebten aus purer Gemeinheit viel zu lange, nur um in den Genuß der Altersrente zu kommen.

Unterdessen lag der Sterbende in seinem Bett und atmete schwer und schwerer. Die Frau hielt seine Hände umkrampft, und auf dem Nachttisch lag, griffbereit, die Füllfeder. Die Tür zum Gang stand offen. Und der alte Mann, der fühlte, wie der Tod ihm wieder und wieder auf die Schulter tippte, bewegte grimmig entschlossen den Kopf hin und her. Nein, er hielt es noch aus. Nein, er würde die Quittung noch unterschreiben. Er mußte sie unterschreiben. Er mußte. Er durfte das seiner armen Frau nicht antun. Er durfte nicht.
Der Geldbriefträger kam näher und näher. Methodisch und wie ein pflichtbewußter Beamter arbeitete er sich durch das stumme Spalier der Neugierigen zum dritten Stock empor. Endlich erreichte er die Tür. Der alte Mann sah noch die Silhouette im Türrahmen. Dann fiel sein Kopf seitlich. Die Hand, welche die Füllfeder hielt, öffnete sich. Der Geldbriefträger sprach den alten Mann zweimal an. Als er keine Antwort bekam, machte er einen Vermerk auf die Quittung und steckte das Geld wieder ein. Es tue ihm leid, sagte er. Aber er habe seine Vorschriften. Und damit ging er wieder. Durch das stumme Spalier der Neugierigen hinunter. Der Schrei der alten Frau flog auf über die Dächer der Stadt und stieg empor zu den fernsten Sternen.

»Schrecklich«, sagte die junge Frau und trank ihr Glas leer. »Wir haben auch einen Briefträger, der nie pünktlich kommt. Was ich mich deshalb schon geärgert habe!«

Anleitung für Kleinmütige

Jedermann im Dorf kannte die Vroni. In den Nachbardörfern kannte man sie gleichfalls, und man redete von ihr bis hinunter in den großen Ort. Die Vroni war eine lokale Berühmtheit ersten Ranges. Die Leute fanden, sie sei ein Symbol, die hochgradig konzentrierte Verkörperung einer Reihe von rar gewordenen Eigenschaften. Sie drückten sich nicht so aus. Sie sagten: »D' Vroni is narrisch.« Aber das kam auf das gleiche heraus. Nur die Narrischen verändern die Welt – nach der einen oder der anderen Richtung.

Die Vroni hat auch ihr Teil dazu beigetragen, die Welt zu verändern. Sie weiß es nicht. Es würde sie nicht interessieren. Und ich denke, sie wäre sehr erstaunt, wenn sie erführe, daß das, was sie getan hat, Balsam ist auf die offenen Schwären aller Kleinmütigen. Wahrscheinlich würde sie die Achseln zucken und sich einen Slibowitz genehmigen.
Ich stelle mir die Vroni auf dem Flaschenberg vor, den fünfzig Jahre emsigen Slibowitztrinkens hinterlassen hätten – wenn der Vroni eine Neigung zum Sammeln von Flaschen eigen gewesen wäre. In Wirklichkeit waren ihr die Flaschen gleichgültig, sie warf sie über den Zaun oder in den Keller, oder sie füllte sie mit Wasser, stellte sie auf den Tisch und steckte Mohnblumen hinein. Sie hatte Mohnblumen gern. Sie hatte viele Dinge gern: gutes Essen, langen Schlaf, den Himmel vor Sonnenaufgang, den Geruch von Juchtenstiefeln, die Burschen (solange sie noch jünger war), den ersten Schnee auf den Feldern, die Kühle in den Rauhnächten und das Spiel der Orgel am Sonntagmorgen in der Kirche. Die Vroni hatte Menschen und Tiere gern, Blumen und Steine, alle einfachen Dinge der Schöpfung und alle einfachen Genüsse.
Ich finde, sie war eigentlich viel zu wenig bekannt – man hätte den Kindern in der Schule von ihr erzählen sollen und den Industriekapitänen in ihren Marmorpalästen, den großen Menschenschlächtern und den gutangezogenen Politikern –, aber die Vroni war sehr unscheinbar, und sie hätte die meisten Leute wahrscheinlich gar nicht so sehr interessiert.
Es haben schon mehr Menschen so gelebt wie sie, und schönere auch. Aber es ist gar nicht ihr Leben, sondern ihr Tod, von dem hier geredet werden soll; denn die Vroni ist tot. Fast hätte ich vergessen, es zu erwähnen. Wahrscheinlich, weil es mir so nebensächlich vorkommt. Weil sie mir noch so sehr lebendig erscheint. Oder vielleicht auch, weil ich wünschte, ich wäre in meinem Leben so lebendig wie die Vroni noch in ihrem Tod. Ja, ich glaube, das ist es.
Die Vroni war dreimal verheiratet. Die Männer starben ihr mit einer Heimtücke weg, die, wie die Vroni sagte, einer besseren Sache würdig gewesen wäre.
Sie hatte die Liebe gern, sagte sie. Sie hat drei Männer glücklich gemacht, aber die sind, wie gesagt, schon tot. Es ist überhaupt fast niemand mehr übriggeblieben, der sich an sie von früher her

erinnert. Denn als sie starb, war die Vroni einundsiebzig Jahre alt. Ich könnte mir vorstellen, daß der Tod ihr letzter Geliebter gewesen ist.
Wenn das die Vroni hörte, würde sie bestimmt lachen, denn sie hatte Überspanntheiten dieser Art nicht gern, wie sie sich überhaupt ihr Leben lang bemühte, alle Menschen, die große Worte gebrauchten, lächerlich zu machen – die Menschen und die großen Worte. Sie sagte immer: »Warum reden, wenn man den Mund halten kann?«
Als sie fünfzig war, hörte es mit der Liebe ein bißchen auf, und sie hatte mehr Zeit, sich mit den Blumen und den Tieren zu beschäftigen. Ihre Umgebung fand, daß sie noch narrischer wurde. Sie saß oben auf der Alm bei den Kühen im Gras und schaute den Enzian an. Sie dachte damals – um 1930 – an den Ersten Weltkrieg, und sie begann, sich vor dem Zweiten zu fürchten. Sie redete mit niemandem darüber, aber sie hatte ziemlich viel Angst. Als der Krieg dann kam, hatte sie noch mehr Angst, und als ihre letzten Angehörigen fortstarben, da ging es ihr hundeelend.
1943 saß sie während der Rauhnächte immer in den Ställen, und ich stelle mir vor, daß sie mit den Tieren redete. (In diesen Nächten ist so etwas möglich.) Es scheint mir die beste Erklärung für die ungeheure Ruhe, die tiefe Heiterkeit, den fröhlichen Gleichmut, die danach von der Vroni Besitz ergriffen und sie nicht verließen bis zu ihrem Tode. Sie lachte und scherzte und freute sich wieder auf das Leben, so wie sich ein junges Mädchen auf die Liebe freut.
Heuer zum Fasching erreichte diese Stimmung ihren Höhepunkt. Die alte Vroni war rundum das Gesprächsthema. Sie hielt ganze Wirtshausrunden wach mit ihren Witzen, sie sang, tanzte, trank und lachte. Und immer sagte sie allen Leuten, daß sie sich nicht fürchten sollten. Vor dem Leben nicht. Und nicht vor dem Tod. »Es steht nicht dafür!« sagte die Vroni.
Zum großen Faschingsfest beim Wögerer-Bauer kam sie im Kostüm. Sie hatte es selbst genäht, und sie trug eine Maske. Es war eine Maske, über die alle Leute schon zu lachen begannen, wenn sie sie überhaupt nur sahen. Es war die lustigste Maske des Abends. Und die Vroni war der lustigste Gast. Was sie in dieser Nacht an Slibowitz bewältigte, geht auf keine Kuhhaut, auch nicht auf eine große. Dazu aß sie Geselchtes mit Knödeln. Zum Schluß trank sie abwechselnd Bier und Wein. Und den ganzen

Abend über sagte sie den Leuten, daß sie sich nicht fürchten sollten.
Zuletzt war sie schon ganz schön blau, und die Leute meinten, jemand müsse sie heimbringen. Aber da wurde die Vroni böse: Sie konnte allein gehen! Und sie ging auch allein durch den Schnee davon, und die anderen sahen ihr nach. Sie drehte sich immer wieder um, winkte zurück und sang gewagte Vierzeiler. Schließlich verschwand sie in der Dunkelheit, und nur noch der Gesang dauerte an.
Die Nachbarn ließen die Vroni lange schlafen, denn sie dachten an den vielen Slibowitz. Am Nachmittag gingen sie dann hinüber, um sie zu wecken. Sie lag auf dem Bett, und die Maske lachte von einem Ohr bis zum anderen. Sie nahmen die Maske ab und sahen der Vroni ins Gesicht, und die Vroni lächelte sie freundlich an. Sie war schon ein paar Stunden tot. An die Wand hatte sie geschrieben: ›Man soll keine Angst haben.‹
Sie muß die Worte knapp vor ihrem Tod geschrieben haben, denn die Schrift war schon zittrig und wie von einem Menschen, der sich unter schwierigsten Umständen um Sammlung bemüht.

Das ganz kleine und das ganz große Geheimnis

Die gute Schwester Philomena kam (absichtlich!) auf so leisen Sohlen, daß Herr Franz ihre Schritte unglücklicherweise zu spät vernahm. Als er ein Geräusch hörte, ging schon die Tür des Krankenzimmers auf. Blitzschnell ließ der bleiche alte Mann, der aussah wie ein Gespenst und abgemagert war zum Skelett, sich in seinem Bett zurückfallen. Tja, aber das hatte nun keinen Sinn mehr!
»Also schon wieder«, sagte Schwester Philomena. Bitter betonte sie jedes Wort. Herr Franz schloß die Augen. »Wo es Ihnen strengstens verboten ist«, fuhr die gute Schwester fort. »Wo Herr Doktor Florian absolute Bettruhe verordnet hat. Absolute! Wo Sie im Bett gewaschen und gefüttert werden müssen – von allem andern will ich gar nicht reden.« Herr Franz zeigte nicht die geringste Reaktion. »Sie wissen am besten, wie es um Sie steht. Und was machen Sie? Aufsetzen tun Sie sich im Bett! Aus

dem Fenster schauen! Stundenlang!« Herr Franz murmelte etwas. »So ist es! Siebenmal habe ich Sie schon erwischt! Wer weiß, wie oft Sie es noch getan haben. Täglich wahrscheinlich.« Schwester Philomena trat an das Fenster. »Wissen möchte ich, was es da zu sehen gibt.« Sie sah sich gezwungen, selber nachzuforschen.
Zu sehen gab es folgendes: eine sehr schmale, stille Seitenstraße, eilige Menschen, schmutzige Schneehaufen (man schrieb Januar), einen kleinen Hund, der sich an seinem Stammlaternenpfahl erleichterte, graue Häuser und einen dunklen Himmel.
»Zum letztenmal: Warum tun Sie nicht, was man Ihnen sagt?« Herr Franz faltete die Hände auf der Bettdecke und schwieg.
»Na schön, dann werde ich es dem Herrn Doktor melden«, trompetete die gute Schwester. Der Boden vibrierte, als sie das kleine Zimmer verließ. Die Tür fiel zu. Herr Franz wartete, bis der Hall der energischen Schritte verklungen war. Dann richtete er sich mühsam wieder auf, knipste, scheinbar höchst sinnlos, die Nachttischlampe dreimal aus und an und sah wieder aus dem Fenster. Gleich darauf erhellte ein glückliches Lächeln sein Gesicht . . .

Er hieß Franz Aigner, aber schon im Altersheim war er für alle nur ›der Herr Franz‹ gewesen, und so blieb es nun auch im Krankenhaus. Es ist nicht schön, allein alt zu werden, gar nicht schön. Herr Franz befand sich in dieser traurigen Lage. Seine Frau, alle seine Verwandten und Freunde waren bereits seit längerem in die ewige Seligkeit eingegangen, es gab keinen einzigen Menschen mehr für ihn auf der großen, weiten Welt. Herr Franz hatte in seinem Leben als Flickschneider viel gearbeitet und noch mehr Leid erfahren. Nun war er dreiundachtzig. Als seine Frau, die Marie, starb, da verkaufte er Wohnung und Hausrat und übersiedelte in jenes freundliche Altersheim, das weit draußen vor der großen Stadt lag – in einer idyllischen Gegend, wie sie für Friedhöfe und Irrenanstalten charakteristisch ist.
Besaß Herr Franz also schon keinen Menschen mehr auf der Welt, so besaß er doch immer noch einen Traum, einen wundervollen. Er wollte nach Italien reisen, in dieses schöne Land, von dem er und die Marie so viel gelesen und das sie beide nie betreten hatten, denn sie waren arm. Nun, nach Maries Tod, sah die Sache anders aus. Herr Franz war versichert. Als Schneider

machte er sich im Heim nützlich, außerdem erhielt er ein kleines Taschengeld. Groschen um Groschen sparte er, elf Jahre lang. In seinem Zimmerchen türmten sich Reiseführer und Touristenprospekte. Näher und näher rückte der Tag, an dem er aufbrechen und all dies erleben, wirklich erleben würde: die Begegnung mit dem azurblauen Meer, sternenfunkelnde Nächte, Armut und Majestät einer großen Vergangenheit.

Arme Leute haben es im Leben am schwersten. Es ist, als hätten das Unglück, das Böse, das Herzeleid sie sich auserkoren als Opfer.

Knapp nach seinem dreiundachtzigsten Geburtstag (er besaß nun schon aber wirklich genug Geld, um mit einer Reisegesellschaft, einer billigen, versteht sich, loszugondeln), knapp nach seinem dreiundachtzigsten Geburtstag also begann Herr Franz sich elend zu fühlen. Matt. Müde. Deprimiert. Es kamen leichte Schmerzen. Es kam ein Arzt. Es kamen schwere Schmerzen. Sie schwanden nicht. Wurden schwerer. Der Arzt zögerte lange. Endlich war es seine Pflicht, zu sagen: »Sie gehören nicht mehr hierher.«

»Wohin denn?« fragte Herr Franz, obwohl er es natürlich bereits wußte. (Deshalb fragte er sehr, sehr leise.)

»In ein Krankenhaus«, antwortete der Arzt.

So brachten sie Herrn Franz in den großen Saal einer großen Klinik, darin lagen viele kranke Menschen, Bett an Bett. Das war schrecklich für den alten Mann. Nachts konnte er nicht schlafen, tags zählte er die Minuten. Und wurde immer elender und schwächer, immer kränker. Zuerst betete er noch: »Lieber Gott, hilf! Ich muß doch noch das schöne Italien sehen!« Dann ließ er das Beten sein.

Und so, während die Erde sich drehte und drehte, während der Sommer dem Herbst wich und der Winter nahte, schwanden sie aus Herrn Franzens Bewußtsein: Florenz, Capri und Neapel, Schiffe in der Ferne, Pinienwälder und Olivenhaine, verlor sich ein Traum von spätem Glück in einem dichter und dichter werdenden Nebel, gebraut aus Trauer, Mutlosigkeit, Selbstaufgabe. Ende Oktober kam Herr Franz dem Tode sehr nahe. Er war so schwach, daß er nicht mehr gehen konnte. Man mußte ihn füttern und waschen, im Bett. Nachts phantasierte er und rief laut wirre Worte aus wirren Träumen. Die anderen Patienten beschwerten sich. Und eines Tages sagte Doktor Florian zu der gu-

ten Schwester Philomena: »So geht das nicht weiter. Herr Franz muß aus dem Saal. Wir legen ihn in ein leeres Personalzimmer.« Da kann er wenigstens in Frieden sterben, dachte er. Aber er sagte es natürlich nicht.
»Und die Kosten? Seine Kasse zahlt nur dritte Klasse!«
»Er hat ein bißchen gespart.«
»Und wenn das bißchen aufgebraucht ist?«
»Dann wollen wir weitersehen«, erwiderte Doktor Florian. Dann wird er wohl tot sein, dachte er. Aber er sagte es natürlich nicht.
Herr Franz übersiedelte. Man mußte ihn auf einer Bahre transportieren. Die kleinen Personalzimmer lagen im obersten Stockwerk der Klinik. Das Fenster des Mansardenraums, den Herr Franz erhielt, ging auf eine stille Seitenstraße hinaus. Er hätte über den Frieden und die Ruhe, die ihn nun umgaben, glücklich sein müssen. Doch er empfand kaum noch etwas. Mit dem Beten hatte er wieder angefangen, jedoch anders. Immer wieder sprach oder dachte er: »Bitte, Tod, komm!«
Aber der Tod kam nicht. Weihnachten kam, Neujahr kam, der Tod kam nicht. Herr Franz siechte in dem Mansardenraum dahin. Seine Ersparnisse zerrannen, und es bedurfte vieler durchaus nicht korrekter Handlungen des Doktor Florian, um dem alten Mann immer noch starke Medikamente geben zu können, gutes Essen und gute Behandlung. Doktor Florian tat das nicht, ohne sich etwas dabei zu denken. Er stand vor einem Rätsel. Da war noch Lebenswillen in dem alten Mann, wenn es auch aussah, als sei der letzte Rest geschwunden. Da war noch immer Hoffnung, mit jedem Tag, den Herr Franz überlebte. Ordentlicherweise sollte er längst unter der Erde liegen. Er lag aber noch immer in seinem Bett! Es muß eine Kraftquelle geben, die den alten Mann speist, grübelte Doktor Florian. Er kannte sie nicht, diese Quelle. Das kam, weil er das Geheimnis nicht kannte – das Geheimnis, das der alte Mann nun in sich trug wie einen kostbaren Schatz.

»Also, was ist los mit uns, Herr Franz?« fragte Doktor Florian. Eine halbe Stunde war vergangen, seit die gute Schwester Philomena ihre dramatische Drohung ausgesprochen hatte. Es dämmerte nun schon sehr. Die Nachttischlampe beleuchtete das Gesicht des Patienten und machte es noch bleicher, ließ es noch er-

barmungswürdiger aussehen. Doktor Florian war ein dicker Mann mit einem Vollmondgesicht und einer Brille, die sehr starke Gläser hatte. Ein gütiger Mensch war Doktor Florian, so gütig wie kurzsichtig. »Warum schauen Sie immer aus dem Fenster, obwohl Sie stilliegen sollen?«
»Sie werden böse sein, wenn ich es sage.«
»Ich bin nie böse.«
Herr Franz seufzte schwer. »Na schön. Sie waren immer so gut zu mir, Herr Doktor. Sie sollen es wissen. Es ist halt alles aus.«
»Was ist aus?«
Herr Franz schüttelte den hageren Schädel. »Gehen Sie hinter den Schrank. Sonst funktioniert es nicht.«
Doktor Florian war nicht nur gütig, er war auch weise. Er wußte, daß es Situationen gibt, in denen man nicht fragen darf. Er trat hinter den Schrank. Herr Franz richtete sich auf und knipste die Nachttischlampe aus. Nun war es dunkel in dem kleinen Zimmer. Herr Franz knipste die Lampe wieder an, wieder aus, wieder an. Doktor Florian bewegte sich nicht. Plötzlich erblickte er in der erleuchteten obersten Fensterreihe des Hauses auf der anderen Straßenseite den Kopf eines Mädchens. Es war ein niedliches kleines Mädchen mit großen Augen und schwarzem Haar. Es lachte und winkte. Herr Franz winkte ebenfalls. Gegenüber klatschte das Mädchen in die Hände. Dann hob es verschiedene Gegenstände auf das Fensterbrett, hinter dem es sich befand. Doktor Florian sah angestrengt zu. Spielzeug lag da, Bäume, Sträucher, eine Kirche, und viele Puppen von der Art, die man zum Leben erwecken kann, indem man die Finger in ihre Gliedmaßen steckt.
Das Mädchen gab eine regelrechte Marionettenvorstellung. Kasperle verprügelte den Polizisten. Kasperle sollte ins Gefängnis und versteckte sich hinter der Kirche. Die wunderschöne Prinzessin flehte das Auge des Gesetzes um Gnade an – vergebens. Es kam das Krokodil und wollte den Polizisten schlucken. Der starke (aber gewiß mittellose) Müller verjagte das Untier. Der Polizist befahl dem prunkvollen König, seine Tochter dem Müller zur Gemahlin zu geben. Aber da kam das Krokodil zurück und biß den Polizisten in die Wade . . .
Doktor Florian hörte ein Geräusch. Ungläubig lugte er hinter dem Schrank hervor. Herr Franz *lachte!* Seit Wochen, ach, seit Monaten lachte er zum erstenmal wieder! Das kleine Mädchen

verneigte sich. Doktor Florian trat gebannt zwei Schritte vor. Aus dem Halbdunkel des Kinderzimmers tauchte eine Dame auf. Sie erstarrte, als sie nicht nur Herrn Franz, sondern auch den Arzt erblickte. Eilig schloß sie die Vorhänge. Man sah nichts mehr. Der alte Mann ließ sich zurückfallen und atmete hastig. »Nun habe ich die Vorstellung gestört«, sagte Doktor Florian bedrückt und trat an das Bett. Es verstrich eine lange Weile. Endlich begann Herr Franz zu sprechen: »Seit fünf Wochen kenne ich die Kleine. Rein zufällig. Ich will mich auf die andere Seite legen, und wie ich dabei den Kopf hebe, sehe ich sie. Und sie zeigt mir ihre Puppen und fängt an zu spielen. Für mich . . .« Kein Wort sagte der kugelrunde Doktor Florian. »Von da an hat sie jeden Tag eine Vorstellung gegeben, immer neue Stücke. Ich bin todkrank, aber ich habe noch sehr gute Augen, Herr Doktor. Ich kann alles genau beobachten, besonders wenn drüben auch Licht brennt. Und kaum kann ich's erwarten, daß es vier Uhr wird. Auf die Zeit haben wir uns nämlich geeinigt, mit Zeichen. Weil es da bei mir am ruhigsten ist – vor dem Abendessen . . .« Doktor Florian nahm das rechte Handgelenk des Herrn Franz und zählte den Puls. »Ich habe doch niemanden. Und auf einmal ist jemand da . . .«

»Machen Sie die Brust frei«, sagte Doktor Florian mit ernstem Gesicht. Er hörte das Herz ab. »Decken Sie sich wieder zu«, sagte er dann, immer noch todernst.

»Ich bitte um Verzeihung«, flüsterte der alte Mann. »Es war nicht recht von mir. Noch dazu heimlich. Mit der Nachttischlampe habe ich der Kleinen nämlich immer ein Signal gegeben, daß die Luft bei mir rein ist.«

»Sie meinen: rein von Schwester Philomena.«

»Ja. Und trotzdem hat sie mich erwischt. Die Kleine muß gleich alles begriffen haben, denn sie ist immer blitzschnell verschwunden, wenn die Schwester oder sonst jemand kam. Ich werde es nie wieder tun . . .«

»Im Gegenteil.«

»Bi . . . bitte?«

»Im Gegenteil«, sagte Doktor Florian langsam und deutlich. »Von heute an werden Sie täglich zusehen, wie das Mädchen spielt.« Und damit ging er schnell aus dem Zimmer. Herr Franz starrte ihm nach. Er begriff überhaupt nichts mehr. Da öffnete sich die Tür noch einmal, Doktor Florian steckte den Kopf her-

ein und fügte hinzu: »Und die Luft wird immer rein sein, das verspreche ich Ihnen!«
»Danke«, murmelte der alte Mann, »danke . . .«. Danach lag er lange Zeit still. Zuletzt zitterten seine Lippen. Aber er weinte nicht. Er lächelte wieder . . .

Und die Erde drehte sich weiter und weiter, es kamen Schneestürme, Regen, wieder Schnee. Täglich untersuchte Doktor Florian den Herrn Franz, täglich stellte er die gleiche Frage: »Haben Sie auch bestimmt wieder aus dem Fenster geschaut?«
Darauf konnte er alte Mann nun stets mit gutem Gewissen antworten: »Ja!«
Es kam die Schneeschmelze. Und Doktor Florian sagte: »Stehen Sie auf. Wir gehen einmal durch das Zimmer.«
»Das . . . das . . .«
»Was?«
»Das kann ich nicht!«
»Sie können es«, erwiderte Doktor Florian streng. »Los!«
Herr Franz kroch aus dem Bett. Es kam ihm vor, als wären seine Beine aus Gelee. Doktor Florian stützte ihn. Und der Patient wanderte einmal durch den kleinen Raum. Atemlos fiel er dann wieder auf sein Lager.
»So«, sagte Doktor Florian. »Morgen wieder. Aber daß Sie mir ja der Vorstellung zusehen, verstanden?«
Und ob der Herr Franz verstand! Und ob er der Vorstellung zusah, täglich, wochenlang! Im Februar konnte er schon am Tisch essen und sich selbst waschen. Und im März vermochte er kleine Spaziergänge zu machen, auf dem Gang zuerst, später im Hof, zuerst in Begleitung, dann allein. Herr Franz war ein medizinisches Wunder, die anderen Ärzte und die Schwestern konnten es nicht fassen. Was war geschehen? Wie war das möglich? Der Herr Franz und der Doktor Florian schwiegen sich aus . . .
Anfang April – es war noch immer kühl und windig – gab es dann eine letzte kurze Krise. Voll Schrecken berichtete Herr Franz: »Herr Doktor, Herr Doktor, gestern war die Kleine nicht da! Wenn ihr etwas zugestoßen ist . . .«
»Bald wird sie wiederkommen«, antwortete der Arzt. Aber sie kam nicht wieder, an diesem Tag nicht und auch nicht am nächsten. Eine ganze Woche lang blieb sie verschwunden. Der arme Herr Franz geriet völlig außer sich. Er erlitt sogar einen kleinen

Rückfall, den der Doktor Florian allerdings völlig ignorierte. Am achten Tag sagte er abwesend: »Ziehen Sie sich an. Wir sind eingeladen.«
»Eingeladen? Wo?«
»Bei den Eltern des kleinen Mädchens. Zum Mittagessen. Beeilen Sie sich, sonst kommen wir zu spät.«
So schnell hatte der Herr Franz sich noch nie angezogen! Doktor Florian wollte ihn über die Straße führen. Nicht nötig! Der alte Mann wäre sogar bis in das oberste Stockwerk des ehrwürdigen Hauses hinaufgestolpert, hätte Doktor Florian ihn nicht gezwungen, den Aufzug zu benützen. Der Arzt schien sich auszukennen. Er klingelte an einer Tür, die ein Schild mit dem Namen Wiedmann trug. Eine Dame öffnete. Hinter ihr stand ein Herr. Als sie Herrn Franz erblickten, ging in ihren Gesichtern die Sonne auf.
»Sehr herzlich willkommen, lieber Herr Aigner«, sagte die Dame. Es war die Dame, die der alte Mann so oft im Zimmer des kleinen Mädchens gesehen hatte, dieselbe, die damals, als Doktor Florian hinter dem Schrank hervortrat, zum Fenster geeilt war, um die Vorhänge zu schließen.
»Woher ... woher kennen Sie meinen Namen?«
»Der Herr Doktor hat uns besucht und von Ihnen erzählt«, erklärte Herr Wiedmann, und er schüttelte dem alten Mann die Hand, wieder und wieder. Dann führte er ihn durch die Wohnung (wohlhabende Leute mußten das sein!) in eine gemütliche Bibliothek und kredenzte Aperitifs. Herr Franz, sein Leben lang Opfer einer gewaltigen Schüchternheit, wurde nervös. Wo war das kleine Mädchen? Wo nur? Er wagte diese feinen Leute nicht zu fragen.
Eine rosige Köchin erschien und meldete, das Essen sei angerichtet. Man begab sich in ein schönes Speisezimmer. Unruhiger und unruhiger wurde Herr Franz. Suppe, Hauptgericht und Nachspeise ließ er vorübergehen, ohne zu schmecken, was er aß. Beim Mokka hielt er es nicht mehr aus. »Bitte ... bitte ... bitte, wo ist Ihre Tochter?«
»Marili? In ihrem Zimmer.«
»Darf ich sie vielleicht sehen?«
»Aber natürlich«, sagte Herr Wiedmann und erhob sich. Alle folgten ihm. Auf der Diele blieb er vor einer Tür stehen. »*Sie* sollen öffnen«, sagte er zu Herrn Franz. Das tat der mit zitternden

Fingern. Er trat in das fröhlich bunt tapezierte Kinderzimmer, das ihm so vertraut war, und für einen Moment blieb ihm das Herz stehen. Marili, seine kleine Freundin mit den großen schwarzen Augen, lag in einem Bettchen beim Fenster. Die Decke war verrutscht. Herr Franz erblickte einen Gipsverband, der reichte von den Zehen bis zum Knie des rechten Beines. Marili war *krank!* Herr Franz mußte sich schnell setzen.

»Das ist aber fein, daß du endlich kommst!« rief Marili.
Herr Franz rang nach Luft. Krank. Krank. Auch krank ...
Frau Wiedmann sprach mühsam: »Unsere Tochter hat vor sechs Monaten eine schwere Knochenmarkentzündung bekommen. Sie mußte liegen, liegen, immer nur liegen.«
»Wie ich ...«, sagte Herr Franz, und es klang verloren, was er sagte. Er sah Marili an und die Puppen auf dem Fensterbrett.
»Wir hatten die besten Ärzte, die teuersten Medikamente. Nichts half. Wir waren beinahe wahnsinnig vor Angst, daß Marili ihr Leben vielleicht als Krüppel verbringen müßte. Ein Mädchen, denken Sie, Herr Aigner, auch noch ein Mädchen!«
»Aber jetzt ist alles vorbei!« krähte das Mädchen. »Jetzt werde ich bald wieder genauso laufen können wie die anderen Kinder, nicht wahr, Onkel Doktor?«
»Da kannst du Gift drauf nehmen«, antwortete der.
Ein schweres goldenes Armband mit kostbaren Steinen klirrte, als Frau Wiedmann ihre Tränen fortwischte. »Plötzlich wurde Marilis Zustand besser«, sagte sie erstickt. »Zuerst konnten wir es uns nicht erklären. Dann kamen wir darauf, daß sie täglich für Sie Theater spielte ...«
»Vor einer Woche«, fuhr Herr Wiedmann fort, während er seiner Frau ein Taschentuch reichte, »brachten wir Marili wieder einmal in das Krankenhaus da drüben.«
»In ... *mein* Krankenhaus?«
»Ja. Die Röntgenaufnahmen zeigten, daß ein Wunder geschehen war. Die Entzündung hatte sich endlich lokalisiert. Die Ärzte entschlossen sich, den Knochen zu öffnen.«
»In Narkose, weißt du«, sagte das Kind wichtig. »Und dabei bin ich erst neun! Nachher habe ich brechen müssen.«
Herr Franz hatte das Gefühl, daß der Boden unter ihm schwankte. Marili streckte eine Hand aus. Er ergriff sie. Das Mädchen zog ihn näher. Nun saßen sie beide auf dem Bett: schmal, blaß,

geschwächt, aber schon herausgetreten aus dem Schattental ihrer Krankheit.
»Fassen Sie es nicht falsch auf, Herr Aigner«, sagte Herr Wiedmann, »wir haben einen Wunsch.«
»Einen . . . Wunsch?«
»Ja!« Ganz fest drückte Marili die Hand des alten Mannes. »Nächsten Monat fahren wir nach Italien. Und ich möchte so gern, daß du mitkommst!«
»Bei uns ist es noch kalt«, erklärte Frau Wiedmann. »Marili braucht jetzt viel Wärme und eine andere Umgebung. Sie muß zu Kräften kommen, genau wie Sie.«
»Aber ich habe doch nicht . . . ich bin doch . . .«
Mit der ganzen Unschuld eines Kindes sprach Marili: »Du bist arm, das wissen wir vom Herrn Doktor. Er hat's uns gesagt. Er hat auch gesagt, daß ich immer für dich spielen soll. Du hast kein Geld. Na und? Pappi hat genug. Wirst du kommen?«
Herr Franz wurde sehr rot im Gesicht. Er schluckte heftig.
»Wir *bitten* Sie darum«, sagte Herr Wiedmann.
»Italien . . .«, stammelte Herr Franz. »Italien . . . lieber Gott im Himmel!« Er blickte hilfesuchend zum Doktor Florian. Der schwieg.
»Sie und Marili hatten ein Geheimnis miteinander. Einer machte den anderen gesund. Wir werden ewig in Ihrer Schuld stehen«, sagte Herr Wiedmann heiser.
»Es war doch aber nur ein so kleines Geheimnis«, murmelte der alte Mann.
»Zwei«, sagte da Doktor Florian.
Alle drehten sich um und sahen ihn an. Er trat ans Fenster und wandte allen den Rücken.
»Es waren zwei Geheimnisse. Ein ganz kleines und ein ganz großes, das niemand jemals ergründen wird.«
Nachdem er das gesagt hatte, wurde es still im Zimmer, mäuschenstill. Doktor Florian, Marili, ihre Eltern und der alte Herr Franz blickten hinaus in den zaghaften ersten Sonnenschein eines aus Winterkälte, Verzweiflung und Tod unbesiegbar auferstehenden neuen Jahres.

Die Stunde der Vergeltung

An einem Julitag des Jahres 1951 sprang ein gewisser Heinz Klingelhöfer in den Rhein. Dieser Heinz Klingelhöfer war achtundzwanzig Jahre alt und hatte einen schweren Herzfehler. Der schwere Herzfehler stammte noch aus der Zeit, da Heinz Klingelhöfer auf einem deutschen U-Boot im Ärmelkanal herumgefahren war. Da wurde das U-Boot nämlich von Torpedoflugzeugen angegriffen. Heinz Klingelhöfer verlor ohne viel Getue das Bewußtsein. Als er es wiederfand, lag er in Wilhelmshaven im Lazarett und es fehlten ihm die meisten Finger der rechten Hand sowie das rechte Auge. Auch hatte er einen schweren Herzfehler. Aber er war doch sehr dankbar dafür, daß ihm nur dies zugestoßen war. Denn seine U-Boot-Kameraden hatten alle das Leben verloren beim Angriff des englischen Torpedoflugzeuges.

Heinz Klingelhöfer schleppte sich, arbeitslos, verheiratet und mit drei Kindern gesegnet, durch die Nachkriegsjahre. Es ging ihm elend. Er lebte von der Rente, die er bekam. Und sein Herz machte ihm schrecklich zu schaffen. Er sprang deshalb im Juli 1951 auch nicht zu seinem Vergnügen in den Rhein. Sondern um ein paar französischen Soldaten das Leben zu retten. Die Soldaten waren mit ihrem Auto ins Wasser gestürzt und konnten nicht aus dem Wagen heraus. Es waren ihrer vier. Sie waren so alt wie Heinz Klingelhöfer. Und sie hätten am nächsten Tag entlassen werden sollen.

Von den vier französischen Soldaten rettete Heinz Klingelhöfer zweien das Leben. Bei den anderen beiden kam er zu spät. Sie waren schon tot. Heinz Klingelhöfer brach lautlos zusammen, als er seine Rettungsbemühungen schließlich einstellte. Sein Herz versagte wieder einmal. Er lag ein paar Wochen im Bett, dann erschienen der Bürgermeister und der französische Hochkommissar und der französische und der amerikanische Besatzungsoffizier an seinem Lager und geleiteten ihn im Triumph ins Rathaus der kleinen Stadt, in welcher Heinz Klingelhöfer lebte. Dort gaben sie ihm erstens die Hand, zweitens eine Anerkennungssumme von zweihundertfünfzig D-Mark und drittens eine Urkunde, auf welcher der französische Staatspräsident dem Herrn Heinz Klingelhöfer für seine mutige Tat dankte, die zwei französischen Soldaten das Leben gerettet hatte. Heinz Klingel-

höfer war sehr beeindruckt. Zuletzt fragte der französische Hochkommissar: »Haben Sie noch eine Bitte, Herr Klingelhöfer? Können wir noch etwas für Sie tun?«
Darauf erwiderte Heinz Klingelhöfer: »Ich wäre sehr glücklich, wenn für die beiden Soldaten, die ich gerettet habe, zwei Deutschen das Leben geschenkt würde, die von französischen Militärgerichten zum Tode verurteilt worden sind.«
»Das ist eine schwer zu erfüllende Bitte«, sagte der Hochkommissar, »aber schreiben Sie doch ein Gnadengesuch an den Herrn Präsidenten der Republik.«
Heinz Klingelhöfer schrieb ein Gnadengesuch. Er schrieb viele Gnadengesuche, eines von ihnen gelangte tatsächlich auf den Schreibtisch des Präsidenten der Republik ...

Im Gefängnis von Fresnes saß zu dieser Zeit ein Mann namens Herbert Englert. Dieser Herbert Englert war im Krieg ein sogenannter ›Sonderführer‹ gewesen und hatte die Spionageabwehr an der Normandieküste geleitet. Er wurde angeklagt, einige Geiseln und britische Fallschirmagenten erschossen zu haben. 1950 verurteilte ihn ein französisches Kriegsgericht dafür zum Tode durch Erschießen. Seither saß der Sonderführer Herbert Englert, des Nachts mit Ketten an Händen und Füßen gefesselt, in seiner Zelle und wartete darauf, erschossen zu werden. Er hatte sich angewöhnt, nur noch tagsüber zu schlafen. Denn die Erschießungen fanden im Morgengrauen statt, und deshalb fand Englert nachts keine Ruhe mehr.
Im Herbst 1952 – so lange dauerte es immerhin, bis das Gnadengesuch des Heinz Klingelhöfer auf den Schreibtisch des Präsidenten der Republik gelangte – wurde die Todesstrafe für Herbert Englert umgewandelt in eine lebenslängliche Zuchthausstrafe. Der ehemalige Sonderführer war darüber sehr glücklich. Denn er hatte herausgefunden, daß das elendeste Leben noch immer besser war als der schönste Tod. Auch wurden ihm nun gewisse Erleichterungen gewährt. Zum Beispiel schloß man ihn nicht mehr in Eisen. Und er konnte nachts wieder schlafen. Und er durfte Zeitungen lesen. In einer Zeitung las der ehemalige Sonderführer dann von dem Bauern André Geoffroy. Der Bauer André Geoffroy, der sein Gehöft an der Küste der Normandie hatte, war von einem französischen Militärgericht zum Tode durch Erschießen verurteilt worden. Man hatte ihn angeklagt,

die beiden britischen Agenten Redding und Abbott, die sich auf seinem Gut verbargen, an die Deutschen verraten zu haben. Der Bauer Geoffroy, ein schwerfälliger, plumper Mensch, beteuerte immer wieder: »Ich habe es nicht getan!« Doch man schenkte seinen Beteuerungen keinen Glauben und verurteilte ihn zum Tode.

Als der ehemalige Sonderführer Englert das gelesen hatte, meldete er sich beim Gefängnisdirektor und erklärte: »Ich habe eine dringende Aussage zu machen. Der Bauer Geoffroy ist unschuldig und spricht die Wahrheit. Ich selbst habe die Spionageabwehr in dem Gebiet, in dem Geoffroys Hof liegt, geleitet. Wir wußten von der Ankunft der Agenten Redding und Abbott, noch bevor sie mit dem Fallschirm absprangen. Wir verhafteten sie, ohne daß Geoffroy auch nur ein einziges Wort verriet!«

Daraufhin stellte man Englert dem Geoffroy gegenüber. Geoffroy, der, des Nachts gefesselt, in einer ständig erleuchteten Zelle saß und auch nur noch tagsüber schlafen konnte, hatte den Sonderführer nie gesehen und verstand zunächst kein Wort. Doch als Englert auch weiterhin bei seiner Erklärung blieb, Geoffroy sei unschuldig, begann er langsam zu begreifen. Und er schickte ein Gnadengesuch an den Präsidenten der Republik. Dieses Gnadengesuch wurde zunächst verworfen. Ein mutiger Beamter im französischen Justizministerium hatte die Zivilcourage, es einfach nicht weiterzuleiten, sondern noch einmal an den Präsidenten zurückzuverweisen. Er fügte Zeitungsausschnitte über den Fall Klingelhöfer bei. In seiner Zelle saß während dieser Zeit der Bauer Geoffroy und wartete Morgen um Morgen darauf, daß sie kamen, um ihn zu erschießen. Doch sie kamen nicht. Denn nun, im Juli 1953, hat der Präsident der französischen Republik den Bauern André Geoffroy begnadigt und in die Freiheit entlassen . . .

Und hier schließt sich diese seltsame Glückskette einer Vergeltung: der herzkranke, arbeitslose Heinz Klingelhöfer ist zwar noch immer arbeitslos, aber er ist nicht mehr herzkrank. Sein Herz ist vollkommen gesund. Die Ärzte sagen, daß der Sprung in den Rhein einer Gewaltkur gleichkam – das ist die nüchterne, medizinische Erklärung. Es steht jedoch jedem frei, sich seine eigene, poetischere zu suchen.

Unsere Birke

Das Haus, in dem ich wohne, hat ein flaches Dach, auf dem man in der Sonne liegen kann. Es ist sehr heiß dort, aber seit dem Tage, an dem meine Freundin die Idee hatte, einen Gartenschlauch durch die Falltür nach oben zu ziehen, betrachten wir die Dachterrasse als wahrhaft idealen Aufenthaltsort. Das Wasser, mit dem wir uns anspritzen, wenn wir die Sonne nicht mehr aushalten, rinnt über die weißen Kieselsteine weg und ist gleich verdunstet. Kleine Wolken wandern über den Himmel, irgendwo spielt ein Radio, und wenn man sich über die Brüstung des Daches neigt, kann man gelegentlich erraten, was unten, in der Küche, zu Mittag gekocht wird. Allerdings nur an windstillen Tagen. Mit der Brüstung wären wir bei unserer Birke.

Zunächst müssen Sie noch wissen, daß die Mauer, die das Dach umschließt, aus starkem Stein gefügt und etwa anderthalb Meter hoch ist. An ein paar Stellen ist das weiße Gemäuer gesprungen, und ich weiß, daß auf der Nordseite eine vielköpfige Ameisenfamilie und einige Asseln leben. Wir kennen uns schon lange und haben volles Vertrauen zueinander. Den Asseln würde es nie einfallen, hinunter in die Zimmer zu kriechen, und ich selbst müßte vor mir ausspucken, wenn ich einer von ihnen einmal etwas zuleide täte.

Mit der Birke verhielt es sich anders.

Sie trat erstmalig im April 1943 auf. Meine Mutter entdeckte sie, und als ich nach Hause kam, zeigte sie mir das sonderbare grüne Unkraut, das da aus einer Mauerritze wucherte. An der Westseite der Brüstung, dort also, wo die Morgensonne auf die Innenwand fällt, gibt es zwischen dem Schotterboden und der Mauer eine Stelle, die einen größeren Sprung aufweist. Aus ihr wuchs im Frühjahr 1943 eine Portion Grünzeug, die uns allen gleich sehr sonderbar vorkam. Wie sie es fertigbrachte, dort zu wachsen, war jedermann ein Rätsel. Die Bedingungen schienen denkbar ungünstig. Es gab wochenlang keinen Tropfen Wasser. Dann wieder regnete es durch Tage. Manchmal war es scheußlich kalt in der Nacht. Die Erdmenge, die der Wind in die Betonritze geweht hatte, konnte nicht mehr als ein paar Gramm wiegen. Es war ganz und gar unverständlich, woher die Pflanze den Mut nahm, an einem solchen Platz zu wachsen. Es war fast schon eine Unverschämtheit.

Zunächst gab es kleine Debatten darüber, was wohl aus ihr werden würde. Mein Freund Sebastian hielt sie für eine junge Stechpalme. Meine Mutter sagte, sie wette ihren Kopf dafür, daß es sich um einen Löwenzahn handle. Mir selbst schien der Zweig Ähnlichkeiten mit einem Rizinusstrauch aufzuweisen. Viele Menschen sahen das Grünzeug und gaben ihren Vermutungen Ausdruck. Ich will sie hier nicht niederlegen. Denn dies soll eine seriöse Geschichte werden.

1943 hatten wir alle unsere Sorgen. Noch nicht so viele wie 1944, aber doch schon eine ganze Menge. Das undefinierbare Gewächs auf dem Dach geriet vorübergehend in Vergessenheit. Im Herbst war es etwa fünfzehn Zentimeter hoch und hatte die Mauerritze um eine Kleinigkeit aufgesprengt. Den Winter hindurch lag die verrückte Pflanze unter Schnee begraben. Als das Frühjahr kam, erwachte sie und wuchs fröhlich weiter. Kein Mensch wußte, wie sie es fertigbrachte. Aber sie wuchs. Jeden Monat war sie ein Stückchen größer. Wir sprachen häufig von ihr. Wir begannen sie ins Herz zu schließen. Britische Luftlandetruppen kämpften um die Stadt Arnheim, russische Soldaten überquerten den Dnjepr. Die Pflanze auf dem Dach unseres Hauses war einen Meter hoch.

Eines Abends kam ein Botaniker zu Besuch und sagte, es handle sich um eine Birke. Da er es wissen mußte, debattierten wir nicht weiter. Wir hatten eine Birke. Eine Birke auf dem Dach. In zehn Jahren, dachten wir, würden wir schon in ihrem Schatten sitzen und in zwanzig Jahren unsere Namen, mit oder ohne schmükkende Umrandungen, in ihre Rinde schneiden.

Die kleine Birke, die nun schon richtige Blätter hatte, wuchs unbekümmert weiter. Der Krieg, der Hunger, der Tod im Verein mit dem Elend von Millionen konnten ihr nichts anhaben, weil sie ganz mit sich selbst beschäftigt war. Ohne daß wir davon sprachen, nahmen wir uns manchmal ein Beispiel an ihr. An ihrer Gelassenheit. An ihrer heiteren Ruhe. An ihrem Frieden.

Der Krieg ging zu Ende. Im Sommer 1945, als es eine Zeitlang kein Wasser gab, marschierte meine Mutter einen weiten Weg zu einem alten Brunnen, um Wasser für unseren Baum zu holen. Sie ging jeden Abend. Es machte ihr Freude, die Birke zu begießen. Sie schleppte auch gute schwarze Erde auf das Dach und kratzte mit einer Nagelfeile, einem Stielkamm oder einem anderen für derartige Operationen prädestinierten Instrument die Ritze aus.

Es gab keinen Zweifel: Sie hatte sich über beide Ohren in den Baum verliebt. Uns anderen ging es ähnlich. Dann, eines Tages, als gerade niemand zu Hause war, kam der Rauchfangkehrer. Ich kenne ihn nicht. Ich erhebe keine Anklage geben ihn. Wahrscheinlich dachte er als ordnungsliebender Mensch, er tue uns einen Gefallen. Bestimmt dachte er das. Oder die Birke störte ihn bei der Arbeit. Denn warum hätte er sie sonst ausreißen und in den Garten hinunterwerfen sollen?
Als wir heimkehrten und sahen, was geschehen war, trauerten wir eine Weile um unseren kleinen Baum. Es ist ziemlich kompliziert, Gefühle zu Tieren und Pflanzen in Worte zu kleiden. Deshalb schreibe ich hier nur nieder, worüber wir einer Meinung waren: Wir hatten die Birke sehr geliebt.
Die Zeit, in der wir leben, erlaubt es niemandem, sehr lange über eine Sache traurig zu sein. Dazu vergeht sie zu schnell. Dazu ist sie nicht fröhlich genug. Und schließlich werden alle Dinge vergessen nach einer Weile.
Am letzten Sonntag aber, als wir auf das Dach hinaufstiegen, hatte sich ein kleines Wunder begeben.
Meine Mutter sah es zuerst. Sie schluckte ein paarmal, packte mich am Arm und sagte: »Heiliger Moses!«
»Was hast du?« fragte ich.
Sie schüttelte den Kopf und wies zur Westseite der Brüstung, an der aus einem Sprung, den ich gut kannte, ein bißchen Grünzeug wucherte.
Meine Mutter lächelte. Ich klopfte gerührt meine Pfeife aus. Unsere Birke war wiedergekommen.

Kein Mensch will Herzen haben

Ruckartig fuhr der S-Bahnzug wieder an. Die junge Frau ging langsam die Treppe zum Ausgang hinunter. Ruhig bleiben. Die Nerven behalten. Nicht auffallen jetzt. Sie wußte: Selbst hier auf dem Bahnhof in Westberlin hielten sich manchmal noch Ost-Transportpolizisten auf. Das graue Mäntelchen der jungen Frau war alt und dünn, der kleine Fiberkoffer abgestoßen. An den schönen Beinen trug sie blaue Wollstrümpfe, an den Füßen feste

Schuhe. Sie fröstelte, nicht vor Erregung. Es war kalt, bitterkalt in Berlin.
Jungenhaft kurz geschnitten trug die junge Frau das schwarze, ungescheitelte Haar. In ihrem Gesicht gab es keinen Puder, keine Schminke. Ein begehrendes, leidenschaftliches Gesicht war das, leidenschaftlich begehrend nach Wissen und Wahrheit.
Unten in der großen Halle gab es ein Postamt, Telefonzellen, erleuchtete Geschäfte. Viele Menschen eilten nervös durcheinander, hetzten zu Einkäufen in letzter Minute. Ein großer Tannenbaum mit elektrischen Kerzen stand in einer schmutzigen Lache aus geschmolzenem Schnee.
An der linken Sperre warf die junge Frau ihre Fahrkarte in einen Abfallkasten und ging um 15 Uhr 15 an diesem Heiligen Abend aus dem einen Deutschland in das andere Deutschland.
In dem anderen Deutschland stand ein Polizist und gähnte. Er legte eine Hand an die Mütze, als die junge Frau vor ihm stehenblieb.
»Ich komme von drüben«, sagte die junge Frau. »Ich bin geflohen.«
»Haben Sie Geld?«
»Ja.«
»Westgeld auch?«
»Nein.«
»Kommen Sie mit, ich bringe Sie zur Wechselstube«, sagte der Polizist. Er nahm ihr den Koffer ab.
»Ich muß telefonieren . . .«
»Dazu brauchen Sie Westgeld«, sagte er freundlich. Sie kamen an dem großen Tannenbaum vorüber. Die junge Frau fragte: »Sind heute schon viele gekommen?«
»Lange nicht mehr so viele wie gestern«, sagte der Polizist. »Es läßt schon sehr nach. Man merkt, es ist Weihnachten.«

Zehn Minuten später stand die junge Frau in einer Zelle des Postamts und hielt den Hörer ans Ohr. Ächzend holte sie Atem. Plötzlich zitterte sie, und Schweiß trat ihr auf die Stirn in feinen Perlen. Sie hörte ein Freizeichen. Zum zweitenmal. Zum drittenmal. Dann gab es ein hartes, metallisches Geräusch, und eine Männerstimme, die sie nicht kannte, meldete sich: »Ja?«
Eine Mädchenstimme schaltete sich ein: »Hier Fernamt. Ihre Nummer, bitte.«

»Hier ist Hamburg.« Und dann nannte der Mann seine Nummer.
»Sie werden aus Westberlin verlangt. Bitte sprechen!« Die Mädchenstimme blendete aus.
»Hallo!« sagte die Männerstimme aus Hamburg. »Wer ist denn da in Berlin?«
Die junge Frau hielt den Hörer mit beiden Händen fest, sonst wäre er ihr entglitten. »Hier ist Monika Meesen.«
»Großer Gott«, sagte der Mann in Hamburg. Es klang entsetzt. »Monika Meesen?«
»Ja. Kann ich bitte Herrn Binder sprechen?«
Der Mann in Hamburg räusperte sich heftig. »Herr Binder hat Ihnen doch geschrieben, daß Sie drübenbleiben sollen. Allmächtiger Vater, warum sind Sie bloß rübergekommen?«
Monika schloß die Augen. Plötzlich war ihr übel. »Hören Sie ... wer sind Sie eigentlich?«
»Lorbeck mein Name.«
»Was machen Sie in der Wohnung meines Verlobten?«
»Moment mal, das ist meine Wohnung. Ich habe sie von ihm übernommen.«
»Er ... er wohnt nicht mehr da?«
»Nein.«
»Aber ... aber, wo ist er denn?«
»Na, in Kanada!«
Jetzt glitt ihr fast doch der Hörer aus den schweißfeuchten Händen. Sie hörte: »... verstehe das alles nicht. Hat er Ihnen denn nicht geschrieben, daß er auswandern will?«
»Nein, das hat er mir nicht geschrieben.«
»Sie meinen doch den Rudolf Binder, der im Sommer nach den Studentenunruhen drüben abgehauen und rübergekommen ist, den Chemiker Binder?«
»Ja, den meine ich.«
»Ich kenne mich da aber nicht mehr aus. Mir ist das alles wahnsinnig peinlich. Als ich die Wohnung übernahm, sagte er mir, er hat Ihnen geschrieben, daß er Sie später nachkommen lassen wird. Nach Kanada.«
»Nein, das hat er mir nicht geschrieben. Aber ich, ich habe ihm vor vierzehn Tagen geschrieben, daß ich ein Kind von ihm kriege.«
»Ein Kind von ihm?«

»Ja. Darum bin ich geflohen. Wann ist er denn nach Kanada?«
»Na, so vor zehn Tagen etwa. Er hat mir nicht mal eine Adresse hinterlassen. Er sagte, er habe Ihnen alles geschrieben. Du liebe Güte, hören Sie mal, Fräulein Meesen, das ist aber schon ein Stückchen Modder, der Binder, muß ich ja sagen. Was werden Sie denn jetzt machen? Also – hierherkommen hat überhaupt keinen Zweck! Können Sie nicht zurück? Ich meine, unter den Umständen wäre es doch noch am besten. Verflixt, und auch noch zu Weihnachten! Ist das eine Schweinerei!«
»Guten Abend, Herr Lorbeck«, sagte sie. Dann hängte sie den Hörer ein und trat aus der Zelle. Sie setzte sich auf den häßlichen Koffer, der davorstand. Und erst jetzt begann sie zu weinen.

»Sie können hier aber nicht ewig sitzenbleiben«, sagte der müde Polizist und legte eine Hand auf Monikas Schulter. Jetzt weinte sie nicht mehr. Sie starrte auf den schmutzigen Boden.
»Ich gehe schon«, sagte sie und stand auf.
»Sie müssen ins Lager. Zur Notaufnahme.«
»Ja, ich weiß.«
Er führte sie behutsam durch die Halle ins Freie. »Sehen Sie, hier hält die Achtundsiebzig. Mit der fahren Sie bis zum Rathaus Steglitz. Dort steigen Sie um in den Omnibus zweiunddreißig. Der Bus fährt bis zum Lager Marienfelde. Können Sie sich das merken?«
»Ja, sicherlich.«
»Alles Gute. Und viel Glück«, sagte der Polizist.
»Vielen Dank«, sagte die junge Frau. »Und frohe Weihnachten.«

Es begann zu schneien, als sie in Steglitz auf den Bus wartete. Nur noch wenige Menschen waren unterwegs. In einigen Fenstern sah man schon brennende Kerzen an den Weihnachtsbäumen.
Monika fühlte sich seltsam schwindlig. Plötzlich schrak sie auf. Sie war, ohne es zu bemerken, von der Bushaltestelle fortgewandert – ein ganzes Stück, in eine schmale, dunkle Nebenstraße hinein. Jetzt stand sie vor der winzigen Auslage eines winzigen Zuckerbäckerladens. Ganz armselig nahm dieser Laden sich aus zwischen den großen Geschäften links und rechts, die alle schon geschlossen hatten.

Nur das kleine Geschäft war noch offen. Eine schwache Lampe brannte darin. Die Auslage wurde ungenügend von ihr erhellt. Bonbons in hohen Gläsern gab es da im Dämmerlicht zu sehen. Baumkuchenspitzen, giftig bunte Törtchen, und im Vordergrund, auf einem kleinen Podest, einen Korb voll großer Lebkuchenherzen. Eine Tafel stak in dem Korb. Darauf stand:

Original Pulsnitzer Lebkuchen!

Monika Meesen ertappte sich dabei, daß sie seit Minuten diese kleine Tafel anstarrte. Original Pulsnitzer Lebkuchen! Nun fror sie wieder. Irgendwo begannen Glocken zu läuten, und ein Radio schmetterte Kinderchöre in den Abend: »O du fröhliche, o du selige, gnadenbringende Weihnachtszeit ...« Die Tür des winzigen Ladens öffnete sich. Ein Mann von etwa fünfunddreißig Jahren trat ins Freie. Er hielt eine Stange, mit der man den Rolladen herablassen konnte. Er sah Monika freundlich an. Seine linke Gesichtshälfte lag im Schatten. Er sagte: »Ich muß zumachen. Wollen Sie noch etwas kaufen?«
Elend, das große Elend des Lebens würgte Monika in der Kehle. Sie nickte. Sie ballte die Hände. Sie sagte: »Lebkuchen, ja. Pulsnitzer. Bitte.«
»Kommen Sie rein«, sagte der Mann. Er ging voraus. Im Licht der schwachen Lampe des Ladens drehte er beständig den Kopf so zur Seite, daß sie nur die rechte Hälfte seines Gesichts sehen konnte. Er sah nett aus – soweit man das bei einer Gesichtshälfte beurteilen konnte. Und er schien arm, freundlich und sehr schüchtern zu sein. Er sagte:
»Wieviel Herzen wollen Sie denn?«
»Zwei«, sagte Monika und kramte in ihrer alten, runzeligen Börse. Was für ein Unsinn, dachte sie dabei. Wozu tue ich das?
Der Mann packte zwei Herzen ein. Er lächelte dabei. Er hatte einen netten Mund. Und schönes braunes Haar, links gescheitelt.
»Na, so was! Kauft doch noch einer zwei Herzen«, sagte er. »Ich habe sie eigens gemacht, weil ich gedacht habe, so viele Leute aus der Zone sind in Berlin. Sie wollen doch sicherlich Pulsnitzer haben. Keine Spur. Richtiger Reinfall. Kein Mensch will Herzen haben. Ich glaube, kein Mensch weiß hier überhaupt, wo das liegt, Pulsnitz.«
»Ich komme gerade aus Pulsnitz«, sagte Monika leise. »Darum.« Sie legte Geld auf den Ladentisch.

»Ich auch«, sagte er und lachte wieder. Er lachte so nett. »Ich bin auch aus Pulsnitz. Schon vor drei Jahren abgehauen. Und drei Mark fünfzig zurück. Ich danke sehr.« Er sah sie plötzlich an, ohne den Kopf zur Seite zu drehen. Sie bemerkte, daß er an der linken Schläfe eine tiefe, flammendrote, schlecht verheilte Narbe hatte.

Darum, dachte sie, ach so, darum. Und hörte ihn sagen: »Habe mir das allerdings anders vorgestellt hier im Westen. Ist verflucht schwer. Und einsam. Aber der größte Reinfall sind die Pulsnitzer Lebkuchen!« Da bemerkte er ihren Blick, richtete sich auf und drehte den Kopf fort. Und sagte, unendlich schamvoll: »Sie müssen doch nach Marienfelde, nicht?«

»Ja. Mit dem Zweiunddreißiger.«

»Sehen Sie zu, daß er Ihnen nicht wegfährt.«

»Guten Abend«, sagte Monika. Sie nahm den Koffer und die beiden Herzen und ging in das Schneetreiben hinaus. Nun waren die Straßen ganz verlassen.

Plötzlich blieb sie stehen.

Dann drehte sie sich um und ging zurück, entschlossen und eilig, zurück zu dem winzigen Laden.

Schritte, eilige Schritte schreckten sie auf. Der Mann aus Pulsnitz kam ihr entgegengelaufen, atemlos, ohne Mantel.

»Was ist denn?« fragte Monika.

Er sah in den Schnee, er hielt seine Verwundung jetzt mit der Hand zu. Und stotterte vor Aufregung: »Ich wollte ... es ist bloß, weil ... Ich habe das gar nicht gleich richtig mitgekriegt, daß Sie auch aus Pulsnitz sind. Im Lager draußen ist es doch bestimmt scheußlich heute abend ... wollen Sie nicht ... Ich meine: Würden Sie wohl mit mir Weihnachten feiern? Ich bin ganz allein ... meine Wohnung liegt hinter dem Laden ... Ich habe mir eine Gans gekauft ... die kann ich unmöglich allein essen ... bitte ...«

Sie standen stumm im Schneetreiben und sahen einander an, zwei Menschenkinder, innerlich verwundet das eine, äußerlich das andere.

Monika Meesen sagte: »Wenn ich Sie auch bestimmt nicht störe, Herr ...«

»Brünjes. Oskar Brünjes.« Er verbeugte sich tief. Dann sagte er stockend: »Sie ... Sie sind aber auch noch mal zurückgekommen. Warum?«

»Weil mir etwas eingefallen ist«, sagte Monika. »Sie haben so schönes Haar, Herr Brünjes. Sie tragen nur Ihren Scheitel verkehrt. Sie müssen das lange Haar nach links kämmen. Dann sieht kein Mensch Ihre Narbe.«
Er starrte sie an wie ein Wunder. Dann begann er glücklich zu lachen. »Nach links«, rief er. »Wahrhaftig, nach links! Daß ich daran noch nicht gedacht habe!«
»Ja«, sagte Monika, »da muß erst eine aus Pulsnitz kommen.«

Polizeirevier 22

Zehn Minuten, bevor die Maschine CX-234-746 der Königlich Niederländischen Luftverkehrsgesellschaft München verließ, um den Flug in die Vereinigten Staaten anzutreten, fand die Stewardeß in der Kleiderkammer einen blinden Passagier, der sich dort versteckt hielt. Herbeigerufene Polizei nahm den Entdeckten fest und überstellte ihn im Laufe des Abends dem Polizeirevier 22. Daselbst hatte er Gelegenheit, dem Diensthabenden seine Aussage zu machen.

Eingeliefert: 19.35 Uhr.
Laufende Nummer: 23.
Vorgeführt aus Polizeigewahrsam wird der Niedersteiner Josef, österreichischer Staatsbürger, geboren am 6. April 1932 in Hintersham bei Altkirchen (Oberösterreich), wohnhaft daselbst, ledig, römisch-katholisch, nicht vorbestraft, ausgewiesen durch Identitätskarte Nr. E 76564/48, und macht folgende Aussage:
Man hat mich heute gegen 16 Uhr in der Kleiderkammer eines holländischen Flugzeuges gefunden, woselbst ich mich versteckt gehalten habe. Nach dem Grund für meine Handlungsweise befragt, erkläre ich, daß ich mich versteckt habe, weil ich nach Amerika fliegen will. Das ist ohne Geld nur so möglich. Wenn man nicht erwischt wird. Ich wollte schon immer nach Amerika, um dort ein berühmter Rennfahrer zu werden. Ich habe im Kino in Hintersham bereits zwei Filme gesehen, in denen Rennfahrer in Amerika berühmt geworden sind. Den einen hat der Clark Gable gespielt.

Die Rennfahrer in beiden Filmen waren großartig angezogen. Deshalb habe ich meinen Konfirmationsanzug in einen Karton gepackt und mit mir genommen. Ich gebe zu Protokoll, daß dieser Karton trotz meinen eindringlichen Bitten mir nicht ausgehändigt worden und im Flugzeug geblieben ist. Ich betone, daß der Konfirmationsanzug mir gehört und erwarte, daß mir mein Eigentum zurückgegeben wird, denn es ist der einzige gute Anzug, den ich besitze. Die Polizei in Amerika soll ihn nach Europa schicken, sobald das Flugzeug ankommt. Wenn ich ihn nicht bekomme, werde ich die Königliche Niederländische Luftverkehrsgesellschaft auf Veruntreuung verklagen. Ansonsten habe ich keine Aussagen zu machen.
Vorgelesen, für richtig befunden und unterzeichnet in Anwesenheit des Hauptwachtmeisters Haarländer: Niedersteiner Josef.

Eingeliefert: 23.55 Uhr.
Laufende Nummer: 49.
Zusatz zu Laufende Nummer 23.
Es erscheint, auf seine ausdrückliche Bitte noch einmal aus Polizeigewahrsam vorgeführt, der Niedersteiner Josef. Personalien siehe Laufende Nummer 23, und gibt folgendes zu Protokoll: Ich habe nicht die ganze Wahrheit gesagt, und ich kann nicht schlafen. Ich habe in meiner Zelle nicht, wie man mir vorwirft, randaliert, sondern ich habe geweint. Als der Herr Oberwachtmeister, von dem ich den Namen nicht weiß, mich dafür zur Rede stellte, bat ich ihn, mich noch einmal zur Vernehmung zurückzubringen, da ich meine Aussage erweitern wollte, was hiermit geschieht.
Ich wohne schon seit einiger Zeit nicht mehr in Hintersham bei Altkirchen, Oberösterreich. Dort wohnen nur meine Eltern.
Ich selbst lebte seit einem halben Jahr in der Lungenheilstätte Landall in Niederösterreich. Aus dieser bin ich vor zehn Tagen entwichen. Das ist der Grund dafür, daß meine Eltern noch keine Abgängigkeitsanzeige erstattet haben. Sie wissen nichts von meiner Flucht. Sie scheint auch im Spital niemandem weiter aufgefallen zu sein. Ich habe mich entschlossen, zu fliehen und nach Amerika zu reisen, nachdem ich an der Zimmertür des Doktor Holmann gehorcht habe. Durch das Horchen habe ich erfahren, daß meine letzte Untersuchung einen sehr schlechten Befund ergeben hat, indem ich nämlich in zwei Jahren tot sein

werde. Doktor Holmann hat nicht gewußt, daß ich an seiner Tür gehorcht habe. Am nächsten Morgen hat er mir auf die Schulter geklopft und gesagt, ich werde bald gesund nach Hause gehen können.

Aber das habe ich ihm natürlich nicht geglaubt. Ich habe den schwarzen Anzug in den Karton getan und bin aus der Anstalt entwichen. Über den Stacheldrahtzaun, rechts hinter dem Wäldchen. Ich mußte entweichen. Denn wenn ich nicht entwich, war ich tot, bevor ich eine Chance hatte, ein berühmter Rennfahrer in den Vereinigten Staaten zu sein. Und das wollte ich doch so gern werden.

Auf Befragen gebe ich zu, daß ich auf meinem Wege von Landall nach München noch mehrere andere strafbare Handlungen begangen habe, und zwar habe ich

a) bei verschiedenen Bauern in St. Pölten, Krems, Urfahr, Wels, Attnang-Puchheim, Parsch, Freilassing, Rosenheim, Prien und Übersee ohne deren Wissen und Erlaubnis im Stroh genächtigt;

b) Eier, Brot, Milch und in drei Fällen auch Hülsenfrüchte (Erbsen, gelb, getrocknet) gestohlen;

c) die österreichisch-deutsche Landesgrenze bei Reichenhall illegal und ohne Paß oder Grenzübertrittsschein passiert sowie

d) mich durch drei Wochen des Vergehens des Vagabundierens schuldig gemacht.

Der Einbruch in die Konditorei Kafanke in München, Kapuzinerstraße 23, am vergangenen Dienstag geht nicht auf mein Konto, wie ich ausdrücklich und über Befragen feststelle.

Ebenfalls über Befragen drängt es mich, zu Protokoll zu geben, daß ich meine Handlungsweise und alle meine Vergehen bereue und den angerichteten Schaden, soweit es in meiner Macht steht, gern wiedergutmachen will. Der Herr Vernehmungsbeamte hat mir klargemacht, daß es ganz egal ist, ob ich nach Amerika komme oder nicht, ja daß es eigentlich immer ganz egal gewesen ist, weil der Herr Doktor Holmann doch festgestellt hat, daß ich in zwei Jahren tot sein werde. Denn, das begreife ich jetzt, wo der Herr Beamte es mir erklärt hat, ich werde dann in Amerika ebenso tot sein wie in Landall oder Hintersham bei Altkirchen, Oberösterreich. Auf keinen Fall werde ich ein großer Rennfahrer sein, weder hier noch in Amerika. Und selbst wenn ich ganz schnell noch einer werde, kann ich es keinesfalls lange bleiben. Denn jemand, der tot ist, kann kein berühmter Rennfahrer sein.

Dies habe ich in meiner Dummheit und Jugend übersehen und mich infolgedessen zu einer unbedachten Handlung hinreißen lassen, die mir sehr leid tut. Ich empfehle mich der Milde des Jugendgerichtes und bitte um Überstellung in die Lungenheilstätte Landall. Ich verspreche auch, mich den Rest der Nacht in meiner Zelle ruhig zu verhalten und meine Mithäftlinge nicht durch Weinen oder sonstigen Lärm um ihren verdienten Schlaf zu bringen.
Vorgelesen, für richtig befunden und unterzeichnet in Anwesenheit des Hauptwachtmeisters Haarländer: Niedersteiner Josef

Geburtstagsbrief an eine junge Dame

Lieber Anton!
Der heutige Sonntag, an den Du seit Wochen nur mit Herzklopfen hast denken können, ist ein ganz besonders aufregender Sonntag. Denn heute feierst Du Deinen achten Geburtstag und bist deshalb auch bereits in der Lage, selbst diese Zeilen zu lesen, die für Dich allein geschrieben worden sind.
Nachdem Du Dir Deine Geschenke, die braunen Stiefel, den Mantel mit den goldenen Knöpfen und die piekfeine Geburtstagstorte mit den acht Lichtern angesehen hast, nachdem Dir alle Deine Puppen, das Bärli und der Affe, die Tante Berta und der Herr Woprschalek von nebenan, die Milchfrau, der Gemüsehändler und Deine liebe Mami zu diesem ganz besonderen Tag viel Glück und alles erdenklich Gute gewünscht haben, komme ich – wie immer leicht verspätet –, um Dir gleichfalls zu gratulieren. Wie es sich trifft, alter Anton, habe ich Dich nämlich sehr lieb, und ich verspreche Dir heute, am 19. September, ehrenwörtlich, daß Du auch noch in zwanzig Jahren auf meiner Schreibmaschine Sätze wie Mirscheintichhabschonwiederhunger oder Könnenwirnichtdochnocheineisessengehen? tippen darfst und daß ich Dich auch noch in fünfundzwanzig Jahren mit dem gleichen Vergnügen auf meinen Schultern tragen werde wie heute. Vielleicht sogar mit noch größerem. Der Herr Lehrer hat gesagt, Du bist ein intelligentes Kind, und daraus schließe ich, daß Du einen intelligenten Herrn Lehrer hast. Weil er näm-

lich den Tatbestand gleich richtig erkannt hat. Intelligente Kinder müssen sich von den sogenannten Erwachsenen gelegentlich, und besonders zu Anlässen wie dem heutigen, sogenannte gute Ratschläge erteilen lassen, worüber sie meist sehr unglücklich sind. Zugleich aber sind intelligente Kinder viel zu höflich, den Erwachsenen zu verstehen zu geben, daß sie mit solchen Ratschlägen absolut nichts anzufangen wissen. Gelegentlich verzeihen die intelligenten Kinder den Erwachsenen ihr Betragen, und ich weiß, daß Du mir verzeihen wirst, wenn ich versuche, Dir an diesem einzigartigen, wundervollen, großartigen und lustigen Tag, an dem wir, wenn es Dir Spaß macht, auch noch Ringelspielfahren gehen können, bis uns schlecht wird, einen sogenannten guten Ratschlag gebe. Ein Mann, dem Du sicherlich gut gefallen hättest (und er Dir ganz gewiß auch) – er hieß Adler – hatte einen kleinen Sohn namens Alfred. Nur daß der wirklich ein Bub war und kein Mädchen, das eigentlich Evi heißt, sich aus Spaß ›Anton Meier‹ nennt und gelegentlich vorgibt, jemand ganz anderer zu sein, weil seine Phantasie zu groß ist für einen einzigen Menschen, und weil es ihm ein ungeheures Vergnügen bereitet, in eine ganz andere Person hineinzuschlüpfen, die es außerdem gar nicht gibt. Und wenn Du genug ›Einbilden‹ gespielt hast, dann kommst Du zu Deiner Mami zurück und bist wieder die Evi.

Der andere aber, der wirkliche Alfred, erhielt jeden Morgen einen Ratschlag und nicht, wie Du, nur einmal im Jahr, am 19. September. Wenn nämlich der Herr Adler sich am Morgen von ihm verabschiedete, dann sah er seinem kleinen Sohn tief in die Augen und sagte: »Alfred, glaube gar nichts!« Und der kleine Alfred, der später einmal sehr berühmt geworden ist und unzähligen kranken Menschen geholfen hat, erwiderte: »I glaub eh nix, Vota!«

Auf mich hat diese Geschichte schon immer großen Eindruck gemacht, meine liebe Evi, und ich glaube auch, daß der Vater des sehr klugen Alfred ein sehr kluger Mensch gewesen ist. Denn seine Bitte, nichts zu glauben, hieß natürlich nicht einfach, daß sein Sohn nichts von dem glauben sollte, was ihm die Mami oder der Herr Lehrer erzählten. Sie hieß ja nicht: Sei ungläubig, Alfred! Sie hieß: *Denk selber,* Alfred! Sei mißtrauisch und vorsichtig, nimm nichts als gegeben hin, was die Erwachsenen Dir erzählen, bilde Dir Deine eigene Meinung, komm selber hinter die

Geheimnisse dieser verwickelten und sonderbaren Geschichten, die man ›das Leben‹ nennt. Das bedeutete diese Bitte.
Bevor wir weiterreden, wird es gut sein, wenn Du ein Stück Torte ißt. Oder einen Lutschfisch. Oder vielleicht ein Bonbon. Denk einmal nach. Mir wäre Torte am liebsten. Aber laß Dich nicht beeinflussen. Glaube mir gar nichts. Dein Magen gehört Dir allein und Dein Körper und Dein Verstand. Dein ganzes Leben gehört Dir allein. Und damit können wir unsere Nachdenkerei fortsetzen. So wie Dein Magen, gehört auch Dein Herz Dir allein. Nur Dir. Die Welt sähe bedeutend anders aus, wenn sich diese Tatsache ein wenig herumspräche. Man kann sie nicht früh genug zur Kenntnis nehmen. Wenn Du sie Dir zu eigen machst und nach ihr lebst, und wenn Deine Spielgefährten und Freunde sie gleichfalls akzeptieren, dann könnte es sein, daß mit Eurem Heranwachsen in einem besonderen Sinn tatsächlich das Ende der Welt zu erwarten steht: in jenem nämlich, daß Ihr den Beginn einer besseren bringt.
Mir scheint, es ist ein großes Glück für Dich, erst acht Jahre alt zu sein. Ich würde gerne mit Dir tauschen. Das geht nicht, ich weiß. Aber es wäre hübsch. Viele Menschen, lieber Anton, werden Dich heute um Deine acht Jahre beneiden. Wenn Du selbst einmal, viel später, ein anderes kleines Mädchen nicht um seine Kindheit beneiden wirst, dann kannst Du das als sicheren Beweis dafür ansehen, daß Du richtig gelebt hast und daß die Welt in der Tat schöner geworden ist.
So, das ist ein langer Brief geworden, und wahrscheinlich bist Du schon sehr ungeduldig und denkst: Hoffentlich hört er bald auf, ich möchte Schnurspringen gehen. Oder Rollerfahren. Aus diesem Grunde ist es das beste, wenn wir mit unserer Nachdenkerei aufhören und Dich dem Frieden und der großen Glückseligkeit Deines achten Geburtstages überlassen.
Mit allen guten Wünschen und den herzlichsten Grüßen
Dein alter Onkel Mario

Die Kaffeetragödie

Die drei Dinge, welche Frau Poldi am meisten auf dieser Welt liebt, sind: ihr Mann, ihre Kinder und Bohnenkaffee. Echten Bohnenkaffee. Seinen Geschmack und seinen Geruch. Seine Farbe und sein Aroma. Seine Würze, seine wunderbare Kraft der Wiederbelebung, sein schwarzes Geheimnis. Die Geschichte, die wir im folgenden erzählen, hängt mit der Frau Poldi und dem Bohnenkaffee innig zusammen und ist der Frau Poldi sehr nahegegangen. Wir haben sie (die Geschichte) eine Tragödie genannt. Aber es könnte, wenn man sie gelesen hat, der Eindruck entstehen, daß es sich hier um eine sehr kleine Tragödie handelt, um ein Tragöderl sozusagen, das selbst diese Bezeichnung nicht verdient. Ein solcher Eindruck wäre falsch.

Frau Poldi hat in ihrem Leben immer viel gearbeitet. Sie hat früh damit angefangen und niemals wieder damit aufgehört. Sie arbeitet noch immer. Und sie wird auch noch in Zukunft weiterarbeiten. Für ihren Mann, für sich selbst, für die Kinder und für Bohnenkaffee. Für gelegentlichen Bohnenkaffee. Denn gelegentlicher Bohnenkaffee ist der Luxus, den Frau Poldi sich in gleichbleibenden Intervallen und Achtelkilo-Paketen leistet – so wie andere Leute sich einen hübschen Nutriamantel leisten oder einen bescheidenen Buick Eight.

Frau Poldis Arbeit führte sie in fremde Häuser. Sie bestand darin, in diesen fremden Häusern jene Unordnung in Ordnung und jene Unsauberkeit in Sauberkeit zu verwandeln, welche fremde Menschen dort zurückließen. Frau Poldi räumte auf, klopfte Teppiche, wusch Geschirr und manchmal wusch sie auch Wäsche. Schmutzige Wäsche. Nicht die eigene schmutzige Wäsche. Sondern die schmutzige Wäsche anderer Leute. Es läßt sich schwer etwas Allgemeingültiges über diese Beschäftigung sagen. Wenn Sie selbst noch nie die schmutzige Wäsche anderer Leute gewaschen haben, dann werden Sie vielleicht nicht so ganz in der Lage sein, der Frau Poldi zuzustimmen, wenn sie behauptet, daß es die widerlichste und schwerste Arbeit ist, die es gibt. Schlimmer als Kanalräumen oder als Pfändungsbefehle vollstrecken. Bei weitem schlimmer. Vor allem für eine Frau. Obwohl es von vielen Menschen noch immer als weibliches Privileg gilt, zu wringen, zu schrubben und zu schwemmen.

Natürlich könnte man einwenden, daß niemand Frau Poldi gezwungen hat, fremde schmutzige Wäsche zu waschen. Sie hätte es nicht tun müssen. Es ist kein Druck auf sie ausgeübt worden! Sie hätte den Bankdirektoren, den Rechtsanwälten, den pensionsberechtigten Amtsräten beziehungsweise deren Gattinnen sagen können: Wascht euch euren Dreck allein! Aber damit wäre nicht das geringste getan gewesen. Denn eine andere Poldi wäre an ihre Stelle getreten und hätte getan, was sie nicht tun wollte. Das kommt, weil es zu viele Poldis gibt. Und viel zu wenig Bankdirektoren, Rechtsanwälte und pensionsberechtigte Amtsräte beziehungsweise deren Gattinnen. Deshalb ist zwar die Nachfrage nach Bankdirektoren usw. groß, ungleich größer jedoch das Angebot zu Poldis. Außerdem hatte Frau Poldi eine Familie. Und trank gern Bohnenkaffee. Und deshalb kam sie überhaupt nicht auf den dummen Gedanken, ihre Arbeit hinzuschmeißen.

Vorigen Freitag, als sich die Tragödie ereignete, war es sehr heiß. Frau Poldi fühlte sich schon am Morgen, als sie mit der Wäsche begann, nicht besonders gut. Sie ist schließlich nicht mehr ganz jung. Die Herrschaft – damit bezeichnet sie selbst die Leute, deren schmutzige Hemden und Unterhosen sie wäscht, es ist kaum zu glauben, immerhin lebt Frau Poldi in der Mitte des erleuchteten zwanzigsten Jahrhunderts, aber sie nennt die Leute dennoch ›die Herrschaft‹ und in extremen Momenten sogar ›die gute Herrschaft‹ –, die Herrschaft also wohnte in einer großen Villa. Die Waschküche befand sich im Keller, die Wäsche im ersten Stock, die Wäscheleinen befanden sich im Garten. Frau Poldi beförderte die Wäsche in Körben von einem Ort zum andern. Es war eine ganze Menge Wäsche, die Herrschaft hatte viel zusammenkommen lassen. Damit Frau Poldis Waschtag auch ökonomisch genutzt werden konnte.
Frau Poldi wusch und scheuerte und schleppte und kletterte den ganzen Tag. Es kam ihr nicht zu Bewußtsein, daß es nicht die natürliche Bestimmung einer fünfzigjährigen Frau ist, zu scheuern, zu waschen, zu klettern und zu schleppen. Zum Bewußtsein kam ihr nur, daß sie Krampfadern hatte. Und ein anscheinend nicht mehr so ganz besonders ausgezeichnetes Herz. Gegen 15 Uhr war sie schon sehr müde. Gegen 16 Uhr drehten sich schwarze Kreise vor ihren Augen. Aber gegen 17 Uhr fühlte sie sich dann plötzlich wie neugeboren.

Als sie nämlich eben wieder in den ersten Stock hinaufkroch, um die letzten Wäschestücke zu holen, da blieb sie plötzlich berauscht stehen und schloß mit einem glücklichen Lächeln die Augen. Sie roch ihn. Den Wunderbaren, den Herrlichen, den Einzigartigen. Den schwarzen Freund ihrer arbeitsreichen Tage. Sie roch Bohnenkaffee!
Der Geruch verflüchtigte sich durch die offene Küchentür, und die Gnädige selbst bereitete ihn. Sie stand am Herd und kochte. Von diesem Augenblick an bewegte sich Frau Poldi mit der Grazie und der Leichtigkeit einer Tänzerin. Ihr Gesicht trug den Ausdruck eines jungen Mädchens, das sich auf die Liebe freut. Jedes Hemd, jede Unterhose, dachte sie, ist ein Schritt näher. Bald bin ich fertig, bald, und dann – dann werde ich zu der Gnädigen gehen, hinauf in die Küche, und eine Schale wird auf dem Tisch stehen und eine Kanne. Und dann – sie beleckte ihre Lippen, atmete tief und neigte sich über den Trog. Und dann, dachte sie, und dann, lieber Gott, und dann . . .!
Um 18 Uhr betrat Frau Poldi die Küche. Es stand eine Schale auf dem Tisch. Und eine Kanne. Und es roch betäubend nach Kaffee. Frau Poldi lächelte, als die Gnädige sie nun bezahlte. (Gleich wird sie mich auffordern, mich zu setzen, dachte sie, gleich, gleich!) Doch die Gnädige forderte sie nicht auf. Die Gnädige seufzte tief und befreit, setzte sich selbst und sagte: »So, und jetzt *muß* ich Kaffee trinken, sonst falle ich um!«
Und sie trank ihn.
Frau Poldi stand reglos vor ihr und starrte sie an. So lange, bis es der Gnädigen auffiel, und sie fragte: »Was ist denn, Frau Poldi? Gibt es noch etwas?«
Frau Poldi erkannte ihre eigene Stimme nicht, als sie leise erwiderte: »Nein, es gibt nichts mehr.«
Dann ging sie nach Hause.

Es könnte bei Lektüre dieser Zeilen der Eindruck entstehen, daß sie die Überschrift ›Tragödie‹ nicht verdienen. Ein solcher Eindruck wäre falsch. Das Chaos der Welt, in der wir leben, spräche gegen ihn.

Der Wegelagerer

Von unbekannten Tätern wurden Samstagabend drei Burschen, die in der Lobau, nahe der Donau, ein Zeltlager aufgeschlagen hatten, durch Messerstiche verletzt. Der Überfall ereignete sich gegen 11 Uhr in der Nähe des Stromkilometers 1922 beim sogenannten ›Toten Grund‹. (Zeitungsmeldung)

Mut beweist man nicht mit der Faust allein. Man braucht auch den Kopf dazu. Wenn man eben in der Lobau ein Haus für den Sommer gemietet hat, wenn man mutterseelenallein an der Donau sitzt, wenn eben, pechschwarz drohend und mit heulenden Winden, ein Gewitter aufsteigt und wenn man dazu die obige Nachricht liest, dann muß man schon ein Idiot sein, um nicht ein bißchen nachdenklich zu werden.

Ich hatte eben in der Lobau ein Haus für den Sommer gemietet, ich saß mutterseelenallein an der Donau, pechschwarz und mit heulenden Winden stieg ein Gewitter auf, ich las die obige Nachricht und wurde ein bißchen nachdenklich. Denn ich bin kein Idiot.

Alles schön und gut, dachte ich und sah auf die grauen Fluten des Stromes hinaus, über den der Sturm herüberkam und die Abenddämmerung sich senkte; idyllische Natur, gesunde Landluft, Erlebnis einer wilden, ursprünglichen, unverbildeten Landschaft, Sonnenaufgänge, Stürme und warme Ziegenmilch – alles schön und gut, aber vielleicht doch nicht so ganz ungefährlich? Das, was den drei Burschen beim ›Toten Grund‹ (mein Gott, welch ein Name!) passiert war, konnte auch ganz woanders passieren. Hier, beispielsweise. Mir, beispielsweise. Jetzt, beispielsweise.

Was tue ich, wenn ich mich umdrehe, und ein Mann mit einem Messer sitzt hinter mir? Tja, was? Wer bezahlt dann die gestundete Steuer, wer bringt es der Christa bei, wer läßt sich die längst fälligen Haare schneiden? Tja, wer? Ein Mann wird nachdenklich, wenn er so allein an der Donau sitzt. Los, sagte ich zu mir, dreh dich um, dann bist du ruhiger, wenn du siehst, daß niemand da ist.

Ich drehte mich um.

Ich wurde nicht ruhiger.

Denn es war jemand da.
Ein Mann mit einem Messer.
Er saß hinter mir.
Er putzte seine Nägel mit dem Messer. Er sah aus wie Frankensteins Sohn. Etwas magerer, etwas kleiner. Mit einer ausgefransten Hose und dem Rest eines Hemdes. Und einem schwarzen Hut auf dem Kopf. Seine Augen brannten wie Feuer.
»Hallo«, sagte ich geschwätzig.
Keine Antwort.
Er sah mich an. Dann sah er das Messer an. Dann lächelte er plötzlich. Das Lächeln war das schlimmste. Ich drehte mich wieder um. Drüben am anderen Ufer blitzte es. Gott sei Dank, dachte ich, der Anlaß ist gegeben: Wenn es noch einmal blitzt, kann ich aufstehen und gehen. Es blitzte noch einmal. Ich stand auf, um zu gehen. Meine Kleider lagen neben mir. Ich zog sie an. Langsam, Simmel, sagte ich zu mir, langsam. Keine unwürdige Hast. Hemd, Hose, Jacke, Strümpfe, Schuhe – Frankensteins Sohn putzte mit dem Messer nicht länger seine Nägel. Er putzte seine Zähne. Und er lächelte nicht mehr. Erste Tropfen fielen, das Licht war grün geworden, der erste Blitz schlug ins Wasser, der Donner krachte nach, und ich dachte daran, wie glücklich ich immer im Café Hawelka gewesen war.
Ich knüpfte mein Schuhband und erhob mich. Der andere erhob sich gleichfalls. Wir standen einander gegenüber, er mit dem Messer in der Hand, ich mit Balzacs ›Physiologie der Ehe‹. Ich wäre lieber mit dem ›Tristram Shandy‹ gestorben. Los, Simmel, sagte ich zu mir. Jetzt geh. Festen Schrittes und kühl bis ans Herz hinan. (Oder bis wohin du eben kühl sein kannst.) Laß dir nichts anmerken. Bewahre Haltung. Haltung ist alles.
Ich ließ mir nichts anmerken. Ich ging festen Schrittes und kühl bis ans Herz hinan. Ich bewahrte Haltung. Oben, auf dem Damm, neben dem Fremden, stolperte ich, daß der Balzac in den Sand flog. Jetzt würde *ich* stechen, dachte ich sachlich. In den Rücken. Er verpaßte seine Gelegenheit. Ich griff mir meinen Balzac und rannte.
Pfeif auf die edle Haltung! Geschwindigkeit ist alles!
Als ich auf der ersten kleinen Sanddüne auftauchte, drehte ich mich keuchend um. Mein Herz klopfte laut. Dann klopfte es noch ein bißchen lauter. Frankenstein junior kam mir nachgerannt. Hinter ihm fuhr ein Blitz ins Wasser. Na also, dachte ich,

du hast solche Geschichten ja oft genug erlogen, warum sollen sie dir zur Strafe nicht einmal selber passieren. Lauf. Simmel, lauf!
Ich lief. Ich lief durch Unterholz und Sanddünen, durch Wald und Lichtung. Frankenstein junior lief mir nach. Ich stürzte in Schlamm, in Kuhfladen. Ich rannte weiter. Frankenstein junior gleichfalls. Es begann in Strömen zu regnen. Das Gewitter allein hätte ausgereicht, einen Menschen das Fürchten zu lehren – ganz ohne fremden Mann mit Messer. Es gibt so etwas wie einen überflüssigen Reichtum im Leben.
Ich keuchte. Der Schweiß rann in Strömen von meinem Körper. Ich war schmutzig, zerschunden und am Ende meiner Kraft. Den Damm noch, dachte ich, lieber Gott, den Damm noch laß mich erreichen! Ich will alles tun, lieber Gott (ja alles, auch die gestundete Steuer bezahlen und Tante Lucie, die Gute, nach Fuschl begleiten), aber laß mich den Damm noch erreichen! Ich bin zu jung zum Sterben! Ich bliebe eine unerfüllte Hoffnung! Lieber Gott, warum muß der Kerl gerade mich abstechen? Laß ihn sich doch jemand anderen aussuchen. Oder mach, daß er hinfällt und sich den Fuß bricht, lieber Gott, Amen! Er fiel nicht hin, er brach sich keinen Fuß. Er kam näher, näher näher . . .

Hier wollen wir aufhören.
Ich habe es geschafft, ich bin ihm entkommen, das nehmen Sie jetzt schon bestimmt an. Denn wie könnte ich diese Zeilen schreiben, wenn er mich erwischt hätte? Ja, ich entkam ihm. Aber wie! Mit letzter Kraft. Bestimmt mit einem Herzklappenfehler. Mit Gekeuch, Gejapse, Gestöhn. Ich schmiß das Gartentor hinter mir zu und fiel in das nasse Gras, als er mich einholte. Er rüttelte wie irrsinnig am Gitter. Er bleckte die Zähne. Er keuchte. Er schwenkte etwas in der Hand. Nicht das Messer. Etwas Dunkles, Viereckiges. Er warf es über das Gitter zu mir ins Gras. Es war meine Brieftasche.
In diesem Augenblick wurde mir erst so richtig übel.
Ich stand auf und trat zu ihm. Er lächelte wieder.
»Danke«, sagte ich. Er nickte. Stumm.
»Warum haben Sie denn nicht gerufen? Warum haben Sie denn kein Wort gesagt?«
Er griff in seine schmutzige Hose und zog einen Zettel heraus, den er mir reichte.

Im Licht eines Blitzes las ich darauf mit Bleistiftschrift: »Ich heiße Otmar Kummer und wohne Wien XVII., Rosensteingasse 129«. Im Licht des nächsten Blitzes las ich, was darunter stand. Darunter stand:
»Ich bin stumm.«

Hölle, wo ist dein Sieg?

In einem Militärlazarett in Bordeaux hat sich vor ein paar Tagen so etwas wie eine exemplarische Handlung zugetragen. Ich möchte hier gern niederschreiben, was sich in Bordeaux ereignet hat, und nachdem ich das getan habe, möchte ich hinzufügen, was mir bei der ganzen Affäre aufgefallen ist, und nachdem ich auch das getan habe, möchte ich zuletzt eine Frage an Sie richten. Ich glaube, das wird wohl die richtige Reihenfolge sein.
Man soll eine Geschichte immer möglichst ohne Umschweife von vorn nach hinten erzählen, so daß sie jeder verstehen kann, und weil die Geschichte, die ich erzählen will, eine, wie ich überzeugt bin, wichtige Geschichte ist, wollen wir auch gleich mit ihr beginnen. Vorne beginnen.
Voriges Jahr im Juni war mein Freund Hans in Ischl. Ich selbst war in München. Viele Leute waren im Urlaub. Andere waren zu Hause und schwitzten. Und ein gewisser Pierre Renoir war in Vietnam. Er war nicht zum Spaß dort. Und auch nicht im Urlaub. Er war ein Soldat, und ich denke, daß er gern woanders gewesen wäre. Aber er blieb in Vietnam im Fernen Osten, und er blieb in Vietnam, bis er eines Tages verwundet wurde. Dann kam er zum Hauptverbandplatz, und auf langen Umwegen kam er schließlich zurück nach Frankreich. Er hatte ein steifes Bein, und nun ließ man ihn in Ruhe. Wenn man erst einmal nicht mehr so richtig für den Krieg und das Abschlachten taugt, dann hat man ganz gute Chancen, weiterzuleben.
Pierre taugte gar nicht mehr richtig für den Krieg. Mit seinem Bein war allerhand nicht in Ordnung. Als die Schmerzen zunahmen, ging er ins Lazarett und dort machte man eine Röntgenaufnahme seines kranken Beines. Nachdem die Aufnahme entwickelt worden war, hielt der Chefarzt sie gegen das Licht

und sah sich die Geschichte an, und zwei andere Ärzte sahen ihm über die Schulter.
Sie waren zuerst ziemlich verwirrt, denn das, was sie sahen, war gar nicht so einfach zu begreifen. Aber dann setzte sich der Chefarzt schwer in seinen Sessel und fragte, ob er vielleicht einen Cognac haben könne. Er fühlte sich sehr schwach. Sie holten noch ein paar Spezialisten herbei, um ganz sicher zu sein, und die Spezialisten betrachteten die Aufnahme, und dann setzten auch sie sich und baten gleichfalls um Cognac. Einer bat um Pastis. Das war aber auch der ganze Unterschied.
Es gab keinen Zweifel mehr: In Pierre Renoirs Oberschenkel steckte etwas so Unglaubliches, daß man es überhaupt nur leise mit Namen nennen durfte, um nicht alle Menschen nervös zu machen: Dank dem Gegenstand, der in Pierres Oberschenkel steckte, war der Mann eine latente Gefahr für seine gesamte Umgebung.
Übrigens war er auch eine latente Gefahr für sich selbst, denn in seinem Oberschenkel steckte – die Röntgenaufnahme hatte es an den Tag gebracht – eine scharfe Gewehrgranate.
Irgend jemand, den Pierre nicht kannte, hatte sie in Vietnam im Juni vorigen Jahres abgeschossen, gleichfalls ohne Pierre zu kennen. Aber die Granate hatte ihn getroffen, und es war überhaupt alles ganz planmäßig verlaufen, bis auf eines: Die Granate war nicht explodiert. Irgendeine Schlamperei in irgendeinem Rüstungsbetrieb oder irgendein Zufall waren daran schuld. Solche Dinge kommen vor. Man darf den Rüstungsfabrikanten keine Schuld geben. Sie tun, was sie können. Der Chefarzt dachte nach und meinte, er müsse sich die Sache überlegen. Er war ein gewissenhafter Mann. Er zog einen berufsmäßigen Feuerwerker zu Rate. Der berufsmäßige Feuerwerker schrie, der Chefarzt möge die Hände von der Geschichte lassen, wenn er für fünf Groschen beziehungsweise für einen Sou Verstand habe. Eine Gewehrgranate, einmal scharfgemacht, so sagte der Feuerwerker, explodiere bei der leisesten Erschütterung. Es war das beste, sie überhaupt nicht zu berühren und sie erst in sicherer Entfernung zur Detonation zu bringen.
Das sagte sich nun ganz leicht hin, und der Chefarzt fand, daß es auch ihm noch ganz leicht möglich war, die Detonation der Granate in sicherer Entfernung zu erwarten. Pierre Renoir allerdings war das nicht möglich. Und hier zeigte sich gleich, daß der

Chefarzt nicht Verstand, auch nur für den bereits erwähnten Sou, hatte.
Der Chefarzt ging zu Pierre Renoir, der nun sehr acht darauf gab, daß niemand an sein Bein stieß, und sagte ihm, daß er ihn operieren werde. Knochen, Arterien und die wichtigsten Nervenstränge seien unverletzt geblieben – es könne überhaupt nichts passieren. Der Chefarzt war ein richtiger Spaßvogel.
Er ließ alle Krankenzimmer rund um den Operationssaal räumen (für den Fall, daß doch etwas passierte), und dann rief er seine Assistenten und die Schwestern und das ganze Personal zusammen und erklärte ihnen die Situation. Er meinte, er könne niemandem zumuten, ihm behilflich zu sein, aber vielleicht gebe es doch den einen oder den andern unter den Anwesenden, der verrückt genug sei, sich freiwillig zu melden.
Bei dieser Gelegenheit erwies sich, daß die gesamte Belegschaft des Lazaretts hundertprozentig verrückt war. Der Chefarzt kam über soviel Verrücktheit in Verlegenheit. Er brauche nicht hundertfünfzig Helfer, meinte er, er brauche nur ein halbes Dutzend. Aber die Anwesenden stritten so heftig um die Ehre eines möglichen vorzeitigen Todes, daß zuletzt nichts anderes übrigblieb, als das Los entscheiden zu lassen. Einhundertvierundvierzig neidvolle Gesichter sahen den sechs Glücklichen nach, die schließlich in den Operationssaal zu Pierre Renoir und seinem ungemütlichen Gast hineinmarschierten.
Der Chefarzt operierte. Die Granate explodierte nicht. Pierre ist gesund. Die Granate haben sie auf einem Feld zur Explosion gebracht.
Das ist die Geschichte. Und nun kommt das, was mir bei ihr aufgefallen ist. Hier hat doch ein ganzer Haufen Menschen wissentlich dem Tod ins Auge sehen wollen, und zwar gar nicht in eigener, sondern in durchaus fremder Sache, nicht wahr? Ich selbst bin ehrlich genug zu sagen, daß ich mich nicht dazu gedrängt hätte, bei der Operation anwesend zu sein.
Wahrscheinlich wäre ich ausgerissen. Ich bin nicht besonders mutig. Obwohl ich glaube, daß man auch nicht besonders feige sein muß, wenn man vor einer scharfen Gewehrgranate ausreißt. Ja, aber die Leute aus Bourdeaux sind nicht ausgerissen!
Und warum nicht? Ich behaupte: Weil sie korporativ von einer Hysterie des guten Triebes, von einem Paroxysmus der Menschlichkeit, von einem Rausch der Hilfsbereitschaft befallen wur-

den. Weil man ihnen allen gemeinsam die Chance gegeben hat, ein Menschenleben zu retten in einer Zeit des Mordes und des Verrats.
Und nun, zuletzt, käme meine Frage: Wohin könnten wir nicht noch kommen, was könnten wir nicht noch erreichen, wenn man uns in Zukunft weniger korporativ vor die Aufgabe des Tötens stellte, sondern mit demselben Enthusiasmus vor die Aufgabe, unseren Mitmenschen ein neues Leben zu schenken? Was würde wohl geschehen, wenn man uns in eine Psychose der Menschlichkeit hetzte?
P.S.: Die Frage bleibt nur: Wer hetzt uns?

Die verschwundene Großmutter

Es war einmal eine Großmutter, die war sehr alt und sehr arm, und als im September die Blätter braun und rot und gelb und golden wurden, erkrankte sie auch noch schwer – wie viele sehr alte Menschen im Herbst. Der Mann der armen Großmutter lebte nicht mehr, und auch die ganze übrige Verwandtschaft war ihr schon vorausgegangen in die ewige Seligkeit. Es gab nur noch eine Enkelin, die Helene.
Die Helene hatte einen reichen Mann geheiratet und besaß zwei Autos und zwei Nerzmäntel und ein Hündchen namens Mimi. Aber ihrer armen Großmutter gab die Helene nichts von ihrem vielen, vielen Geld. O nein!
Wenn man diese Geschichte bis hierher gelesen hat, könnte man der Ansicht sein, es handle sich um eine traurige Geschichte. Die Ansicht wäre irrig. Es handelt sich um eine fröhliche Geschichte! Um eine mit einer Moral. Sie hat sich im vorigen Jahr zwischen September und Weihnachten zugetragen, und deshalb erzählen wir sie hier. Weil wir fröhliche Geschichten mit einer Moral gerne haben.
Die Enkelin Helene lebte in einer wunderschönen Villa, die in einem wunderschönen Park stand. In der Villa gab es Gobelins und Perserteppiche. Im Park gab es Putten aus Stein sowie einen griechischen Gott, dem fehlte das rechte Bein. Vom Knie abwärts. Die Großmutter lebte in einem möblierten Zimmer.

Wenn sie aus dem Fenster sah, blickte sie auf eine schmutzige Feuermauer, die sehr häßlich war. Deshalb sah die Großmutter selten aus dem Fenster.
Hingegen trank sie häufig ein Schlückchen. Sie stammte aus Danzig, darum trank sie ›Danziger Goldwasser‹. In ihren Unterröcken hatte sie eigens kleine Taschen eingenäht, um immer ein Fläschchen bei der Hand zu haben. Sie pflegte zu sagen: »Einmal geht's noch!«
Ach, aber in diesem Herbst sagte sie das nicht mehr.
In diesem Herbst wurde sie sehr schnell ganz schwach und elend, ein Arzt kam, der untersuchte sie und sagte sodann: »Es ist das Herz. Sie müssen sofort ins Krankenhaus. Nur dort kann man Sie behandeln. Ich mache Ihnen nichts vor. Ihr Zustand ist mehr als ernst.«
Die Großmutter schleppte sich in die Wohnung nebenan und fragte, ob sie vielleicht ihre Enkelin anrufen dürfte. Sie durfte. Zu der Helene sagte die arme Großmutter: »Mein Zustand ist mehr als ernst. Ich muß sofort in ein Krankenhaus.«
Kinder, Kinder, begann damit ein Abenteuer! Denn die Helene reagierte auf die Erkrankung der Großmutter in einer sehr häßlichen Weise. »Natürlich«, sagte sie zu ihrem reichen Mann, »muß meine Großmutter ins Krankenhaus. Wir legen sie dritter Klasse, das ist am billigsten.«
»Immer diese Ausgaben für deine Verwandtschaft!« sagte der Gatte.
Als die Großmutter erfuhr, daß die Helene sie dritter Klasse unterbringen wollte, wurde sie entsetzlich wütend. »Nein!« rief sie. »Dritter Klasse gehe ich nicht! Ich habe eine Enkelin, die ist so reich, daß sie nicht mehr weiß, was anfangen mit ihrem Geld – und da soll ich, ihre arme, alte Großmutter, dritter Klasse liegen? Niemals, nein, niemals! Lieber sterbe ich hier, in meinem scheußlichen Zimmer!«
Die Helene hingegen gestand ihrer besten Freundin Lucie: »Natürlich würde ich sie auch in die erste Klasse legen, schließlich ist es die einzige Großmutter, die ich besitze. Aber – das kann uns ein Vermögen kosten!«
»Na, so teuer wird die erste Klasse doch auch nicht sein«, meinte die beste Freundin.
Verzweifelt antwortete die Helene: »Wenn man wüßte, sie liegt einen Monat erster Klasse, oder meinetwegen zwei. Oder, in

Gottes Namen, wenn's sein muß, drei! Schön. Gut. Sage ich kein Wort. Aber stell dir mal vor, sie lebt noch zwei Jahre! Der Arzt hat gesagt, es wäre ein langes Siechtum möglich. Ich bitte dich, Lucie, stell dir das vor!«

»Ich verstehe, was du meinst«, antwortete die beste Freundin.

Also blieb Helene hart und teilte der Großmutter mit, es sei alles geregelt, sie werde dritter Klasse liegen und solle froh darüber sein: Es gab so viele nette, interessante Menschen in dem großen Saal, mit denen man sich unterhalten konnte. Und Helenes Mann werde sie persönlich mit dem Auto abholen und ins Krankenhaus bringen.

Als dieser aber erschien und an der Großmutter Zimmertür klopfte, da erhielt er keine Antwort. Die Tür war unversperrt. Helenes Mann trat ein. Das Zimmer war leer. Vielleicht ist die Großmutter ausgegangen, dachte Helenes Mann. Dann entdeckte er den Zettel, der auf dem Tisch lag. Darauf stand mit zittrigen Buchstaben geschrieben:

›Ich will nicht dritter Klasse liegen, sondern erster oder gar nicht. Deshalb gehe ich fort. Lebt wohl. Eure Großmutter.‹

Da hatten sie nun die Bescherung!

Zuerst dachten sie, die Großmutter sei nur wahnsinnig wütend und werde sich beruhigen und zurückkommen. Sie kam aber nicht. Sie warteten die ganze Nacht umsonst. Am nächsten Tag gingen sie zur Polizei und erstatteten eine Vermißtenmeldung. Die Beamten sahen die reiche, sehr fein angezogene Helene ganz komisch an. Zu Mittag, im Anschluß an die Weltnachrichten, konnte man es dann auch schon im Radio hören, daß die Großmutter vermißt wurde.

Da begann die Helene zu weinen. Teils weinte sie, weil sie sich so schämte, teils, weil es doch eine so entsetzliche Blamage vor allen ihren so feinen reichen Bekannten war. Die Helene fing an zu beten. Lieber Gott, betete sie, vergib mir meine Gemeinheit und mach, daß die Großmutter wiederkommt. Ich will sie auch in die erste Klasse legen. Selbst wenn es ein ganz langes Siechtum wird!

Aber die Großmutter kam nicht wieder. Tage vergingen, es wurden Wochen aus ihnen. Und aus den Wochen wurden Monate. Oktober. November. Die Blätter fielen. Regen kam, Sturm, es kamen Nebel.

Alle Freunde und Bekannten der Helene begannen die Köpfe zu schütteln. So wie die Helene, fanden sie, durfte man sich nicht benehmen. Unter keinen Umständen! Die arme Großmutter! Eine Frau Generaldirektor sagte: »Unsereins muß ganz besonders sozial sein. Ich möchte nicht in der Haut von der Helene stecken.« Plötzlich kamen gewisse Leute nicht mehr zu Besuch. Plötzlich wurde die Helene nicht mehr zum Bridge eingeladen. Plötzlich standen manche Freunde auf und gingen, wenn die Helene in die Roxy-Bar kam.

Arme Helene!

Sie wurde schrecklich bestraft für ihren Geiz. In diesen Wochen zwischen Sommerende und Winteranfang verlor sie ihren Platz in der Gesellschaft, verlor ihren Ruf und viele Bekannte. Die verschwundene Großmutter, die sie in die dritte Klasse hatte legen wollen, rächte sich entsetzlich an ihr. Die Helene war völlig verzweifelt und ganz mit den Nerven fertig. Sie rauchte zwanzig Zigaretten am Tag, und schon gegen siebzehn Uhr mußte sie den ersten Martini zu sich nehmen.

Dann kam die Adventszeit. Dann weihnachtete es schon enorm. Dann war die fröhliche, selige, gnadenbringende Zeit sozusagen einfach nicht mehr aufzuhalten. Und plötzlich, einen Tag vor dem Heiligen Abend, hieß es plötzlich: »Die Großmutter ist wieder da!«

Die Helene sprang in eines ihrer beiden Autos – in das schnellere – und raste hinauf in den Norden der Stadt. Völlig atemlos kam sie in das häßliche Zimmer gestürzt. Und wirklich: Da saß die Großmutter! Ach, aber wie hatte sie sich verändert: Zwanzig Jahre jünger sah sie aus, mit glatter, von Wind und Wetter geröteter Haut, mit leuchtenden Augen und einem lachenden Mund (in dem freilich ein paar Zähne fehlten).

»Großmutter!« schrie die Helene. Sie fiel vor ihr auf die Knie und drückte die alte Frau an sich und küßte ihre Hände und rief: »Ich bin ja so froh, daß du da bist, liebe Omi! Mein Gott, wo hast du nur gesteckt?«

»Ach«, sagte die Großmutter, während sie in einer ihrer bereits erwähnten Unterrocktaschen wühlte, um eines der bereits erwähnten ›Danziger-Goldwasser‹-Fläschchen zutage zu fördern, »das ist eine lange Geschichte.« Und sie erzählte sie.

An dem Tage im September, an dem sie verschwand, erzählte die Großmutter, war sie sehr, sehr verzweifelt gewesen. Sie lief in der großen, großen Stadt herum, hierhin und dorthin, ohne Ziel, und zuletzt hinaus aufs flache Land. Da war sie so erschöpft, daß

es mit ihrem armen, schwachen Herzen nicht mehr weiterging: Sie fiel in einen Straßengraben. In dem blieb sie liegen, um zu sterben. Schon aus Wut wollte sie sterben. Denn sie dachte: Dann wird die Helene aber weinen!
Sie starb nur nicht. Sondern sie schlief bloß ein. Und als sie erwachte, da befand sie sich auf einem Planwagen. Der Wagen rollte, ein kleines, braunes Pferdchen zog ihn. Die Großmutter stellte fest, daß mildtätige Menschen sie aufgelesen und mitgenommen hatten. Sie war bei einem kleinen Wanderzirkus gelandet. Die Zirkusleute hatten sie im Straßengraben gefunden. Es waren neun Männer und vier Frauen und ein Haufen Kinder. Sie zogen von einer kleinen Stadt zur andern. Sie besaßen auch ein paar Tiere.
Die Großmutter bat, bei ihnen bleiben zu dürfen, und ihre Bitte wurde erfüllt. Die Großmutter half beim Kochen und an der Abendkasse, beim Wäschewaschen und Saubermachen, sie fütterte die Tiere und die Kinder, und sie paßte auf beide auf. Bei den Kindern war das wesentlich strapaziöser als bei den Tieren. Die Großmutter aß mit den Zirkusleuten im Freien: kräftige Suppen und gutes Gemüse. Sie schlief in einem weichen Bett, und sie atmete reine Landluft, und alle Menschen und alle Tiere waren freundlich zur Großmutter, immer. Sie sah viele Orte zwischen Sommerende und Winteranfang. Zuletzt kam der kleine Zirkus wieder in die Stadt zurück, in der sie lebte. Na ja, und da ging die Großmutter dann wieder nach Hause ...
Die Helene schluchzte: »Verzeih mir, Omi, daß ich so schlecht zu dir gewesen bin! Sei mir nicht böse! Morgen ist Heiliger Abend! Da kommst du zu uns! Du kannst dir wünschen, was du willst! Die teuersten Sachen! Ich kaufe dir alles! Und wenn du willst, dann kannst du erster Klasse liegen bis 1990! Aber sei mir bitte nicht mehr böse!«
»Böse?« sagte die Großmutter. »Was denn, dankbar muß ich dir sein!«
Die Helene starrte die alte Frau an.
»Der Arzt hat mich wieder untersucht«, sagte die Großmutter. »Er war ganz fassungslos. Meine Krankheit ist durch das gesunde Leben, das ich geführt habe, auf einmal viel besser geworden! Keine Rede mehr von Siechtum! Nicht einmal mehr von Krankenhaus. Mein Herz macht es noch eine Weile! Ich kann zu Hause behandelt werden.«

»Von mir! Aber nur von mir! Und *bei* mir! Aber nur bei mir!« rief die Helene, unter Tränen lachend.
»Wenn du das unbedingt willst«, sagte die Großmutter. Sie hatte das Fläschchen hervorgeholt, nahm den Korken heraus und genehmigte sich einen ordentlichen Schluck – gleich aus der Pulle.
»Aber Omi!« rief die Helene. »Nein, also wirklich, du sollst doch nicht trinken. Du weißt, der Arzt hat es dir streng verboten!«
Die Großmutter schluckte, wischte sich die Lippen trocken und sagte freundlich: »Ach, einmal geht's noch!«

Das Wunder am Gründonnerstag

Als ich am Morgen des Ostersonntags nach Hause kam, war die Sonne schon aufgegangen. Ich traf meinen Freund Schütze vor dem Haustor.
Wilhelm Schütze, ein älterer Herr mit jungem Gesicht, ist Angestellter der Wach- und Schließgesellschaft und bewacht in dieser Eigenschaft allnächtlich das Pelzgeschäft und den Juwelierladen in unserem Block.
Er war in zärtliche Betrachtung eines Bildes versunken.
»Moin, Moin«, sagte ich.
»Ach, da sind Sie ja endlich«, sagte er. »Fröhliche Ostereier!«
»Ihnen desgleichen, Herr Schütze«, antwortete ich.
Wir schüttelten einander die Hand.
Dann sagte er: »Da sehen Sie mal!«
Er reichte mir das Bild. Es stellte, mit sehr bunten Buntstiften auf Packpapier gezeichnet, das Gesicht einer Frau dar. Ich kenne Herrn Schützes Frau, und darum konnte ich feststellen, daß das Porträt unerhört ähnlich war, frech und sehr gekonnt, aber dabei voll Ehrfurcht vor der Realität.
»Allerhand«, sagte ich.
»Gefällt Ihnen, was?«
»Großartig, Herr Schütze!«
»Schenk' ich meiner Alten heute.«
»Woher haben Sie das Bild?«

»Gekauft. Für fünfzig Pfennig.«
»Für wieviel?«
»Sie haben schon richtig gehört, für fünfzig Pfennig. Ist doch preiswert. Oder? Beim Fotografen kostet so was viel mehr – und ist lange nicht so künstlerisch wie dieses Werk hier von Kurti.«
»Was für ein Kurti?«
»Na, der Rotzbub von Nummer sechs.«
»Der hat das Bild gemalt?«
»Da staunen Sie, wie?«
»Da staune ich, ja. Der Kurti ist doch erst zwölf Jahre alt!«
»Elf«, korrigierte Herr Schütze. »Elf. Ich werde Ihnen die ganze Geschichte erzählen. Haben Sie ein bißchen Zeit?«
»Für Sie immer, Herr Schütze!«
»Na, dann ...«

Der kleine Kurti (so erzählte mir Herr Schütze) ist der schlimmste Lausbub weit und breit. Es ist nicht zu schildern, was für ein elender Lausbub das ist! Oder war. Denn seit Gründonnerstag ist er es nicht mehr.
Aber bis Gründonnerstag – nein, keine menschliche Phantasie kann sich ausmalen, was der Kurti alles anstellte.
Kurtis Eltern waren völlig verzweifelt. Regelmäßig wurde er übers Knie gelegt – aber nutzte es etwas?
Überhaupt nichts nutzte es!
Im Gegenteil. Zu seinen sonstigen Schandtaten fing er auch noch an, Bleistifte zu stehlen. Wo er hinkam, verschwanden Bleistifte, es war eine Pest. Der Kurti klaute große und kleine Bleistifte, Buntstifte in allen Preislagen und Farben, und am allerliebsten die roten, dicken, weichen. Die besonders!
Immer neue Bleistifte fand die arme Mutter in Kurtis Taschen, und sie verdrosch ihn und sperrte ihn in den Keller und ließ ihn hungern – was man so an pädagogischen Maßnahmen ergreifen konnte, ergriff die arme Mutter.
Aber hörte die Bleistiftklauerei auf?
Nicht die Bohne, o nein!
Gründonnerstag tat er dann etwas ganz Furchtbares. Etwas, das dem Faß aber wirklich den Boden ausschlug!
Es passierte beim Herrn Steiner.
Herr Steiner ist der Besitzer des neuen Kolonialwarengeschäftes. Es existiert noch nicht lange, das Geschäft.

Kurtis Mutter war sehr glücklich über das Auftauchen des Herrn Steiner, denn sie war arm und hatte nie genug Geld. Alle anderen Kaufleute in der Umgebung wußten das schon. Herr Steiner wußte es noch nicht. Und Kurtis Mutter hoffte, Herr Steiner werde bisweilen ein bißchen anschreiben lassen.
Also zu diesem Herrn Steiner ging Kurtis Mutter Gründonnerstag. Kurti war auch dabei. Leider!
Die Mutter machte keine Umschweife.
»Herr Steiner«, sagte sie, »ich möchte gerne allerlei bei Ihnen kaufen. Aber ich habe kein Geld, um gleich zu bezahlen. Wie finden Sie denn das?«
Herr Steiner sah Kurtis Mutter kurz an. Er ist ein großer, freundlicher Mensch mit sehr lustigen Augen.
Herr Steiner lachte und erwiderte: »Da werde ich den Betrag wohl anschreiben müssen, gnädige Frau . . .«
Da war Kurtis Mutter wirklich glücklich. »Ich danke Ihnen sehr, Herr Steiner«, sagte sie.
»Das wäre doch gelacht«, sagte Herr Steiner. »Also, was soll es sein, gnädige Frau? Bestellen Sie, soviel Sie wollen.«
Kurtis Mutter kaufte nun ein, sie wurde richtig atemlos dabei. Schon lange hatte sie nicht mehr so feine Sachen eingekauft. Ach, war sie glücklich . . .
Herr Steiner begleitete sie bis zur Tür und sagte: »Es war mir eine Ehre!«
Der kleine Kurti verbeugte sich vor Herrn Steiner, und das fiel der Mutter sofort auf, denn der Kurti hatte sich in seinem Leben noch vor keinem Menschen freiwillig verbeugt.
Schweigend gingen sie nebeneinander her. Die Mutter beobachtete den Sohn.
Plötzlich blieb sie stehen und sagte scharf: »Sofort gibst du ihn her!«
Ach du lieber Himmel – wie recht hatte sie mit ihrer Vermutung! Der Kurti begann zu heulen, als werde er dafür bezahlt, und holte einen Stift aus der Tasche, einen besonders dicken, besonders weichen, roten.
»Ist der vom Herrn Steiner?« schrie die arme Mutter ihn an.
»Ja . . . ha . . . ha . . .«, heulte der Kurti.
»Vom guten Herrn Steiner?« Die arme Mutter begann jetzt selber zu heulen.
»Er läßt mich anschreiben, und du bestiehlst ihn? Du entsetzli-

cher Junge! Womit habe ich so etwas verdient? Sofort kommst du mit mir zurück!«
Sie packte den Kurti am Kragen und schleppte ihn in den Laden zurück.
»Herr Steiner . . .«, schluchzte sie, »mein Sohn ist ein Dieb . . . ein gemeiner Dieb . . . Ich schäme mich so für ihn . . .«
»Nanana, was hat er denn gestohlen?« fragte Herr Steiner. »Einen Schokoladehasen? Eine Banane? Ein Osterei?«
»Er hat einen roten Bleistift gestohlen, Herr Steiner!« rief weinend die arme Mutter. »Er stiehlt immer Bleistifte. Er ist ein Verbrecher, er wird im Zuchthaus enden, es ist furchtbar mit ihm! Verzeihen Sie uns, verzeihen Sie uns noch einmal!«
Und während sie Herrn Steiners Verzeihung erflehte, gab sie dem Kurti zwei Ohrfeigen, eine rechts und eine links – und der Kurti ließ sich ohrfeigen, als wollte er damit bekunden, daß er so etwas auch verdient habe.
Da schrie der Herr Steiner mit Donnerstimme: »Schluß! Lassen Sie den Jungen in Ruhe!«
Völlig verwirrt befolgte die arme Mutter den Befehl. Sie stammelte: »Es gehört zu seiner Erziehung!«
Aber Herr Steiner schrie: »Nein, Ohrfeigen gehören nicht zur Erziehung!«
»Was denn dann?« rief die Mutter.
»Zum Beispiel dicke, rote Buntstifte!« rief Herr Steiner.
Und nachdem er das gerufen hatte, rannte er aus seinem Laden und in die Papierhandlung nebenan. Gleich darauf kam er wieder. Er hielt eine Riesenpackung Buntstifte in der Hand, die teuerste, die er gefunden hatte. Herrschaften, das war eine Packung!
Mit den Buntstiften beugte Herr Steiner sich zu Kurti herab und sagte: »Es ist mir ganz klar, daß du Buntstifte einfach furchtbar gerne hast, sonst würdest du keine klauen – nicht wahr?«
Der Kurti nickte.
»Damit du keine mehr klauen mußt«, sagte Herr Steiner, »schenke ich dir diese hier. Aber unter einer Bedingung!«
»Wa . . . has fü . . . hür eine?« schluchzte der Kurti.
»Daß du jetzt sofort ein Bild von mir malst«, sagte Herr Steiner. »So wie ich hier stehe und verkaufe, und im Hintergrund die Tomaten und die Mandarinen und die Krebsschwänze in Dosen! Und daß du mir die Dosen anständig zeichnest!«
Die arme Mutter flüsterte: »Du lieber Himmel!«

»Am besten, du setzt dich da hinten in die Ecke, da störst du den Betrieb nicht«, sagte Herr Steiner und drückte dem kleinen Kurti ein Stück Einwickelpapier und einen Kartondeckel als Unterlage in die Hand.
Nach einer Stunde war das Bild fertig. Es zeigte den lustigen Herrn Steiner vor Tomaten, Mandarinen und Krebsschwänzen in Dosen.

»So etwas von einem Bild haben Sie noch nie im Leben gesehen«, sagte mein Freund von der Wach- und Schließgesellschaft. »Herr Steiner hat es gleich im Geschäft aufgehängt und dem Kurti fünfzig Pfennig dafür gegeben. Die Mutter hätten Sie sehen sollen, wie stolz und glücklich die war. Überall ist sie herumgerannt und hat erzählt, daß der Herr Steiner meint, der Kurti ist ein Künstler. Und was soll ich Ihnen sagen – die Leute haben sich das Bild im Laden angeschaut, und alle waren begeistert, und jetzt stehen sie beim Kurti Schlange.«
»Alle wollen Bilder?«
»Na ja doch! Also, das Geschäft blüht, kann ich Ihnen flüstern! Meine Alte hat er noch für fünfzig Pfennig gemalt – aber seit gestern verlangt er schon eine Mark fürs Porträt. Wenn der so weitermacht ... Lassen Sie sich doch auch von ihm zeichnen. Aber beeilen Sie sich, bevor er noch teurer wird! Man weiß nie, wie es geht mit diesen Modernen.«
»Unbedingt will ich mich vom Kurti zeichnen lassen«, sagte ich. »Aber vor allem will ich von heute an nur noch beim Herrn Steiner meinen Whisky kaufen.«
»Von heute an?« sagte Herr Schütze. »Heute ist doch ein Feiertag.«
»Ach ja«, sagte ich, »stimmt, Ostern!«

Die große Kälte

> Verfolgt das Unrecht nicht zu sehr. In Bälde erfriert es schon von selbst. Denn es ist kalt.
> Bedenkt das Dunkel und die große Kälte in diesem Tale, das von Jammer schallt.
>
> Bertolt Brecht,
> Schlußchor der »Dreigroschenoper«

Diese Zeilen wurden geschrieben in Erinnerung an den vergangenen Mittwoch. An diesem Tag war es zum ersten Mal in den Wintermonaten 1949/50 kalt. An den Fenstern fanden frierende Frühaufsteher Eisblumen vor, auf der Straße liefen Nasen, Finger, Zehen und sonstige exponierte Körperteile von Passanten blau bis rot an, Taxichauffeure, Straßenbahnschaffner und Verkehrspolizisten fanden Gelegenheit zur Verwendung starker und stärkster Kraftausdrücke, und die Maronibrater jubilierten: Das Geschäft blühte.

Allenthalben jedoch, bei den Gerechten und bei den Ungerechten, bei denen, die Ogottogott sagten, und bei denen, die ihren gesamten Glauben verloren hatten aus dem einen oder anderen Grund, bei ihnen allen und auch bei den Gerichtsvollziehern, Versicherungsangestellten und Oberregierungsräten a. D. herrschte über einen Punkt volle Einigkeit: Es war unerhört kalt! Die Kälte bildete an diesem Morgen überall das Hauptgesprächsthema. Sogar jene, die seit vielen Monaten schon absolut nicht mehr wußten, was sie sagen sollten (wie beispielsweise die Leute, deren Aufgabe es ist, Zeitungen herzustellen), kamen auf ihre Rechnung, setzten sich vor ihre Schreibmaschinen und verfaßten zur Belehrung und Freude ihrer Mitmenschen hübsche Zweispalter mit dem Titel: ›Der Winter ist da‹. Die kleinen Mädchen in den Volks- und Hauptschulen der Stadt Wien versuchten sich mit wechselndem Erfolg an dem gleichen Thema. Nun hatte die Geschichte aber, wie die meisten Geschichten, die ganz klar und deutlich auf der Hand liegen, einen schwerwiegenden Haken. Die wenigsten Leute bemerkten den Haken in der Hast und den Aufregungen des Tages, aber er war doch da. Es ist sehr bezeichnend, daß die wenigsten ihn bemerkten, denn damit erklären sich – wenigstens massenpsychologisch – zahlreiche Übelstände in der Welt von heute.

Um es endlich auszusprechen: Am vergangenen Mittwoch war es gar nicht kalt. Das heißt: Es war nur subjektiv gesprochen kalt. Objektiv gesprochen nicht. Im letzten Winter beispielsweise wäre man über einen Mittwochmorgen wie den vergangenen entzückt gewesen, hätte Hut, Mantel und Handschuhe fortgeworfen und nachgesehen, ob es nicht vielleicht schon irgendwo Veilchen zu kaufen gab. Weil es nämlich im letzten Winter viele Tage hindurch wesentlich kälter war als am vergangenen Mittwoch, an dem das Thermometer eine Temperatur von minus neun Grad Celsius zeigte.
Neun Grad Celsius wären im Winter 1948/49 eine Angelegenheit gewesen, über die man keine zwei Worte verloren hätte. Mit neun Grad minus wäre damals nichts anzufangen gewesen. Sogar die Lokalredakteure großer Tageszeitungen hätten ihre Reporter hinausgeworfen, wenn sie ihnen damals mit Artikeln wie ›Der Winter ist da‹ oder ›Die große Kälte‹ gekommen wären. Das zeigt nicht nur, daß wir wehleidig sind. Es zeigt auch, daß uns jede Fähigkeit abhanden gekommen ist, unsere Umwelt und ihre Erscheinungen selbst nur halbwegs objektiv zu betrachten. Die ›große Kälte‹ vom vergangenen Mittwoch, die keine war, ist nur ein kleines Beispiel dafür.
Es lassen sich auch andere anführen. Wenn heute, 1949, der Briefträger um dreiviertel neun läutet, dann empfinden wir das, je nach Temperament, als Unverschämtheit oder Heimsuchung und empfangen den Herrn, je nach Temperament, mit Frechheiten oder Tränen der nervösen Erschöpfung. Noch 1945 läutete es bei manchen Menschen gelegentlich viel früher, beispielsweise gegen vier Uhr morgens, und wenn sie dann nachsahen, wer vor der Türe stand, war es nicht der Briefträger. Das haben wir schon vergessen. Wenn heute, 1949, der Konstantinopel-Expreß eine Dreiviertelstunde Verspätung hat, beschweren wir uns bei der Direktion der Österreichischen Bundesbahnen. 1945 waren manche von uns zwischen Linz und Wien fünf Tage unterwegs. Das haben wir schon vergessen. Wenn heute, 1949, Frau Maier ihre persönliche Lieblingsmischung von englischem Spezialtee nicht erhält, ist sie darüber ebenso ungehalten wie Frau Müller, weil sie im Fachgeschäft nur französische Modellschuhe finden kann, deren Stöckel sechs Komma drei Zentimeter hoch sind und nicht sechs Komma sieben Zentimeter. 1945 gingen ein paar hunderttausend Menschen an Kälte und Erschöpfung zugrunde,

und kleine Kinder liefen barfuß durch die zerschlagenen Städte Europas.
Das haben wir schon vergessen.
Wir haben überhaupt eine ganze Menge vergessen. Auch die Bomben, den Terror und die Angst. Die Einsamkeit, die Hoffnung, die Sehnsucht und unser Gemeinschaftsgefühl. Mit allen diesen Dingen ist eine große Veränderung vor sich gegangen. Teilweise sind sie verschwunden. Teilweise sind sie noch vorhanden – aber unter geänderten Vorzeichen. Einmal saßen wir, während die Fliegenden Festungen einen Bombenteppich warfen, in unseren elenden Kellern und sagten: »Lieber Gott, laß mich davonkommen, und ich will dir jeden Tag mit Taten und Worten danken für die Segnungen eines neuen Friedens.«
Auch das haben wir schon vergessen.
Ebenso wie die große Kälte vergangener Jahresreihen voller Leid und Tod. Ich meine nicht die Kälte des Winters, und ich meine nicht das physische Kältegefühl. Sondern jene große Kälte, von der Bertolt Brecht in seiner ›Dreigroschenoper‹ spricht, und jenes Kältegefühl, das unsere Herzen und Gehirne verhärtet und uns an den Rand eines entsetzlichen Abgrundes führt. Die Furcht und die große Kälte – sie sind uns erhalten geblieben. Sie sind eigentlich die allgemeinsten Gefühle der Zeit. Jemand müßte ein Buch darüber schreiben. Der Titel müßte ›Die große Kälte‹ sein. Ja, wirklich, jemand müßte kommen und den Menschen zeigen, wohin die intolerante, eigensüchtige, despotische und selbstherrliche Vereisung ihrer Herzen noch führen wird – wenn wir uns nicht bald besinnen. Einer müßte das tun! Ich kann es nicht, Gott helfe mir, ich bin zu schwach dazu. Aber ich weiß, daß wir alle tödlich bedroht sind von dieser großen Kälte, von dem Zerfall unseres Gemeinschaftsgefühls: Wir haben vergessen, daß wir in *einer* Welt leben, daß wir alle gleich geboren wurden und daß wir einander helfen müssen wie Brüder, wenn wir nicht wollen, daß uns eines Tages der Teufel holt.
Wir vergessen zu leicht, das ist es.
Wir haben schon wieder die weinenden Kinder, die zerstörten Städte, die erschlagenen Frauen und die verwüsteten Felder vergessen. Wir haben die Angst vergessen, die Entbehrung, den Schmerz und die Bereitschaft zum Frieden. Das ist unser Unglück: daß wir erst dann das Gute ersehnen, wenn uns das Böse in seinen Klauen hält. Daß wir nicht fähig sind, aus unseren Ver-

fehlungen zu lernen. Daß uns jedes Proportionsgefühl abgeht. Daß wir, weil es uns besser geht, schon vergessen haben, wie schlecht es uns ging – und gehen könnte. Und daß wir Artikel mit dem Titel ›Die große Kälte‹ schreiben, wenn das Thermometer, Gott behüte, einmal neun Grad minus zeigt. So ist es.

Das Stadtbahngleichnis

Fräulein Helene Riesental aus Wien hat uns die folgende Geschichte erzählt und nichts dagegen, daß wir sie hier aufschreiben. Sie meint, in gewisser Weise sei sie so etwas wie ein Gleichnis. Wir meinen das auch.

Fräulein Riesental ist fünfundsechzig Jahre alt und sehr rüstig. Gesund und geistig rege. Nur die Augen machen ihr zu schaffen. Neun Dioptrien rechts, zehn links. Ihre starke Kurzsichtigkeit macht sie ein wenig unsicher im Straßenverkehr und bereitet ihr Schwierigkeiten, wenn sie spät abends nach Hause kommt. Sie unterrichtet nämlich Englisch. Leute, die nur abends Zeit haben. Die Leute wohnen in der Stadt. Fräulein Riesental wohnt in Hütteldorf. Sie benutzt die Stadtbahn. Und die Stufen, die von der Stadtbahnstation auf die Straße hinunterführen, sind immer ein Risiko für sie, auch wenn sie sich am Geländer anhält. Sie kann sie in dem diffusen Nachtlicht nie richtig sehen. Aber sonst geht es ihr gut, sie ist zufrieden, sagt sie. Sie bezieht eine Rente. Und sie glaubt an Gott. Es wächst viel Brot in den Furchen der Armen, meint Fräulein Riesental.

Die Geschichte, die sie uns erzählte, passierte am Donnerstag gegen 23 Uhr. In einem Stadtbahnzug, der sie nach Hause brachte. Der Wagen, in dem sie saß, war schon ziemlich leer, als sie ihn beim Hauptzollamt betrat. Dann stiegen ein paar Leute zu. Die meisten fuhren nur bis Meidling. Und in Hietzing stieg der Rest aus. Nur Fräulein Riesental blieb zurück, als der Schaffner »Zurückbleiben, Abfahrt!« rief. Fräulein Riesental und ein Mann, der ihr gegenübersaß. Sonst war niemand mehr im Wagen. Nur sie beide. Der Mann sah ziemlich heruntergekommen aus. Nicht besonders gut angezogen. Mit einem bitteren Zug um den Mund. Er saß ihr gegenüber und starrte sie an. Er saß ihr schon seit der Stadtbahnstation Hauptzollamt gegenüber. Und er starrte sie seit der Stadtbahnstation Hauptzollamt an. Er war früher im Zug gewesen als sie. Es war Fräulein Riesental bis Hietzing nicht so sehr zum Bewußtsein gekommen, daß er ihr gegenübersaß und sie anstarrte, weil sie nicht allein mit ihm gewesen war. Aber jetzt war sie allein mit ihm. Und jetzt kam es ihr zum Bewußtsein. Es war ein mittelgroßer Mann von mittlerem Alter. Sie hatten die Braunschweiggasse erreicht. Und da, sagt Fräulein Riesental, begann sie unwillkürlich ein bißchen nachzudenken.

Zuerst dachte sie über einen Zeitungsartikel nach, den sie gelesen hatte und in dem stand, daß der noch unbekannte Mörder der Prostituierten Emilie M. mittelgroß und in mittlerem Alter war. Dann dachte sie an den noch unbekannten Mörder des Juweliers Hans W. Und dann dachte sie an die vielen anderen noch unbekannten Mörder, die für viele andere noch ungeklärte Verbrechen zeichneten, die in den letzten Jahren in der Millionenstadt Wien, in der sie lebte, begangen worden waren. (Der Zug fuhr Unter-St.-Veit entgegen.)

Fräulein Riesental dachte weiter. Sie dachte, wie unheimlich doch so ein Stadtbahnwagen ist. Sie hatte noch nie darüber nachgedacht, aber nun kam es ihr plötzlich zum Bewußtsein. Ein Stadtbahnwaggon mit vielen Menschen. Oder nur mit einem einzigen Menschen. Man sitzt ihm gegenüber, so wie sie jetzt dem Mann in mittlerem Alter gegenübersaß, und man weiß nichts von ihm. Nichts. Man sieht nicht hinter sein Gesicht. Man weiß nicht, wer er ist, was er will, woher er kommt, wohin er geht. Man kennt seine Sehnsüchte nicht, seine Hoffnungen nicht, seine Pläne nicht, seine Zukunft nicht. Und seine Vergangenheit nicht.

Wir sind einander alle fremd, dachte Fräulein Riesental, wir wissen nichts voneinander, wir sind wie Schiffe, die einander nachts begegnen. Wer war der Mann zum Beispiel, der ihr gegenübersaß? Er konnte

a) ein Mann sein, der einen Mord begangen hatte, oder
b) ein Mann, der im Begriff stand, einen Mord zu begehen, oder
c) ein Mann, der im Begriff stand, selbst in einer Stunde einem Mord zum Opfer zu fallen, oder
d) ein Mann, der von einem Mord wußte und dieses Wissen hütete wie einen seltenen Schatz, oder

e) ein Mann, der darüber nachdachte, ob sie, Helene Riesental, wohl eine Frau war, die einen Mord begangen hatte oder im Begriff stand, einen zu begehen, oder im Begriff stand, selbst einem Mord zum Opfer zu fallen, oder eine Frau, die von einem Mord wußte und dieses Wissen hütete wie einen seltenen Schatz, oder eine Frau, die darüber nachdachte, ob sie wohl darüber nachdachte ...

Ober-St.-Veit.

Fräulein Riesental fühlte sich sehr unheimlich. Der Mann ihr gegenüber sah sie starr und unbewegt an. Draußen klatschte kalter Regen an die Scheiben. Der Wind heulte.

Es ist ein großes Elend um die Menschen, dachte Fräulein Riesental. Sie leben mit dem Bösen, und sie kennen es nicht. Und das Böse lebt mit ihnen und kennt nicht das Gute. Es gibt keine Brücken zwischen den Menschen. Wir sind alle einsam und allein in einer großen Nacht und unter einem erbarmungslosen Himmel ohne Sterne und Hoffnung. Und der Stadtbahnzug, in dem sie saß, kam ihr plötzlich so groß und weit vor wie die ganze dunkle, verfluchte und fluchbeladene Welt, in der sie lebte. Und ebenso öde und leer.

Der Zug donnerte in Hütteldorf ein. Fräulein Riesental erhob sich. Und fuhr, zu Tode erschrocken, zusammen, als der Mann gegenüber eine Hand nach ihr ausstreckte. (Mein Gott im Himmel, dachte sie.)

Aber dann fühlte sie sich erfüllt von lauter Erleichterung.

Denn der Mann sprach. Er fragte etwas.

Ob sie ihn wohl die Stiegen zur Straße hinunterführen wolle, fragte er. Sonst holte ihn hier immer seine Frau ab. Aber die war heute krank. Und er selbst war blind.

Fräulein Riesental mit ihren neun (beziehungsweise zehn) Dioptrien erklärte sich bereit. Sie führte den Blinden die Stiegen hinunter. Sie sagte uns, komischerweise habe sie nie zuvor das Gefühl gehabt, daß diese so gut beleuchtet waren. Sie strahlten geradezu, die Stiegen! Und dann brachte sie den Blinden nach Hause.

Sie meint, dies sei so etwas wie ein Gleichnis.

Wir meinen es auch.

Über das Bett zu hängen

Karl Fischer war einer der bekanntesten Zeichner der Stadt Frankfurt am Main. Seine Bilder erschienen in Illustrierten, seine Illustrationen machten Neuausgaben der Werke von Balzac und Cervantes interessant. Fischer war ein ruhiger, zufriedener Mensch. Er liebte seinen Beruf, hatte eine Frau und einen kleinen Sohn und war sechsundvierzig Jahre alt.

Die Fünfhundert-Kilo-Bombe löste sich am Morgen des 21. Januar 1945 aus der Hängevorrichtung eines viermotorigen amerikanischen Kampfflugzeuges, das mit Nordostkurs die Stadt Fulda überflog. Physikalischen Gesetzen zufolge näherte sie sich in einer großen Kurve und mit steigender Geschwindigkeit dem Erdboden und schlug in die Wartehalle des Fuldaer Hauptbahnhofes ein, wo sie explodierte. Jedes persönlich gehässige Motiv lag ihr dabei fern. Daß die Bombe gerade auf Fulda fiel, war nicht ihre Schuld. Man konnte sie dafür nicht verantwortlich machen. Sie fiel, wie sie fallen mußte, und ihre Explosion ließ sich prächtig zur Demonstration energetischer, thermodynamischer und elektrochemischer Gesetze verwenden. Es war ein reiner Zufall, daß der Zeichner Karl Fischer in der Wartehalle des Bahnhofs saß. Es war ein reiner Zufall, daß Splitter der Bombe ihm beide Hände abrissen.

Als man ihn aus den Trümmern zog, war er noch ohnmächtig. Als er im Krankenhaus erwachte und sah, was geschehen war, drehte er sich zur Wand und dachte, daß es ein Vergnügen gewesen wäre, die Beine zu verlieren. Denn die brauchte er nicht zum Zeichnen und Malen. Die Hände schon.

Seine Freunde schüttelten traurig den Kopf. Fischer war erledigt, sagten sie. Erledigt mit sechsundvierzig. Schade um ihn. So geht's. Er war ein begabter Junge gewesen.

Das ereignete sich vor drei Jahren.

Heute lebt Karl Fischer in einer kleinen Wohnung im östlichen Frankfurt. Seine Frau und sein Sohn Klaus sind bei ihm. Fischer zeichnet und malt. Auf eine Art, die wohl kaum jemand vor ihm versucht hat. Er hält seine Stifte, Federn und Pinsel zwischen den Zähnen. Ich habe seine Bilder gesehen. ›Es ist nicht das Leben, das etwas bedeutet, sondern der Mut, mit dem man es führt‹, schreibt Hugh Walpole. Karl Fischers Kritiker meinen, seine Arbeiten wiesen eine Tiefe der Empfindung auf, die ihnen früher mangelte. Vielleicht ist seine sonderbare Arbeitsmethode dafür verantwortlich zu machen. Fischer weiß es nicht. Er ist ein bescheidener Mensch und sagt, ohne seine Frau wäre er vor die Hunde gegangen. Sie fütterte ihn, sie zog ihn an und aus, sie wusch und rasierte ihn. Sie spitzte seine Bleistifte. Fischer hat seine Frau sehr lieb. Sie ihn auch. An den Wänden der kleinen Wohnung hängen Illustrationen zu ›Don Quijote‹ und ›Gullivers Reisen‹.

Auf Fischers Arbeitstisch ragen aus einem Holzgestell Reihen zerbissener Pinsel und Federn, gerade so hoch, daß er sie bequem mit den Zähnen herausziehen kann. Seine Farben stehen in einem Schrank, dessen Tür sich mit dem Kinn aufstoßen läßt.

Als er im Krankenhaus von Fulda lag, war ihm zuerst sehr elend. Der Mann im Nebenbett, der ein Bein verloren hatte, hielt die Zigarette, die Fischer rauchte. Sie kannten einander nicht, aber damals waren alle Menschen, denen es dreckig ging, Brüder. Der Mann mit dem einen Bein erzählte Fischer, daß jemand von Raffael gesagt hatte, er würde malen, selbst wenn er keine Hände hätte. In der Nacht, als er nicht schlafen konnte, überlegte Fischer, was das wohl praktisch heißen konnte. Und dann kam ihm die Idee, mit dem Mund zu zeichnen. Weil er schließlich von etwas leben mußte. Weil er eine Frau und einen kleinen Jungen namens Klaus hatte. Und weil er glaubte, daß er mit sechsundvierzig noch nicht erledigt war, bloß weil er keine Hände mehr hatte.

Ein paar Wochen später ging er nach Hause und bat seine Frau, ihm Pinsel und Bleistifte auf die Knie zu legen. Die nächsten vier Monate brachte Karl Fischer damit zu, sich zu bücken. Er bückte sich so lange, bis er auf einen Biß einen Bleistift, einen Pinsel oder eine Feder in den Mund bekam. Seine Zähne entwickelten Intelligenz. Sein Mund fand heraus, daß er nicht nur zum Essen da war.

Am 19. Mai 1945 nagelte seine Frau ein großes Stück Papier auf ein schiefes Brett, und das Experiment begann. Fischer steckte seine Stifte in den Mund, lehnte sich mit der Brust gegen die Tischkante und zeichnete. Zuerst ging es nicht gut. Zwei Monate später ging es besser. Drei Monate später zeichnete Fischer den Kopf eines Löwen.

In den drei Jahren, die seither vergangen sind, haben Hunderte von Blättern Fischers Wohnung verlassen und sind in die Redaktionen der Illustrierten und Wochenschriften gewandert. Tausende von Menschen haben sie gesehen, haben über sie gelacht und dabei gedacht, daß die Dinge, die Karl Fischer verulkt, eigentlich zum Heulen sind. Das zeigt, daß seine Zeichnungen gut sind, daß sie einen Sinn haben. Fischer kann es sich nicht leisten, sinnlos zu malen. Dazu ist die Sache zu anstrengend. Ein Stuttgarter Verlag wird in den nächsten Monaten eine Reihe von Kinder-Büchern herausbringen. Der Verfasser heißt Karl Fischer. Wie Aesop und Walt Disney erzählt er den Gelehrten und Bauern, den Arbeitern und Dichtern von morgen seine Geschichten in Form von Fabeln. Von Fabeln mit Tieren.

Wenn er heute mit den Zähnen einen Brief verfaßt, so ist seine Schrift völlig gleich geblieben. Er schreibt mit dem Mund genauso wie mit der Hand.

Vor ein paar Wochen hat er seine Bilder in Bad Nauheim ausgestellt. Er hatte ein wenig Angst vor der Kritik. Die Galerie war mit Menschen angefüllt wie eine Konserve mit Sardinen. Sie alle fanden Karl Fischers Arbeiten deshalb absonderlich, weil sie vorzüglich waren. Sie gratulierten ihm zu seinem Können. Und zu seinem Mut. Sie sagten, er habe den Verwundeten der ganzen Welt ein Beispiel gegeben. Fischer lächelte und ging nach Hause zu seiner Frau und seinem kleinen Sohn.

Ich lebe ein paar hundert Kilometer weiter südöstlich. Mein Arm wäre nicht lang genug, Karl Fischers Hand zu schütteln, selbst wenn er noch eine besäße. Aber vielleicht liest er diesen Artikel und freut sich über ihn. Das wäre schön.

Ein Armvoll Gladiolen

Auf der Kreuzung Währingerstraße/Spitalgasse ist immer eine Menge los. Ein Polizist in einer kleinen weißen Holzkabine regelt mit Hilfe einer elektrischen Ampel den Verkehr, und ein paar weitere Polizisten stehen an den Ecken, um aufzupassen, daß niemand bei Rot über die Straße geht. Es ist eine richtige Großstadtkreuzung mit allem Drum und Dran. Fünftonner samt Anhänger donnern vorüber, Straßenbahnen klingeln aufgeregt, Motorräder knattern, als bekämen sie dafür bezahlt, und bunte

Jeeps veranstalten Wettrennen zum Chemischen Institut hinunter. Manchmal versteht man sein eigenes Wort nicht. Auf der Verkehrsinsel vor der Meinl-Filiale warten immer müde und verschwitzte Arbeiter auf den Achtunddreißiger. Oder den Einundvierziger. Neben ihnen stehen wunderschöne Damen in aufregenden Sommerkleidern. Gelegentlich halten zwei Verliebte sich an der Hand. Aber es ist trotzdem keine gemütliche Kreuzung.

Mir geht sie, seit ich sie kenne, ein wenig auf die Nerven. Ich bin nervös, selbst wenn ich bei grünem Licht über die Straße gehe. Man kann nie wissen, ob so ein Fünftonner nicht plötzlich eine Schleife fährt, oder was der Mann auf dem Fahrrad tun wird, der da die Nußdorfer Straße heraufkommt. Gestern war es wieder einmal soweit.

Ich wartete vor dem Café Hauer auf die Straßenbahn. Mein Magen zog sich zusammen, als ich den verrückten Mahlstrom von Pferdewagen, Autobussen, Lastkraftwagen und Motorrädern an mir vorüberfluten sah.

Eine alte Dame marschierte unbeteiligt zu der Apotheke am Eck, geriet fast unter die Räder eines Eiswagens und betrachtete mit milder Neugier eine Stoßstange, als er mit kreischenden Bremsen stehenblieb. Der Chauffeur fluchte. Die Autos hinter ihm hupten. Über die Kreuzung raste bei falschem Licht mit heulender Sirene ein Krankenwagen. Männer liefen einer abfahrenden E 2 nach. Und die Sonne schien. Es war zum Verrücktwerden schön.

Der Gehsteig vor dem Café Hauer ist sehr schmal. Ich drängte mich langsam durch die Passanten und biß die Zähne zusammen, als auch noch ein Baby zu jammern begann. Dann erblickte ich ihn.

Er stand gegen die Mauer gelehnt und zündete eben seine Pfeife an. Der Mann, von dem ich spreche, war etwa fünfunddreißig Jahre alt, schlank, groß und braungebrannt. Er trug ein weißes Hemd und graue Flanellhosen. Seine hellen Augen lagen unter dichten Brauen, und es sah aus, als säße ein Lächeln in ihnen. Ich kann mich geirrt haben. Aber es sah so aus. Jedenfalls stand er da und zündete seine Pfeife an.

Bitte, begreifen Sie die besondere Situation: Mitten in dem schauderhaften Lärm der Straße, hin- und hergestoßen von Fußgängern, und während hundert stinkende Autos an ihm vorübersausten, zündete der Fremde seine Pfeife an. Er hielt die hohle Hand schützend um die Flamme des Streichholzes, das ruhig und rußend verbrannte. An der Ecke schrien sich zwei Zeitungsverkäufer heiser. Ein Händler füllte Kirschen in eine Tüte, die er aus einer alten Nummer des ›Neuen Österreich‹ drehte. Und der Fremde rauchte Pfeife. Er blies kleine Tabakwolken vor sich hin, steckte die Hände in die Hosentaschen und wartete auf grünes Licht, um zur anderen Seite der Spitalgasse gelangen zu können. Neben ihm stand ein alter Mann mit einer gelben Binde am Arm. Sein Stock klopfte tastend gegen das Pflaster. Er war blind.

Der Fremde nahm ihn an der Hand, sagte etwas zu ihm, das ich nicht verstand, und führte den Blinden vorsichtig über die Straße.

Ich ging ihnen nach. Bei der Blumenfrau vor der Telefonzelle kaufte der Fremde rote Gladiolen. Einen ganzen Arm voll. Er nahm die Pfeife aus dem Mund, roch an ihnen und lächelte vergnügt. Ich glaube, er gab der Frau fünfzig Groschen zuviel, denn als ich ankam, rief sie eben: »Danke sehr, Herr Baron!«

Was nun geschah, ist etwas sonderbar: Ich folgte dem Fremden, als er den Park entlang zur Alserstraße zu gehen begann. Ich weiß nicht, warum. Ich hatte zu tun. Heiß war es auch. Hol mich der Teufel, ich weiß nicht, warum ich dem Mann nachlief. Ich kannte ihn nicht, er hatte nie mit mir gesprochen. Aber er war mir so unerhört sympathisch, verstehen Sie? So marschierten wir also die Spitalgasse entlang: er mit den Gladiolen im Arm und ich zehn Schritte hinter ihm her. Er hatte mich nicht bemerkt. Er wußte nicht, daß ich ihm folgte.

Ein kleiner, dreckiger Junge kam uns entgegengerannt. Seine krummen Beine blieben hinter dem Körper zurück, sie konnten einfach nicht so schnell mit. Der kleine Junge warf die Hände in die Luft, schrie »Hurra!« und war herrlich aufgelegt. Dann fiel er natürlich hin. Kleine Jungen fallen immer hin, wenn sie herrlich aufgelegt sind. Es traf sich, daß dieser hier direkt vor dem Fremden stolperte. Er flog auf das Gesicht, schrammte sich den linken Ellbogen auf und schlug sich ein Knie an. Ziemlich fest, denn er blutete ganz hübsch. Zuerst war er viel zu erschrocken, um zu heulen. Aber das dauerte nicht lange. Er fand seine Stimme wieder und begann zu brüllen, als stecke er am Spieß. Mit aufgerissenen Augen starrte er auf sein Knie, schrie, weinte,

verschluckte sich vor Aufregung und erstickte fast an den eigenen Tränen.
Der Fremde sah mich an und sagte: »Halten Sie, bitte, die Blumen.« Dann griff er in die Tasche, zog ein Stück Schokolade hervor und reichte es dem verletzten Buben.
»Da«, sagte er, »nimm es, mein Sohn. Und hör auf zu heulen. Es ist alles halb so schlimm.«
Der Junge schluckte zweimal, seufzte, biß ein Stück von der Schokolade ab und grinste heroisch, während der Fremde sein Taschentuch um die Wunde wand.
Dann hob dieser ihn auf und drehte sich nach mir um. Von dem Knie des Jungen tropfte Blut auf seine Hose. Er ging über die Straße auf das Allgemeine Krankenhaus zu. Ich folgte ihm mit den Blumen. Bei der Portierloge blieb der Fremde stehen.
»Warten Sie«, sagte er zu mir. »Ich bin bald wieder da.« Seine Stimme war tief und dunkel. Ich sah ihm nach, bis er zwischen den Bäumen verschwand.
Ich wartete zehn Minuten. Ich wartete zwanzig. Nach einer Stunde beschloß ich, die beiden zu suchen. Ich folgte der Spur von Blutstropfen, die in die Unfallstation führte. Der Junge saß auf einem Stuhl und aß Schokolade. Sein Knie war ordentlich verbunden. Ich fragte ihn nach dem Fremden. Er wußte nicht, wohin er gegangen war. Ich fragte eine Schwester. Sie fragte eine andere. Diese fragte den Arzt vom Dienst. Kein Mensch konnte mir sagen, was aus dem Fremden geworden war. Er blieb verschwunden.
Schließlich ging ich fort, mit den roten Gladiolen im Arm. Sie stehen vor mir auf dem Tisch, während ich diese Zeilen schreibe. Ich habe den Fremden mit der Pfeife und den lächelnden Augen nicht mehr gesehen. Aber ich denke noch immer an ihn.
Ich wünschte, ich wüßte, was der liebe Gott gestern in der Spitalgasse zu tun hatte.

An der Leine

> Gestern wurde die Internationale Hundeschau in Wien eröffnet.
>
> (Zeitungsmeldung)

Es möge beileibe niemand mit der Vorstellung leben, daß wir Hunde ein einfaches Leben führen. Während des Krieges ging es ja noch. Da hatte unsereins andere Sorgen. Aber in den letzten zwei Jahren wurde die gesellschaftliche Notwendigkeit, unsere Besitzerinnen wieder auf internationalen Frauerlschauen vorzuführen, derartig akut, daß sich niemand von uns ihr weiter entziehen könnte. Ich selbst – ein gewöhnlicher Langhaardackel, der nichts lieber als ein zurückgezogenes, beschauliches Leben führen möchte – hatte ein langes Gespräch mit meinem Freund Teddy, in dessen Verlauf wir uns, vor einem bildschönen Laternenpfahl auf dem Schwarzenbergplatz, schließlich darauf einigten, die diesjährige internationale Schau zu besuchen, weil uns klar wurde, daß unsere Frauerln wieder unter die Leute kommen mußten.

Glauben Sie, bitte, ja nicht, daß es unsereinem Vergnügen bereitet, so einen erwachsenen Menschen an der Leine durch den Ring zu ziehen und begutachten zu lassen. Man kann noch so ruhig und freundlich mit ihm gesprochen haben – die Anwesenheit anderer Frauen macht ihn nervös, er wird unsicher, tänzelt hin und her, lächelt vielleicht an der falschen Stelle, und man kann von Glück reden, wenn er nicht stolpert oder einem durch eine taktlose Bemerkung Schande macht. Oh, unsereins hat alle Pfoten voll zu tun auf diesen internationalen Frauerlnschauen! Monatelang vorher schon sparen wir uns die Knochen vom Munde ab, um das Geld für ein modernes langes Kleid und französische Riemenschuhe zusammenzuscharren. Wer fragt uns, woher wir das Geld für eine neue Ledertasche nehmen, die unter Hundebrüdern ihre fünfhundert Schilling kostet? Und wer bezahlt das Benzin des Wagens, in dem wir unsere Frauerln durch die Stadt fahren, nur damit sie stets unzerdrückt, gut frisiert und unbeeinflußt von der Hitze ankommen? Ach Gott, was tut man nicht alles, um seinen großen Lieblingen eine kleine Freude zu bereiten! Und welchen Anfeindungen ist man dabei ausgesetzt! Bitte, nehmen Sie bloß den vergangenen Mittwoch, an dem im

Rotundengelände eine Art Generalprobe stattfand. Herr Josef, der Vorsitzende des Pudelklubs, hatte uns eingeladen, unsere Frauerln mitzubringen, damit sie miteinander bekannt würden und Gelegenheit hätten, das Terrain kennenzulernen. Bereits zwei Tage vorher ging das Theater los. Sie machen sich als außenstehender Zwergrattler gar keine Vorstellung davon, lieber Freund, in welchem geradezu paroxysmatischen Erregungszustand sich unsere geschätzten Besitzerinnen befanden. Sie mußten zur Schneiderin. Und zum Friseur. Und zum Schuhmacher. Wir bereiteten ihnen Gesichtspackungen. Wir brachten sie pünktlich um 7 Uhr zu Bett. Wir sorgten dafür, daß sie keine alkoholischen Getränke und nur neutrale, reizlose Kost zu sich nahmen. Wir erzählten ihnen Märchen vor dem Einschlafen. Und wir beruhigten sie: »Es ist nicht wahr«, sagten wir, »daß Frau von Hegedüs einen neuen Hut tragen wird.« Und: »Kein Hund der Welt wird merken, daß der neue Faltenrock, den du trägst, nur ein umgefärbter alter ist . . .«
Aber meinen Sie vielleicht, all das half? Keine Spur! Mein Freund Teddy hat ein Verhältnis mit einer in der Gesellschaft bekannten Weimaranerin. Diese erzählte ihm, daß ihr Frauerl ihr aus Nervosität steinharte Schaumrollen vorsetzte, während sie selbst den guten Hundekuchen aß. Na bitte, ging es mir vielleicht besser? Legte sich meine Frau Kommerzialrat nicht versehentlich in mein Körbchen, nachdem sie mich liebevoll in ihrem Doppelbett verpackt hatte?
Es ist eine wahre Erholung gewesen, als wir Mittwoch mittag endlich losfuhren, und ich kann Ihnen versichern, daß nur die außerordentliche Freundschaft, die uns seit Jahren mit unseren Besitzerinnen verbindet, uns davor zurückhielt, aus unserer Hundehaut zu fahren.
Im Prater war alles ungefähr so, wie wir es erwartet hatten. Neben Josef, dem Präsidenten, saßen und standen Vertreter der Wiener Zeitungswelt, wedelten mit dem Schwanz und beleckten sich die Lippen. Ich begrüßte den Neufundländer von der ›Weltpresse‹ und den Foxterrier vom ›Kleinen Blatt‹, der mich auf einen ganz reizenden Chow-Chow, einen neuen Berichterstatter der ›Welt am Abend‹, aufmerksam machte.
»Ach«, sagte der Neufundländer und zog höflich den Hut, »man ist geradezu versucht, zur Konkurrenz überzugehen . . .«
»Hören Sie«, sagte ich halblaut zu dem Foxterrier, »könnten Sie

in Ihrem Bericht nicht erwähnen, daß mein Frauerl ihr Kleid aus dem Salon Ella Bey bezogen hat? Urteilen Sie selbst: Haben Sie jemals etwas Entzückenderes gesehen als diesen Faltenwurf, diese Grazie der Linie, diese edle Anmut der Form? Was machen Sie eigentlich heute abend? Ich habe noch ein paar erstklassige Knochen im Eisschrank. Besuchen Sie mich doch . . .«
Neben mir räusperte sich eine deutsche Dogge und murmelte: »Zu welchen Methoden manche Hunde greifen . . .!«
Sie glauben vielleicht, ich ärgerte mich? Aber wo denn! Was ist man nicht alles gewohnt auf diesen Frauerlschauen. Es gibt Hunde, die haben einfach überhaupt keinen Humor.
Ich zuckte hochmütig die Schultern (die vorderen) und zog mein Frauerl mit wiegenden Hüften in den Ring; ganz langsam und indem ich versuchte, durch *meine* Erscheinung die Aufmerksamkeit der Anwesenden auf *sie* zu lenken. Das gelang mir auch. Ich blieb stehen, ließ die Leine locker, damit sie sich frei umdrehen konnte, und lächelte dem Boxer vom ›Wiener Kurier‹ zu, der hinter zwei Zwergspitzen mit roten Schleifen im Gras saß und Pfeife rauchte. Schließlich war es nur eine Generalprobe. Bis zum Sonntag, dachte ich, werde ich zweifellos noch Gelegenheit haben, mit ein paar einflußreichen Hunden eine Flasche Wein zu trinken. Wozu nimmt unsereins die ganze Quälerei auf sich – wenn man nicht wenigstens für das Frauerl einen Preis einstekken kann?
Nach meiner Runde gingen wir zu den Bänken zurück, und ich setzte meinen Liebling so, daß er die anderen Hunde sehen konnte, die *ihre* Frauerln herumführten. Die meisten spielten fair. Ein paar natürlich benahmen sich unmöglich und versuchten, mit billigsten Effekten wie Winseln, Pfötchenheben und Herumhopsen die Aufmerksamkeit der Zuschauer auf sich zu ziehen, aber sie rechneten, glaube ich, nicht mit der hohen Kultiviertheit und dem feinen Empfindungsvermögen unserer Pressehunde, die solche Manöver sofort durchschauen mußten.
»Haben Sie die Dauerwellen der kleinen Sonja gesehen?« fragte mich meine Nachbarin, eine Schäferhündin. »Diese Person wirkt auch nur durch Äußerlichkeiten. Unsereins hat Charakter . . . Natürlich«, meinte sie nach einer Weile, »wenn ich *ihren* Friseur hätte . . .« Sie sehen, man macht sich natürlich so seine Gedanken.
Es wirkte im übrigen leicht ridikül, daß einige Menschen, in

Umkehrung eines vollkommen klaren Tatbestandes, den Versuch unternahmen, die Sachlage so darzustellen, als wären *sie* die Initiatoren und Arrangeure der gesamten Darbietung. So erregten Frauerln, die ihre Begleiter mit Bemerkungen wie »Ist mein Schnuckiputzile nicht süß?« auf den Arm nahmen, in unseren Kreisen mehr Heiterkeit als Unwillen. (Jeder einzelne Bernhardiner verfügt über genügend Abstand, um davon abzusehen, seine Begleiterin auf den Rücken zu nehmen und mit sich herumzutragen.)

Es mußte, wie Präsident Josef sagte, jedem intelligenten Dackel klar sein, was mit diesen und ähnlichen Manövern bezweckt werden sollte. Schließlich ist unsereins ja nicht auf den Kopf gefallen. Nachdem es den Erwachsenen bereits in vielen Fällen gelungen ist, den Eindruck zu erwecken, als wären beispielsweise Vergnügungsetablissements wie der Prater nicht für sie selbst, sondern für die lieben Kleinen eingerichtet worden, schien es ihnen hier darum zu gehen, der Umwelt die Illusion zu geben, es handle sich nicht um eine Frauerlschau, sondern – vanity of vanities – um eine *Hundeausstellung!*

Eine solche Annahme erledigt sich in ihrer grotesken Fröhlichkeit von selbst. Wir, die ausgestellten Hunde, verwahren uns nur der Form halber gegen sie. Wir wissen genau, daß sie sich niemand zu eigen machen wird, der auch nur fünf Minuten lang den erwähnten Vorführungen beigewohnt hat. Wir sind unseren Frauerln nicht böse. Wir verzeihen ihnen die kleine Eitelkeit, mit der sie sich selbst noch weiter ins Zentrum schoben, indem sie so taten, als träten sie an die Peripherie des allgemeinen Interesses zurück. Wir alle haben unsere Schwächen. Schließlich ist so ein Mensch auch nur ein armer Hund . . .

Die fürchterlichste Drohung der Welt

Das Herz kann einem stehenbleiben, wenn man von der Drohung hört, welche die Münchner Friseurangestellten soeben ausgestoßen haben. Es ist eine Drohung, die, wenn sie nur halbwegs Schule macht, sehr wohl den Untergang des Abendlandes einzuleiten vermag. Beherzte und besonnene Männer kämpfen noch mit den rasenden Friseurangestellten, um sie von ihrem fürwahr entsetzlichen Entschluß abzubringen, und alle Gutgesinnten beten zu Gott, daß sie in diesem Titanenkampf obsiegen mögen.

Es begann damit, daß die Friseurangestellten fanden, sie arbeiteten zu lange und bekämen dafür zu wenig bezahlt. Diese Empfindung ist bei den meisten Arbeitnehmern in den meisten Ländern recht verbreitet und wird in den meisten Ländern von den meisten Arbeitgebern seit langem auch meistens einfach ignoriert. Es gab dabei Zeiten, in denen das Ignorieren einfacher war, und solche, in denen es schwieriger war. In jüngster Zeit ist es schwieriger. Das kommt, weil die meisten Arbeitnehmer in den meisten Ländern eines Tages genug hatten und herausfanden, daß sie sich zusammenschließen mußten, wenn sie etwas erreichen wollten.

Ein einzelner Friseur war nur ein armer Tropf, wenn er sich mit dem Chef einließ. Einen einzelnen Friseur schmiß der Chef einfach hinaus. Wenn sich aber fünftausend Friseure mit fünftausend Chefs einließen, dann war das schon etwas anderes. Fünftausend Friseure konnte man nicht so leicht hinauswerfen! Indem daß es dann nämlich in einer Großstadt plötzlich niemanden mehr gegeben hätte, der den bedürftigen Bürgern die langen Haare abschnitt. Die Chefs allein kamen da nicht nach – nicht einmal, wenn sie selbst die Kunst des Haareschneidens beherrschten. Außerdem ist das nicht der natürliche Zustand von Chefs. Der natürliche Zustand von Chefs ist es, Angestellte zu haben. In Verfolgung obiger Gedankengänge kam man darauf, daß es gar nicht nötig war, fünftausend Friseure ihre Scheren hinlegen zu lassen. Es genügte die Drohung, daß sie sie hinlegen *würden.* Wenn einem von ihnen ein Unrecht geschah. Wenn ihnen allen ein Unrecht geschah. Wenn die Chefs einmal ganz besonders wenig mit sich reden ließen. Aus Überlegungen wie diesen entstanden das natürliche Solidaritätsgefühl der arbeitenden Klasse und im weiteren Verfolg die sogenannten Gewerkschaften.

Die Chefs nun betrachteten die Gewerkschaften als ihre natürlichen Feinde, aber sie konnten wenig gegen sie tun. Wenn sie etwas taten, gab es nur Ärger. Es ging nicht immer nur um fünftausend Friseurangestellte. Manchmal ging es auch um eine halbe Million Eisenarbeiter. Oder um eine Million Transportar-

beiter. Und eine Million Transportarbeiter – das ist kein Kinderspiel!
Etwa in der Mitte der vergangenen Woche gab es nun den ersten Krach zwischen dem Arbeitgeberverband und der Gewerkschaft Öffentliche Dienste, Transport und Verkehr. Die Gewerkschaft stellte sich auf den Standpunkt, daß diejenigen ihrer Mitglieder, die Friseurangestellte waren, zu wenig bezahlt bekamen und zu lange arbeiten mußten. Die Arbeitgeber waren bereit, über die Arbeitszeiten zu verhandeln. Über die Erhöhung der Bezahlung zu verhandeln waren sie zunächst nicht bereit. Es ergab sich dann aber gegen das Wochenende, daß zum ersten Mal das häßliche Wort ›Schiedsgericht‹ fiel. Dieses Wort bewog den Arbeitgeberverband zu dem Vorschlag einer generellen Lohnerhöhung um zehn Prozent.
Die Gewerkschaftler fielen einander um den Hals und jubelten laut. Ein bißchen abgekühlt allerdings wurden sie durch die auf dem Fuß folgende kleine Bitte des Arbeitgeberverbandes: »Die zehnprozentige Lohnerhöhung kann selbstverständlich nur dann gewährt werden, wenn die Gewerkschaft unsere Bitte erfüllt, offiziell in Presse und Rundfunk für die Kompensation der Lohnerhöhung durch eine generelle Preiserhöhung für alle Friseurdienste einzutreten.«
Das war, was man in Fachkreisen ein Stink-Ei nannte.
Die Arbeitgeber hatten sich die Sache so gedacht: Sie bezahlten ihre Angestellten besser – und ihre Kunden bezahlten *sie* besser. Auf diese Weise halfen die Arbeitgeber den Arbeitnehmern und sich selbst zugleich. Sie halfen nur nicht den Kunden. Aber die Kunden konnten auch streiken! Indem sie einfach nicht mehr so oft zum Friseur kamen. Vollbärte sind auch etwas Hübsches. Wenn die Leute aber weniger zum Friseur kamen, dann hatten die Friseure weniger zu tun, wenn sie weniger zu tun hatten, ging das Geschäft schlechter, und wenn das Geschäft schlechter ging, dann wurde ein Teil der Friseure entlassen. Und hatte nichts von der großzügig gewährten zehnprozentigen Lohnerhöhung. Dann hatte er nur noch etwas von der Arbeitslosenunterstützung. Es war aber nicht der natürliche Zustand des Menschen, allein von der Arbeitslosenunterstützung etwas zu haben. Nein, das war er nicht!
Deshalb sagte die Gewerkschaft zu dem menschenfreundlichen Vorschlag des Arbeitgeberverbandes: »Nein, danke!«

Und der Arbeitgeberverband sagte: »Na, bitte, dann eben nicht!« Und alle waren sehr böse aufeinander.
Das war der Augenblick, in welchem dem Herrn Christoph Röder von der Friseurgewerkschaft die großartige Idee kam. Er besprach die großartige Idee mit Kollegen. Dann machte er sie publik. Und die Arbeitgeber waren sehr erschrocken über Röders Drohung. Es war eine fürchterliche Drohung, wir sagten es schon, die schrecklichste von allen.
»Wenn unsere Forderung nach Lohnerhöhung ohne Preiserhöhung nicht akzeptiert wird, werden die Friseure in die ›andere Art des Streiks‹ treten. Es werden in ganz München schlagartig unzählige Friseure auftauchen, die auf den Straßen amtieren. Jeder, der will, kann sich bei ihnen die Haare schneiden lassen. Die besondere Attraktion dabei wird sein, daß dieses Haareschneiden nichts kostet! Wir nehmen kein Geld! Wir schneiden umsonst!« Also sprach Röder.
Den Arbeitgebern sitzt das kalte Grauen in den Knochen. Die Folgen, die sich aus diesem ›Unternehmen Haarschnitt‹ ergeben könnten, sind nicht auszumalen. Vielleicht werden eines Tages die Schuster für die Bäcker arbeiten, und die Lehrer für die Schlosser, und die Maler für die Installateure. Vielleicht werden dann die Maurer den Optikern ihre Häuser bauen und die Mechaniker den Physikern ihre Autos reparieren. Und die Optiker und die Physiker wieder werden für die Mechaniker und Maurer sorgen, so wie alle Menschen, die arbeiten, füreinander sorgen werden. Nur eine einzige Sorte von Menschen wäre dann ein wenig überflüssig, weil man durchaus auf ihre Dienste verzichten könnte. Das wären die Arbeitgeber. Es ist in der Tat alles viel zu entsetzlich, um es sich auszumalen ...

Geliebte Mami!

Es muß nicht erst betont werden, daß die meisten von uns seit Jahren ein schlechtes Gewissen haben. Wegen des vielen Lügens, wegen zweier Weltkriege und wegen ungezählter Gemeinheiten. Wegen der Trägheit unserer Herzen. Und weil wir es nicht fertigbringen, in Frieden zu leben und jene, die wir lieben, glücklich zu machen. Es braucht nicht weiter betont zu werden, daß wir am Abend versuchen, ganz schnell einzuschlafen, bevor der Schwarze kommt, sich uns auf die Brust setzt und zu reden beginnt. Auch wie hundsgemein scheußlich wir uns fühlen, wenn wir das Unglück haben, in den ersten Morgenstunden aufzuwachen, bedarf keiner besonderen Erwähnung. Und an die Trostlosigkeit gewisser Bilanzen, die man zum Jahreswechsel oder zu Geburtstagen anzustellen pflegt, denkt man am besten gar nicht. Nun sind Geburtstage und das Jahresende Dinge, an denen man nicht gut vorbeigehen kann. Wir nehmen sie mit einem verzagten Lächeln auf uns und zucken die Schulter. Na ja!

Aber der heutige Tag, liebe Freunde, ist etwas, das ich als eine unnötige Heimsuchung bezeichnen möchte. Ich bitte herzlich, mich nicht mißzuverstehen und meinen Ausführungen weiter zu folgen.

Seit ich ganz klein war, bereitete mir der zweite Sonntag im Mai stets ein so ungeheuerliches Unbehagen, wie sich das in Worten nicht ausdrücken läßt. Eine Woche Zimmerarrest wäre mir angenehmer gewesen als dieser Sonntag, eine Badewanne voll Graupensuppe lieber als so ein Muttertag.

Beileibe nicht etwa wegen der Mütter. Sondern wegen des schlechten Gewissens. Ich bin bestimmt nicht immer ein schlechter Sohn gewesen. Aber ich war auch bestimmt nicht immer ein guter. Das weiß ich genau. Alle anderen wissen es auch. Während eines Jahresablaufes hatte ich an dreihundertvierundsechzig Tagen und in dreihundertvierundsechzig Nächten Gelegenheit, mich scheußlich zu betragen und meine Mami zu kränken, durch Delikte wie: Zu-spät-nach-Hause-Kommen, Gar-nicht-nach-Hause-Kommen, In-einem-entsetzlichen-Zustand-nach-Hause-Kommen, Unfreundlichsein, Lügenerzählen, Geldverschwenden, Zigaretten-im-Bett-Rauchen, Mit-fremden-Mädchen-Ausflüge-Machen, Strümpfezerreißen, Im-Badezimmer-Pfeifen und so weiter.

Ich hatte auch an dreihundertvierundsechzig Tagen und in ebenso vielen Nächten Zeit, ein noch so fadenscheiniges Alibi zum eigenen Gebrauch zu konstruieren und meinen Vergehen ein dünnes ethisches Mäntelchen umzuhängen. Und meine Mami fand es leichter, mir zu verzeihen, weil ich ihr eben in dreihundertvierundsechzig kleineren Dosen weh tat und nie zuviel zusammenkommen ließ.

Aber am dreihundertfünfundsechzigsten Tag eines jeden verdammten Jahres, am zweiten Sonntag im Mai, kamen mir die Ungeheuerlichkeiten der restlichen dreihundertvierundsechzig Tage *auf einmal* zu Bewußtsein, groß wie hundert Elefanten und dröhnend wie die Apokalypse. Ich fühlte mich so scheußlich, daß ich am Muttertagsmorgen immer den Wunsch hatte, zu sterben. Nicht definitiv. Aber doch vielleicht bis zum nächsten Montag. Oder todkrank zu sein und bedauert zu werden. Oder Nachtdienst zu haben und nicht zu Hause sein zu müssen, weil ich mir nämlich vorstellte, daß auch meine Mami sich an diesem Tag an die dreihundertvierundsechzig anderen Tage erinnerte. Ach Gott, war das ein schrecklicher Gedanke!
Ich bin nicht gestorben, ich bin nicht todkrank geworden, und Nachtdienst habe ich auch nur einmal gehabt. Aber da war meine Mami verreist, und wir feierten den Muttertag erst, als sie zurückkam. Nein, ich fand bisher noch nie richtig Gelegenheit, mich zu drücken. Ich stand immer noch auf, brachte meiner Mami den Kaffee ans Bett und sagte mit einem widerwärtigen Gefühl in der Magengegend: »Alles Gute!«, und meine Mami erwiderte: »Vielen Dank, mein Sohn!«
Und dann folgte ein ganzer, endloser Tag, an dem ich mir Vorwürfe machen konnte für alles, was so passiert war in den letzten Monaten. Am Abend wußte ich meistens schon nicht mehr, wie ich anderen Menschen überhaupt noch in die Augen sehen sollte. So ging es jahraus, jahrein.
Nur heuer geht es anders.
Heuer beschloß ich, *vor* dem zweiten Sonntag im Mai mit meiner Mami zu reden. Weil ich mich heuer in einer so besonders grauslichen Situation befand. Ich rede immer mit meiner Mami, wenn ich mich in einer besonders grauslichen Situation befinde. Das beste, dachte ich, würde sein, ihr reinen Wein einzuschenken über meinen Gemütszustand. Damit sie sich nicht wundere, wenn ich am nächsten Sonntag einen Strick nahm und mich damit totschoß. Ich sagte ihr also, was mich bedrückte, und sie nickte bloß und ging aus dem Zimmer. Als sie wiederkam, trug sie zwei Gläser und eine Flasche mit besonders feinem Rotwein in der Hand, der eigentlich für einen berühmten Filmautor bestimmt gewesen war, ihn aber glücklicherweise nie erreicht hatte.
Nachdem wir ein paar Schluck getrunken hatten, sagte sie:

»Mein Lieber, glaubst du, für uns Mütter ist der Muttertag ein Honiglecken? Glaubst du, wir haben dabei nicht genauso hundsgemeine, niederträchtige, scheußliche Gefühle?«
»Aber warum denn?«
»Weil«, sagte meine Mami, »wir uns vor unseren Kindern schämen.«
»Wofür?«
»Ach«, sagte sie, »für alles, was so passiert...«
Nun ist meine Mami eine unerhört welterfahrene Person. Alle, die den Vorzug haben, sie zu kennen, werden das bestätigen. Außerdem ist sie um eine kleine Kleinigkeit älter als ich. Es wäre daher unhöflich gewesen, ihr zu widersprechen. Ich widersprach auch gar nicht. Wir tranken friedlich unsere Flasche leer, dann schüttelten wir einander kurz die Hand und gingen zu Bett.
Ich konnte nicht gleich einschlafen, sondern überlegte noch eine Weile hin und her. Warte, sagte ich zu mir selber, wenn der Muttertag den Mamis ebenso unangenehm ist wie den Kindern – ja, warum schafft man ihn denn dann nicht ganz einfach ab?
Darauf fand ich keine Antwort. Gegen zwei Uhr morgens erhob ich mich deshalb, ging ins Nebenzimmer und fragte.
»Weil er doch«, sagte meine Mami sofort, »der Belebung der Wirtschaft dient!«
Jetzt wußte ich es und ging in mein Bett zurück. Aber bevor ich einschlief, dachte ich noch: nur wegen der Belebung der Wirtschaft? Nein, das konnte nicht alles sein! Es steckte mehr dahinter... Aber was? Ich kam nicht darauf. Daß man sich Vorwürfe machte, war gewiß nicht der Zweck der Übung. Auch die guten Vorsätze und Liebesbeteuerungen hatten nichts damit zu tun. Was war es also?
»Auf alle Fälle«, sagte ich zu meinem Freund, dem Sandmann, der neben mir saß und Pfeife rauchte, »hat der Muttertag heuer, nach dem geführten aufschlußreichen Gespräch, für mich seine Schrecken verloren. Was soll ich aber tun?«
»Du könntest«, meinte der Sandmann, während er zu streuen begann, »deiner Mutter sagen, daß du sie liebst...«
»Ja«, murmelte ich, »das müßte ich unbedingt wieder einmal tun...»
Und ich probierte es gleich zur Vorsicht. »Liebe Mami«, sagte ich, »ich hab' dich lieb!«

Der verfluchte Krieg und der Persianer

Es war einmal – so knapp vor Weihnachten darf man gewiß auch eine wirklich wahre Geschichte mit diesen Märchenworten beginnen – also, es war einmal eine immer freundliche und gottesfürchtige Frau, die hieß Emilie Nemetz. Woraus mit Fug und Recht geschlossen werden mag, daß sie aus dem Böhmischen stammte.

Manche Menschen arbeiten in ihrem Leben zu wenig. Und manche Menschen arbeiten in ihrem Leben zu viel. Viel zu viel! Die Frau Nemetz gehörte zu der zweiten Kategorie. Es ist sehr gefährlich, im Leben zu viel zu arbeiten. So etwas geht stets eine Weile lang gut. Dann geht es schief.

Bei der armen Frau Nemetz ging es im August des letzten Jahres schief. Ach du liebe Güte, und wie!

Wir können zwei Gründe dafür nennen, warum sich die Frau Nemetz so überanstrengte. Sie sind, der Reihe nach: der Wunsch nach einem Pelzmantel und der verfluchte Krieg.

Der Wunsch nach einem Pelzmantel war sozusagen ein Lebenswunsch, denn er verließ Frau Nemetz nie. Sie wollte einen Persianer haben!

»Von dem, was der Mann, den ich einmal heiraten werde, verdient, werden wir etwas ersparen«, pflegte sie zu sagen, »und dann kaufe ich ihn mir, den Persianer. Den allerfeinsten. Nicht Klaue und so. Was ist schon Klaue? Nein, lauter ausgesuchte Felle, nach Maß, beim besten Kürschner!«

Mit fünfundzwanzig Jahren heiratete die Frau Nemetz einen Tischler. Einen guten Tischler! Einen tüchtigen Tischler! Aber keinen reichen.

Von dem, was Franz Nemetz verdiente, konnte man nichts für einen feinen Persianer beiseite legen. Ach, und dann kamen auch noch die Kinder! Die Frau Nemetz gebar zwei: einen Buben und ein Mädchen. Das Mädchen bekam sie im März 1939. Im September 1939 brach der Krieg aus, der verfluchte.

Im Herbst 1939 schien für Frau Nemetz der Persianer weniger erreichbar denn je zu sein, so wie die Dinge lagen. Da beschloß die Frau Nemetz, die Dinge zu ändern. Zu ihrem Franz sagte sie: »Ich werde aufräumen und saubermachen gehen zu feinen Leuten und mir selber etwas ersparen.«

Dagegen hatte der Franz nichts einzuwenden. Am Montag ar-

beitete seine Frau in einer Villa, und am Mittwoch arbeitete sie in einer anderen Villa, und am Freitag in einer dritten.
Dann passierte der kleinen Frau Nemetz ein großes Unglück. Die ganz großen Unglücke passieren immer den ganz kleinen Leuten. Die Frau Nemetz hatte schon ein Jahr in drei fremden Haushalten geschuftet und 417 Mark und 40 Pfennige beiseite gelegt, als der Franz einrücken mußte. Ende 1940.
Die nächsten fünf Jahre waren die, in denen Frau Nemetz ihre Gesundheit und ihre Nerven ruinierte. Tags schuftete sie bei den ›Herrschaften‹, und nachts saß sie mir ihren Kindern im Luftschutzkeller. Oder wenn es einmal ausnahmsweise keinen Alarm gab, lag sie schlaflos in ihrem Bett und dachte an ihren armen Franz, der irgendwo in dem großen Russenland kämpfte.
Bei Stalingrad wurde er eingekesselt. Frau Nemetz betete jede Nacht, und jede Nacht sagte sie zum Schluß ihres Gebets: »Laß nur meinen Franz wiederkommen, lieber Gott, dann will ich auch keinen Persianer mehr.«
Sie flogen den Franz in letzter Minute noch aus dem Kessel heraus, und die kleine Frau Nemetz schöpfte neuen Mut und sagte in ihren Gebeten zum lieben Gott: »Ich habe dir das nur in meiner Angst versprochen, gell, du verstehst schon. Wo doch der Persianer mein allerallergrößter Wunsch ist!«
Der liebe Gott kennt solche Gebete vor- und nachher genau, und er lächelte milde über die Frau Nemetz. Er war ihr nicht böse. Aber er hatte noch eine Menge mir ihr vor . . .

Zum ersten Mal geschah es im Sommer 1944, daß die Frau Nemetz plötzlich mitten im Wäscheschrubben keine Luft mehr bekam und es ihr schwindlig wurde. Aber sie achtete nicht auf dieses Warnzeichen. Sie schuftete weiter.
Die ›Herrschaften‹ wechselten. Die Schufterei blieb dieselbe. Abends, auf dem Nachhauseweg, kam die Frau Nemetz immer an dem schönen Geschäft des Herrn Dieter Köhler vorüber. Der war ein hervorragender Kürschner und hatte im Jahre 1944 seine Auslage in Ermangelung von richtigen Pelzen mit den Fotografien von Pelzen dekoriert. Auch das Bild eines Persianers war darunter. Eine junge, bildhübsche und schwarzhaarige Frau trug ihn und lächelte strahlend. Die Frau Nemetz war nicht mehr jung und bildhübsch und schwarzhaarig, sondern schon ganz schön grau. Und die Füße schmerzten sie, und ihr Herz tat ihr

weh. Aber immer, wenn sie vor dem Kürschnerladen des Herrn Dieter Köhler stehenblieb und die Fotografie ansah, lächelte auch sie strahlend . . .

1946, im Frühjahr, kam der Herr Nemtz aus einem russischen Lazarett zurück. Er hatte nur noch einen Arm. So etwas ist für jeden Menschen schrecklich. Für einen Tischler, der mit seinen Armen arbeitet, ist es eine Katastrophe. Der Herr Nemetz und die Frau Nemetz waren sehr tapfer. Das sind die kleinen Leute immer. Es hilft ihnen nur nichts.

Der Herr Nemetz übernahm die Stelle eines Boten in einer Druckerei. Aber natürlich verdiente er nicht mehr soviel wie früher! Und die Kinder wuchsen heran und brauchten Geld, Geld, Geld. Aber Frau Nemetz sagte: »Ich schaffe es doch noch. Ich muß nur noch ein bißchen mehr arbeiten.«

Frau Nemetz arbeitete dreizehn Jahre lang ein ›bißchen mehr‹. Sie arbeitete so viel, wie sie noch nie in ihrem Leben gearbeitet hatte. Immer neue ›Herrschaften‹! Immer neue Geschirrberge! Immer neue Waschküchen! Immer neue Parkettfußböden!

Dann heiratete die Tochter einen Briefträger. Und der Sohn ging auf die Universität. Die Frau Nemetz steckte ihnen immer noch Geld zu. Sie war mit den Jahren kurzatmiger und kurzatmiger geworden, ihr Gesicht sah gequollen aus, und ihre Füße waren geschwollen.

Der liebe Gott schien sie lieb zu haben, denn wie durch ein Wunder wuchs ihr Sparkonto trotz aller Ausgaben von Jahr zu Jahr. Und 1960, im Sommer, war es soweit: Die Frau Nemetz konnte zu dem feinen Kürschnerladen des Herrn Köhler gehen, vor dem sie zwanzig Jahre lang beinahe täglich stehengeblieben war. Tja, aber diesmal blieb sie nicht nur so stehen, diesmal betrat sie den Laden! Und mit dem Herzen in der Kehle sagte sie zu dem soignierten Herrn hinter dem Ladentisch: »Grüß Gott, Herr Köhler, ich möchte, bitteschön, einen Persianer bestellen.«

Sie nahm das Beste vom Besten. Nur ganze Felle. Von Klaue keine Rede. Da war er, der Persianer, der Traum ihres Lebens, die Belohnung für Schrubben, Bügeln, Waschen, Bohnern und Kochen. Da war er. Und er sollte kosten: Deutsche Mark eintausendfünfhundertundfünfundneunzig.

Von diesen DM 1595.– zahlte die Frau Nemetz nach einem genau überlegten Finanzierungsplan DM 600.– in bar an. Der

Franz wollte ihr, wenn der Mantel fertig war, von seinen Ersparnissen DM 300.– schenken. Dann hatte sie schon DM 900,– bezahlt. Und den Rest wollte sie in Monatsraten abstottern. Dem Herrn Köhler war's recht.
Ach, aber leider nicht dem Herzen von der Frau Nemetz! Denn in der Nacht darauf geschah etwas Furchtbares. In dieser Nacht vom 16. zum 17. August 1960 erlitt die Frau Nemetz einen schweren Herzanfall.
Gräßlich zusammengekrümmt lag sie auf ihrem Bett und bekam kaum Luft zum Atmen. Der Herr Nemetz rannte zur nächsten Telefonzelle und rief den Herrn Doktor Schäfer herbei. Der kam, schüttelte den Kopf und machte der stöhnenden Frau Nemetz eine ganz starke Injektion. Danach bekam sie ein bißchen mehr Luft und konnte flüstern: »Muß ich jetzt sterben?«
Auf eine solche Frage antwortet ein Arzt immer nur: »Wo denken Sie hin, niemals!«
»Ach, Herr Doktor«, seufzte die Frau Nemetz, »es ist ja nur, weil ich doch zu Weihnachten den Persianer bekommen soll, den ich mir mein Leben lang gewünscht habe . . .« Und danach verwechselte sie den Herrn Doktor Schäfer mit dem Allmächtigen und rief: »Lieber Gott, laß mich jetzt nicht sterben, nur jetzt nicht . . . Laß mich noch den Persianer erleben . . . und wenn ich ihn nur einen einzigen Tag lang tragen darf . . . bitte, lieber Gott, bitte . . .«
Sie starb nicht, die Emilie Nemetz, denn sie hatte ein starkes Herz, und der Herr Doktor Schäfer war ein tüchtiger Arzt. Er sagte: »Sie sind nicht umzubringen!«
Da strahlte die Frau Nemetz! Aber gleich darauf hörte sie auf zu strahlen, denn der Herr Doktor Schäfer fuhr fort: »Jetzt ist aber augenblicklich Schluß mit der schweren Arbeit. Jetzt wird eine Kur gemacht, sonst garantiere ich für nichts mehr!«
Die Frau Nemetz machte eine Kur. In einem sehr schönen Genesungsheim. Es war eigentlich die glücklichste Zeit in ihrem Leben. Und zugleich die traurigste. Gewisse Dinge bezahlt die Krankenkasse nämlich nicht. Zum Beispiel ganz teure Injektionen und ganz berühmte Professoren. Wer die haben will, der muß schon selber in die Tasche greifen.
Das tat die Frau Nemetz. Und die Kur fraß ihre ganzen Ersparnisse auf – und auch die Ersparnisse ihres Mannes. Als die Frau Nemetz ein paar Tage vor Weihnachten entlassen wurde, da war

sie zwar wieder beinahe ganz gesund, aber ihr Sparbuch war leer. Und der Pelzmantel schwebte in ihren Gedanken davon wie ein Luftballon, den ein Kind losgelassen hat.
Die Frau Nemetz war noch sehr schwach, sie mußte dauernd liegen. Darum ging der Herr Nemetz zum Kürschner und erklärte ihm, daß es nun doch leider nichts werden konnte mit dem Persianer. Sondern im Gegenteil!
»Könnten wir vielleicht die sechshundert Mark Anzahlung zurückhaben, Herr Köhler?«
»Wenn ich den Pelz verkaufe«, sagte der Herr Köhler, »dann wollen wir darüber reden. Sonst geht's nicht. Das müssen Sie einsehen. Bestellt ist bestellt.«
Und so kam denn der Heilige Abend, das größte Fest der Christenheit – und ein sehr trauriger Abend für die arme Frau Nemetz. Ihr Mann schmückte den kleinen Baum, und dann rief er: »Emilie!«
Und die Frau Nemetz stand auf, noch etwas zittrig und schwach, zog einen alten Morgenrock an und ging ins Wohnzimmer, wo ihr Mann sie küßte und bescherte. Er hatte ihr Handschuhe gekauft und Hausschuhe. Und mit der einen Hand, die der verfluchte Krieg ihm gelassen hatte, hatte er für seine Frau ein Bild gezeichnet, eine Herbstlandschaft. Das Bild war so schön, daß die Frau Nemetz weinen mußte.
»Du weinst natürlich wegen dem Persianer«, sagte der Herr Nemetz leise und streichelte sie sanft.
»Nein ... wirklich nicht ... nur weil das Bild so schön ist ...«
»Ich weiß schon, es ist doch der Persianer ... Jetzt hast du dein ganzes Leben geschuftet, und es ist doch nichts daraus geworden«, sagte Herr Nemetz.
Da läutete es!
Wahrhaftig, es läutete – am Heiligen Abend um sechs!
Der Herr Nemetz sagte: »Die Kinder können es nicht sein, die wollten doch erst morgen kommen.« (Denn die Kinder hatten inzwischen eigene Familien.)
Und die Frau Nemetz sagte: »Geh aufmachen, Franz!«

Vor der Wohnungstür stand ein junger Mann, der hielt einen Persianermantel in einer Nylonhülle über dem einen Arm, und in der Hand hielt er einen Brief. Er sagte: »Ich soll das hier abgeben, Herr Nemetz. Für Ihre Frau Gemahlin. Vom Herrn Köhler.«

»Aber das muß ein Irrtum sein«, begann der verwirrte Herr Nemetz.
Doch der junge Mann legte ihm einfach den Persianermantel in den Arm, drückte ihm den Brief in die Hand und sagte: »Nein, nein, das ist kein Irrtum, Herr Nemetz.« Und dann war er verschwunden. Der Herr Nemetz stand da wie erstarrt.
»Franz!« rief seine Frau aus dem Wohnzimmer. »Franz, was ist denn?«
Da ging er zu ihr zurück, aber er konnte kein Wort sprechen, sondern er legte nur den Mantel vor sie hin, dessen feine schwarze Locken unter der Nylonhülle im Kerzenlicht so fröhlich leuchteten und glänzten, und sagte: »Das schickt dir der Herr Köhler.«
Danach mußte er ganz schnell laufen und seiner Frau die Herztropfen holen, denn ihre Lippen wurden blau, und sie bekam keine Luft. Und als der Anfall vorüber war, mußte er noch einmal laufen und seine Brille holen. Dann riß er – das kleine Radio spielte dazu Weihnachtslieder – mit zitternden Fingern das Kuvert auf und las stockend folgendes:
»Sehr geehrte Frau Nemetz,
anbei übersende ich Ihnen den bestellten Ia-Persianermantel und hoffe, daß er Ihnen paßt. Ich beeile mich ...«
»Aber das Geld! Er ist doch nicht bezahlt! Der Herr Köhler ist verrückt geworden!« rief die Frau Nemetz.
»Unterbrich mich nicht, sondern hör weiter zu! Wo war ich? Ach ja ... beeile mich, Ihnen mitzuteilen, daß der Mantel auch voll bezahlt ist!«
»Franz, meine Tropfen!«
Er gab sie ihr schnell, und dann las er weiter: »... voll bezahlt ist. Eine Kundin von mir ist nämlich eine der Damen, in deren Haus Sie in den letzten zwanzig Jahren gearbeitet haben. Ich erzählte ihr von Ihrer Krankheit und davon, daß Sie den Mantel nicht bezahlen können. Eine Woche später kam sie wieder und brachte mir den noch offenen Betrag. Sie sagte, sie habe sich mit drei Damen verabredet. Bei zweien von diesen haben Sie in den letzten zwanzig Jahren auch gearbeitet, und gemeinsam haben die Damen das Geld zusammengebracht – als kleinen Dank für die große Schufterei und die vielen Jahre Treue ...«
»Ach, lieber Gott im Himmel«, sagte die Frau Nemetz.
»Allerdings nicht nur für die Treue«, las Herr Nemetz weiter.

»Denn bei einer von den vier Damen haben Sie niemals gearbeitet! Sie ist nur eine Freundin von den anderen. Und sie hat ihr Viertel bezahlt, weil es doch keine Hausangestellten mehr gibt und weil sie hofft, daß Sie bei ihr arbeiten werden, wenn Sie wieder ganz gesund sind.«
»Ich muß wirklich einen guten Ruf bei meinen Gnädigen haben«, sagte Frau Nemetz gerührt. »Denk doch, Franz, bloß auf mein Renommé hin hat die vierte Dame so viel Geld riskiert!«
»Meine Kundin«, las Herr Nemetz zu Ende, »hat sich mein Ehrenwort geben lassen, daß ich ihre Adresse und ihren Namen nicht verrate. Die Namen der anderen Damen kenne ich nicht. Meine Kundin sagte, Sie hätten in Ihrem Leben für so viele fremde Menschen gearbeitet, daß Sie nie darauf kommen könnten, wer Ihnen den Pelz geschenkt hat! Und so schließe ich mit dem Wunsch, daß der Persianer Ihnen gefallen möge, als Ihr sehr ergebener
Dieter Köhler, Kürschnermeister.«

Danach ließ der Herr Nemetz den Brief sinken, und seine Frau stieß einen hohen, spitzen Schrei aus und fiel ihrem Mann um den Hals. Und nachdem sie ihn viele, viele Male geküßt hatte, zerrte sie die Nylonhülle ganz vorsichtig von dem wunderbaren Pelzmantel, streifte ihren alten Morgenrock ab und zog den Persianer an. Über das Nachthemd! Und sie drehte sich wie ein Mannequin und bog und wiegte sich in den Hüften und war erfüllt von lauter Glückseligkeit. An einem Schrank im Zimmer befand sich ein großer Spiegel. In diesem betrachtete sich die Frau Nemetz von allen Seiten, und der Herr Nemetz nahm seine Brille ab und betrachtete sie auch.
»Mein Persianer«, sagte die Frau Nemetz. Das sagte sie immer wieder, ganz innig und leise: »Mein Persianer . . .«
»Meine Alte«, sagte der Herr Nemetz.
»Ich werde wirklich nie darauf kommen, wer mir den Mantel geschenkt hat. Ich habe nur lauter gute Gnädige gehabt. Sie hätten mir alle den Mantel schenken können«, sagte die Frau Nemetz und streichelte den Pelz liebevoll und weinte wieder ein bißchen dabei. »Ich habe eigentlich immer Glück gehabt in meinem Leben!«
»Jetzt, mit dem Persianer, wirst du ganz schnell ganz gesund werden«, meinte ihr Mann.

»Na, was denn!« rief die Frau Nemetz.
»Da ist noch ein P. S.«, sagte der Herr Nemetz, den Brief in der Hand. Er las: »P. S. Die Adresse von der vierten Dame bekommen Sie, sobald Sie wieder richtig arbeiten können.«
Im Radio sangen sie gerade: »... und Friede auf Erden den Menschen, die guten Willens sind!«

Ein Baum wächst durchs Haus

Dem Mädchen rannen die Tränen in großen Tropfen über das Gesicht, es weinte im Gehen, verzweifelt und völlig versunken in irgendein großes persönliches Unglück. Das Wetter in Berlin war schlecht an diesem Nachmittag, dunkle Wolken segelten über den Himmel, und dünner, kalter Regen fiel. Es dämmerte. Und das weinende Mädchen stolperte den Gehsteig entlang, auf die große Kreuzung zu.
Der Mann bei der Autobushaltestelle hörte zuerst nur ein leises Schluchzen hinter sich. Dann drehte er sich um und erblickte das Mädchen. Der Mann war älter als das Mädchen – etwa fünfunddreißig. Das Mädchen war höchstens fünfundzwanzig. Es trug einen hellen Trenchcoat und einen grauen Filzhut, der aussah wie ein Tropenhelm. Ein bißchen kastanienbraunes Haar kam darunter hervor.
Der Autobus, auf den der Mann wartete, rollte heran. Das Mädchen schien ihn nicht zu bemerken. Überhaupt nichts um sich schien das Mädchen wahrzunehmen, denn wie im Traum, wie eine Schlafwandlerin schritt es jetzt auf die Fahrbahn hinaus – direkt auf den Autobus zu.
Ein Kind schrie auf. Bremsen kreischten. Der Mann von der Haltestelle sprang vor und riß die Weinende zurück. Sie lag plötzlich in seinen Armen. Ihre Augen waren riesengroß und schwarz, ihr Gesicht schneeweiß.
»Was ... was ist?« fragte das Mädchen. Seine Stimme klang heiser.
»Sie wären fast in den Bus hineingelaufen«, sagte der Mann, das Mädchen loslassend. Aus dem Wageninnern heraus schimpfte der Schaffner. »Schon gut«, sagte der Mann. Ein paar Leute

schüttelten die Köpfe. Der Schaffner gab, noch immer wütend, das Signal zum Weiterfahren. Der Autobus rollte fort. Und der Mann und das Mädchen standen am Straßenrand und sahen einander an. »War das nicht Ihr Bus?« fragte das Mädchen nach einer Weile.

Er nickte stumm.

»Warum sind Sie dann nicht mitgefahren?«

Er zuckte die Achseln.

»Um mich«, sagte das Mädchen laut, »müssen Sie sich keine Sorgen machen. Ich werde jetzt aufpassen.«

»Wenn man das so genau wüßte ...«, meinte er. Dann sah er sich nach allen Seiten um, neigte sich vor und fragte leise: »Ist es sehr schlimm?«

Das Mädchen biß sich auf die Unterlippe und nickte.

»Ist es wegen einem Kerl?«

»Mhm«, preßte das Mädchen heraus. Dann hatte der Mann es auf einmal wieder in seinen Armen – eine junge Frau, die sich gegen seine Brust geworfen hatte und herzzerreißend schluchzte. Ganz fest hielt sie sich an ihm. Er streichelte ihren Rücken: »Na«, sagte er. »Na, na, na.« Ein anständiges Mädchen, dachte der Mann. Soweit kannte er sich aus. Nur eben ein anständiges Mädchen, das sehr unglücklich war.

»Hören Sie mal«, sagte er dann, »es ist nur, weil es doch regnet und weil wir ganz naß werden, alle beide: Sollten wir nicht irgendwohin gehen, wo es trocken ist?«

Das Mädchen hob den Kopf und sah ihn an: »Wo ... wohin wollen Sie denn mit mir gehen?«

Er zuckte die Achseln: »Ach, ich weiß nicht. Da hinüber in die Weinstube vielleicht. Nur ein paar Minuten. Bis der Regen vorüber ist. Oder bis Sie zu weinen aufgehört haben.«

Das Mädchen trat einen Schritt zurück. »Aber ich kenne Sie doch überhaupt nicht!«

»Doch«, sagte er hilfreich, »Sie kennen mich. Ich bin der Mann, an dessen Schulter Sie geweint haben.«

Das Mädchen lächelte ein bißchen, dann schluchzte es zweimal laut, als hätte es Schluckauf. »Ach, ich bin ja so unglücklich!«

»Dagegen«, sagte er, »hilft nur ein großer Schluck.« Und er führte sie, die sich willenlos führen ließ, auf die kleine Weinstube zu ...

In dem Lokal war es warm und dämmrig. Es war ein sehr gemütliches Lokal, niedrig, holzgetäfelt und verraucht. In dem ersten Raum war sogar die Decke mit Holz verkleidet. Ein paar Kerzen brannten. Und aus einem Radioapparat kam leise Musik . . . Durch den ersten Raum führte der Mann das Mädchen einen engen Gang entlang in einen zweiten. Auch hier brannten Kerzen. Ein alter Kellner kam und half den beiden aus ihren nassen Mänteln. Es roch nach Zigarren und Katenschinken, und es war sehr still.

»Eine Flasche vom besten«, sagte der Mann, während sie sich setzten.

»Sehr wohl, mein Herr«, sagte der Kellner. Er verschwand. Das Mädchen hatte inzwischen eine Puderdose hervorgezogen und betupfte das Gesicht.

»Zu blöd«, konstatierte es ärgerlich, »eine ganz rote Nase habe ich bekommen von der Heulerei. Übrigens, ich heiße Lucie Brenner.«

Der Mann verbeugte sich im Sitzen: »Haller. Walter Haller.«

»Was nur der Kellner von uns denken muß«, sagte das Mädchen.

»Was glauben Sie, daß er denkt?«

»Er wird uns für ein Liebespaar . . .«

»Und was wäre daran so schlimm?«

Das Mädchen schüttelte den Kopf. »Nicht, bitte. Lassen Sie das. Ich bin wirklich sehr verzweifelt. Ich wäre nie mit Ihnen gegangen, wenn ich nicht so unglücklich wäre.«

»Gewiß«, sagte er. Und meinte es auch so.

Der Kellner brachte eine Flasche und zwei Gläser. »Zum Wohle«, sagte er.

»Zum Wohle«, sagte der Mann und sah das Mädchen Lucie Brenner an.

Sie tranken beide.

»Ich wollte mir das Leben nehmen«, sagte das Mädchen Lucie plötzlich.

»Es wäre Ihnen auch beinahe gelungen«, sagte er.

»Vielleicht tue ich es noch.«

»Nein«, sagte er. »Zweimal versucht es keiner. Wenigstens nicht am gleichen Abend. Und Sie werden es überhaupt nie mehr versuchen!«

»Wissen Sie das so genau?«

»Ganz genau!«

»Wo . . . woher denn?« Jetzt schluchzte sie wieder. Aber es war nur noch ein trockenes Schluchzen, ohne Tränen.
»Fräulein Brenner«, sagte Walter Haller, »ich habe Sie nicht ohne Grund hierhergeführt. Ich möchte Ihnen hier etwas zeigen. Wenn Sie es gesehen haben, werden Sie nicht mehr so unglücklich sein.«
»Nei . . . hein?«
»Nein.«
»Was ist es denn?«
»Es steht hinter Ihrem Rücken. Drehen Sie sich einmal um.« Sie drehte sich um. »Und was sehen Sie, Fräulein Brenner?«
»Einen Baum«, sagte sie verblüfft. »Einen Baum, mitten im Zimmer!«
Er nickte. »Jawohl, einen Baum!«
»Aber wie kommt der denn hier herein?« Sie stand auf und trat zu dem mächtigen, rissigen Stamm des Kastanienbaumes, der aus dem Zimmerboden und durch die Zimmerdecke wuchs. Es war ein enormer Stamm, er maß mindestens zwei Meter im Umfang. Das Mädchen beklopfte erstaunt die Rinde. »Aber wie kommt denn der Baum ins Haus?« rief sie.
»Das werde ich Ihnen gleich erzählen«, sagte er und führte sie zum Tisch zurück, wo sie sich beide setzten. »Sehen Sie«, sagte er, » 1945, als in Berlin gekämpft wurde, da gab es diesen Raum noch nicht. Das ist ein Anbau, der entstand erst später. Damals war hier, wo wir jetzt sitzen, ein alter Berliner Hinterhof. Und hinter dem Hinterhof kam ein anderes Haus. Es steht noch heute da. Aber es würde nicht mehr dastehen, wenn der Kastanienbaum nicht gewesen wäre.«
»Wieso nicht?« fragte das Mädchen.
»Das Haus auf der dritten Hofseite wurde in Brand geschossen«, erzählte der Mann. »Und die Flammen drohten auf die anderen beiden Häuser überzugreifen. Aber da stand der Kastanienbaum dazwischen! Er hatte schon neue Blätter und viele starke Äste voll frischem Saft. Sie erinnern sich, es war damals doch gerade Frühjahr . . .«
»Ja«, sagte sie, »ich erinnere mich.«
». . . und mit diesen neuen Blättern und Ästen voll Saft wehrte der Baum die Flammen ab. Sie konnten ihn nicht überwältigen. Er stand da wie eine Mauer, wie ein Wall. Viele Äste verbrannten natürlich, und alle Blätter mußten sterben. Der ganze Baum

erlitt furchtbare Verwundungen, die Leute in der Gegend erzählen heute noch, wie schrecklich er nach dem Brand aussah. Aber er schaffte, was die Menschen, die damals kein Wasser hatten, nie geschafft hätten: Er bewahrte ihre beiden Häuser vor der Zerstörung.«
Der Mann schwieg und lächelte. Und das Mädchen lächelte auch – ein bißchen nur, aber immerhin! »Und weiter?«
»Tja«, sagte er, »die Menschen waren dem Baum natürlich sehr dankbar, das kann man sich vorstellen, nicht wahr? Und als der Wirt sich ein paar Jahre später entschloß, sein Lokal zu vergrößern und anzubauen, da stand eines sofort fest: Der Baum durfte nicht umgeschlagen werden! Das ging auf gar keinen Fall! Na, und da entschloß man sich eben, den Anbau um ihn herum zu errichten!«
»Ist das wirklich wahr?«
»Das ist so wahr, wie ich vor Ihnen sitze, Fräulein Brenner! Die Leute schaufelten sogar eigene Berieselungsrinnen zu den Wurzeln, damit ihr Kastanienbaum immer genug Wasser hatte, sie taten alles, damit er sich so richtig wohl fühlte, ihr Baum, dem sie ihr Leben verdankten. Und heute verdankt der Baum sein Leben den Menschen . . .«
Sie nickte. Und dann folgte ein sehr langes Schweigen. Und zuletzt fragte sie: »Wieso kennen *Sie* eigentlich die Geschichte, Herr Haller?«
»Ach«, sagte er verlegen, »ich kenne sie eben . . .«
»Nein, bitte! Wieso kennen Sie sie?«
Er sagte leise: »Einmal vor zwei Jahren, da war ich genauso unglücklich wie Sie, Fräulein Brenner. Und sehr betrunken. Und ich wollte mir auch das Leben nehmen . . .«
»Wegen einer Frau?«
»Mhm, Fräulein Brenner, deswegen. Und da traf mich im letzten Augenblick noch ein Freund, der schleppte mich hierher. Und blieb bei mir. Und trank mit mir die ganze Nacht. Und paßte auf mich auf. Und erzählte mir die Geschichte . . .«
»Und . . . und die Frau?«
»Die habe ich vergessen.«
Lucie griff plötzlich nach seiner Hand und drückte sie heftig.
»Ich . . . ich danke Ihnen, ich danke Ihnen so!«
»Wofür?«
»Für den Kastanienbaum«, sagte sie.

»Schon gut«, sagte er. »Ich glaube, wir müssen noch etwas trinken.«

P. S.: Diese Geschichte ist wahr, den Baum gibt es wirklich – auch ein Fräulein Lucie Brenner ist vorhanden, und auch ein Herr Walter Haller. Wir haben die Geschichte vom Kastanienbaum hier aufgeschrieben, weil wir finden, daß sie eine Moral hat. Der Baum steht leider nur in Berlin und nicht in jeder Stadt, so daß man ihn im Bedarfsfall Herrschaften, die sich das Leben nehmen wollen, nicht überall vorführen kann. Aber schließlich: Nicht nur der Baum hat den Menschen geholfen – auch die Menschen haben dem Baum geholfen, nicht wahr? Und Menschen gibt es überall, in jeder Stadt. Und in jeder Stadt gibt es Menschen, die Menschen helfen.

Die Furchen der Armen

Die Geschichte, die wir im folgenden erzählen, hat sich vor ein paar Wochen ereignet. Genau gesagt: am letzten Tag des vergangenen Jahres, zu Silvester. Sie ereignete sich in und in der Umgebung der Wohnung von Frau Katharina L., die sie uns auch erzählt hat. Frau Katharina L. ist achtunddreißig Jahre alt, Mutter von zwei Kindern – Josefa und Karl – und Gattin des Jakob L., eines beeidigten Buchprüfers. Die Kinder sind noch klein. Frau Katharina ist arm, und ihr Gatte ist tot. Gefallen im letzten Jahr des Krieges.

Frau Katharina arbeitet als Bedienerin. Bei verschiedenen Herrschaften, die sehr nett zu ihr sind. Sie wird wöchentlich entlohnt. Immer am Freitag. Am Samstag ist von dem Geld, das sie erhielt, meistens schon fast nichts mehr zu sehen. Das kommt, weil sie so arm ist. Und ihre Schulden bezahlen muß. Es ist alles genau eingeteilt bei Frau Katharina, jeder Schilling, jeder Groschen, jede Straßenbahnfahrt, jedes Stück Zucker. Es muß auch alles so genau eingeteilt sein, wenn sie nicht den Kopf verlieren will. Und als Witwe mit zwei kleinen Kindern verliert man leicht den Kopf. Frau Katharina verlor ihn am letzten Tag des vergangenen Jahres, als sie von der Arbeit nach Hause kam. Es tat ihr später sehr

leid, daß sie den Kopf verlor, aber sie konnte sich nicht helfen: Die Entdeckung, daß die zehn Schilling fehlten, war zuviel für sie! Diese zehn Schilling hatte sie in eine Kaffeeschale gelegt, in der sie ihr Wirtschaftsgeld aufzubewahren pflegte. Es war eine Kaffeeschale ohne Henkel.
Frau Katharina durchfuhr ein heißer Schreck; das Blut wich aus ihrem Gesicht, sie zitterte und zeigte alle Symptome eines nahenden Zusammenbruches. Der Verlust von zehn Schilling ist bei armen Leuten eine handfeste Tragödie. Frau Katharina trank einen Schluck Wasser, danach tat sie das Naheliegende. Sie befragte ihre Kinder. Die Kinder machten bedrückte Gesichter und sahen sehr unglücklich aus. Und dann verlor Frau Katharina den Kopf. Als sich nämlich herausstellte, daß die Kinder das Geld genommen hatten.
Warum?
Nun, weil morgen doch Neujahr war! Und weil sie der Mutter etwas schenken wollten. Alle Kinder, die sie kannten, schenkten ihren Müttern etwas zu Neujahr – nur sie nicht. Weil sie kein Geld hatten. Aber sie wollten ihr doch etwas schenken! Und deshalb hatten sie das Geld genommen. Um ihr eine Freude machen zu können. Es war in der besten Absicht geschehen. Wäre Frau Katharina nicht so arm und abgearbeitet gewesen, so hätte sie diese beste aller Absichten bestimmt zu würdigen gewußt. Aber sie *war* arm und abgearbeitet, und sie wußte sie *nicht* zu würdigen. Schreiend und weinend erkundigte sie sich nach dem Verbleib des Geldes.
Die Kinder erklärten stammelnd, es habe bereits den Besitzer gewechselt. Und auf neuerliches Schreien ihrer armen Mutter holten sie dann das unter Karls Bett versteckte Präsent hervor, das sie dafür erhalten hatten: einen winzigen, eher struppig aussehenden Topf Alpenveilchen. An einer der wenigen Blätter hing ein Papierherz. Auf diesem Stand: ›Prosit 1948!‹ Frau Katharina sah es überhaupt nicht. Sie wußte nur eines: Sie brauchten Brot. Und sie mußte die zehn Schilling haben. Deshalb trug sie Josefa, der Älteren, auf, die Blumen zurückzutragen und mit den vom Blumenhändler (hoffentlich) zurückerhaltenen zehn Schilling danach Brot zu kaufen, wie es beabsichtigt gewesen war.
Die Tragödie nahm ihren unerbittlichen Fortgang. Der kleine Karl begleitete seine Schwester. Stumm und hölzern marschierte er an ihrer Seite die Stiegen hinunter, durch den Hof und auf die

Straße hinaus. Die beiden sprachen kein Wort miteinander. Sie sahen einander nicht an. Sie sahen vor sich hin und schwiegen erbittert und ratlos. Es war schon spät am Nachmittag, die Straße war fast leer. Josefa trug den gerupften Alpenveilchentopf. Weiter unten war schon der Laden des Blumenhändlers zu sehen. Nur noch drei Laternen standen zwischen ihm und den Kindern.

Bei der dritten Laterne brach der kleine Karl dann zusammen. Er begann abrupt zu heulen, und es war unmöglich, ihn zum Weitergehen zu bewegen. Er stand tränenüberströmt da und umklammerte mit beiden Händen den schmutzigen Laternenpfahl, als wäre dieser die Mutter, die er beschwor, von dem bevorstehenden entsetzlichen Rücktauschgeschäft abzusehen, welches das Ende aller Freude bedeutete.

Josefa versuchte, ihn zu trösten. Sie redete ihm gut zu. Sie ermahnte ihn. Es war vergeblich. Dann aber, plötzlich und erschreckend, verstummte das Weinen und eine geradezu unwirkliche Stille trat ein, als der kleine Junge nun mit tränenverheertem Gesicht die Straße hinuntersah, mit einem Ausdruck überirdischen Glücks in den Augen.

»Was hast du?« fragte Josefa.

Er gab keine Antwort.

Sie sah in seine Richtung. Und auch sie sah den großen, wunderbaren, herrlichen Laib Brot, der vor ihnen im schmutzigen Schnee der Fahrbahn lag. Irgendein Lieferauto mußte ihn verloren haben.

Es waren dann noch kurze Skrupel wegen des früheren Besitzers zu überwinden – aber da weit und breit kein Mensch sich sehen ließ, fiel das den Kindern nicht allzu schwer. Frau Katharina saß reglos in der dämmerigen Küche. Sie blickte gramvoll auf und atmete erleichtert, als sie sah, daß Josefa Brot mitbrachte. Dann, als sie sah, daß Karl auch die Blumen wiederbrachte, fuhr sie hoch. Und als sie die Geschichte hörte, welche die Kinder erzählten, weinte sie ein wenig. Aber vor Freude. Und zum Abendessen, als sie das Brot dann schnitt, dachte sie an ein Buch, das sie einmal gelesen hatte, und in dem es hieß, daß viel Brot wachse in den Furchen der Armen. Daran dachte sie und an ihren toten Mann, an den Krieg, an vergangene Tage und an die Zukunft, und es schien ihr alles traurig, wirr und dunkel zu sein. In dieser

großen Finsternis gab es nur einen hellen Punkt. Das war die Gegenwart, das waren ihre Kinder, das waren ein paar Zyklamen, rote Alpenveilchen, und ein Laib Brot.
Und deshalb wischte sie ihre Augen trocken und lächelte und sagte: »Ein glückliches Neues Jahr uns allen, meine lieben Kinder!«

Das Geheimnis der alten Mamsell

›Das Geheimnis der alten Mamsell‹ war, vielleicht können Sie sich noch daran erinnern, der Titel eines Bestsellers um die Jahrhundertwende, ein Buch, das es verdient, im gleichen Atemzug mit ›Trotzkopf‹ oder dem berühmten Standardwerk ›Ich lasse mich nicht!‹ genannt zu werden. Es war ein Bestseller im schärfsten Sinn des Wortes, nicht ein so fragwürdiger Intellektuellen-Erfolg wie ›1984‹ oder ›Die Nackten und die Toten‹. Es war ein Erfolg wie – na, wie zum Beispiel ›Vom Winde verweht‹. Womit sich zeigt, daß der Publikumsgeschmack sich nicht so schnell ändert.
Ungefähr aus der Entstehungszeit der ›Alten Mamsell‹, etwa aus der Zeit um 1900, stammten auch die zwölf lebensgroßen Statuen, die vor ein paar Wochen in den Wandelgängen eines öffentlichen Wiener Gebäudes aufgestellt wurden. Ich glaube, man nennt den Stil, in dem man sie geschaffen hatte, neoklassizistisch. Nachgemacht neuklassisch. Und so sahen sie auch aus, die Götter und Halbgötter aus weißem Stein. Manchen fiel in schönem Faltenwurf Gewand über die glatten Glieder, die Damen unter ihnen jedoch waren, bis auf kleinere Partien, unbedeckt. In halbem Bikini sozusagen.
Die Figuren waren zu Kriegsbeginn aus ihren Nischen und von ihren Podesten geholt worden. Man hatte sie verpackt, versteckt und verlagert. Damit die Bomben, die etwa auf das öffentliche Gebäude fielen, nicht imstande waren, ihnen etwas anzutun. Die Bomben wären allerdings noch immer imstande gewesen, dem öffentlichen Gebäude etwas anzutun. Aber dann hätte man die neoklassizistischen Figuren immer noch woanders aufstellen können. Und ein ganzes Gebäude konnte man schließlich nicht verpacken, verstecken oder verlagern. Deshalb kam in diesem

Falle die Kunst besser weg. Denn es fielen wirklich zwei Bomben auf das Haus. Zwei kleinere.

Trotzdem: Nach Kriegsende ging viel Geld drauf, als man den Schaden wiedergutmachte. Und als er wiedergutgemacht war, gab es kein Geld mehr, um nun auch noch die Statuen zurückzuholen und wiederaufzustellen. (Jetzt kam die Kunst nicht mehr besser weg, jetzt blieb sie, wo sie war. Im Keller.)

Sie blieb im Keller sieben Jahre, dann wurde sie herausgeholt, als es gerade ein bißchen überflüssiges Geld gab. Manche Leute in dem öffentlichen Gebäude waren sehr begeistert über den Plan, die Statuen wiederaufzustellen, andere waren es nicht. Sie sagten, ihrer Ansicht nach sei die Wiederaufstellung ein Blödsinn. Aber sie wurden überstimmt. Die Statuen kamen zurück auf ihre Sockel, in ihre Nischen. Man hatte sie vorher ›schöngemacht‹. Sie waren geschrubbt, gebürstet und gereinigt worden. Ihre Leiber waren so weiß wie die Tischtücher eines vornehmen Wiener Lokals. (Vor dem Mittagessen.) Und nachdem mehrere starke Herren sich mit Stricken, Winden und herzhaften Flüchen ein paar Tage um sie bemüht hatten, standen sie dann wieder auf ihren angestammten Plätzen, und man sah ihnen in keiner einzigen Falte ihrer charaktervollen oder lieblichen Gesichter an, daß sie inzwischen fünfzehn Jahre älter geworden waren.

Natürlich kamen auch ein paar Neugierige, die von der Sache in der Zeitung gelesen hatten. Und dann kamen die Leute, die in dem öffentlichen Gebäude arbeiteten. Und ein paar Schulkinder. (Von einem Herrn Lehrer geführt, nasebohrend und gelangweilt. Eines von ihnen schrieb in einem unbewachten Augenblick auf den Schenkel eines griechischen Dornausziehers ›Karli ist blöd‹.) Ja, und dann, nachdem sich die anderen schon wieder verlaufen hatten, kam sie, kam die alte Mamsell.

Die alte Mamsell kam zum ersten Mal an einem Dienstag. Sie setzte sich auf eine Bank. Der Bank gegenüber befand sich eine Nische. Und in der Nische stand die Statue eines wunderhübschen nackten jungen Mädchens in der Haltung und Gebärde einer Wasserträgerin. Es war ein wirklich außerordentlich hübsches junges Mädchen, das konnte man sogar durch den neoklassizistischen Stil hindurch erkennen. Es war mehr als hübsch. Es war schön.

Die alte Mamsell war häßlich, arm, grau und mindestens siebzig Jahre alt. Ihr Gesicht wies außer enormen Runzeln nur noch zwei erloschene Augen auf, denn die Nase war zum Teil weggefressen und nicht mehr als solche zu erkennen, und der Mund war so schmal (weil zahnlos), daß man ihn nicht richtig sehen konnte. Sie ging und saß gebückt – ihre Wirbelsäule war wohl verkrümmt. Diese arme alte Frau kam an diesem Dienstag um 9 Uhr, und sie ging um 17 Uhr. Der Diener des Stockwerkes sah sie. Am nächsten Tag kam und saß sie wieder auf der Bank. Den ganzen Tag. Der Diener hielt sie für eine Bettlerin. Aber als er ihr einen Schilling geben wollte, weil sie ihm leid tat, wies sie das zurück. Von da an hielt er sie für eine Verrückte. Nach einer Woche, die sie Tag für Tag auf der Bank saß, wurde sie ihm unheimlich. Vor allem, weil sie nie sprach. Weil sie immer nur die Statue gegenüber anstarrte. Und nach zwei Wochen lief der Diener zu dem Abteilungsvorstand, Herrn Kanzleirat N., und erstattete Bericht.

Der würdige Abteilungsvorstand, Herr Kanzleirat N., war ein Mann, dem das Wort Furcht fremd war. Er ging sofort zu der alten Mamsell und begann ein freundliches Gespräch mit ihr. Das heißt: Er sprach, sie schwieg. Da sah der Herr Abteilungsleiter N., daß er die Sache anders angehen mußte, und er fragte die alte Mamsell, wer sie denn sei. Und nun leuchtete etwas auf in dem toten Gesicht der armen, gebückten Frau, und die Augen wurden lebendig, und sogar der Mund wurde sichtbar, als sie lächelnd auf das schöne nackte Steinmädchen wies und mit einer heiseren dünnen Stimme erwiderte: »Die da bin ich! 1890, im Frühling, bin ich dem Bildhauer Pernau zu dieser Wasserträgerin Modell gestanden . . .«

Der Abteilungsleiter, Herr Kanzleirat N., berichtete später, sie habe, als sie dies sagte, für Sekunden das Feuer, die Schönheit und die Grazie eines jungen Mädchens gehabt.

Das große Einmaleins

Diese Geschichte ist nicht ganz wahr. Sie ist auch – auf den ersten Blick gesehen – nicht mehr ganz aktuell. Daß sie hier trotzdem erzählt wird, hat seine Ursache in dem Umstand, daß sie eigentlich eine ganz besondere Geschichte ist, eine Geschichte mit einer

Moral, wenn Sie wollen. Und Geschichten mit Moral sind ungemein selten geworden, finden Sie nicht auch?
Sie ereignete sich – wenigstens teilweise – vor einigen Wochen, an einem Montagmorgen.
Meine Freundin Evi ging an diesem Tag zum ersten Mal zur Schule. Wir kennen uns schon lange und haben das größte Interesse aneinander. Den Schulbeginn hatten wir beide mit gleicher Aufregung erwartet und uns gegenseitig ernst ins Gewissen geredet, sie mir und ich ihr. Des weiteren hatten wir bunte Bleistifte, Schmierhefte, Knöpfe zum Zählen und Kaugummi besorgt – lauter Dinge, ohne die man, wie jedermann weiß, nicht gut zur Schule gehen kann.
Um halb acht waren wir beide so nervös wie nur der Bundeslastverteiler zur Zeit der abendlichen Verkehrsspitze. Als sich Evi endlich mit ihrer Mami auf den Weg machte, durfte ich, weil ich sehr brav war, sie begleiten. Vor der Schule standen unglaublich viele Kinder, dicke und dünne, große und kleine, wohlgenährte und verhungerte, solche, die Krach machten, und solche, die an den Daumen lutschten (obwohl das nicht gern gesehen wird). Bei den meisten standen dazu noch die Mütter. Auch sie waren einander sehr unähnlich.
Manche trugen Marktnetze und Kopftücher, andere Nylonstrümpfe und bunte Seidenkleider. Aber es fiel einem gleich auf, daß sie sich grundlegend verschieden von ihren Kindern benahmen. Während sich bei diesen nämlich die Dicken mit den Dünnen und die Wohlgenährten mit den Verhungerten zu unterhalten begannen, war das bei den Mamis ganz anders. Die in den Seidenkleidern sprachen zwar miteinander. Und die mit den Marktnetzen auch. Aber nur selten sprach ein Seidenkleid mit einem Marktnetz. Wenn das geschah, wurden beide bald verlegen und wußten nicht, was sie sagen sollten. Es kam keine rechte Stimmung zwischen ihnen auf. Sie hatten füreinander nicht halb so viel Verständnis wie ihre Töchter und Söhne. Weil sie eben erwachsen waren und nicht mehr gut über Wasserpfützen springen konnten. Oder gezwickte Straßenbahnfahrscheine tauschen. Während die Kinder sich unterhielten, achteten die Erwachsenen auf den guten Ton. Eine Frau Regierungsrat begrüßte eine Frau Generaldirektor. Und eine Frau Weber eine Frau Czerny. Aber dabei blieb es zunächst.
Als die Schultore geöffnet wurden, marschierten alle, Kinder

und Mütter, hinauf in die Klassenzimmer. Eine Frau Lehrerin wies jedem Kind seinen Platz an, während die Mamis an den Wänden standen und unterschiedslos Herzklopfen hatten. Da ging plötzlich die Tür auf, ein Herr Lehrer kam herein und bat die Großen, ihm zu folgen.

Das löste einige Überraschung aus, aber der Herr Lehrer blieb bei seiner Aufforderung und führte die verwunderten Mamis in das Klassenzimmer nebenan, wo sie sich alle in die Schulbänke setzen mußten. Bei manchen war das nicht ganz einfach, bei anderen ging es wie geschmiert. Es gibt eben dickere und dünnere Mamis.

Jeder war sehr gespannt, was nun kommen sollte, und als der Herr Lehrer die Hand hob, wurde es so still, daß man durch die Wand die Kinder lachen hören konnte. Der Herr Lehrer räusperte sich, trat auf das Podium und sagte: »Guten Morgen!«

»Guten Morgen«, antworteten die Mamis im Chor.

»Liebe Mütter«, fuhr der Herr Lehrer fort, »wir haben euch hierhergebeten, nicht um euch Vorschriften zu machen, noch um euch Ratschläge zu geben. Wir wollen euch nur einen Vorschlag unterbreiten.« (Hier schneuzte sich eine Frau Generaldirektor laut in ihr Taschentuch.) »Eure Töchter und Söhne treten heute in unsere Schule ein. Unterschiedslos, einer wie der andere. Das ist bei einer Volksschule nicht anders zu machen. Sie werden mehrere Jahre hier verleben. Sie werden, hoffentlich, das lernen, was wir ihnen beibringen wollen, und wenn sie uns verlassen, werden sie lesen, schreiben und rechnen können. Sie werden hier sitzen, wenn draußen die Sonne scheint und wenn es regnet. Wir werden zusammen Weihnachten feiern und unten, im Turnsaal, den Purzelbaum rückwärts üben. Eure Kinder werden sich durch viele Wochen hindurch fast täglich sehen. Sie werden einander kennenlernen und vielleicht Freunde werden, so, wie wir Freunde geworden sind, als wir zur Schule gingen. Nun ist Freundschaft zwischen Kindern zwar etwas Häufigeres als Freundschaft zwischen Erwachsenen, aber sie ist etwas ebenso Kostbares. Kinder haben einen guten Instinkt.

Sie kümmert es nicht, ob ihre Spielgefährten geflickte Strümpfe oder einen Papa mit einem Achtzylinder haben. Ihnen imponiert eine Villa mit sechzehn Zimmern viel weniger als jemand, der wie eine Katze miauen und auf zwei Fingern pfeifen kann. Weil sie eben Kinder sind.

Sie sitzen nebenan ebenso wie ihr hier auf ihren Bänken und betrachten einander. Mit etwas Mißtrauen, mit etwas Wohlwollen und mit viel Neugier. Sie wollen sich kennenlernen. Mit dem Kennenlernenwollen aber fängt das Verstehenkönnen an, und mit ihm allein ist uns zu helfen. Wenn ihr, die Erwachsenen, uns vertraut, dann wollen wir versuchen, es dahin zu bringen, daß sie alle zu Freunden werden. Das ist unser Wunsch. Eine Schule trägt nur zur Hälfte das Gesicht ihrer Lehrer, zur andern das der Kinder, die sie besuchen. Wir wollen, daß unsere Schule ein lachendes Gesicht hat.
Wir wollen, daß eure Kinder voreinander und vor ihren Mitmenschen Achtung gewinnen. Daß sie die Wahrheit sagen. Und daß sie selbst denken lernen. Dann könnte es sein, daß sie in zwanzig oder dreißig Jahren sich zurückerinnern und die Bankdirektoren unter ihnen sagen: Die Arbeiter – das waren doch die Gefährten unserer Jugend! Während die Arbeiter sagen werden: Die Dozenten und Sektionsräte – die haben doch mit uns dem Lehrer Reißnägel auf den Stuhl gelegt!
So, meine Verehrten, kann es vielleicht besser werden. Wollt ihr dazu helfen, daß es so wird?«
An dieser Stelle erhoben die Mamis ihre Stimmen und riefen: »Ja!« Dazu trampelten sie mit den Schuhen und trommelten auf den Bänken. Ein paar lachten, ein paar andere wischten sich eilig die Tränen ab. Aber sie alle riefen: »Ja!«
»So«, sagte der Herr Lehrer, als es wieder still wurde, »was ich euch heute erklärt habe, ist ebenso wichtig wie das große Einmaleins. Solange ihr es euch merkt, wird es ein Vergnügen sein, euren Kindern das kleine beizubringen. Und nun wollen wir anfangen.«
Damit war die Mütterstunde zu Ende. Aber nachdem der Herr Lehrer gegangen war, saßen die Mamis noch lange zusammen und unterhielten sich, als wären sie alte Bekannte. Sie saßen in den kleinen grünen Bänken und sprachen miteinander wie Freundinnen. Frau Czerny mit der Frau Ministerialrat, und die Frau Doktor mit Frau Schindelka.
Sie sprachen darüber, wie gern sie noch einmal zur Schule gehen würden.

Die vier im Jeep

Als die alte Frau Seidler in ihrer Aufregung auf die Straße hinauslief, lag diese schon ganz verlassen. Es war zehn Uhr vorüber. Über der Stadt Wien hingen gemütliche dunkelgraue Wolken, die aussahen wie wohlgenährte Teddybären, in den Wipfeln des nahen Wienerwaldes orgelte der Nachtwind, und hinter den Fenstern der Häuser konnte man viele kleine, flackernde Lichter sehen. Das waren die brennenden Kerzen an den Tannenbäumen. Die Menschen der großen Stadt Wien feierten an diesem Abend nämlich Weihnachten. Es war der Abend des 24. Dezember.

Irgendwo in der Ferne sangen Kinder. Und irgendwo in der Nähe wurden Äpfel gebraten. Ihr Duft drang bis auf die verlassene Straße heraus. Aber Frau Seidler bemerkte weder den Kindergesang noch den Apfelgeruch. Das kam, weil sie so entsetzlich aufgeregt war. Ihre Schwiegertochter machte ihr solche Sorgen! Und ihr Sohn war ausgerechnet jetzt nicht da!

Der Sohn der alten Frau Seidler rauchte gern Pfeife, spielte Sonntags gern Fußball und war wochentags im E-Werk angestellt. Er hatte dort einen sehr verantwortungsvollen Posten. Er saß in einer großen Halle vor einem großen Schaltbrett mit vielen geheimnisvollen Meßgeräten und Hebeln und gab acht, daß die Menschen in der großen Stadt Wien ihr elektrisches Licht bekamen. Die alte Frau Seidler und die junge Frau Seidler waren sehr stolz auf ihn.

Sie lebten zu dritt in einem kleinen Häuschen, weit draußen am Rande der Stadt, in Hütteldorf. Aber das machte den drei Seidlers nichts. Sie lebten gern weit draußen. Das Haus hatte einen kleinen Garten, in dem die junge Frau Seidler Gemüse zog; zweihundert Meter weiter begann der Wald, und nachts konnte man herrlich schlafen, weil es hier so still war.

Sie waren alle drei sehr glücklich, als feststand, daß die junge Frau Seidler ein Baby bekommen sollte. Sie freuten sich auf das Baby. Jetzt werde es sich überhaupt erst auszahlen, Gartenbesitzer zu sein, sagten sie.

Der Doktor, von dem sich die junge Frau Seidler untersuchen ließ, sagte: »Frau Seidler, ich gratuliere Ihnen! Nach menschlichem Ermessen wird das Baby zwischen dem ersten und fünften Januar zur Welt kommen!«

Nach menschlichem Ermessen!
Der arme Doktor! Er hatte ja nicht ahnen können, daß die junge Frau Seidler sich am 24. Dezember würde so aufregen müssen. Nein, das konnte er beim besten Willen nicht ahnen. Nicht einmal die junge Frau Seidler selbst konnte das. Aber sie regte sich auf. Und zwar als ihr Mann anrief...
Als ihr Mann anrief, war es dreiviertel zehn Uhr. In dem kleinen Häuschen roch es nach verbrannten Tannennadeln und frischem Kuchen. Im Wohnzimmer stand der Christbaum auf einem Tischchen. Darunter lagen die Weihnachtsgeschenke, alle liebevoll verpackt. In der Küche bruzzelte die Gans, und die Weinflaschen standen vor dem Fenster. Die Streichhölzer lagen griffbereit, um die Kerzen anzuzünden. Die alte und die junge Frau Seidler warteten sozusagen nur noch auf den Startschuß, um sich in Sekundenschnelle in den Seidlerschen Weihnachtsabend zu stürzen. Der Startschuß wäre das Ertönen der Hausklingel gewesen, die anzeigte, daß Herr Seidler heimkehrte. Aber die Hausklingel ertönte nicht. Statt dessen ertönte das Telefon. Die junge Frau Seidler hob ab. Es meldete sich Herr Seidler. Seine Stimme klang traurig: »Liebling, sei mir nicht böse...«
»Ich bin dir gar nicht böse. Wann kommst du endlich nach Hause?«
»Das ist es ja gerade, Liebling. Ich komme überhaupt nicht nach Hause.«
»Du kommst über...« Die junge Frau Seidler wollte »überhaupt« sagen, aber sie bekam das Wort nicht mehr heraus. Sie fühlte, wie ihr Herz in gräßlicher Weise zu klopfen begann.
»Nein, Liebling! Ich bin selber so unglücklich darüber! Aber was sollen wir tun? Im Zehnten Bezirk hat jemand einen elektrischen Weihnachtsbaum installiert und einen Kurzschluß verursacht, und nun ist ein Straßenkabel durchgeschmort. Jetzt hat die ganze Gegend kein Licht. Wir müssen sofort hin!«
»*Du* mußt hin? Wieso du? Das ist doch nicht deine Aufgabe!«
»Nein, natürlich nicht, Liebling! Aber heute ist Weihnachtsabend, und wir haben nur ganz wenige Leute hier. Da muß ich einspringen.«
»Da mußt du einspringen.«
»Liebling, versteh doch...«
»Ich verstehe schon«, sagte die junge Frau Seidler tapfer. Sie hatte sich fest vorgenommen, tapfer zu sein. Sie brachte es nur

nicht ganz zuwege. Plötzlich begann sie zu schluchzen: »Ach Gott, ach Gott, ist das schrecklich! Die schöne Gans! Und der Kuchen! Wir haben so auf dich gewartet! Und jetzt kommst du nicht!«
»Fangt inzwischen mit der Gans an!«
»Ohne dich? Keinen Bissen bringe ich hinunter!«
»Liebling, sei vernünftig!«
»Ich will nicht vernünftig sein! Ich kann nicht vernünftig sein! Es ist so eine schöne Gans . . .« Die junge Frau Seidler begann wieder zu weinen.
»Ich komme ganz schnell, Liebling«, sagte er nervös.
»Was ist ganz schnell?«
»In zwei bis drei Stunden spätestens«, sagte er. Und dann hängte er rasch ein.
Auch die junge Frau Seidler hängte ein. Als sie den Hörer in die Gabel legte, hatte sie das Gefühl, jemand striche ihr mit den Fingerspitzen zart über den Rücken. Es war zunächst ein ganz angenehmes Gefühl. Aber es blieb nicht angenehm. Aus dem Streichen wurde ein Drücken, aus dem Drücken ein Pressen und aus dem Pressen ein jäher, atemberaubender Schmerz.
Die junge Frau Seidler schrie kurz auf und ließ sich in einen Sessel fallen.
»Was hast du?« Die alte Frau Seidler eilte zu ihr.
»Es ist schon wieder vorüber, Mama«, sagte die junge Frau Seidler, der plötzlich kleine Schweißtropfen auf der Stirn standen. Und dann sagte sie leise: »Ruf das Krankenhaus an. Sie sollen schnell einen Wagen schicken.«
»Du glaubst . . .«
Die junge Frau Seidler nickte: »Ja«, sagte sie. »Ich glaube, ich habe mich am Telefon zu sehr aufgeregt. Das Baby kommt. Es kommt wohl ein bißchen früher als vorgesehen . . .«

Die nächste Viertelstunde war scheußlich für die arme alte Frau Seidler. Sie telefonierte mit dem Krankenhaus. Das Krankenhaus versprach, sogleich einen Wagen zu schicken. Dann versuchte die alte Frau Seidler, ihren Sohn zu erreichen. Aber der war nicht mehr im E-Werk. Dann stöhnte die junge Frau Seidler unterdrückt auf, weil sie nächste Wehe gekommen war. Dann betete die alte Frau Seidler ein wenig: »Lieber Gott, mach, daß der Krankenwagen endlich kommt!«

Aber der Krankenwagen kam nicht. Es hatte auch seine Nachteile, am Ende der Welt zu wohnen. Die junge Frau Seidler flüsterte: »Sei nicht so ungeduldig, Mama ... vielleicht findet der Chauffeur das Haus nicht gleich ...«
»Unsinn!« rief die alte Frau Seidler. »Ich rufe jetzt noch mal an!«
Die Schwester, mit der sie verbunden wurde, war selber unglücklich: »Frau Seidler, es ist schrecklich, ich höre gerade, daß unser Wagen auf der Fahrt zu Ihnen einen Reifenschaden hatte, und wir haben im Augenblick keinen anderen. Gedulden Sie sich, bitte! Jeden Moment muß ein Wagen zurückkommen! Wir schicken ihn dann sofort los!«
Die junge Frau Seidler seufzte.
Die alte Frau Seidler verlor den Kopf. Sie ließ den Hörer fallen und rief wild: »Ich warte nicht länger! Jetzt ist mir alles gleich! Ich laufe hinaus auf die Straße und halte das erste Auto an, das vorüberkommt!«
»Aber das geht doch nicht!« sagte die junge Frau Seidler mühsam.
»Geht nicht?« Die alte Frau Seidler lachte grimmig. »Und ob das geht! Dein Mann würde mir mit Recht die bittersten Vorwürfe machen, wenn ich es nicht tue!« Und fort war sie.
Ja, und da stand sie jetzt, zitternd vor Nervosität und Kälte, und betete: »Ein Auto, lieber Gott, schick ein Auto hier vorbei!«
Plötzlich zuckte sie zusammen und hörte auf zu beten, denn in der Ferne vernahm sie Motorengeräusch. Leise zuerst, dann lauter. Zuletzt gab es keinen Zweifel mehr: Ein Wagen kam auf sie zu! Die alte Frau Seidler rannte mit ausgebreiteten Armen in das blendende Scheinwerferlicht hinein. Da blieb der Wagen stehen. Frau Seidler konnte nicht gleich erkennen, wer am Steuer saß. Sie konnte nur die Stimme eines Mannes hören: »What's the matter?«
Es war ein Wagen der Internationalen Militärpolizei.
Eine Internationale Militärpolizei gibt es nur in der großen Stadt Wien. Gleich nach dem Krieg hatten sich in Wien die Franzosen, die Engländer, die Amerikaner und die Sowjets um einen großen Tisch gesetzt und beschlossen, eine gemeinsame Polizeitruppe zu bilden, die für alle vier Sektoren der Stadt zuständig sein sollte. Diese Polizeitruppe erhielt Autos mit starken Kurzwellengeräten, die senden und empfangen konnten. Und in einer Zentrale im Auersperg-Palais saßen ein paar Soldaten, welche die Autos

über Funk zu ihren Einsatzstellen dirigierten. In jedem der Funkwagen aber saß ein Franzose, ein Engländer, ein Russe und ein Amerikaner. Die Besatzungen sprachen alle Englisch. Ein solches Auto also hatte die alte Frau Seidler angehalten ...

Als sie sich von einer ersten kurzen Verblüffung erholt hatte, rief sie laut: »In dieses Haus da! Frau! Kriegt Kind! Schnell in Spital! Versteh'n?« Sie sprach gebrochen Deutsch in der ebenso weitverbreiteten wie irrigen Annahme, daß man sich Ausländern so besser verständlich macht.

Sie hatte Glück. Es gibt ein paar deutsche Worte, die jeder Soldat versteht. Dazu gehören die Worte ›Haus‹, ›Frau‹, ›Kind‹ und ›Spital‹.

Der Amerikaner, der am Steuer saß, sah den Russen neben sich an. Der Russe nickte kurz. Beide sprangen jetzt, ohne ein weiteres Wort zu verlieren, auf die Straße. Der baumlange Engländer und der freundliche kleine Franzose, die im Fond saßen, folgten. Und zu viert liefen sie hinter der alten Frau Seidler her in das kleine Häuschen hinein: vier junge Soldaten aus vier verschiedenen Ländern in vier verschiedenen Uniformen, die drei verschiedene Sprachen sprachen.

In dem kleinen Häuschen war mittlerweile die Gans angebrannt, man konnte es riechen. Es roch nicht gut. Aber niemand kümmerte sich darum. Die junge Frau Seidler lächelte schwach, als die vier Männer hereingestürmt kamen, und sagte mit schmalen Lippen: »Helloh!« Denn sie wollte die Herren begrüßen.

Die Herren handelten schnell und zielsicher. Der Amerikaner packte die junge Frau Seidler unter den Armen. Der Russe nahm ihre Beine. Gemeinsam hoben sie die junge Frau Seidler hoch und trugen sie ins Freie hinaus. Sie trugen sie sehr vorsichtig. Der Franzose und der Engländer paßten auf, daß sie sie sehr vorsichtig trugen. Sie betteten sie in den Fond des Wagens. Ihr Kopf lag im Schoß des Engländers. Der Franzose wickelte eine Decke um Ihre Beine. Dann fuhr der Amerikaner los. Zwischen ihm und dem Russen saß die alte Frau Seidler. Der Russe sagte zu ihr: »Alles bald ganz gutt, Mamuschka!«

Der Engländer sagte zu der jungen Frau Seidler: »Take it easy. Sie sind sehr brav.« Der Franzose hielt die Beine der jungen Frau Seidler fest und dachte an seine eigene junge Frau in Paris. Und der Amerikaner sah auf die Straße hinaus und hatte das Gefühl einer großen Verantwortung ...

Im Krankenhaus ging alles sehr schnell. Eine Bahre wurde geholt, und man trug die junge Frau Seidler in das Entbindungszimmer. Es war höchste Zeit, das Baby wollte unbedingt sofort geboren werden.
Die vier Soldaten standen in der großen, weiten und kalten Empfangshalle des Spitals und hörten zu, wie die alte Frau Seidler die Namen und Daten der jungen Frau Seidler und ihres Mannes angab. Eine Krankenschwester schrieb alle diese Daten auf.
In der Empfangshalle stand ein Christbaum. Auch seine Kerzen brannten. Die vier Soldaten sahen den Christbaum an, dann sahen sie die Krankenschwester an, und dann sahen sie die alte Frau Seidler an. Sie fühlten sich seltsam verlegen und traurig. Und so weit weg von zu Hause ...
»Wirrr gehen müssen«, sagte der Russe zuletzt. Die alte Frau Seidler gab ihnen allen die Hand und sagte leise: »Ich danke euch schön! Ihr seid gute Jungen! Ich wünsche euch ein frohes Weihnachtsfest!«
»Wirr dirr auch, Mamuschka«, sagte der Russe. Dann gingen die vier zu ihrem Wagen zurück.
Eine Stimme im Kurzwellenfunk rief ungeduldig nach ihnen. »Baker Alpha two! Baker Alpha two! Melden Sie sich!«
Der Amerikaner stellte das Gerät auf ›Senden‹ um und meldete sich: »Hier Baker Alpha two!«
Der Soldat in der Zentrale im Auersperg-Palais war wütend. »Wo stecken Sie, Baker Alpha two? Wir suchen Sie in der ganzen Stadt! Wo treiben Sie sich herum?«
»Wir haben eine schwangere Frau ins Spital gebracht, Sergeant!«
»Ach was!« rief die Stimme zurück. »Schwangere Frau! Etwas Besseres fällt euch wohl nicht ein, wie? Habt ihr nicht vielleicht ein kleines Bier getrunken – in eurem Spital?«
»Sergeant«, sagte der Amerikaner beschwörend in sein Handmikrophon, »wir haben wirklich eine Frau ins Krankenhaus gefahren!«
»Wie hieß die Frau? Wie hieß der Mann von der Frau?«
»Moment«, sagte der Amerikaner. Er wandte sich an die anderen. »Hört mal«, sagte er, »könnt ihr euch vielleicht erinnern, welche Namen die alte Frau der Krankenschwester angab? Ich habe es vergessen!«
Die anderen dachten nach. Dann schüttelten sie den Kopf. Sie

waren so aufgeregt gewesen, daß sie sich auch nicht mehr erinnern konnten. Der Russe nahm seine Pelzkappe ab und kratzte seinen Schädel. Er dachte angestrengt an die Szene in der Empfangshalle. Plötzlich erinnerte er sich und bekreuzigte sich erschrocken. Er sagte: »Großer Gott, ich weiß wieder! Nicht Familiennamen! Abber Vorrnamen . . .«
»Und wie waren die Vornamen?« fragte der Amerikaner.
Der Russe sah zu dem dunklen Himmel auf. Dann sah er zu der dunklen Erde nieder. Dann sagte er leise: »Sie chabben geheißen Maria und Josef.«

Der Autor, der die Spalten dieser Rubrik gewöhnlich füllt, hat einen Nervenzusammenbruch erlitten und ist außerstande, seiner dieswöchigen Verpflichtung nachzukommen.
Unser Mitarbeiter ist ein Opfer treuer Pflichterfüllung. Er brach zusammen, als man heuer, zum siebenten Mal in sieben Jahren, von ihm aus Anlaß des morgigen Ehrentages einen Artikel der Danksagung an die Mütter, geschrieben von einem Sohn, forderte. Eine nahe Verwandte von ihm hat uns jedoch liebenswürdigerweise einen Artikel der Danksagung an die Kinder, geschrieben von einer Mutter, zur Verfügung gestellt.

Lisa Simmel: Vergebt uns unsere Sünden!

Mein lieber Sohn!
Wenn ich morgen mit etlichen kleinen Angebinden bewaffnet an Dein Lager treten werde, auf dem Du Dich von der Erschütterung der Zumutung erholst, die Dich zu Boden geschmettert hat, dann wird mich wahrscheinlich eine große Beklemmung erfüllen, und ich kann nur hoffen, daß Du mir immerhin zubilligst, als eine der ersten den Mund aufgemacht zu haben im Zusammenhang mit einer Situation, die alle Mütter schon seit langem bedrückt, wie ich aus verschiedenen zuverlässigen Quellen weiß. Ich brauche nicht weiterzusprechen. Du weißt, was ich meine. Ich meine den Muttertag.
Jahraus, jahrein, heute, morgen und bis in alle Ewigkeit hinein ehrt und beschenkt ihr uns an diesem Tag und bringt uns, je nach persönlichem Geschmack und Geldbeutel, Gold, Weihrauch, Myrrhe, Nylonstrümpfe, Schokolade, Kinokarten, Rosen oder

saure Bonbons dar. Ihr umarmt und küßt uns. Ihr bezeigt uns eure Liebe. Ehrt uns. Hebt uns auf ein Podest und betet uns an. So will es die Sitte. Denn die Mutter ist ein heiliges Wesen, die Hüterin des Feuers, die Spenderin des Lebens. Damit hat man sich abgefunden, wer anderer Ansicht ist, der irrt. Oder er fällt unangenehm auf. Deshalb riskiert es auch keiner.

Dabei wäre es hoch an der Zeit, alles dies einmal von jener Seite zu beleuchten, die man ›die andere‹ nennt. Es gibt nämlich eine andere Seite. Das ist die, auf der alle Mütter stehen, die gefehlt und geirrt, gesündigt und böse gehandelt haben. Diese andere Seite ist leider groß. Ich weiß, wovon ich rede. Ich bin selbst eine Mutter. (Wie Du mir bestätigen wirst.) Und auch ich habe meine dunklen Punkte. Wenn ich sie auch herzlich bereue und versuche, sie wegzuwischen.

Es ist, wie gesagt, nicht üblich und gilt als tabu, davon zu reden, aber ich habe in dieser Woche ein ›Funkparlament‹ gehört, in dem jugendliche Gefangene zu Wort kamen, und seither erscheint es mir nicht länger tabu. Und jetzt rede ich davon.

Die jungen Verbrecher hatten auch alle Mütter. Geschiedene Mütter, Mütter, die sie nicht liebten, Mütter, die sie verstießen, Mütter, die mit einem anderen Mann davonliefen. Oder mit vielen anderen Männern. Mütter, auf die man sich nicht verlassen konnte. Mütter, die ihre Kinder verrieten.

Diesen Müttern ist nichts geschehen. Sie haben nur gelogen, getäuscht, verraten und verstoßen. Aber ihre Kinder sitzen im Gefängnis. Und müssen mit sich selbst in Ordnung bringen, was die Mütter angerichtet haben.

Das wäre aber nur der Anfang! Es gibt noch viele andere, die Unrecht getan haben. Wir alle haben Unrecht getan, das eine oder andere Mal. Wir alle haben euch, unsere Kinder, das eine oder das andere Mal im Stich gelassen, wenn ihr uns brauchtet. Wir waren gegen eure Bräute oder gegen eure Freunde unerbittlich. Wir haben euch nicht immer das helle Zimmer gegeben, das ihr brauchtet, und wir waren nicht immer da, wenn ihr die lachende Mami vonnöten hattet, die mit euch Ball spielte und in das Wasser der Alten Donau sprang. Wir haben euch die Zinnsoldaten nicht weggenommen und euch nicht beigebracht, daß es nichts Wichtigeres gibt als das Leben und nichts Größeres als die Würde des Menschen. Wir haben euch in ungeliebte Berufe gepreßt, wir haben euch in den Krieg gehen lassen, und wir konnten euch nicht verstehen, als ihr zurückkamt. Wir haben nicht immer eure neue Musik verstanden, und nicht eure Unrast, eure Verzweiflung nicht, und nicht eure Trauer. Wir haben oft geschlafen, anstatt mit euch zu wachen, und wir haben euch mit Vorwürfen wachgehalten, wenn ihr den Schlaf nötig gehabt hättet. Wir sind oft egoistisch und kleinlich, kindisch und verständnislos gewesen – und vieles, was wir euch angetan haben, trägt noch heute an euch seine bösen Früchte.

Wenn man die Sache so betrachtet, dann ist es eigentlich ein Wunder, daß ihr noch so gerade gewachsen und im Besitz eures gesunden Menschenverstandes seid! Denn was wir nur falsch machen konnten, das haben wir getan. Nicht immer, aber oft. Nicht absichtlich, aber ausgiebig. Und nicht alle, aber viele von uns. Und nicht aus einem schlechten Charakter heraus, sondern darum, weil es oft so entsetzlich schwer ist, Mutter zu sein. So schwer, wie ihr euch das überhaupt nicht vorstellen könnt! Man weiß meistens gar nicht, worauf man sich einläßt, wenn die Sache ihren bekannten biologischen Anfang nimmt. Und damit wäre ich, nachdem ich mich und uns alle lange genug angeklagt habe, dort angelangt, wo ich euch herzlich bitten möchte, uns zu verzeihen. Denn im Grunde sind wir doch alle arme, liebesbedürftige Kreaturen. Und nicht jede von uns hat alle die Verbrechen begangen, die ich erwähnte. Es sind viele unter uns, die das eine oder das andere unbegangen ließen. Man ist eben nicht schon ein Engel, wenn man eine Mutter ist!

Aber man ist deshalb auch nicht immer schon das Gegenteil! Wir haben es auch oft richtig gemacht, wir sind dagewesen, wenn ihr uns gebraucht habt, wir sind mit euch in der Donau geschwommen und auf den Hermannskogel geklettert, und wir haben euch in euren Sorgen verstanden und euch geholfen. Und deshalb muß man, glaube ich, das Problem von *beiden* Seiten betrachten.

Was meinst Du? Könnt ihr uns dann vergeben? Wollt ihr uns unsere Sünden verzeihen, jene, die wir begangen haben, und jene, die wir noch begehen werden? Und wollt ihr uns glauben, wenn wir sagen, daß ihr trotzdem und immer und einzig der Inhalt unseres Lebens seid?

Antworte bitte umgehend!

Deine Dich liebende Mutter

Okay! Dein Dich liebender Sohn

Jedermanns ›Jedermann‹

Haben Sie keine Angst: Es wird hier nicht oder nur sehr wenig vom ›Jedermann‹ die Rede sein. Der Artikel trägt seinen Titel eigentlich ausschließlich deshalb, weil sein Verfasser der Versuchung, ihn zu verwenden, nicht widerstehen konnte. Nein, das Sterben des reichen Mannes (der unserer ebenso wie Ihrer Ansicht nach schon viel zu lange stirbt) wird hier nur so weit Erwähnung finden, wie sich dies in einer Betrachtung im Zusammenhang mit den Salzburger Festspielen nicht vermeiden läßt. Sie wissen doch: Salzburg, jene Stadt im Herzen Österreichs, in der man sich in diesen Tagen ganz gut mit jenen paar Brocken Ungarisch zurechtfindet, die man sich in Wien angeeignet hat: Salzburg, jene Stadt, aus der in diesen Tagen die Sonderberichterstatter der besseren Wiener Zeitungen ihren Lesern mitteilen, wie ihnen die verschiedenen kulturellen Darbietungen gefallen haben, Salzburg, jene Stadt, deren kunstsinnige Bewohner entschlossen sind, von dem, was sie in diesen Tagen einnehmen, ein ganzes Jahr lang gut zu leben. Mit einem Wort: Salzburg. Sie wissen schon.

Weil es sich herumgesprochen hat, daß selbst in diesen Tagen ein Teil der Bevölkerung Österreichs zu Hause bleibt, entschlossen sich die Rundfunkstationen unseres Landes selbstlos zur Übertragung des Festspielprogramms. Auf diese Weise werden eigentlich nur noch drei Kategorien von Mitbürgern um den Genuß eines akustischen Dabeiseins gebracht: solche, die keinen Radioapparat besitzen, solche, die keine Zeit haben, sich an ihn zu setzen, und schließlich solche, die keine Ohren haben. Die Angehörigen der ersten Kategorie können sich damit helfen, daß sie Freunde aufsuchen. Die Angehörigen der letzten Kategorie hätten auch nichts davon, wenn sie selbst nach Salzburg führen.

Am Sonntag, dem 31. Juli, übertrugen die Sender das erste Mozart-Konzert. Um 12.33 Uhr mitteleuropäischer Zeit war das ›Ave verum‹ zu hören. Am Montag sprach der Verfasser dieser Zeilen bei vier Personen vor, die alle in Wien geblieben waren. Die vier Personen hießen: Frau Franziska Hellberg, Herr Josef Kriehuber, Fräulein Anna Pichler und Herr Matthias Wiemann (weder verwandt noch verschwägert noch identisch mit dem gleichnamigen Schauspieler). Den vier Personen war eines gemeinsam: Sie alle hatten am Sonntag, dem 31. Juli, um 12.33 Uhr mitteleuropäischer Zeit das ›Ave verum‹ gehört. Aus diesem Grund wurde ihnen allen die gleiche Frage vorgelegt: »Womit waren Sie zu dieser Zeit beschäftigt?«

Im folgenden erteilen wir zunächst Frau Franziska Hellberg das Wort: »Ich war beim Übersiedeln. In der Woche bin ich beschäftigt. Der Sonntag ist mein freier Tag. Weil er mein freier Tag ist, verwendete ich ihn dazu, zu packen. Es war, wie Sie sich erinnern werden, sehr heiß. Ich hatte alle Fenster geschlossen und arbeitete im Badetrikot. Meine Wohnung sah ungefähr so aus wie Wallensteins Lager zur Zeit der größten Unordnung. Ein Teil der Möbel war schon fort. Wäscheberge türmten sich auf dem Eiskasten. Bücher lagen in Wäschekörben. Der Diwan war beladen mit Geschirr. Und auf dem Fußboden, unter dem Fenster, stand der Radioapparat. Er lief schon den ganzen Vormittag. Aber um 12.33 Uhr, als das ›Ave verum‹ begann, bemerkte ich erst, daß er lief. Ich legte den Stapel Frottierhandtücher, den ich gerade einpacken wollte, beiseite und wischte mir den Schweiß von der Stirn. Dann setzte ich mich neben das Radio, lehnte mich an die Wand und schloß die Augen. Und dann war mir plötzlich sehr feierlich zumute. Ich vergaß die Hitze, die Arbeit, die Umgebung. Ich hörte nur die Musik. Als das ›Ave verum‹ verklungen war, packte ich die Frottierhandtücher ein. Das waren meine Salzburger Festspiele 1949.«

Herr Josef Kriehuber erklärte: »Ich bin Tankwart in Hietzing. Ich besitze kein Radio. Am Sonntag, zu Mittag, kam ein Mann mit einem Steyr 220 vorgefahren. Der Mann hatte seine Familie bei sich: Frau und Kinder. Außerdem hatte sein Auto ein eingebautes Radio. Das Radio lief. Ich hörte Musik. Der Mann wollte tanken. Und irgend etwas mit seinen Zündkerzen sei nicht in Ordnung, sagte er. Ich gab ihm Benzin und Öl und dann öffnete ich die Motorhaube, um nach den Kerzen zu sehen. Zu dieser Zeit muß es gerade 12.33 Uhr gewesen sein. Denn der Mann sagte plötzlich: ›Kommen Sie her!‹ Ich folgte, und er wies auf das kleine Radio und sagte: ›Mozart‹. So hörten wir das ›Ave verum‹: der Mann, seine Frau, seine Kinder und ich. Die beiden Kinder waren ganz still, und der Mann nahm sogar seine Zigarre aus dem Mund und warf sie fort, als schmecke sie ihm nicht mehr. Es war eine sehr feine Zigarre. Mit Bauchbinde. Als das ›Ave verum‹ vorüber war, stand ich auf und brachte die Sache mit den Kerzen in Ordnung. Der Mann bedankte sich. Und dann

gab er mir erstens die Hand und zweitens fünf Schilling Trinkgeld. Ich glaube, er hatte Mozart sehr gern.«
Fräulein Anna Pichler konnte sich zuerst nicht erinnern. Dann sagte sie: »Ach ja, natürlich ... jetzt weiß ich es wieder. Ich bin Tippfräulein. Und ich hatte eine neue Arbeit übernommen. Einen Roman abschreiben. Weil ich mir doch ein neues Kleid kaufen will. Ich habe zeitig am Morgen mit dem Abschreiben begonnen, weil es in der Früh immer so schön kühl ist. Gegen Mittag tat mir der Rücken weh, und ich fragte meine Wirtin, ob ich baden dürfte. (Ich wohne nämlich möbliert.) Ich setzte mich in die Wanne. Die Tür zu meinem Zimmer ließ ich offen. Das Radio spielte. Ich höre gern Radio, wenn ich bade. Man wird so schön müde dabei. Es war gerade 12.33 Uhr, als ich in das kalte Wasser stieg und das ›Ave verum‹ begann. Aber ich wurde gar nicht müde! Ich wurde nur ein bißchen traurig, doch es war eine sehr angenehme Traurigkeit. Ich wurde nur traurig, weil die Musik so schön war und weil ich mich so wohl fühlte. Mein Rücken tat gar nicht mehr weh, und ich stellte mir vor, wie gut mir das neue Kleid passen wird, und dann hatte ich auf einmal Sehnsucht. Wonach? Das weiß ich nicht ...«
Herr Matthias Wiemann sagte: »Ich bin Chauffeur. Ich fahre einen Autobus von Kaisermühlen in die Lobau und zurück. Alle vierzig Minuten. Mein Autobus hat ein Radio. Es ist ziemlich kaputt – ebenso wie der Autobus –, aber manchmal funktioniert es doch. (Ebenso wie der Autobus.) Am Sonntag ist immer viel zu tun. Besonders wenn es schön ist. Weil dann nämlich viele Leute baden fahren. Am Sonntag war es schön. Und es war auch viel zu tun. Um 12.33 Uhr bin ich gerade zur Lobau unterwegs gewesen. Der Autobus war voll, und die Leute haben alle durcheinandergeredet. Weil mir sehr fad gewesen ist, habe ich das Radio eingeschaltet. Und dann haben wir plötzlich Musik gehört. Ich wußte nicht, daß wir das ›Ave verum‹ hörten, und ich glaube auch, daß die meisten anderen Leute es nicht gewußt haben. Aber es ist auf einmal ganz still um mich herum geworden, und sogar wenn ich in ein besonders großes Schlagloch gefahren bin, hat niemand geflucht. Und weil der Empfang durch die Fahrt gestört war, bin ich stehengeblieben. Neben einem großen Kornfeld. So lange, bis das ›Ave verum‹ zu Ende war. Dann bin ich weitergefahren.«
Das ist das Ergebnis unserer Umfrage.

Abschließend stelle ich fest, daß von ›Jedermann‹ eigentlich überhaupt nicht die Rede war.
Oder doch?

Romeo und Julia

Die Geschichte, die wir hier erzählen, ist nicht neu. Sie hat viele klassische Vorbilder. Es ist sozusagen eine ewige Geschichte. Nur daß ihre Helden diesmal nicht Romeo und Julia heißen, sondern Franz und Anna. Aber das ist Nebensache. Die Hauptsache bei Romeo und Julia war, wie Sie sich bestimmt erinnern können, nicht ihr oder sein Vorname. Die Hauptsache war die Liebe. Und die Liebe ist auch in unserer Geschichte die Hauptsache.
Es begann alles in einem großen alten Herrschaftshaus im Wiener Cottage. Das Herrschaftshaus war so groß, daß in seinem Park auch ein Gärtnerhaus stand. Neben der Garage. Und das Gärtnerhaus war immer noch eine durchaus respektable Einfamilienvilla. In ihr wohnten die Stufenhorsts. Eigentlich waren es ›von Stufenhorsts‹ – aber seit einigen Jahren hatten sie das ›von‹ gestrichen. Sie hatten auch noch eine ganze Menge anderer Dinge gestrichen – denn sie waren verarmt. Einmal hatten *sie* in dem Herrschaftshaus gewohnt, mit Dienern, Empfängen, silbernen Leuchtern und viel, viel Geld.
Na ja.
Jetzt wohnten sie eben im Gärtnerhaus: Vater, Mutter und Anna, die siebzehnjährige Tochter. Nur die alte Mila war bei ihnen geblieben – Annas Kinderfrau. Sie versah jetzt die Aufgaben des gesamten früheren Personals. Die übrigen Angestellten wohnten noch immer drüben, im Hauptgebäude. Nur hatten sie jetzt andere Brotgeber – die Herrschaften, die das große Haus nach Kriegsende gemietet hatten, eine gewisse Familie Wambausek. Vater, Mutter und Sohn. Der Sohn hieß Franz. Franz Wambausek. Kein sehr aristokratischer Name. Aber es war auch keine sehr aristokratische Familie. Export und Import. Mit einem Buick Eight. Und sehr, sehr viel Geld. Man wußte nicht genau, woher sie es hatten. Sie hatten es eben. Herr Wambausek

war ein tüchtiger Geschäftsmann. Er sah übrigens so aus, wie er hieß – und die Stufenhorsts gingen ihm aus dem Weg. Sie fanden, er rieche nach Schmalz.
Herr Wambausek wiederum fand, die Stufenhorsts seien ein unmöglich arrogantes Pack, und versuchte des öfteren, das Wohnungsamt zu bewegen, ihnen eine andere Bleibe zuzuweisen. Weil er nämlich das Gärtnerhaus als Gästequartier einrichten wollte. Herr Wambausek hatte viele Gäste. Ordinäre Gäste – die Männer wie die Frauen. Vermutlich lauter Gemüsegroßverteiler und Bardamen. Sie tranken viel, machten Lärm und pflegten in den frühen Morgenstunden den Park zu bevölkern, zu grölen, zu kreischen und durch das Starten ihrer Luxuslimousinen die Stufenhorsts aus dem Schlaf zu reißen.
Die Stufenhorsts widersetzten sich den Tauschvorschlägen des Wohnungsamts energisch. Wenn sie schon nicht mehr in ihrem eigenen Haus wohnen konnten, so wollten sie es doch wenigstens sehen! Durch ihre Weigerung, auszuziehen, schufen sie so etwas wie einen nicht erklärten Kriegszustand. Geldaristokratie kontra Standesaristokratie – oder wie man es nennen will. Selbst die Dienstboten beteiligten sich daran. Mila war zu Hause, auf der Straße, beim Kaufmann mit ihnen bald in einen richtigen Bürgerkrieg verwickelt.
Dieser Bürgerkrieg hatte seine komischen Aspekte – aber auch seine tragischen. Die tragischen begannen, als Franz und Anna eines Tages, anläßlich eines Treffens im Park, entdeckten, daß sie einander ungemein sympathisch waren. Zuerst ging alles herrlich: Franz lud Anna zu einem Eis im Türkenschanzpark ein, sie tanzten ein wenig – und sie wurden einander mit jeder Minute sympathischer. Erst als sie heimkamen, ging es los. Ein Diener hatte beide gesehen und steckte es beflissen Franz' Vater. Und dieser machte seinem Sohn einen richtigen Wambausekschen Krach. Mit allem Drum und Dran. Während zur gleichen Zeit, in wesentlich gepflegteren Formen, Herr (von) Stufenhorst mit seiner Tochter sprach. Er meinte, sie sollte doch vernünftig sein. Nichts gegen Franz als Franz. Aber alles gegen Franz als Franz Wambausek. Schließlich hatte man doch seine Ehre, nicht wahr?
Die Liebe, das wissen Sie ja, ist eine Himmelsmacht. Die Jungen kümmerten sich nicht darum, was die Eltern ihnen erzählten. Sie stellten es nur in Zukunft heimlicher an, wenn sie einander tra-

fen. Mit der Zeit fanden sie, daß sie sich nicht nur sympathisch waren. Sondern daß sie einander liebten. Sehr liebten. Über alle Maßen liebten. Das stellten sie anläßlich einer Bootsfahrt auf der Alten Donau fest.

Natürlich kam wieder jemand dahinter, daß Franz und Anna sich nicht an die Anordnungen der Eltern hielten – und die Folge war, daß Franz von Wambausek senior ein paar Ohrfeigen erhielt, und Anna von (von) Stufenhorst Stubenarrest. Denn Stufenhorst hatte Adlersche Kinderpsychologie studiert und war gegen körperliche Züchtigungen.

Nun besaß Annas kleines Zimmer einen Balkon. Und vor diesem Balkon erschien im Dunkel der Nacht Franz und pfiff. Anna ließ eine Wäscheleine hinunter (sie konnte nichts für dic Romeo-Julia-Parallele, es war die einzige Möglichkeit, Franz ins Haus zu bekommen), und Franz kletterte nach oben. Und verbrachte die Nacht bei der Geliebten. Es ist nicht die Schuld des Chronisten, wenn er berichten muß, daß eine Nachtigall im Garten sang. Nachtigallen tun das bisweilen. Was soll man machen?

Das Unheil nahte schnell: Wambausek gab zur gleichen Zeit eine Gesellschaft in seinem Haus, und als morgens die heftig alkoholisierten Gäste grölend durch den Garten schwankten, erblickten sie einen jungen Mann, der eben vom Balkon des Gärtnerhauses kletterte.

Wambauseks Zorn kannte keine Grenzen. Diesmal beschloß er, durchzugreifen. (So nannte er das.) Er vermittelte seinem Sohne eine Stelle bei einem Handelsunternehmen in Linz und bewerkstelligte eine beschleunigte Abreise seines Sprößlings. Dazu kam es jedoch nicht mehr. In äußerster Not beschlossen Franz und Anna eine äußerste Maßnahme: Sie bereiteten ihre Flucht vor. Franz verkaufte seine Armbanduhr, zwei seiner Anzüge und sein Motorrad, und des Nachts verließ er mit Anna das Elternhaus, nahm ein Taxi und erreichte eben noch den Arlberg-Expreß. Als die respektiven väterlichen Urheber der beiden die Polizei verständigten, waren Franz und Anna schon westlich der Enns.

In Salzburg angekommen, fanden sie, daß Österreich ein zu unsicherer Boden für sie geworden war. Sie mußten weiterfliehen. Ins Ausland. Die Sache hatte nur einen Haken: Keiner von beiden besaß einen Paß. Sie horchten herum. Es stellte sich ferner heraus, daß menschenfreundliche Ungarn in diesem Lager eine rege Beziehung zu Deutschland aufrechterhielten. Gegen Geld

erklärten sie sich bereit, die beiden in einem Schmugglertransport über die Grenze zu bringen. Dafür erklärten Franz und Anna sich bereit, je einen kleinen Koffer mitzunehmen.
Die Expedition – bei Nacht, Sturm und Nebel angelaufen – mißlang. Die Grenzpolizei erwischte die ganze Gesellschaft. Franz und Anna verweigerten die Angabe ihrer wahren Namen und Daten. Alle Papiere hatten sie in Salzburg gelassen. Bei Untersuchung ihres Gepäcks stellte sich heraus, daß die beiden kleinen Koffer mit Rauschgift gefüllt waren. Es wäre zuviel von der Polizei verlangt gewesen, ihnen zu glauben, daß sie nichts von der ganzen Affäre gewußt hatten. Es verlangte auch niemand von der Polizei. Und sie glaubte es auch nicht. Sie verhaftete Franz und Anna und die anderen Herren der kleinen Grenzpartie. Die Herren kamen in ein Gefängnis. Und Anna in ein anderes. So waren Franz und Anna getrennt und schlimmer daran als je zuvor.
Anna machte im Gefängnis ein paar sehr interessante Bekanntschaften. Unter anderem hörte sie, wie einfach es war, aus dem Gefängniskrankenhaus zu entkommen. In der Hoffnung, dies tun zu können, nahm sie eines Abends eine Überdosis Veronal zu sich. Man entdeckte die Bewußtlose sehr spät. Und ihr Zustand schien so ernst, daß man Franz, von dem sie phantasierte, ins Krankenhaus kommen ließ. Am Bett der zwischen Tod und Leben schwebenden Anna trafen die beiden Geliebten wieder zusammen: Franz begleitet von einem Polizisten, Anna bewacht von einer Anstaltsschwester. Es war ein trauriges Wiedersehen – aber es war ein Wiedersehen, immerhin.
Die Kunst der Ärzte siegte über den Tod. Anna behielt ihr Leben. Und ein tüchtiger Reporter bekam Wind von der ganzen Affäre. Die Zeitungen, der Rundfunk hatten plötzlich ihre Sensation. Das ganze Land sprach von ›Romeo und Julia 1950‹. Das polizeiliche Verfahren gegen beide wurde niedergeschlagen. Als man sie entließ, wartete schon der Chef einer großen Filmgesellschaft. Er wollte einen Film über Franz und Anna drehen. Einen Film über die Liebe, die es selbst 1950 noch gab und die über alle Widernisse siegte. Im Vertrag, den er Anna gleich mitbrachte, stand, sie müsse sich nur verpflichten, für die Dauer der Dreharbeiten kein Baby zu bekommen. Anna lehnte den Vertrag ab. Sie erklärte, sie könne die Bedingung nicht mehr erfüllen.
Und wieder hatten die Zeitungen ihre Sensation.

Franz und Anna kehrten nach Wien zurück. Sie wohnten in einem kleinen Zimmer – zur Untermiete. Sie erklärten, sie würden erst heimkehren, wenn die Eltern ihre Zustimmung zu einer Eheschließung gaben.
Aber noch blieben die Eltern hart. Herr (von) Stufenhorst erklärte, er wolle lieber einen unehelichen Enkel als einen Wambausekschen Enkel. Da griff, gezwungen durch die öffentliche Meinung, der Staat ein. Der tüchtige Rechtsanwalt K. fand einen Paragraphen des äußersten Notstandes, in dem der Staat die Patenschaft über ein junges Mädchen (Franz war schon volljährig) übernehmen und sie einem Manne zum Weibe geben konnte, wenn die Eltern unmoralischer- oder unsinnigerweise halsstarrig waren.
In einer Gerichtsverhandlung bestimmte der bereits mehrmals genannte Staat, daß Franz und Anna, gegen den elterlichen Willen, das Recht erhalten sollten, zu heiraten.
Das taten sie dann auch. In der Stefanskirche zu Wien. Im Jahre 1950. Zu Orgelmusik. Und unter einer Rekordbeteiligung der Bevölkerung. Als die Ringe gewechselt und die Ehe ausgesprochen worden war, da waren auch die anwesenden Stufenhorsts und Wambauseks besiegt: Tränenden Auges gaben sie ihren Kindern ihren Segen.
Die Liebe hatte eine Fehde besiegt, die ausgesehen hatte, als sei sie unbesiegbar.

Die Blätter fallen . . .

Wie das Leben vergeht, so wird unsere Zeit vergeudet.
Nichts ist von Dauer, lesen wir, nur der Wechsel besteht, und der Augenblick allein währt ewig. Wir werden geboren, ohne daß man uns fragt, und schreiten unter Vergießen von Blut, Schweiß und Tränen durch eine kurze Reihe von Jahren unserem Ende entgegen, vor dem sich auch niemand nach unserem Wunsch erkundigt. Der Sommer geht, der Winter kommt, wieder wird es Frühling – es ist dieselbe Sonne, die uns bescheint, heute wie alle Tage. Manchmal nur, und dann für Sekunden, glauben wir zu begreifen, daß wir ›aus jenem Stoff wie Träume‹ sind und daß

›unser kleines Sein von nichts umschlossen wird als einem tiefen Schlaf‹. Wir verändern uns ständig, niemals sind wir die gleichen. Was wir an Erfahrung gewinnen, verlieren wir an Mut. Am Ende des Daseins sind wir schon wieder Kinder, die sich vor dem Sterben fürchten. Was bleibt uns also?
Wer weiß? Vielleicht die Erinnerung.
Ich erinnere mich – an den Morgen des 1. Oktober beispielsweise. Ich stand am Fenster und dachte an die Kette der Jahre, die hinter mir und hinter dir und hinter uns allen liegt, an die vielen Male, zu denen das Laub in meinem Leben von den Bäumen fiel, an die vielen Male, die ich zu dem stahlgrauen, unbewegten Himmel aufsah. Wo war der Schnee des vorigen Winters? Wo war mein Schmerz, wo war meine Freude von gestern? Zergangen, fortgeflogen, vergessen.
Nun war es wieder Herbst. Nicht lange. Dann wird der Winter kommen. Und dann die warmen Winde und die hellen Nächte, und über einer kleinen Weile schwimmt auch ein sommerlicher Mond über den nachtdunklen Himmel nach Westen. Aber an diesem Morgen fiel das Laub von den Bäumen, und ich erinnerte mich. Als ich klein war ... da fiel das Laub ebenso still und beharrlich, Jahr für Jahr. Es fiel auf Gräber, auf wunderschöne Autos, auf das Haar von Mädchen, die heute schon Frauen sind. Ich erinnerte mich an alles ganz genau: an die Nachmittage im Park, an die Dämmerstunde, wenn man, angeregt und durchwärmt, von einem Spaziergang heimgekehrt, den Geschichten von Feen, Elfen und bösen Königinnen lauschte, die meine gute Mutter erzählte: an die Geschichte von Hans im Glück, der einen Goldklumpen, groß wie dein Kopf, gegen Dinge eintauschte, die von Mal zu Mal weniger Wert hatten, und dabei stets fröhlicher wurde; an den Jüngling, der auszog, um auf haarsträubende Weise das Fürchten zu lernen; und an den kleinen Mann im Walde, der so froh, ach so froh war, weil niemand wußte, daß er Rumpelstilzchen hieß.
Dann ging ich zur Schule, und als das Laub wieder fiel, schrieben wir in der Deutschstunde einen Aufsatz, dessen Titel war: ›Der Herbst ist da!‹ Wie weit, lieber Gott, lag all das schon zurück, wie weit! Und doch erinnerte ich mich noch ganz genau und wollte es nie vergessen. Einmal verließ mich ein Freund, als das Laub fiel. Es war sehr kalt, und ich war unglücklich. Und einmal, in einem ganz anderen Jahr, küßte mich ein Mädchen, als das

Laub fiel, und ich war glücklich, sehr glücklich, während ich sie in meinen Armen hielt. Und hinter mir hörte ich den leisen Schritt der Zeit, die uns folgte und immer weiterging und uns hineinführte in einen lachenden Sommer. Ich erinnerte mich an eine Reise durch Ungarn und an den kleinen Pferdewagen, der uns über die weite Ebene trug. Der Stadt und der Grenze entgegen.

Ich erinnerte mich an Ruinen im Herbst und an schwarze, reglose Klumpen, die einmal Menschen gewesen waren und nun festgefroren an der Erde klebten, zu der sie selber bald werden sollten. Durch all meine Jahre fiel Laub, immer anderes und immer das gleiche. Denn wenn wir es auch glauben, so gibt es doch nichts Neues unter der Sonne. Alles, was wir erleben, haben andere vor uns erlebt, alles, was wir sehen, haben schon andere gesehen, unsere Freude war ihre Freude, und ihre Tränen schmeckten salzig wie die unseren.

Meine Kinder, dachte ich, werden eines Tages wie ich an irgendeinem Fenster stehen und sich Gedanken über das fallende Laub machen, sich an die Vergangenheit erinnern und an ihre Kinder, meine Enkel, denken, wie es mein Vater getan hat und mein Großvater. Auch er, dessen bin ich sicher, war ergriffen gewesen von der ständigen Unsicherheit und dem Fehlen jeder Beharrlichkeit in dieser Welt. Die Vergeblichkeit des Unterfangens, sich bewahren zu wollen, war ihm ebenso klargeworden wie mir, der ich mich hundert Jahre später nach Sicherheit sehne.

Wir alle, wo immer wir sind, erfahren dasselbe. Über unserem Erleben aber kommen wir zu verschiedenen Gefühlswerten und vergessen, daß die Blätter für uns alle fallen, wie die Sonne sich für uns alle erhebt oder der Wind für uns alle weht; daß alle Mütter ihren Kindern Märchen erzählen, wenn es dämmert; daß irgend jemand irgendwo in der Welt immer verlassen wird, wenn es regnet; daß irgend jemand irgendwo in der Welt immer glücklich ist, weil er lebt; und daß, wenn schon nicht das Leben, so doch der Tod uns wieder zu Brüdern macht.

Ich stand an meinem Fenster und dachte an die große Gemeinschaft aller Menschen, der ich angehöre; sie vergeht und kommt wieder, erreicht die Erde, besteht eine Weile und erneuert sich stets. Ein einzelnes Blatt ist ohne jede Bedeutung, ohne Sinn, ohne Zweck. Gemeinsam mit ungezählten anderen aber bringt es den Herbst. Ich selbst, auf mich allein gestellt, bin sinnlos,

ohne Bedeutung, ohne Sinn, ohne Zweck. Gemeinsam, mit ungezählten anderen aber – bin ich zu dem seltsamen Gebilde geworden, das man die Menschheit nennt. In ihr gewinnt mein Leben Sinn, in ihr erst werde ich selbst ein Mensch. Wir dürfen, dachte ich, niemals einsam sein, denn wir brauchen einander, ich dich und du mich. Für die Ewigkeit sind wir nur dürres Laub, aber auch wir könnten die Welt verzaubern – gemeinsam.
Meine Pfeife war ausgegangen. Ich trat zu der Bücherwand, um ein paar Zeilen zu lesen, die vor langer Zeit ein Mann namens John Donne geschrieben hat. Ich liebe sie sehr. Während draußen weiter die Blätter zu Boden sanken, las ich:
›Niemand ist eine Insel, ganz für sich allein. Jedermann ist ein Stück des Kontinents, ein Teil des festen Landes. Wäscht das Meer eine Scholle fort, wird ganz Europa ärmer, so, als ob eine Landzunge verschlungen würde oder ein Schloß, das deinen Freunden gehört oder dir selbst. Jedermanns Tod macht mich ärmer, denn ich bin hineinverstrickt in die Menschenwelt. Und deshalb verlange nie zu wissen, wem die Stunde schlägt. Sie schlägt immer für dich.‹

Die Erde soll einmal ein Paradies gewesen sein

Es war einmal ein Mann, der gehörte zu den begabtesten und meistgelesenen jungen Autoren Deutschlands. Seine Bücher verkauften sich wie warme Semmeln. Erwachsene wie Kinder lasen seine Kinderbücher. Kinder wie Erwachsene lasen seine Bücher für Erwachsene. Mit den Zeitgedichten, die er schrieb, begründete er so etwas wie eine eigene Schule. Viele Leute lernten sie auswendig. Seine Gedichte waren sehr lustig und sehr traurig, und immer beides zugleich. Der Mann, der sie schrieb, kannte das Leben in jeder Gestalt, er kannte es per Du und per Sie. Und er kannte den Kakao, durch den man uns zieht, und er wußte zu dem Thema so manches Lied. Und das Herz tat ihm manchmal beim Schreiben weh. Denn er schrieb nicht nur mit der Hand. Er sagte sehr bissige und unfreundliche Dinge über die Menschen, aber zu allen Zeiten glaubte er an sie. ›Die Erde‹, schrieb er, ›soll einmal ein Paradies gewesen sein. Möglich ist alles. Die Erde könnte wieder ein Paradies werden. Alles ist möglich.‹ Der Mann, von dem hier die Rede ist, hatte Erfolg. Manchmal hatte er auch Geld, so wie wir alle gelegentlich Geld haben. Des weiteren hatte der Mann – wenigstens behauptete er das vor Freunden – ein schwaches Herz, und deshalb durfte er nur feinen Champagner trinken. Der Mann hatte einen Doktortitel. Und sah aus wie der Schauspieler Erich Ponto. Nur jünger. Und schließlich hatte der Mann auch eine Mutter. Und diese Mutter hatte er lieb. Das konnte man ganz deutlich feststellen, auch wenn man ihn selbst gar nicht kannte. Man mußte zu diesem Behufe nur seine Bücher lesen.

Man konnte dieser Mutter im ›Fliegenden Klassenzimmer‹ und im ›Fabian‹ begegnen, in den ›Drei Männern im Schnee‹ und in ›Emil und die Detektive‹. Es muß eine ganz außerordentlich gute Mutter gewesen sein, denn ihr Sohn liebte sie ganz außerordentlich. Als die Nazis kamen, ging es diesem Mann gar nicht besonders gut. Zunächst einmal durfte er nicht mehr schreiben. Danach verbrannte man seine Bücher. Und war sehr häßlich zu ihm. Andere Leute in dieser Situation verließen das Land. Der Mann, den wir meinen, hätte das auch tun können. Aber er tat es nicht. Er blieb. Er blieb wegen seiner Mutter, die eine alte Frau war und nicht mehr emigrieren wollte. Er blieb und er überlebte. Am 23. Februar wird er fünfzig Jahre alt. Der Mann, den wir meinen, heißt Erich Kästner.

Er wurde geboren und wuchs auf in Dresden. Er ging nach Leipzig, studierte und arbeitete bei den ›Leipziger Neuesten Nachrichten‹. Und dann fuhr er nach Berlin, wo er durch seine Gedichte bekannt wurde. Er schrieb, abwechselnd mit Erich Weinert, zunächst für ›M.M.‹, den ›Montag-Morgen‹. Dann ging er zum Kabarett und verursachte eine lokale Sensation mit seinem ›Lied vom Magistratsbeamten Karsch‹.

Von seinen Kinderbüchern wurde ›Emil und die Detektive‹ verfilmt. Herr Dr. Erich Kästners Gedichte fanden sich, in Sammelbänden mit Titeln wie ›Lärm im Spiegel‹, ›Herz auf Taille‹, ›Ein Mann gibt Auskunft‹, ›Gesang zwischen den Stühlen‹ und ›Lyrische Hausapotheke‹ im ganzen Land und an den ungewöhnlichsten Orten.

Zwischen 1934 und 1945 hörte man nichts von Kästner. Er schwieg. Seine Freunde sahen ihn regelmäßig im Café Leon am

Kurfürstendamm. Er trank noch immer Champagner (weil er doch ein schwaches Herz hatte). Und außerdem schrieb er emsig an dem kleinen Marmortischchen, an dem er saß. Aber wenn jemand zu ihm trat, dann deckte er das Geschriebene zu.
Heute kann man ruhig darüber reden. Über den Film ›Münchhausen‹ beispielsweise. Das Drehbuch stammte von einem gewissen Berthold Bürger. Und das war in Wahrheit der Doktor Erich Kästner. Das ›Lebenslängliche Kind‹ hingegen schrieb ein gewisser Hubert Neuner. Und das war auch der Doktor Erich Kästner. Und das Buch vom ›Kleinen Grenzverkehr‹ stammte gleichfalls von ihm.
Aber endlich war Schluß, und niemand schrieb mehr unter irgendeinem anderen Namen, und der Herr Dr. Kästner saß noch immer im Café Leon und trank Champagner. Weil er doch so ein schwaches Herz hatte. Und seine Freunde zerbrachen sich den Kopf darüber, woher er wohl das nötige Kleingeld nahm. Sie zerbrechen ihn sich heute noch.
1945 wurde Kästner erster Feuilletonredakteur der amerikanisch lizenzierten ›Neuen Zeitung‹ in München. Etwas später eröffnete er sein eigenes Kabarett, ›Die Schaubude‹. Und schrieb ein neues Buch zu Ende. Herr Erich Kästner hat viel zu tun.
Auf ihn selbst passen die Zeilen, die er über seinen bevorzugten Klassiker Gotthold Ephraim Lessing geschrieben hat: ›Er war allein und kämpfte ehrlich / und schlug der Zeit die Scheiben ein. Nichts auf der Welt macht so gefährlich, / wie mutig und allein zu sein.‹ Bei Licht betrachtet, ist Kästner übrigens gar nicht allein. Viele Menschen, zu deren Sprachrohr er sich mit seinen Büchern und Gedichten gemacht hat, empfinden und denken wie er. Es ist eine riesige, wohl Millionen Menschen umfassende Gemeinschaft, die er gar nicht namentlich kennt, die, wie er, daran glaubt, daß uns allein mit Toleranz und Menschlichkeit zu helfen ist und nicht mit Terror und Gewissenszwang, allein mit Humor und Klugheit und nicht mit Polizeischikanen und brüllenden Volksverführern; die, wie er, daran glaubt, daß wir uns unsere Menschenwürde und unsere menschlichen Rechte bewahren, den Nächsten respektieren und um nichts so sehr besorgt sein müssen wie um das, was man ›die Freiheit‹ nennt. Jene wirkliche, innere Freiheit, von der heute allerorten gesprochen, aber nach der nur sehr wenig gehandelt wird.
Erich Kästner kann von sich sagen, daß er sie für sich gewonnen

hat. Es ist für mich, der ich diese Zeilen schreibe, eine Ehre, das feststellen zu dürfen. Es ist für Herrn Kästner eine vielmals größere, daß niemand, der ihn kennt, etwas anderes feststellen kann als eben dies.

Der Frühling kommt in Gang

Gräßlich, wieviel man zu tun hat!
Kaum hat man »Kitz« und den Arlberg überstanden, muß man sich schon wieder um die Frühjahrsgarderobe kümmern. Und um die Papiere für die Reise an die Riviera. Das ganze Jahr kommt man nicht zur Ruhe! Ach Gott, was würde ich darum geben, weniger gesellschaftliche Verpflichtungen zu haben! Es ist ein großer Irrtum, zu denken, daß Geld glücklich macht. Im Gegenteil, es macht müde, deprimiert und alt.
Nehmen Sie den Wagen meines Mannes. Ein Steyr 220. Kann man sich mit dem noch vor dem Portal der ›Old-Vienna‹-Bar sehen lassen? Sie heben entsetzt die Hände: Welch eine Vorstellung! Sehr richtig. Also ein neuer Wagen, nicht wahr? Aber Sie machen sich keine Vorstellung davon, welche Mühe es kostet, einen solchen neuen Wagen zu bekommen. Die 56000 Schilling, die er kostet, sind das wenigste. Aber die Rennereien! Nationalbank, Nationalbank und wieder Nationalbank. Wegen der paar lumpigen Devisen. Die Leute haben kein Einsehen. Und dabei heißt es, wir leben in einer Demokratie! Alles Schwindel! Wenn wir ein aufgeschlossenes Kulturvolk wären, hätten wir modernere Autos jede Menge.
Großer Gott, schon halb zwölf! Claire wartet auf der Terrasse im Kursalon. Am Nachmittag bin ich mit John zum Five o'clock Tea verabredet. Und abends muß ich mich mit dem scheußlichen Wawrenkowitsch hinsetzen. Damit er lieb ist und meinem Mann die fünf Waggons Schrott abnimmt. Eine Gesichtspackung muß ich mir auch noch machen lassen. Und das Pepitakostüm muß ich abholen.
Wie gesagt: Dieser Frühling macht mich noch krank.

Gestern war die Sonne schon ganz warm im Park.
Jetzt kommt für mich die schönste Jahreszeit. So gegen ein Uhr,

wenn ich meine Suppe gegessen habe, setze ich mich drüben, unter dem Kastanienbaum, auf eine Bank und schaue den Kindern zu, die auf den Kieswegen spielen. Die Sonne scheint mir auf den Magen, ich fühle mich angenehm satt – und ich habe nichts zu tun bis sechs. Und dann, wenn ich nach Hause komme, bin ich ganz müde und schlafe tief.

Das kleine Mädchen da drüben hat eine weiße Spielschürze um. Das Mariandl hatte genau die gleiche. Und wenn sie im Park spielte, dann saß ich mit meinem Seligen da und hielt seine Hand und lächelte. Das ist jetzt auch schon achtunddreißig Jahre her ...

Später kam noch der Karl, und da spielten sie zusammen. Jeden Frühling. Ich erinnere mich noch genau. Manchmal, so nach dem Ersten, gingen wir hinüber in die Meierei und tranken saure Milch. Und mein Seliger rauchte eine Virginier. Obwohl es gar nicht Sonntag war. Und überall blühten die Sträucher und kleine bunte Blumen – genauso wie heuer, genauso, als ob sich nichts verändert hätte.

Es hat sich vieles verändert. Mein Seliger ist seit zehn Jahren tot. Das Mariandl wohnt in Graz, verheiratet mit einem Steuerbeamten. Sie ist gesund. Nur mit dem Geld ist es so eine Geschichte.

Karl lebt in Salzburg. Wir halten den Familienkontakt aufrecht. Jede Woche kommt ein Brief von ihm. Und am Samstag immer ein Paket mit schmutziger Wäsche. Darauf habe ich bestanden: Warum soll er unnötig Geld ausgeben? Ich habe so viele Wäsche gewaschen, das wäre doch gelacht, wenn ich nicht die paar Hemden meines Sohnes dazunehmen könnte! Ich habe sehr gehofft, daß er zu meinem Geburtstag kommen würde. Es ging nicht, er hatte zuviel zu tun. Ich glaube, das liegt an seiner neuen Braut. Er schickt mir keine Fotografie von ihr. Obwohl ich ihn darum gebeten habe. Hoffentlich ist sie gut zu ihm. Es gibt so viele schlechte Frauen. Vielleicht kommt er zu Ostern. Das wäre schön. Ich weiß nicht wieso, aber im Frühling habe ich immer die größte Sehnsucht nach ihm. Deshalb gehe ich abends manchmal auf den Westbahnhof und warte, bis der Schnellzug aus Salzburg einläuft. Dann höre ich die Lokomotive pfeifen, die Menschen steigen aus den Abteilen und laufen an mir vorbei, sie stoßen mich an, und überall fallen Söhne ihren Müttern um den Hals und lachen und rufen durcheinander.

Wenn die letzten Leute fortgegangen sind, dann gehe ich auch. Und bin ein bißchen traurig. Und wenn ich dann in meinem Bett liege und nicht gleich einschlafen kann, dann stelle ich mir vor, wie glücklich ich war, als wir noch alle zusammenlebten ... und im Park saßen ... und mein Seliger seine Virginier rauchte. Obwohl der Arzt ihm das verboten hatte. Ich freue mich über den Frühling. Weil es nicht mehr kalt ist. Und weil die Blumen wieder blühen.
Aber ich wünschte doch, die Kinder blieben klein ...

Kaum hat man sich ein bisserl saniert, da kommt der Frühling. Es ist ein Jammer! Mein Freund, der Ferdl, der den ganzen Winter lang Kohlen geschoben hat, sagt, daß er mich umbringen will. Er ist ganz gebrochen, der arme Hund. Na ja, es ist aber auch eine Gemeinheit: Wovon soll er jetzt leben? Und wenn wir schon bei dem Thema sind: Wovon soll *ich* jetzt leben? Die beste Zeit war so um Weihnachten herum. Da hat das Geschäft geblüht! Vier Premieren-Kinos habe ich bearbeitet, an einem Nachmittag habe ich bis zu fünfundvierzig Karten verkauft. Mit einem Rebbach bis zu hundertfünfzig Schilling. Aber jetzt, wo es warm wird, verlaufen sich die Kunden. Die meisten setzen sich lieber in die Sonne. Die Verleiher sind auch auf den Kopf gefallen! Jetzt, wo die Kinos ohnehin am Nachmittag leerstehen, sollten sie die faden Filme bringen. Und nicht so einen prima Reißer wie ›Die Bestie mit den sieben Fingern‹. Die reinste Kapitalverschleuderung ist das!
Der Wotruba-Pepi vom ›Elite-Kino‹ hat einen Nervenzusammenbruch erlitten. Er weint seit drei Tagen und soll gesagt haben, daß er zum Äußersten entschlossen ist: Er will wieder in die Fabrik gehen. Das hat mich tief deprimiert. Ich frage: Wer ist schuld an dem Elend? Na, wer schon?
Der Frühling natürlich!

Wenn ich von der Drehbank aufschaue, scheint mir zwischen 9.34 Uhr und 10.11 Uhr die Sonne ins Gesicht. Oben, im Fenster neben der Maschine, ist ein Stück von dem Milchglas herausgebrochen. Da kann man den blauen Himmel sehen. Und manchmal eine kleine Wolke, die aussieht wie eine Maus. Oder ein Kaninchen.
Auf diese Weise wird es jedem in der Dreherei klar, daß der

Frühling gekommen ist. Jetzt muß ich schauen, wie ich mir einen Vorschuß verschaffe: Die Frau braucht neue Schuhe. Und der Franzl braucht einen leichten Mantel. Er ist immer ganz naßgeschwitzt, wenn er aus der Schule kommt. Na, irgendwie wird es schon gehen. Unten am Eck verkauft eine Frau Schneeglöckchen. Ich glaube, ich kaufe heute abend ein Sträußchen. Maria hat Blumen so gerne. Und sie wird sich freuen.
Der Arzt hat gesagt, wenn sie sich freut, wird sie schneller gesund. Und warum soll sie sich nicht auch einmal freuen? Es ist doch Frühling! Oder nicht?

P.S. zu: Frieden auf Erden

Von allen großen und schönen Münchner Spielwarengeschäften war dieses das schönste und größte. Es war fast schon ein Spielwarenkaufhaus. Mit elektrisch beleuchteten Weihnachtsbäumen, unaufhörlicher Weihnachtsschallplattenmusik aus Lautsprechern, einer Abteilung im ersten Stock und einer im zweiten, unzähligen Verkäufern und unzähligen Kunden, großen und kleinen. Die großen Kunden hielten die kleinen an der Hand, und die kleinen Kunden bewunderten, völlig außer Atem gebracht, mit offenen Mündern und brennenden Augen alles, was es zu bewundern gab. Sie drängten sich um den Riesentisch mit der Riesenspielzeugeisenbahn, deren Züge wie verrückt über Spielzeugschienen rasten, sie blätterten in bunten Büchern und untersuchten Puppen, die »Mama« und »Papa« sagen konnten, wenn man sie auf den Bauch legte. Überall, im Erdgeschoß, im ersten und im zweiten Stock, krabbelten Kinder durcheinander wie in einem menschlichen Ameisenhaufen. Es war die Woche vor Weihnachten. Den Verkäufern stand der Schweiß auf der Stirn.
Das allergrößte Gedränge herrschte vor einem Tisch, der im zweiten Stock, hinten, in einer Ecke stand. Hier konnte man sich überhaupt nicht mehr bewegen, hier stand eine andächtige Kinderschar stumm, steif und feierlich vor dem Wunder der Wunder, dem Herrlichsten, was Menschengeist je ersann, dem Schönsten, wovon man in diesen Nächten zu träumen wagt,

wenn man ein echter Knabe unserer Zeit ist. Auf dem Tisch präsentierten sich die neuesten, supermodernsten, nach letzten technischen Erkenntnissen konstruierten Spielzeug-Panzer.
Sie präsentierten sich in mehreren, unterschiedlich teueren Ausführungen und waren allerliebst anzusehen, ohne Ausnahme. Das Herz lachte einem im Leibe, wenn sie sich, sorgsam aufgezogen von dem jungen Verkäufer, in Aktion zeigten. Die Knaben jubelten, Bewegung ging durch die Menge! Die Spielzeug-Panzer waren mit Tarnfarben angestrichen. Ihre Raupenketten rasselten vergnügt, während sie über den Tisch fuhren. Aus dem Geschützturm ragten bezaubernd nachgeahmte Miniaturschnellfeuerwaffen, die (keine Grenze scheint der menschlichen Erfindungskraft gesetzt) während der Fahrt anmutig und höchst possierlich auch wirklich zu feuern verstanden, in kurzen, heftig aufblitzenden Salven und entsprechenden trockenen Liliputexplosionen im Innern des Wunderwerkes. Diese Panzer (so sagte eine werbende Tafel am Rande des Tisches) stellten ein Fabrikat bester deutscher Fachmannsarbeit dar, sie erfreuten das Herz von jung und alt, sie gehörten – nunmehr endlich lieferbar in bester Friedensqualität – auf jeden Weihnachtstisch.
Dies schienen auch die Umstehenden zu finden. Sie kauften unentwegt. Die Spielzeug-Panzer versprachen, ein Riesengeschäft zu werden. Lange entbehrt, endlich wieder erhältlich, waren sie ohne Zweifel im Begriff, der Weihnachtsschlager 1952 zu werden. In der halben Stunde, die ich vor ihrem Tisch verweilte, verkaufte der junge Mann hinter ihm gezählte zweiundzwanzig Stück. Er besorgte sein Geschäft höflich und gewissenhaft, es war ein netter, ordentlich gekleideter junger Mann. Immer wieder zog er mit der linken Hand die Panzer auf und ließ sie über den Tisch laufen, um den Knaben zu zeigen, wie sie funktionierten. Er benützte stets die linke Hand zum Aufziehen. Er hatte nämlich keine rechte. Er hatte auch keinen rechten Arm. Nur einen linken. Der rechte Jackenärmel steckte lose in der rechten Jackentasche.
»Au, Mami, ein Panzer!«
»Mensch, Karle, guck bloß mal!«
»Vati, bitte, bitte, bitte, kauf mir das!«
In diese einmütige Geräuschkulisse der Faszination klatschte plötzlich eine Ohrfeige. Ein Junge heulte los. Seine Mutter hatte ihn geschlagen. Die Mutter war dick, rotgesichtig und trug einen

entsetzlichen Hut, der aussah wie ein verbeulter, umgedrehter schwarzer Kochtopf ohne Henkel. Als sie zu sprechen begann, merkte man deutlich, daß sie vom Land kam. Sie sprach laut und erregt. Dieses Dreckszeug, dieses elendige, sagte sie, solle ihr Sohn sich nur gleich und endgültig aus dem Kopf schlagen. Solange *sie* lebe, würde er mit solchen Dingen nicht spielen. Der Sohn heulte in stummer Wut. Und die Mutter attackierte den jungen Verkäufer.

»Schämt's ihr euch nicht? Und vor allem *Sie*!« Sie sah auf den leeren Jackenärmel. »Warum verkaufen Sie diesen Mist?« (Sie sagte nicht Mist, sie sagte etwas Undruckbares.)

»Weil ich hier angestellt bin«, sagte der Einarmige freundlich. Aber es klang ein wenig resigniert. »Ich bin sehr froh darüber, hier angestellt zu sein, gnädige Frau. Es hat lange gedauert, bis ich den Posten bekam.«

»Aber es ist doch eine Schweinerei, daß so etwas hergestellt wird!«

»Darüber steht mir kein Urteil zu.«

»Wem denn, wenn nicht Ihnen?« Wieder der Blick auf den Arm. Der Verkäufer räusperte sich gequält.

»Gnädige Frau«, sagte er, »machen Sie mir doch bitte meine Arbeit nicht schwer. Ich kann ja nichts dafür, daß Panzer so gefragt werden.«

»Sie helfen sie verkaufen«, sagte die Bäuerin. »Na, schon gut. Wo gibt es Bälle?«

»Vorne bei der Treppe«, erwiderte er erleichtert. (Er war sehr rot geworden.)

»Danke«, sagte die Bäuerin. »Komm, Alois.« Sie zog den Sohn mit sich. Dabei hakte sich ihr Mantel am Tisch fest, und im Weitergehen riß sie ihn um. Ein Aufschrei. Die Spielzeug-Panzer – Dutzende waren es – fielen zu Boden. Ein Durcheinander von Händen, Köpfen, Beinen, Stimmen.

Die Bäuerin blieb stehen. Jetzt war *sie* sehr rot geworden.

»Verzeihen Sie! Ich habe es nicht absichtlich getan.«

Der Verkäufer bückte sich, er hob die Panzer auf. Kinder halfen ihm dabei. Der Tisch stand schon wieder.

»Das macht nichts, gnädige Frau«, erwiderte der junge Verkäufer, seltsam vergnügt, »so etwas kommt vor. Sie können gar nichts dafür.«

»Aber ein paar von den Panzern werden kaputt sein!«

»Damit«, erklärte der Einarmige, noch vergnügter, »müssen wir immer rechnen.«
Und dann – ich sah es mit meinen eigenen Augen! – trat er willentlich und wissentlich, aber so, daß es außer mir niemand bemerkte, mit voller Wucht auf einen der Panzer, die noch unter dem Tisch lagen. Der Panzer gab knirschend seinen Geist auf, sofern er überhaupt einen hatte. Platt und mit gesprungenen Federn lag er da.
»Man kann nie wissen, was alles passiert«, sagte der junge Verkäufer und blickte der Bäuerin mit dem entsetzlichen Hut zufrieden nach.

Was morgen geschah

Gestern

saßen ein paar böse und hartgesottene Schmuggler hoch oben in den Bergen unserer geliebten Heimat und schmuggelten. Devisen, Waffen und was es sonst noch Schönes gibt. Über die nahe Grenze. Es war ein lukratives Unternehmen, sie waren alle sehr zufrieden und glücklich. Bis eines Tages das kleine Mädchen der Bäuerin erkrankte. An Gehirnhautentzündung. Das kleine Mädchen war sehr krank, fieberte hoch und alle wußten: Wenn nicht bald etwas geschah, war es aus mit ihm. Die Schmuggler hatten einen Kurzwellensender in der Hütte. Gewöhnlich verwendeten sie ihn für ihre dunklen Geschäfte. In diesem besonderen Fall brachen sie mit jahrelangen Gewohnheiten und verwendeten ihn dazu, das kleine Mädchen zu retten. Denn es waren zwar lauter hartgesottene Verbrecher und verkommene Individuen – aber einen Menschen so einfach sterben zu lassen, das konnten sie doch nicht. Nur einer konnte es, oder zumindest meinte er, es versuchen zu können. Aber mit ihm machten die anderen keine langen Geschichten, sie verpaßten ihm einen Kinnhaken, und der Weg war frei. Einer von ihnen setzte sich hin und begann, Hilferufe in die weite Welt hinauszufunken. Er gab den genauen Standort der Hütte an. Und bat um einen Hubschrauber. Und um Streptomycin. Die anderen standen um ihn herum und machten ernste Gesichter. Denn sie wußten natürlich, daß es jetzt aus mit ihnen war. Die Polizei hörte bestimmt mit. Und in ein paar Stunden saßen sie im Loch. Aber sie wollten das kleine Mädchen retten. Und das taten sie auch.

Heute

tobt in Italien ein Unwetter von entsetzlichem Ausmaß. Städte stehen unter Wasser, Menschen ertrinken und Häuser stürzen ein. Tausende sind auf der Flucht. Und sie haben kein Geld, keine Kleider und nichts zu essen. Da rief am Dienstagabend ein französischer Sender seine europäischen Kollegen zu einer Ringsendung auf. So eine Ringsendung zu schalten ist eine schwierige Sache. Aber binnen einer einzigen Stunde kam sie zustande. Plötzlich gab es in Europa keine Grenzen (oder fast keine Grenzen) mehr. Plötzlich meldete sich Radio Monaco neben Radio Moskau, und Radio Wien neben Radio Brüssel, und Radio Beromünster neben Radio Warschau. Man hörte eine Menge fremder Sprachen, aber an diesem Abend konnte man sie alle verstehen. Es sprachen große und berühmte Männer und kleine und anonyme. Mit hellen und dunklen Stimmen. Schnell und langsam. Sie sagten alle dasselbe. Sie versprachen alle das eine: Hilfe. Auf einmal lag ein Ring der Zusammengehörigkeit, der Brüderlichkeit, der Hilfsbereitschaft um unseren Kontinent. Denn nun war es wieder einmal soweit: Ein schweres Unglück war geschehen, Menschenleben standen in äußerster Gefahr, und der Tod war unterwegs auf seinem schrecklichen Pferd. Und wieder einmal standen die Millionen auf und vergaßen ihre Nationalität und ihre politische Weltanschauung und ihre privaten Aversionen gegen Jesus Christus, Radfahrer oder Spinat mit Spiegelei. Auf einmal waren sie alle Brüder, die einander beistehen und helfen wollten, weil sie wußten, daß sie sonst alle noch der Teufel holen würde.

Morgen

erhob sich ein gefürchtetes Mitglied der UN in der Generalversammlung und nahm seinen Kragen ab. Dann rieb es sich die

Hände. Und dann lachte es vergnügt vor sich hin. (Den anderen stand vor Schreck das Herz still, sie dachten, das berühmte Mitglied habe den Verstand verloren.) Aber das berühmte Mitglied hatte nicht den Verstand verloren. Es erklärte, daß es sich entschlossen habe, mit einem guten Beispiel voranzugehen, weil die Sonne so schön schien. Das gute Beispiel sollte zunächst einmal die völlige Abrüstung sein. Er wolle nicht länger über die Sache verhandeln. Er wolle nach Hause gehen und die Sache selbst in die Hand nehmen. Wer Lust habe, könne mitkommen und zusehen. Es sei schon hoch an der Zeit, sagte er.
Es gab ein Riesengedränge, als plötzlich ein paar Millionen Soldaten entlassen auf den Straßen seines Landes herumliefen, und es herrschte ein Stimmung wie im Prater. Nur lustiger. Dann gingen sie alle in einen hübschen, stillen Winkel des Landes, wo nichts geschehen konnte, und veranstalteten ein kleines Feuerwerk. Sie jagten alle Munition, die es gab, in die Luft. Das dauerte eine Woche, aber sie genossen jede Minute. Die Kinder wollten gar nicht ins Bett gehen. So schön war es, dieses Feuerwerk bei Tage und bei Nacht. Na, und weil es so schön war, und weil sie sich vor ihrem Kollegen schämten, rannten nun auch die anderen gefürchteten Mitglieder der UN ganz schnell nach Hause und fingen mit der Böllerei an, denn sie wollten sich nicht nachsagen lassen, daß sie die letzten waren. Das war ein Krach in dieser Woche, daß alle Fenster in der Welt zitterten!
Nach vierzehn Tagen war dann wieder Ruhe. Und zwar, wie die Fachleute sagten, für die nächsten zweitausend Jahre. Es gab einfach nichts mehr, was man hätte in die Luft sprengen können. Denn die Atombomben, die hatte man in einem anderen hübschen, stillen Winkel des Landes entschärft. Die konnten auch kein Unheil mehr anrichten.
Was sagen Sie? Das glauben Sie nicht? Wollen Sie vielleicht besser wissen, was morgen geschah?
Sie meinen, ich könne es auch nicht wissen, solange es noch heute ist. Das stimmt. Aber es ist sehr spät geworden, während ich diese Zeilen geschrieben habe. Es ist schon beinahe morgen. Um genau zu sein: Es ist eine Minute vor zwölf.

Angepinkelt fürs Schreiben

Antwort auf eine Rundfrage des »Playboy«: ›Was bedeutet es heutzutage, ein Buch-Macher zu sein?‹

Manche mögen's heiß. Ich mag es eiskalt und kaltschnäuzig, wie ihre Frage klingt. ›Buch-Macher‹ ist weiß Gott kein schlechtes Wort, besonders wenn man dabei an seine eigentliche Bedeutung denkt, nämlich die des Wettannehmers bei Pferderennen. Der Pferde-Buchmacher riskiert seine Existenz, immer wieder, er steht im Kampf mit dem Zufall, dem Erfolg oder dem Mißerfolg, er wird gepriesen und verflucht, er muß alles über seinen Job und sehr viel über Tiere und Menschen und das Leben wissen, und gesellschaftsfähig bei feinen Leuten wird er nie werden. Genau so geht's dir, Schreiber!

Wie dein Pferde-Kollege mußt du ein Gewissen haben (er, weil er sonst seine Lizenz, du, weil du sonst deine Selbstachtung einbüßt), gemeinsam habt ihr den Wunsch, daß eure Arbeit euch ernähren möge, wie er hast du Dinge, die du liebst, und Dinge, die du haßt, und Ängste und Hoffnungen und Sehnsüchte habt ihr auch. Du, Buch-Macher, kannst über all das schreiben. Aber: Mehr als (vielleicht!) ein Dutzend Menschen unter Millionen etwas klüger oder etwas einsichtiger oder etwas weniger böse und ein wenig freundlicher machen, das kannst du nicht, und wenn du dir die Finger auf deiner Maschine blutig klopfst – genauso wie dein Kollege eine lächerlich geringe Chance hat, jemandem das Wetten auszutreiben, auch wenn er noch so sehr davon überzeugt ist, daß viele Menschen nicht wetten sollten. Ihr liefert beide anständig – er auf dem Turf die reelle Möglichkeit, eine Masse Moos zu bekommen, du mit deinem Bemühen, durch eine Anleitung, eine Gebrauchsanweisung oder die schon flehentliche Bitte, diese schlechte Welt zu verbessern, das Unrecht zu verfolgen, dem Recht zu helfen, Krieg, Diktaturen und Dummheit zu bekämpfen und die Vernunft und die Liebe zu lieben. Du tust es immer wieder, obwohl du weißt, daß das fast nichts nützt. (Es gibt Ausnahmen: Die Herren, die die Bibel geschrieben haben oder ›Das Kapital‹, die haben einiges verändert auf unserer Welt. Aber das soll ihnen erst einmal einer nachmachen!)

Wenn du heute ein Buch-Macher bist und allem besseren Wissen

zum Trotz willst (und das willst du, Idiot!), daß die Menschen zur Kenntnis nehmen, was du schreibst, weil du die Hoffnung nie aufgibst, daß aus dem einen Dutzend Leser, die durch dein Buch verändert werden, vielleicht vierundzwanzig werden, oder sechsunddreißig, oder, großer Gott, gar tausend, dann bist du auf keinen Fall ein ›Dichter‹, ein ›Poet‹, ein solcher ›Autor‹, den die Kritiker hierzulande loben. Dann weißt du, wie es bei den sehr Armen zugeht und bei den sehr Reichen, was sie denken und wie sie reden. Dann verstehst du etwas von Politik und etwas von Wissenschaft. Ein richtiger Polyhistor mußt du sein. Und du versuchst immer wieder, über ein Thema zu schreiben, das gerade für Millionen ein Problem ist oder ein Unglück oder eine Gefahr oder ein Rätsel. Du kennst dich in vielen Berufen aus und hast viel erlebt oder dir Erlebtes erzählen lassen – nur so findest du überhaupt noch Leser, damit fängt es an.
Und dann arbeitest du wie ein Holzhacker. Auf ›Inspiration‹ warten und derlei Käse – das ist grober Unfug. Du schuftest deine acht Stunden, jeden Tag, ohne Unterbrechung, ohne Ausnahme, und wenn du findest, daß das, was du gestern geschrieben hast, Mist ist, dann schreibst du es heute noch einmal, und wird es wieder Mist, dann morgen zum dritten Mal, nur pausieren wirst du nie, und aufhören wirst du abends möglichst an einer Stelle, bei der du weißt, wie es weitergeht, damit du es dann am Morgen leichter hast. Das tust du, du blutiger Narr, zwei bis zweieinhalb Jahre lang, denn so lange dauert es, dein Buch zu schreiben. Du arbeitest, wenn dir mies ist, wenn du privates Unglück hast oder privates Glück. Du wirst stündlich entmutigt und bist stets unsicher, ob du's auch richtig anfängst, und hast immer schlimme Zweifel (sonst bist du ein Dilettant), und darfst immer nur auf dich selber hören.
Du darfst dich nicht korrumpieren lassen, und nichts korrumpiert leichter als der Erfolg. Den kannst du nämlich auch haben. Nach dem achten oder dreizehnten Buch triffst du vielleicht einmal so richtig den Jackpot!
Das Bücher-Machen wird komplizierter von Jahr zu Jahr, weil die Zeit, in der wir leben, komplizierter wird von Jahr zu Jahr. Du weißt das. Du schreibst trotzdem. Dafür darfst du dich dann, wenn du, völlig kaputt und erledigt, mit so einem Buch fertig bist, von jedem, aber wirklich von jedem, der das Buch kauft (und sehr vielen anderen, denen es noch höflich zugeschickt

wird), anpinkeln lassen, oder, was noch schlimmer ist, du bekommst Lob von der falschen Seite. Du bist und bleibst eine öffentliche Bedürfnisanstalt. Du riskierst Freiheit und Kopf in vielen Ländern – und in den anderen Ländern riskierst du Hexenjagd, Rufmord, Boykott und Elend.
Was du tust, ist eine einzige Herausforderung für jeden Psychiater! Nicht genug mit den Sorgen, die du, wie jeder Mensch, hast, erfindest du oder verschlüsselst du auch noch fremde Sorgen und Schicksale und Tragödien und kannst nachts nicht schlafen, weil deine Gestalten dich verfolgen bis hinein in wüste Träume. Du bist wirklich verrückt, Junge, wenn du heute noch ›Buch-Macher‹ bist. Schreiend verrückt. Dir ist nicht zu helfen.

P.S. Um Hemingway, den Größten und Besten, zu variieren: Ich möchte gerne noch lange genug leben, um neun Bücher und vier Theaterstücke und dreizehn Novellen zu schreiben. Es gibt so viele Geschichten. Ich kenne eine Menge recht gute.

Helden verkehren lustlos

Da sitzen sie nun.
Und hatten sich doch alles ganz anders gedacht, der Gustav Honauer und der Adolf Feldle. Gustav sieht aus wie Errol Flynn. Und Adolf hat Ähnlichkeit mit dem tschechischen Rekordläufer Zatopek. Sie wohnen beide in München. Adolf hatte da ein Herren- und Damenschneidergeschäft. Seit dreizehn Monaten ist es gesperrt. Adolf bezieht eine kleine Unterstützung, und manchmal darf er eine Hose nähen oder ein Jackett. Aber mit richtiger Arbeit ist es vorbei. Er hatte das Glück, eines Abends in der Kneipe Gustav zu begegnen, dem er gefiel und der ihn mit nach Hause nahm. Gustav wohnte bei seiner Mutter. Er ließ sich eben von seiner Frau scheiden, denn sie liebten einander nicht mehr so richtig. Gustavs viereinhalbjähriger Sohn Robert war bei der Großmutter untergebracht. Und seine dreizehnjährige Tochter Ingrid bei der Schwägerin. Adolf hatte keine Familie, seine Leute waren alle im Krieg umgekommen.
Gustav und Adolf saßen bei Gustavs Mutter und grübelten dar-

über nach, wie sie wohl zu etwas Geld kommen konnten. Denn Gustav ging es auch nicht rosig. Er war arbeitslos – ein gelernter Schornsteinfeger – und bezog für seine ganze Familie, die Mutter und eine unverheiratete Schwester, ganze zweiundzwanzig D-Mark in der Woche an Unterstützungsgeldern. Und das war ein bißchen zu wenig. Aber mehr bekam er nicht! Denn man hatte keine Verwendung für seine Arbeit als Schornsteinfeger. Und sonst konnte er nichts. Nur gut schwimmen und klettern – er war überhaupt ein großer Sportsmann. Auch Adolf kletterte gern. Er hatte früher verschiedentlich Preise für mutige Rettungsaktionen in den Bergen erhalten.
Nun, 1952, fiel ihm wieder ein, daß er einmal mutig gewesen war. Und als er Gustav traf, da begannen die beiden intensiv darüber nachzudenken, wie sie diesen Mut, über den sie beide verfügten, wohl zu Geld machen konnten. Sie dachten lang darüber nach, und Gustavs ganze komplizierte Familie (einschließlich seiner Frau, die ihn nicht mehr so richtig liebte) half ihnen dabei. Aber ins Rollen kamen die Dinge erst, als sie in einer Zeitung lasen, daß ein englischer Artist, dem es sehr elend ging, um seine Not und gleichzeitig sein Können zu dokumentieren, von einer hohen Brücke in die Themse gesprungen war.
Der englische Artist hatte Glück. Die Wochenschau filmte ihn, Presseleute und Rundfunkreporter waren anwesend, das ganze erregte mächtiges Interesse – und der arme Teufel wurde sofort von einer Filmgesellschaft engagiert. Er war schon unterwegs nach Hollywood.
Als Gustav und Adolf, der Schornsteinfeger und der Schneidermeister, diese Nachricht gelesen hatten, waren sie bereits die Opfer einer fixen Idee. Ihr Plan war gefaßt. Und die ganze komplizierte Familie (einschließlich Gustavs Frau, die ihn nicht mehr so richtig liebte) klammerte sich an die Vorstellung, daß es dem sportlichen Familienoberhaupt und seinem Freund, dem Schneider, gelingen könnte, als Doubles beim Film ihr Geld zu verdienen.
»Sie hielten es alle für eine tolle Idee«, erzählte Adolf, als wir ihn besuchten, »und ich selber war auch wie besoffen von der Geschichte. Sie müssen wissen: Heuer im Karneval hatte ich einen einzigen Smoking zu nähen, seither nur Reparaturen, das war alles.«
Gustav und Adolf wollten keine Helden sein. Aber sie wollten

ein bißchen Geld verdienen, um ihren Leuten helfen zu können. Und da wurden sie plötzlich zu Helden durch das, was sie wagten, durch das, was sie riskierten.
In München gibt es eine sogenannte ›Selbstmörderbrücke‹. Sie führt bei Großhesselohe über die Isar. Und jeden Monat springen ein paar Leute, denen das Leben keinen Spaß mehr macht, von dort ins Wasser. Die ›Selbstmörderbrücke‹ erhebt sich dreiunddreißig Meter über den Wasserspiegel. Von dieser Brücke beschlossen Gustav und Adolf zu springen. Aber nicht, um sich umzubringen. Sondern nur zwecks Demonstration ihrer desperaten Situation. Und in der Hoffnung auf ein Filmangebot.
Natürlich sprangen sie nicht gleich blind drauflos. Denn dann wären sie keine Helden gewesen, sondern Idioten. Sie übten ein paar Wochen lang. Von anderen Brücken. Aber dann war es soweit. Sie gingen zur Wochenschau und in die Zeitungsredaktionen, zum Rundfunk und nach Geiselgasteig – dorthin, wo die Leute sitzen, welche die guten deutschen Filme drehen. Überall verteilten sie Einladungen. Und alle Leute, mit denen sie sprachen, zeigten sich sehr interessiert an ihrem Unternehmen. Viele versprachen zu kommen. In den Zeitungen erschienen Artikel über die beiden. Das Radio machte Reklame für sie. Und vor zwei Wochen war es endlich soweit: Gustav und Adolf fuhren hinaus zur ›Selbstmörderbrücke‹.
Wochenschauleute und Rundfunkreporter erwarteten sie, auch ein paar Pressevertreter waren da. Aus Geiselgasteig niemand. Und sonst – nun, sonst war die Familie Gustavs erschienen (einschließlich seiner Frau, die ihn nicht mehr so richtig liebte), und außerdem noch achtzehn andere Leute. Das war alles.
Gustav verabschiedete sich von sämtlichen Mitgliedern seiner komplizierten Familie, bevor er in das Brückengerüst hinaufzuklettern begann. Adolf hatte es einfacher. Er besaß niemanden mehr, von dem er sich hätte verabschieden können. Er kletterte gleich. Er war auch früher oben. Und er sprang auch zuerst. Hinunter in die Isar, die dreiunddreißig Meter tiefer floß.
Mit einem lauten Knall prallte er auf der Wasserfläche auf, verschwand in den Wellen und kam sofort wieder nach oben. Der sechsundzwanzigjährige zarte Gustav dagegen blieb sekundenlang unter Wasser und tauchte sehr benommen wieder auf. Aber sein Freund nahm ihn ins Schlepp, und beide erreichten unbeschädigt das Ufer. Gustavs Verwandte und die achtzehn Zu-

schauer riefen Bravo. Und die Reporter schüttelten den beiden die Hand. Gustavs Frau (die ihn nicht mehr so richtig liebte) küßte ihn sogar. Und Gustavs Mutter weinte.
Das wäre eigentlich das Ende der Geschichte. Denn seither hat sich nichts mehr ereignet. Die Reporter haben ihre Berichte geschrieben und gesprochen, die Wochenschau mit Gustav und Adolf ist im Augenblick in allen Kinos der Bundesrepublik zu sehen – aber es rührt sich nichts. Der Schneidermeister und der Schornsteinfeger sitzen Tag für Tag in der Wohnung von Gustavs Mutter und warten. Doch es kommt kein Telegramm, es kommt kein Anruf, es kommt überhaupt nichts. Die Sache ist, wie Gustav, der aus Berlin stammt, meint, ›ins Auge gegangen‹. »Wissen Sie«, sagte er uns, »wir haben gehofft, so einen oder zwei Tausender aus der Geschichte herauszuschlagen, aber damit ist es wohl Essig. Sie kennen doch den alten Witz über den Börsenbericht, in dem es heißt: ›Böcke versteiften sich, Schweine verkehrten lustlos‹, nicht? Sehen Sie wohl, wir beide glauben, es ist dasselbe mit Helden. Die verkehren auch lustlos. Keiner kann sie brauchen. Ist doch eigentlich komisch, ausgerechnet bei uns in Deutschland, nicht? Auf einmal will sie keiner mehr haben!«

Es weihnachtet sehr

Meine Freundin Evi hat schon den fünften Wunschzettel an das Christkind geschrieben. Die Erwachsenen kaufen bereits ›Marvel‹-Zigaretten auf die noch ausstehende Weihnachtszuteilung, und auf dem Schwarzenbergplatz standen gestern zwei Polizisten, die eine Sendung Tannenbäume bewachten. Diese waren in der Nacht von ein paar ernsten Herren in Overalls dort abgeladen worden. Kein Zweifel kann bestehen: Es weihnachtet sehr. Die Stadt sieht aus, als habe sie sich eben die Schuhe geputzt. In den Geschäften tauchen wunderschöne Dinge auf. Viele Menschen stehen vor ihnen und zerbrechen sich den Kopf darüber, ob ein halbes Kilogramm ›schwarzes‹ Schweinefleisch wohl wichtiger ist als eine Puderdose aus rotem Leder mit Reißverschluß, oder ob man dem Menschen, den man liebt, mit einer

Nachahmung der Venus von Milo ebensoviel Freude bereiten wird wie mit einem bescheidenen Brillantring um achtzehnhundert Schilling. Die Venus von Milo ist viel schöner. Aber leider, denkt man, ist sie auch billiger. Leider? Ja, zum Teufel, schenken wir denn mit dem Herzen oder mit der Brieftasche? Ich würde die Venus von Milo riskieren!

Es gibt immer zwei Maßstäbe für ein Geschenk. Seinen realen Wert und seinen persönlichen. Der reale kann mir gestohlen werden, er ist ganz nebensächlich. Wenn es nach ihm ginge, könnte sich jeder Mensch selber beschenken. Und das wäre furchtbar langweilig. Den persönlichen Wert vermag man in Schillingen, auch in neuen, niemals auszudrücken. Er kann größer sein als tausend Elefanten und kostbarer als das Gold, der Weihrauch und die Myrrhe, welche drei Könige aus dem Morgenland vor langer Zeit einem Kinde brachten, das in einer Krippe lag.

›Man gibt den Menschen nichts, wenn man sich nicht selbst gibt‹, heißt das Motto eines berühmten Buches. Das ist es, sehen Sie, nur das allein.

Ich kenne einen Mann, dem ging es 1945 schlecht. Am Weihnachtsabend schrieb er seiner Frau, die er sehr liebte, einen Brief, in dem er ein wenig von dem vielen erwähnte, was er für sie empfand. Bei weitem nicht alles, nur einen kleinen Teil. Doch jedes Wort in seinem Brief war echt und machte seine Frau unendlich glücklich. Auf dem Tisch, um den sie saßen, brannte eine Kerze. Sie aßen ihre Lebkuchenzuteilung auf, tranken Tee und sahen sich in die Augen. Dann rauchte er eine Pfeife des Tabaks, den sie ihm geschenkt hatte, und sie lächelten und dachten darüber nach, wie froh sie waren, daß sie einander hatten. Das war das Weihnachtsfest meines Freundes Eberhard, der sich selbst verschenkte. Ich könnte mir vorstellen, daß auch ich sehr glücklich wäre, wenn mir jemand zum 24. Dezember nichts als solch einen Brief schenkte.

Weihnachten ist traditionellerweise das Fest der dicken Brieftaschen. Es ist aber zuallererst das Fest der Liebe, wenn Sie gestatten, daß ich Sie daran erinnere: der eine Abend im Jahr, an dem wir uns freuen dürfen, ohne Angst haben zu müssen, daß es die Steuerbehörde merkt. Oder der Gasmann. Versuchen Sie es heuer, des Interesses halber, auf alle Fälle. Mit oder ohne Venus von Milo, mit oder ohne Rotfuchsmantel. Freuen Sie sich. Es handelt

sich ja nur um ein paar Stunden. Den Kopf, an dem Ihr Herz so hängt, wird's schon nicht kosten.
Wenn ein Mensch unbedingt tausend Schilling benötigt, um sich wohlzufühlen, dann ist mit ihm irgend etwas nicht in Ordnung. Und wenn einer bei einem Buch gleich hinten nachsieht, ob der Preis noch drinsteht, sollte man ihm kräftig auf die Finger klopfen.
Es gab Zeiten, da blickte man verächtlich auf einen Kranz Knackwürste herab. Die Knackwurst war nicht gesellschaftsfähig, sozusagen. Heute würden Universitätsprofessoren und Damen der besten Kreise sich alle zehn Finger ablecken, wenn sie ein paar Kilogramm davon zum Geschenk erhielten. Mit allen anderen Dingen, die für Geld zu kaufen sind, verhält es sich ähnlich. Dabei will ich keinesfalls den Stab über die Knackwürste brechen. Sie sind nützlich. Sie sind angenehm. Auch ein Sportkabriolett und ein Fünfröhren-Radioapparat sind nützlich. Aber wertvoll sind sie erst, wenn hinter ihnen ein Mensch steht und nicht bloß ein Titel, wenn dahinter ein Herz steht und nicht bloß ein hinübergerettetes Sperrkonto.
Damit wären wir wieder zu dem Brief meines Freundes Eberhard gekommen. Denn auch in seinem Umschlag lag ein Herz, obwohl man es nicht sehen konnte. Das allerwichtigste an der Liebe ist nicht das, was man tut, sondern das, was man unterläßt. Das allerwichtigste an einem Geschenk ist das an ihm, was man nicht sieht.
Wenn man meine Freundin Evi fragt, was sie sich vom Christkind wünscht, wird sie ganz still und bohrt vor Verlegenheit nur deshalb nicht in der Nase, weil das streng verboten ist. Das kommt, weil sie so viele Wünsche hat. Es gibt aber auch Menschen, die werden überhaupt nicht fertig, wenn sie einmal damit begonnen haben, über all das zu sprechen, was sie sich ersehnen. Das sind jene, die eigentlich gar keine Wünsche haben. Es ist geraten, mit dem Glück ökonomisch zu sein. Wer zu viel will, bekommt immer zu wenig. Wer wenig will, bekommt manchmal mehr, als er braucht.
Wenn Sie in diesen Tagen durch die Straßen der Stadt laufen und vor lauter Sorgen um das Fest, das vor der Tür steht, keine Zeit finden, sich darauf zu freuen, dann denken Sie an all das, was über diesem Satz steht, den Sie eben lasen. Vielleicht hilft es Ihnen weiter. Nur Gebrauchsartikel werden rationiert. Gefühle

sind immer noch markenfrei. Es kostet nichts, einen Menschen gernzuhaben und es ihm zu sagen. Wenn Ihnen also das Geld ausgeht, ist das noch keine Tragödie. Wenn Sie aber niemanden zum Gernhaben kennen, dann ist es höchste Zeit, sich nach ihm umzusehen. Und zwar noch vor Weihnachten. Es ist nicht schwer. Leuten zum Gernhaben begegnet man an jeder besseren Ecke, im Ersten Bezirk wie im Sechzehnten.

Ich glaube, daß ich schon heute meinen eigenen Wunschzettel zusammenstellen werde. Da wären zunächst ein paar Hosenträger. Weil meine alten schon nicht mehr ganz salonfähig sind. Dann käme wohl eine Flasche Wein. Oder vielleicht zwei. Aber er soll nicht allzu verwässert sein.

Und schließlich, liebes Christkind, wenn's recht ist, Frieden. Für alle Menschen, die guten Willens sind.

Dann werdet ihr aber weinen!

Manchmal höre ich von einer Geschichte, die mich so berührt, daß mir richtig warm wird. Sie werden gleich verstehen, welche Art von Geschichten ich meine. Stellen Sie sich vor, Sie wären einmal so unabhängig, daß Sie einem Menschen, der Ihnen eine besonders dumme, gewöhnliche und unerfreuliche Arbeit anbietet, sagen könnten: »Ach, hängen Sie sich doch auf, lieber Herr!« Oder stellen Sie sich vor, Sie wären der Mann gewesen, der vor drei Wochen tollkühn auf eine wildgewordene Lokomotive sprang (obwohl er über den Umgang mit Lokomotiven soviel wußte wie eine Kuh vom Seiltanzen) und der so ein unausdenkbares Unglück verhinderte.

Das sind jene Dinge, an die jeder einmal denkt und die keiner tut. Manchmal aber ereignen sie sich doch! Und dann fühlen wir uns so eigenartig berührt, wenn wir von ihnen in der Zeitung lesen...

Am Dienstag wurde in Leibenfeld, in der Weststeiermark, ein gewisser Walter L. zu vier Monaten Arrest verurteilt. Ich weiß, daß man ihn nicht gut hat laufen lassen können – aber er tut mir leid, und ich glaube, viele Menschen, die Walter L. nicht kennen, hätten ihn nicht zu vier Monaten verurteilt. Trotz Irreführung der Behörden und Herauslockung eines Sarges unter Vorspiegelung falscher Tatsachen. Im Gegenteil: Sie hätten ihm wahrscheinlich die Hand geschüttelt und überlegt: Das ist wieder einmal so ein Fall, wo einer wirklich getan hat, woran wir alle schon gedacht haben.

Ich erinnere mich noch ganz genau daran: Als ich klein war, geschah mir manchmal Unrecht. Nicht oft, denn meine Eltern paßten sehr auf, und meistens mag es wahrscheinlich auch nur eingebildetes Unrecht gewesen sein, aber das war mir damals egal. Ich saß da und war böse und dachte über die große Schlechtigkeit der Erwachsenen nach.

In solchen Situationen sagte ich dann zu mir: Jetzt möchte ich krank werden. Vielleicht möchte ich auch sterben. Ich möchte ganz langsam sterben und ›nachher‹ noch zuschauen können, wie dann meine Mutter und mein Vater und meine Schwester und der Gärtner und der Briefträger und der Ferdl (oder wer mir eben gerade Unrecht getan hatte) an meinem Bett stehen. Dann werden sie traurig sein! Dann wird es ihnen leid tun! Dann werden sie weinen! Und wie sie weinen werden ... Aber mir wird das dann ganz wurscht sein. Ich werde tot bleiben!

Ich gebe gern zu, daß ich sogar heute noch gelegentlich solchen Gedankengängen nachhänge – in einer etwas modifizierten Form.

Wenn ich nun aber auch schon häufig daran gedacht habe, wie sie alle ›weinen würden‹, wenn ich daläge, entseelt und bleich, so habe ich es doch noch nie auf das definitive Experiment ankommen lassen.

Deshalb hat mich so erschüttert, was ich von Walter L. in der Zeitung las.

Er sagte später, als er die vier Monate bekam, er habe das Gefühl gehabt, ›nicht richtig eingeschätzt worden zu sein‹. Sehen Sie – das stand zwar in der Zeitung, aber es dürfte niemandem aufgefallen sein. Und doch ist es sozusagen der Schlüssel zu der ganzen Affäre. Denn wenn Walter L. nicht das Gefühl gehabt hätte, nicht richtig eingeschätzt zu werden, hätte er auch nie den Wunsch verspürt, seine Leute um sich weinen zu sehen.

Es fing damit an, daß er von einem Lastauto fiel. Ich weiß nicht, warum, es ist auch nicht wichtig. Er erlitt eine leichte Gehirnerschütterung und kam ins Landeskrankenhaus. Vielleicht besuchten seine Leute ihn nicht, oder sie schickten ihm Lebkuchen,

die ihm nicht schmeckten – jedenfalls kam die L.sche Neurose hier, im Krankenhaus, plötzlich groß ins Rollen.
Der Junge telegrafierte seinen Eltern, er sei gestorben. Er tat das natürlich nicht so dumm, wie ich es hier aufgeschrieben habe, sondern er unterzeichnete das Telegramm mit dem Namen seines Bruders, der in der Nähe wohnte. Dann fuhr er nach Hause. Als er ankam, war es schon dunkel, und er schlich durch den Schnee an das Haus heran und sah durch das Fenster ins Zimmer. Sein Herz begann laut zu klopfen, und er fühlte, wie ihm heiß wurde: Denn die Eltern und seine Geschwister und ein paar fremde Leute saßen um eine Kerze herum und beteten und weinten und waren ganz schrecklich unglücklich – genauso unglücklich, wie Walter es sich vorgestellt hatte.
Was Walter L. dann tat, war nicht sehr geschmackvoll, aber vielleicht hatte er über die Freude an der Trauerfeier ein bißchen den Kopf verloren. Er kreischte, wie es in der Zeitung hieß, wie ein Totenvogel, und außerdem klopfte er ans Fenster, damit die drinnen glauben sollten, sein Geist gehe um.
Für einen Toten wurde Walter am nächsten Tage sehr lebendig. Er marschierte ins Nachbardorf und suchte einen Sargtischler auf. Wie er es machte, weiß nur der Sargtischler – aber jedenfalls gelang es Walter, einen Sarg zu erhalten. Ohne Bezahlung! Für einen toten Bruder, wie er sagte. (Er ließ also gleich noch einen Menschen sterben bei dieser Gelegenheit!)
Den Sarg lud er auf den Rücken. Als er beim Friedhof vorüberkam, stahl er noch ein paar Blumen. Er wollte ein gut arrangiertes Begräbnis haben. Und zu einem gut arrangierten Begräbnis gehören Blumen. Es ist nicht ganz klar, wie er sich dieses Begräbnis nun wirklich vorstellte, und ob er, hätte man ihn nicht vorher erwischt, auch darangegangen wäre, sein eigenes Grab zu schaufeln. Oder ob er sich in den Sarg gelegt und beides zur Post getragen hätte, um es an die Heimatadresse aufzugeben . . ., wie gesagt: Das wird wohl nicht mehr herauskommen.
Fest steht nur soviel: Er schleppte den Sarg und die Blumen durch den Wald, und als er müde war, legte er sich hinein. Ein Radfahrer, der vorüberfuhr und das Ganze sah, rief die Polizei. Die Gendarmen kamen, verhauten Walter L. ein bißchen, und da wurde er wieder lebendig.
Es ist nicht ganz klar, weshalb sie ihn verhauten. Weil sie wütend auf ihn waren? Weil er im Sarg lag? Hätte er sich danebenlegen

sollen? Kann ein Mensch sich nicht in eine Holzkiste legen, die Hände verschränken und die Augen zumachen? Das sind auch so ein paar Fragen ...

Wie gesagt: Es versteht sich, daß man Walter L. nicht einfach laufen lassen konnte. Aber als ich seine Geschichte las, da wurde mir richtig warm. Denn sie ist eine von jenen Geschichten – aber ich sehe, davon habe ich bereits gesprochen.

Ich bin das Gras

Der große amerikanische Dichter Carl Sandburg hat einmal vor vielen Jahren ein Gedicht über das Gras geschrieben. Ich liebte es sehr, aber ich hatte es schon fast vergessen. Gestern fiel es mir wieder ein. Sandburg läßt in ihm das Gras reden. Das Gras, das die Zeit, den Schmerz, das Leben und den Tod besiegt. »Türme bei Waterloo die Leichen hoch«, sagt das Gras, »und türm' sie hoch bei Ypern und Verdun – ich bin das Gras, ich schaff' es doch. Drei Jahre, zehn Jahre – und die Fremden fragen den Führer: ›Wie heißt der Ort? Wo sind wir eigentlich?‹«

Wie gesagt: Ich hatte das Gedicht schon fast vergessen. Aber gestern fiel es mir wieder ein.

Frau Katharina Kabesch ist in die Stadt gefahren.

Sie kennen alle die Geschichte – es ist schon viel darüber geschrieben worden, und am Dienstag erschien in dieser Zeitung sogar ein Bild von Frau Kabesch. Sie saß in einer eleganten Limousine und sah aus dem Fenster. Hinaus auf den Platz vor dem Palais Harrach. An und für sich nichts Besonderes, nicht wahr? Nur: Frau Kabesch hatte den Platz vor dem Palais Harrach zum letzten Mal vor sieben Jahren gesehen. Und sie saß erst zum zweiten Mal in ihrem Leben in einem Auto. Obwohl sie vor einer Woche ihren einhundertundersten Geburtstag feierte.

Frau Kabesch ist die älteste Wienerin. Sie war einmal die Blumenfrau von der Freyung. Vor sieben Jahren war sie das noch. Dann zog sie sich zurück in ein kleines Haus hinter der Alten Donau. Irgend jemand fragte sie bei der Geburtstagsfeier, ob sie einen besonderen Wunsch habe. Da sagte Frau Kabesch, sie

hätte gern einen Rollstuhl. Mit dem Rollstuhl wäre sie in die Stadt gefahren und hätte sich den Platz noch einmal angesehen, auf dem sie ihren Blumenstand besaß. Inzwischen ging ihr Wunsch in Erfüllung. Die Gemeinde Wien hat ihr einen Rollstuhl geschenkt.
Aber vorher ereignete sich noch etwas anderes für Frau Kabesch. Eine amerikanische Dame erkundigte sich bei der ›Weltpresse‹ nach ihrer Anschrift. Die amerikanische Dame war die Besitzerin der eleganten Limousine. Sie fuhr an die Alte Donau, holte die ehemalige Blumenfrau ab und brachte sie in die Stadt. Es ging schneller und bequemer als im Rollstuhl, und Frau Kabesch hatte Zeit, sich genau umzusehen.
Sie kam dabei aus dem Staunen nicht heraus. Als sie sah, was in den letzten Kriegsmonaten noch alles am Franz-Josefs-Kai geschehen war, erschrak sie entsetzlich. Denn sie hatte davon keine Ahnung gehabt. Frau Kabesch sah an diesem Tag viel: Neues, Altes, Unverändertes. Am Abend war sie todmüde von all dem, was sie gesehen hatte. Ich weiß es nicht sicher, aber wahrscheinlich träumte sie sogar davon.
Es war ein aufregender Tag gewesen für Frau Kabesch. Als ich am nächsten Morgen von ihrer Reise in der Zeitung las, fiel mir Carl Sandburgs Gedicht wieder ein. Und ich begann, über den Ausflug der alten Blumenfrau nachzudenken.

Ich dachte zuerst, daß Frau Kabesch die Stadt zum letzten Mal zu einem Zeitpunkt sah, in dem sie sozusagen noch heil war. Vor den Luftangriffen. Vor der Zerstörung. Vor den Ruinen, vor den Toten, vor den erschossenen Pferden. Ihr Weg im Auto führte sie durch den Zweiten Bezirk und gab Frau Kabesch Gelegenheit, Teile einer Verwüstung zu bemerken, die sie bisher nicht erahnt hatte. Er gab ihr Gelegenheit, neue Gebäude zu sehen und festzustellen, daß alte noch standen, wobei sie möglicherweise nicht wußte – und auch gar nicht wissen konnte –, daß diese ›alten‹ Gebäude nicht *noch,* sondern *schon wieder* standen.
Sie hat überhaupt manche Ähnlichkeiten mit dem Mann aus der Sage, der eines Tages in den Untersberg eindrang, den gewissen deutschen Kaiser mit dem langen Bart besuchte, eine Stunde verweilte, und als er wieder aus dem Berg heraus nach Hause kam, feststellen mußte, daß er fünfundzwanzig Jahre fortgewesen war.

Nun ist es mein Beruf, Bücher und Geschichten zu schreiben, und ich glaube, daß ich gern ein Buch über Frau Kabesch schreiben würde. Ihre Reise in die Stadt wäre der Angelpunkt des ganzen Romans. Nur würde ich ihre Reiseroute (im Buch) ein wenig anders wählen, um deutlicher zu machen, was ich sagen will. Ich würde Vorsorge treffen, daß die Frau Kabesch meines Romans auf ihrem Weg zur Freyung auch nicht an einer einzigen Stätte der Verwüstung vorüberkäme, sondern nur an Häusern, die unbeschädigt oder schon wieder ganz aufgebaut wären, an Parks mit Blumen, durch Straßen mit vollen Geschäften, vorüber an Kirchen, in denen noch (oder schon wieder) Orgeln spielten. Ich würde mich um die hundertprozentig vollkommene Illusion bemühen, Wien wäre so, wie Wien vor sieben Jahren war. (Das bezieht sich natürlich in diesem besonderen Fall nur auf den rein optischen Eindruck.)
Gelänge mir meine Absicht, wäre ich ein guter Reiseführer, dann müßte die Frau Kabesch meines Romans die Überzeugung nach Hause an die Alte Donau mitnehmen, daß Glück und Leid rasch vorübergehen, daß menschliche Verzweiflung und menschliche Freude, ja selbst der Tod, in der Tat sehr irdische Dinge sind, denen man keine allzu große Beachtung schenken soll. Sie müßte finden, daß sie nichts versäumt hat, daß die Blumen noch blühen und die Menschen noch lachen, und daß der Würstelmann auf der Kärntner Straße noch immer Frankfurter verkauft.
Ich würde ferner die Heldin meines Buches keine Zeitung lesen und auch nicht Radio hören lassen. Sie lebte am Rande der Stadt und am Rande des Lebens in einem so vollkommenen Paradies, daß dieser Zustand des Sich-Entfernens, des Sich-Abschließens und des Erstaunens-über-die-Unverändertheit-der-Welt in große Mode kommen und zum letzten Schrei der feinen Gesellschaft werden würde.
Es wäre nicht der Sinn meines Romans, zu sagen: Auch in hundert Jahren werden noch Blumen blühen und alte Frauen werden sie verkaufen. Auch in hundert Jahren, was immer geschieht, werden noch Häuser stehen und Mädchen lächeln. Auch in hundert Jahren wird es noch Menschen geben, die Fußball spielen, Auto fahren, Gulasch essen und die Wahrheit sagen.
Der Sinn meines Buches wäre, festzustellen: Wenn es auch so aussieht, als ob unsere in Krisen taumelnde Welt dem tiefsten Punkt einer Sinuskurve zujagt – jede Kurve hat nur *einen* tiefsten

Punkt, und wenn dieser erreicht ist, muß alles wieder aufwärtsgehen. Vielleicht erleben wir diesen Punkt nicht mehr, vielleicht erleben ihn aber unsere Kinder.
Eines steht fest: Jemand *wird* ihn erleben. Und er wird wieder glücklich sein. Das wäre der Sinn meines Buches über die Blumenfrau, die in die Stadt fährt und findet, daß sich in sieben Jahren nichts verändert hat. (Weil das Gras, von dem Carl Sandburg spricht, es doch wieder geschafft hat.)
Und ich glaube, daß Sandburgs Gras einen Vornamen hat. Sein Vorname ist: Hoffnung!

Vierzehn kleine Negerlein

Dies ist eine traurige Geschichte.
Sie beginnt 1933, und 1953 hat sie noch immer nicht aufgehört. Viele Menschen sind zugrunde gegangen an dieser Geschichte, mehr werden folgen. Es steht zu fürchten, daß diese Geschichte ohne Ende ist. Und ohne Hoffnung.
1933 verließen vierzehn Deutsche mit ihren Familien ihr Land. Sie konnten in ihrem Land nicht mehr leben. Sie waren gegen das sogenannte Dritte Reich. Und 1933 verließen viele Menschen, die gegen das Dritte Reich waren, das Land. Die vierzehn Menschen, von denen wir hier berichten, emigrierten nach Brasilien. Sie hatten viel von Brasilien gehört, von der Schönheit der Wälder, der Weite des freien Landes, von den Möglichkeiten, reich und glücklich zu werden, und auch davon, daß es in Brasilien keine Nazis gebe. Dieses zumindest stellte sich als Irrtum heraus. Es gab Nazis in Brasilien. Diese Nazis machten den vierzehn Auswanderern und ihren Familien von 1933 bis 1945 das Leben schwer. 1946 gaben sie ein bißchen Ruhe. Aber nicht lange! Denn 1945 kamen noch ein paar Nazis dazu. Die neuen Nazis kamen aus Deutschland, sie hatten die Reise in U-Booten und in Langstreckenbombern zurückgelegt und waren sehr erholungsbedürftig. Es waren lauter große Tiere. Und 1945 war keine gute Zeit für große Tiere. Aber auch nicht für kleine, wie sich gleich darauf erwies.
Die Alliierten forderten nämlich von der Regierung des Landes

die Auslieferung der Nazis. Nicht aller, nur der prominentesten. Die Alliierten wollten die prominentesten Nazis in Deutschland vor Gericht stellen. (Es war die Zeit, in der die Alliierten viele Nazis vor Gericht stellten.) Als die großen Tiere von der Absicht der Sieger erfuhren, waren sie ein wenig bestürzt. Aber nicht lange! Dann bestachen sie ein paar Beamte bei der Polizei und fuhren für einige Zeit in Urlaub. Es ging auch ohne sie – o ja!
Die bestochenen Beamten hatten mit der Bestechung auch die Verpflichtung übernommen, dafür zu sorgen, daß den großen Tieren nichts geschah und daß sie nicht nach Deutschland zurückgeschickt wurden. Aber irgend jemand mußte doch zurückgeschickt werden! Das Schiff der Alliierten lag bereits im Hafen, in Europa warteten schon die Kriegsverbrechergerichte, und der Kapitän des Schiffes war ungeduldig. Er wollte wissen, wann seine vierzehn Nazis kamen, die er in Hamburg bei den Alliierten abliefern sollte.
Die vierzehn Nazis kamen zwei Tage später, schwer bewacht und in Ketten. Sie waren sehr wild, und der Kapitän ließ sie zur Begrüßung erst einmal richtig verdreschen, damit sie sich anständig betrugen. Als sie dreiunddreißig Stunden auf See waren, stellte sich heraus, daß die vierzehn Nazis keine Nazis waren, sondern vierzehn Antinazis. Der Kapitän hatte die falschen Leute an Bord. Es wurde ihm ganz schlecht, als er erfuhr, was die vierzehn Antinazis erzählten. Sie erzählten vierzehn Gangstergeschichten. Man hatte sie auf der Straße niedergeschlagen und in wartende Autos gestoßen nach der bekannten Methode, die inzwischen auch bei uns so populär geworden ist; man hatte sie aus ihren Büros entführt; man hatte sie im Kreise ihrer Familien überfallen. Man hatte sich nicht gut zu ihnen benommen, die vierzehn Antinazis waren erregt. Sie hatten unter der Vorstellung gelebt, daß das Dritte Reich vorüber war. Es schien jedoch überhaupt erst anzufangen.
Der Kapitän des Schiffes war ein kleiner Kapitän. Er hatte große Angst, etwas falsch zu machen. Deshalb funkte er an seine Vorgesetzten einen Bericht über das, was vorgefallen war. Sollte er, fragte der kleine Kapitän, die vierzehn Nazis, die vorgaben, vierzehn Antinazis zu sein, wieder nach Brasilien bringen? Seine Vorgesetzten funkten ein Nein zurück. Sie waren der Ansicht, daß man so ohne weiteres und mitten auf hoher See nicht gut feststellen konnte, ob die vierzehn Antinazis auch wirklich vier-

zehn Antinazis waren. Vielleicht logen sie bloß. Man mußte sie ordentlich unter die Lupe nehmen. Und das tat man auch, in einem Lager bei Hamburg, in das man die vierzehn unfreiwilligen Passagiere steckte, als das Schiff Deutschland erreichte. Zu dieser Zeit waren die vierzehn schon sehr wild.

Die Untersuchung ihrer Vergangenheit nahm nur ein paar Monate in Anspruch, dann bekamen es alle vierzehn schriftlich und gestempelt: Die Untersuchung hatte ergeben, daß sie wirklich keine Nazis waren. Sondern im Gegenteil. Deshalb, meinten die vierzehn, konnte man sie doch nun endlich und gerechterweise wieder nach Hause schicken. (Es versteht sich von selbst, daß man nicht genügend Geld für die Rückfahrkarte in der Tasche hat, wenn man auf der Straße überfallen und über ein Weltmeer verschleppt wird.)

Aber da begannen die kleinen Schwierigkeiten: Die Alliierten erklärten, sie könnten die Rückfahrkarten leider nicht bezahlen. Denn die vierzehn Antinazis hätten als deutsche Staatsbürger einen Schaden durch Aktionen des Naziregimes erlitten. Und für solche Schäden und ihre Wiedergutmachung waren die deutschen Behörden zuständig. Also wandten sich die vierzehn an die deutschen Wiedergutmachungsbehörden. Diese waren sehr freundlich und hilfsbereit, aber sie konnten leider nichts tun. Denn nach dem Gesetz waren die vierzehn nicht ›Opfer des Naziregimes‹. Opfer des Naziregimes war man nur, wenn man bis zum Stichtag vom 7. Mai 1945 unter dem Naziregime gelitten hatte. Die vierzehn Antinazis hatten aber erst im Sommer 1945 gelitten. Also fielen sie nicht unter das Gesetz! Und man verwies sie an die zuständigen Stellen in Bonn ...

In Bonn hat man sich seither (von 1945 bis 1953) bemüht, das Geld für die Rückfahrkarten der vierzehn Antinazis aufzutreiben. Es ist leider nicht möglich gewesen, zu viele Verordnungen standen im Wege. Es sind übrigens nicht mehr vierzehn Antinazis, sondern nur noch acht. Sechs sind inzwischen gestorben; das Geld für ihre Rückfahrkarten hat man so erspart. Und wenn man noch ein bißchen wartet ...

In Brasilien sind auch ein paar Menschen gestorben in der Zwischenzeit; Verwandte der vierzehn. Drei Frauen kamen ins Irrenhaus. Und ein paar Ehen gingen bei der Gelegenheit auch in die Brüche. Diejenigen Antinazis, die heute noch leben, bekommen eine staatliche Unterstützung. Wir haben ausgerechnet, wieviel Unterstützung sie alle zusammen seit 1945 bekommen haben und sind daraufgekommen, daß diese Summe ein Vielfaches jener anderen Summe ist, die nötig gewesen wäre, um vierzehn Rückfahrkarten zu kaufen.

P.S.: Den Nazis in Brasilien geht es gut. Sie lassen schön grüßen.

Eine Schule feiert Geburtstag

Ich trage seit gestern eine große Traurigkeit mit mir herum. Ich habe versucht, mich in die Sonne zu legen, ich habe einen doppelten Kognak getrunken. Und schließlich bin ich auch ins Kino gegangen. Es hat alles nichts geholfen: Die Traurigkeit bleibt. Es ist eigentlich eine gar nicht unangenehme, schwermütige und sentimentale Traurigkeit, die mich ergriffen hat, und ich gebe zu, daß ich sie sogar ein wenig kultiviere. Vor einer halben Stunde habe ich mich dabei ertappt, wie ich, aus der (wahrscheinlich verstümmelten) Erinnerung, etwas niederschrieb, was mir, in der fünften Klasse, im Verein mit anderen Sätzen, einmal ein ›Nicht genügend‹ eintrug.
Ich schrieb: »O mihi praeteritos si Jupiter referat annos!« Ich weiß nicht mehr, ob das korrektes Latein ist. Aber ich weiß noch, was es auf deutsch heißt. Nämlich: »Oh, daß die verlorenen Jahre zurück mir Jupiter brächte!«
Sie sehen, ich fühle mich alt. Obwohl ich es eigentlich noch gar nicht bin. Aber ich habe Sehnsucht nach meiner Jugend. Seit gestern. Genau gesagt: seit Samstag, 9.30 Uhr.
Samstag um 9.30 Uhr war ich bei einer Geburtstagsfeier.
Es war eine sehr ungewöhnliche Geburtstagsfeier – und eine sehr schöne. Das Geburtstagskind war kein Mensch, obwohl es mit vielen hundert Menschen innig zu tun hatte und obwohl viele Menschen – ganz junge und ganz alte, solche mit weißen Bärten und solche mit kurzen Hosen – gekommen waren, um ihm zu gratulieren. Das Geburtstagskind war eine Schule. Und zwar das Landstraßer Gymnasium. Es feierte gestern sein achtzigjähriges Bestehen.
Wir leben in einer sehr schwierigen und umständlichen Zeit.

Deshalb ist es nur natürlich, daß der Geburtstag der alten Schule nicht in ihren eigenen Räumen gefeiert wurde, sondern in denen des Akademischen Gymnasiums auf dem Beethovenplatz. Denn das Landstraßer Gymnasium hat seit 1945 (oder 1942, ich weiß es nicht genau) eine geradezu unbeschreibliche Wanderung hinter sich: Es wurde ausgewiesen, mußte übersiedeln, noch einmal übersiedeln, anderen Schulen Platz machen und fand endlich in dem stillen, großen, altmodischen Haus auf dem Beethovenplatz eine Art zweite Heimat. Die Schüler und die Lehrer von der Landstraße taten sich mit den Schülern und den Lehrern vom Beethovenplatz zusammen, und sie fanden, daß sie sich großartig vertrugen. Ich nehme an, sie stimmten ihre Stundenpläne aufeinander ab, und wenn die einen über den Bock sprangen und den Purzelbaum nach hinten übten (die Schüler natürlich, nicht die Lehrer), dann bogen die anderen unregelmäßige Verben, daß es nur so rauchte, oder erfuhren von Herrn G. J. Caesar, daß die Germanen sehr breit gebaut waren. (Denn sie saßen auf beiden Seiten des Rheins.) Und gestern, im Festsaal des Akademischen Gymnasiums, wurde also Geburtstag gefeiert.
Es war ein wunderschöner Saal mit gotischen Holzpfeilern und einer Wandtäfelung, mit goldenen Bildern an den Wänden und zwei riesenhaften Leuchtern, die von der Decke herabhingen und denen man gerne glaubte, daß sie mindestens achtzig elektrische Kerzen in ihren Kronen trugen. Diese achtzig Kerzen strahlten auf, als die Feier begann, und in dem großen Saal wurde es ganz still. Auf der linken Seite, bei den großen Fenstern, saßen die Schüler und Schülerinnen in ihren schönsten Kleidern, ganz frisch gewaschen und sehr feierlich, und auf der anderen Seite saßen die Erwachsenen. Aber was waren das für Erwachsene! Frauen und Männer, junge Mädchen in Sommerkleidern und ganz alte Herren mit Bärten und in Bratenröcken. Da saßen Priester und bekannte Rechtsanwälte, berühmte Ärzte und berühmte Dichter, hohe Regierungsbeamte und gefeierte Kunsthistoriker. Sie saßen, weil nämlich viel mehr alte Schüler kamen, als man erwartet hatte, eng gedrängt in den geschnitzten Bänken, und zwischen ihnen saßen, wo sie eben Platz fanden, ganz kleine Mädchen mit langen Zöpfen und roten Wangen und ganz kleine Jungen mit großen Hornbrillen. Sie alle waren plötzlich still und sahen nach vorn zum Rednerpult, hinter dem sich, zwischen vielen grünen Pflanzen, eine rot-weiß-rote Fahne wand,

und wo nun vier Herren – der größte ganz links, der kleinste ganz rechts – Aufstellung nahmen, vier große Trompeten erhoben und zu blasen begannen. Die Sonne schien in den großen Saal, die Fanfaren schmetterten, wie es sich gehört, und von der Stirnwand des Saales sahen große, bunte gemalte Heilige auf die Versammelten herab, unter ihnen Sanctus Bastius und Sanctus Athanasius und Sanctus Chrysostomus – und noch viele andere, deren Namen ich nicht lesen konnte, weil ich nämlich kurzsichtig bin.
Ein alter Mann neben mir putzte seine Brille. Und ein kleiner Junge schneuzte sich. Und alle hatten plötzlich das Gefühl, die alte Schule persönlich sei anwesend, und mit ihr die guten Geister aller Lehrer, die je in ihr gelehrt hatten, und die guten und bösen Geister aller Schüler, die je in ihr gelernt hatten und durchgefallen waren oder mit Vorzug das Abitur gemacht hatten, die je hatten nachsitzen oder auf Anhieb sagen müssen, wann August der Faule regierte oder Jakob der Dicke, die auf dem Gang heimlich geraucht hatten oder erste Gedichte geschrieben, welche hinkten, die glühend Rilke verehrten und Don Carlos mit verteilten Rollen lasen – und die zu der Maier Josefine in der ersten Reihe hinüberschielten und ihr einen zusammengefalteten Zettel zuwarfen, auf dem stand: ›Heute um drei in der Konditorei am Eck!‹
Alle diese Geister, die Geister der Toten unter der Erde und die Geister der Lebenden irgendwo draußen in dieser großen, wirren Welt schienen plötzlich anwesend zu sein, als der Direktor zu reden begann. Er redete sehr still und klug. Und er sagte ein paar ergreifende Dinge über das humanistische Streben nach Wahrheit und Schönheit, über die Notwendigkeit der Bildung und das Wunder all derer, die sich redlich um dies alles bemühen.
Die Menschen in dem großen Saal waren sehr still, und man konnte richtig fühlen, wie jeder einzelne von ihnen seinen Erinnerungen nachhing. Den schönen und den häßlichen Erinnerungen, an den Tod und das Leben, an die Fülle und die Not, die Weite und die Trauer, den ersten und den zweiten Krieg, verschollene Freunde und alte Ambitionen, Geliebte und Träume, die schon weit, weit hinausgewandert waren in das Sandmeer der Zeit …
Es gibt bei uns viele arme Schüler, sagte der Direktor. Wir bemühen uns, ihnen allen zu helfen. Denn wir glauben, daß nicht

der studieren soll, der das Geld besitzt, sondern der, welcher die Begabung dazu hat. Wir werden im Herbst wieder in unsere alte Schule zurückkehren. Wir werden weitergehen auf dem Weg der sozialen Hilfe und der überparteilichen und menschlichen Gerechtigkeit, nach der alle Menschen gleich geboren sind und über gewisse unverbrüchliche Rechte verfügen. Wir werden Nachmittagsinternate mit Junglehrern einrichten. Wir werden dafür sorgen, daß die Kinder selbst entscheiden können, was sie werden wollen und wo ihre Begabung liegt. Wir werden, mit einem Wort, tun, was wir achtzig Jahre lang getan haben: uns bemühen, den Sinn für die Wahrheit, für die Schönheit und für die Gerechtigkeit wachzuhalten. Und wenn dann wieder Menschen wie Theodor Csokor, Julius Patzak oder Ferdinand Hochstetter aus unserer Anstalt hervorgehen – dann wollen wir einander die Hände geben und zufrieden sein.

Der Direktor sagte nicht genau das, was ich hier aufgeschrieben habe – aber dem Sinne nach sagte er es. Und als er geendet hatte, da applaudierten alle laut. Denn er hatte ehrlich und mutig gesprochen.

Ich aber schlich mich heimlich davon und setzte mich in die leere Klasse IV C. In die letzte Bank. Und dachte darüber nach, wie schön es wäre, wenn ich noch mal zur Schule gehen könnte . . .

Ein komischer Kerl

Die Geschichte, die ich hier erzähle, hat sich fast genau vor einem Jahr ereignet, und ich kann nicht verlangen, daß Sie ihr Glauben schenken. Der Dienstmann, der sie mir erzählt hat, verlangte das auch nicht. Und zunächst glaubte auch ich sie ihm nicht.

Inzwischen bin ich fast ein Jahr älter geworden, und die Lage hat sich verändert: Ich glaube dem Dienstmann, aber ich kann keine Erklärung für seine Geschichte geben. Ich habe ein paar Vermutungen, doch die hat er selber. Und Sie werden sie desgleichen haben, wenn Sie die Geschichte kennen – diese Geschichte, die sich fast genau vor einem Jahr ereignet hat, in unserer Stadt, am 24. Dezember, nachmittags gegen vier Uhr.

In unserer Stadt gibt es nur noch sehr wenige Dienstmänner, und es geht ihnen nicht gut. Jeder von ihnen hat eine Nummer. Damit niemand hinter der Nummer, die wir ihm hier geben, den richtigen Dienstmann erkennen kann, werden wir ihm eine falsche Nummer geben. Sagen wir 45.

Vor einem Jahr, am 24. Dezember, nachmittags gegen vier Uhr, saß der Dienstmann Nummer 45 – in folgendem kurz Nummer 45 genannt – im Wartesaal des Hauptbahnhofs und war sehr traurig. Er war schon den ganzen Tag sehr traurig, und er trieb sich auch schon den ganzen Tag auf dem Bahnhof herum. Es hatte ihn den ganzen Tag über niemand benötigt, und es war sehr unwahrscheinlich, daß ihn ausgerechnet jetzt noch jemand benötigen würde. Nummer 45 hätte getrost nach Hause gehen können. Aber das wollte er nicht. Nummer 45 hatte nämlich Angst vor dem Nachhausegehen.

Zu Hause wartete Mariele auf ihn.

Mariele war die kleine Tochter von Nummer 45, acht Jahre alt. Eine Mutter gab es nicht mehr. Die Mutter war eines Tages fortgelaufen. Und heute war also Weihnachten. Das war der Grund, warum Nummer 45 sich nicht nach Hause wagte. Weil er nämlich trotz aller Anstrengung kein Geld hatte auftreiben können, um seiner kleinen Tochter ein richtiges Weihnachtsgeschenk zu kaufen ...

Er trank traurig einen Schluck Bier aus dem Glas, das vor ihm auf dem Tisch stand. Zwei Bier spendierte nämlich der Wirt des Wartesaals jedem Dienstmann an diesem Tag. Wie gesagt: Es gab nur noch ganz wenige Dienstmänner. Seine gute Tat brachte den Wirt nicht um.

Das Leben, überlegte Nummer 45, war ungerecht. Er hatte nicht ein einziges Geschenk, und andere Leute hatten so viele! Da drüben zum Beispiel, am Nebentisch, saß ein Mann, der wußte überhaupt nicht, wie er seine vielen Pakete schleppen sollte.

Der Herr war ungemein dick und sah ungemein gemütlich aus. Er hatte die Gemütlichkeit mancher sehr dicker Leute. Er schnaufte, während er mit Hilfe des Kellners seinen Mantel anzog. Er hatte einen gepflegten weißen Bart und rosige Wangen. Seine kleinen Augen funkelten vergnügt. »Danke, mein Freund«, sagte er zu dem Kellner. Nummer 45 konnte seine Stimme hören. Außerdem kam es ihm so vor, als röche der gemütliche dicke Mann am Nebentisch nach Lebkuchen, nach guten, frischen Lebkuchen.

»Das ist immer eine Hetzerei vor den Feiertagen«, sagte der Dicke mit dem weißen Bart seufzend, während er sich mit seinen Paketen belud.
Der Kellner sagte höflich: »Besonders, wenn man Kinder hat.«
»So ist es«, sagte der Dicke. »Und ich habe Kinder! Einen Haufen Kinder!«
Während er das noch sagte, flog die Tür des Wartesaals auf, und ein Mann stürzte völlig außer Atem herein.
»Gott sei Dank!« rief er und eilte auf Nummer 45 zu. Er war sehr gut gekleidet und trug ein einzelnes kleines Paket unter dem Arm. »In fünf Minuten geht mein Zug«, sagte er hastig. »In diesem Paket sind Schuhe für ein kleines Mädchen. Braune Pelzschuhe. Sie müssen das Paket dorthin bringen, wo das kleine Mädchen wohnt!«
»Jawohl, Herr«, sagte Nummer 45. Der Fremde schrieb die Adresse auf: Parkstraße 33, Strasser. Dann gab er Nummer 45 noch etwas Geld und verschwand. Nummer 45 blieb mit den Kinderschuhen zurück wie vom Donner gerührt. Er schluckte zweimal schwer und strich mit den Fingerspitzen über das kleine Paket. Danach verließ er den Wartesaal. Der gemütliche dicke Mann mit dem weißen Bart sah ihm nach ...
Nummer 45 ging zu Fuß durch den Schnee und die Dämmerung. Er brauchte Zeit, um zu überlegen. Als er zehn Minuten lang überlegt hatte, war er sich im klaren darüber, was er tun würde. Es lag doch eigentlich auf der Hand, nicht wahr? Wenn wir es auch keinesfalls entschuldigen wollen!
Nun brannten schon viele Lichter. Es schneite in dicken Flocken. Nummer 45 betrat einen Kaufladen und verlangte: »Eine rote Kerze und eine Tafel Schokolade, bitte!«
Die Verkäuferin war sehr freundlich zu ihm, sie machte aus der Schokolade und der Kerze ein kleines Paket mit einem winzigen Tannenzweig. Nummer 45 bezahlte mit dem Geld, das der fremde Mann ihm gegeben hatte und trat danach wieder in die Dunkelheit hinaus.
Mariele schlief, als er heimkam. Er packte die Schuhe aus. Es waren wunderschöne teure Schuhe, pelzgefüttert, aus ganz, ganz weichem braunem Leder. Er stellte die Schuhe neben das Bettchen und legte die Schokolade dazu. Die Kerze steckte er in einen Leuchter, und auf einen Zettel schrieb er in Blockschrift: *Fröhliche Weihnachten, Mariele!*

Dann verließ er seine Wohnung und klingelte bei Frau Kiefer, der Nachbarin.
»Frau Kiefer«, sagte Nummer 45, »hier sind meine Schlüssel. Ich muß noch einmal fort. Können Sie sich ein bißchen um Mariele kümmern?«
»Aber natürlich«, sagte Frau Kiefer.
»Wenn sie nachher aufwacht, zünden Sie doch bitte die Kerze an, die neben ihrem Bett steht. Und bitte sehen Sie zu, daß sie nicht die ganze Schokoladetafel auf einmal ißt.«
»Na klar«, sagte Frau Kiefer. »Wenn es Ihnen recht ist, nehme ich die Kleine überhaupt zu mir herüber. Ich bin ja ganz allein.«
»Das wäre sehr hübsch«, sagte Nummer 45, »wenn Sie Mariele zu sich nehmen würden, falls ich länger fortbleiben muß.«
»Das ist aber dumm, daß Sie gerade heute zu tun haben. Wie lange wird es denn dauern?«
»Weiß nicht genau ...«, erwiderte Nummer 45. Er hoffte, mit ein paar Tagen Arrest davonzukommen.
Nachdem er sich von Frau Kiefer verabschiedet hatte, machte er sich auf den Weg in die Parkstraße 33. Unterwegs dachte er, um sich Mut zu machen, an das Gesicht seiner kleinen Tochter, wenn sie aufwachte und die wunderschönen Schuhe sah. Er stellte sich ihr Gesicht sehr deutlich vor, und danach fühlte er sich etwas besser. Er dachte selbstgerecht: Es ist nicht der natürliche Zustand für ein kleines Mädchen, am Heiligen Abend kein einziges Geschenk zu bekommen. So etwas ist eine Gemeinheit des Lebens! Man darf es nicht zulassen!
Und ähnlich dachte er weiter, aber trotzdem war ihm alles andere als wohl zumute, als er zuletzt die Parkstraße erreichte.
Er mußte eine ganze Weile suchen, bis er das richtige Haus fand. An dem verschlossenen schmiedeeisernen Gartentor war ein Schild befestigt. Darauf stand *Strasser.* Er klingelte.
Nach einer Weile flammte eine Lampe auf. Durch den Schnee kam ein Mädchen mit Schürze und Spitzenhäubchen auf Nummer 45 zu.
»Guten Abend«, sagte Nummer 45.
»Guten Abend. Sie wünschen?«
Nummer 45 beschloß, sofort die ganze Wahrheit zu erzählen.
»Ich komme wegen der Kinderschuhe«, begann er. »Ich habe ...«
Das Mädchen unterbrach ihn. »Ach jaja, ich weiß schon. Ihr

Kollege hat mir gesagt, daß Sie kommen würden. Hier, das ist für Sie!« Und sie gab ihm Geld.
Nummer 45 hielt sich an den eisigen Gitterstäben des Tores fest. Er hörte, was das Mädchen sprach, wie aus weiter Ferne. Er verstand nichts mehr.
»Was für ein Kollege?« fragte er.
»Na, der andere Dienstmann!«
»Der andere Dienstmann?«
»Ja doch! Er kam vor etwa einer halben Stunde und brachte einen Karton mit Kinderschuhen für unsere kleine Viktoria. Braune Pelzschuhe.«
»Und?« fragte Nummer 45 tonlos, denn er begann zu begreifen, daß hier ein Wunder geschehen war.
»Und er sagte, sein Kollege, der Dienstmann Nummer 45, dem er diesen Gang abnahm, werde später kommen und sich das Trinkgeld abholen.« Das Mädchen sah ihn neugierig an. »Was ist denn? Sind Sie vielleicht nicht Nummer 45?«
»Doch, das bin ich.«
»Na also!«
Nummer 45 sagte mühsam: »Würden Sie bitte noch so nett sein, mir zu erzählen, wie mein ... Kollege aussah?«
»Vor allem dick«, sagte das Mädchen. »Dick und gemütlich! Er hatte einen weißen Bart, und er schleppte noch eine Menge anderer Pakete.«
Nummer 45 fühlte, wie eine große Glückseligkeit ihn überkam. Er nickte.
»Jaja«, sagte er, »das war er schon.«
»Außerdem roch er nach Lebkuchen«, berichtete das Mädchen.
»Nach Lebkuchen ...?«
»Aber wie!» Das Mädchen sagte abschließend: »Ein komischer Kerl! Wissen Sie, ich hätte nie im Leben geglaubt, daß das ein Dienstmann gewesen ist. So wie der aussah! So wie der angezogen war!«
Nummer 45 blickte zu der weißen Erde nieder. Dann blickte er zu dem dunklen Himmel auf. Dann sagte er leise: »Es war auch kein Dienstmann.«

Bekir und Mehmet haben genug

Der Verfasser dieser Zeilen legt Wert auf die Feststellung, daß es sich bei der nachfolgenden Geschichte um eine wahre handelt. Um eine, die wirklich passiert ist. Um eine mit einer Moral. Wieviel wahre Geschichten haben schon eine Moral? Und die wenigen, aus denen man noch immer eine solche ziehen kann, sagen in letzter Zeit auch nur immer häufiger: Am vernünftigsten wäre es, wenn wir uns an der Nabelschnur, mit der wir uns bei der Geburt ausgestattet finden, gleich wieder erhängten. Auf diese Weise ersparten wir uns viel Arbeit und Herzeleid. Von kalten Füßen und Schneeverwehungen gar nicht zu reden.

Die Geschichte von Bekir und Mehmet, die wahre Geschichte, die wirklich passiert ist, sagt etwas ganz anderes. Etwas Optimistischeres, etwas Fröhlicheres. Sie weist uns sozusagen einen Weg aus der Enge und dem Dunkel der Gegenwart hinein in ein Paradies der ewigen Fröhlichkeit. Und deshalb wollen wir sie hier erzählen.

In Giresun in der Türkei werden derzeit zwei Männer auf ihren Geisteszustand untersucht. So etwas kommt vor. Nicht nur in Giresun, einer Gegend, von der wir als Besitzer eines Brockhaus, Ausgabe 1930, in der Lage sind, folgendes anzugeben: Die Provinz Giresun, auch Kiressün oder Kerasond, umfaßt 4170 Quadratkilometer mit 166 120 Einwohnern (macht 40 auf einen Quadratkilometer). Die Bürger des Landes befassen sich mit Weinbau, Schaf- und Rinderzucht. Die gleichnamige Hauptstadt hat 1200 Einwohner, einen guten Hafen am Schwarzen Meer und exportiert Holz und Kupfer.

Die beiden Männer sitzen im Krankenhaus von Giresun, beantworten zahlreiche Fragen, schreiben ihre Träume auf und sind damit beschäftigt, Ärzten zuzuhören, die ihnen versichern, daß sie an Zwangsvorstellungen leiden.

Unsere beiden Männer heißen Bekir und Mehmet Tanriverdi. Sie sind Zwillingsbrüder. 1940 kamen sie zum Militär. 1942 wurden sie entlassen. 1943 verschwanden sie plötzlich. Und 1950 entdeckte man sie wieder. Und brachte sie ins Krankenhaus. Sie fragten, warum? Ja, warum! Weil man sie nämlich in einer durchaus ungewöhnlichen Umgebung und in einem durchaus ungewöhnlichen Zustand fand. Nämlich in der Krone eines riesigen Baumes und vollkommen nackt.

Der harmlose Passant, der die beiden Männer in der Baumkrone bemerkte, verständigte die Polizei. Die Polizei verständigte die Feuerwehr. Diese erschien mit einer Leiter, ein beherzter Beamter kletterte zu den Nackten hinauf und forderte sie in gewähltem Türkisch auf, herunterzukommen. Die Nackten schüttelten nur die Köpfe. Es stellte sich nämlich heraus, daß sie die Landessprache nur sehr mangelhaft beherrschten. Aber soviel war klar: Die beiden fühlten sich in ihrer Baumkrone sauwohl und wollten nichts davon wissen, sie zu verlassen. Sie trugen lange Bärte. Sonst trugen sie nichts. Aber sie machten einen sehr gesunden und zufriedenen Eindruck. Nun hat alles seine Grenzen. Auch in der Türkei!

Irgendein Gesetz verbietet es, nackt in Bäumen zu sitzen. Nämlich auf lange Sicht. Vielleicht, weil man herunterfallen und andere Menschen gefährden könnte. Vielleicht auch wegen des Fremdenverkehrs. Oder aus sonst einem Grund.

Deshalb wurden die Behörden, als das gute Zureden nichts half, energisch. Die Zivilisation, mit Gummiknüttel und Zwangsjakke, machte ihre Rechte geltend: Bekir und Mehmet wurden aus der Baumkrone ›abgeseilt‹ und aufgefordert, je eine Hose und ein Hemd anzuziehen, als sie den Erdboden erreichten. Dieses Ansinnen lehnten die beiden Herren ab. Und daraufhin steckte man sie ins Krankenhaus.

Dort, wo man eine größere Praxis mit Verrückten hat, sprach man vernünftiger mit ihnen. Der Chefarzt gab ihnen eine Zigarette, einen Schnaps, viele gute Worte und einen abgesägten Baumast, den man ihnen ins Zimmer brachte. Denn sie saßen nur sehr ungern auf Stühlen. Das war die Macht der Gewohnheit.

Schließlich entschlossen sie sich, allerdings widerwillig, ein bißchen Türkisch zu reden. Sie beherrschten es noch leidlich. Aber es gefiel ihnen nicht mehr. Zunächst gaben sie ihre Namen und die Tatsache bekannt, daß man sie 1940 eingezogen hatte. Und dann gaben sie noch ein bißchen mehr bekannt. Nach ihrer Entlassung, erklärten sie, hätten sie sich entschlossen, die Menschen zu meiden.

»Warum?« fragte der Chefarzt.

Aus einem allgemeinen Ekelgefühl, einem Bedürfnis nach Einsamkeit und Sammlung, erklärten die Brüder. Was sie sahen, habe ihnen nicht mehr gefallen, sie hätten genug gehabt vom

Krieg, von der Zeit und ihren Menschen, und deshalb seien sie auf die Idee gekommen, auf einem Baum zu wohnen.
»Warum gerade auf einem Baum?«
Nun, ein Baum ist etwas Wunderbares. Er ist still, beharrlich und stark. Sitzt man in seiner Krone, so sieht man zwar noch den Himmel, aber nicht mehr die Menschen. Und das gerade wollten die beiden. Sie suchten also einen hübschen, hohen Baum und richteten sich in seinem Geäst ein richtiges, komfortables und warmes Nest ein.
Und als sie eine Zeitlang in ihm gewohnt hatten, fanden sie, daß ihre Kleider sie störten. Deshalb warfen sie sie weg. Etwas später fanden sie, daß die kleinen Vögel fortflogen, wenn sie miteinander sprachen. Sie hatten aber die kleinen Vögel gerne. Daher beschlossen sie, nicht mehr zu sprechen. Wozu schließlich? Sie verstanden einander auch so. Und die Stille war wichtiger als alle Worte. Auch die kleinen Vögel kamen und machten es sich nebenan bequem, wenn man nur beharrlich den Mund hielt.
»Waren Sie glücklich da oben?« fragte der Arzt.
»So sehr wie nie im Leben«, sagten die Brüder.
Mit der Zeit verlernten sie fast ihre Muttersprache. Mit der Zeit wuchsen ihnen Bärte. Mit der Zeit wurden sie richtige Baumbewohner. Glückliche Baumbewohner. Zwei Menschen, denen es, mitten im zwanzigsten Jahrhundert, gelungen war, in Frieden und Ruhe zu leben.
»Wie lange?«
»Sieben Jahre.«
Sieben Jahre sind eine lange Zeit. Die Zwillinge haben in diesen sieben Jahren gelernt, nachdenklich, tolerant und bescheiden zu sein. Sie meinen, sie seien lange genug im Paradiese gewesen. Wenn man sie jetzt unbedingt aus ihm vertreiben und sie wieder unter die Menschen bringen wolle, so sei das zwar eine Heimsuchung – aber eine von nicht allzu langer Dauer. Denn einmal werden sie ja sterben. Und dann wird die Stille wiederkehren. Und immerhin, sie hatten sieben glückselige Jahre ...

Vor kurzem sahen wir einen Film, der hieß ›Die Schlangengrube‹. Und spielte in einem Irrenhaus. Und in dem Film sagte jemand: »Eines Tages wird es noch so weit kommen, daß die Verrückten die Gesunden einsperren ...«
Kommentar überflüssig.

Der kalte Kamin

An einem regnerischen Herbstabend saßen in der Universitätsstadt Princeton, USA, zwei berühmte Männer vor einem kalten Kamin, froren, rieben sich die Hände, und fühlten beide eine Grippe im Anzug. Sie waren schlecht aufgelegt und einer Meinung. Keiner besonders optimistischen Meinung. Der eine berühmte Mann hieß Denis de Rougemont. Und der andere hieß Albert Einstein. Sie redeten ziemlich lange über ihre gemeinsame pessimistische Meinung, aber im großen und ganzen läßt sich, was sie meinten, in zwei Sätzen zusammenfassen. Den einen davon wollen wir Denis in den Mund legen. Und den anderen seinem Freund Albert. Es sagte also Albert: »Die Entdeckung und Entwicklung der Atomkraft hat alle Dinge unserer Erde von Grund auf verändert – mit Ausnahme unserer eigenen Denkweise.«

Und es sagte Denis: »Es ist ein großes Unglück, daß wir zwar mit unserer Technik ein phantastisches zwanzigstes Jahrhundert erreicht haben, daß wir jedoch in Dingen der Politik und der Vernunft noch immer bei Macchiavelli stehen.«

Das sind zwei sehr gescheite und sehr pessimistische Sätze, nicht wahr? Ob sie auch so ganz hundertprozentig richtig sind? Mit aller besonderen Hochachtung vor Albert und Denis: Wir glauben es nicht. Nicht ganz. Es liegen Symptome vor. Interessante Symptome ...

Nehmen Sie die indische Regierung. Nur so zum Beispiel. Die indische Regierung hatte ihre schweren Sorgen. (Welche Regierung hat sie nicht?) Doch die indische Regierung tat etwas Ungewöhnliches. Sie dachte ein wenig in den Bahnen und der Stromlinienform des zwanzigsten Jahrhunderts – und ein kleiner Teil ihrer Sorgen wurde damit behoben. Nämlich so:

In Indien ist die Kuh ein heiliges Tier. Und man darf ihr nichts tun. Man darf sie nicht zwicken, nicht herumjagen, nicht über die Schnur springen lassen. Schon gar nicht darf man sie töten. Das wäre ein schweres Verbrechen. Ich glaube, man darf die Kühe nicht einmal melken. Oder nur, wenn sie persönlich darum ersuchen. Sonst muß man sie in Ruhe lassen.

Die Leute in Indien ließen die Kühe auch zu allen Zeiten in Ruhe. Aber eine besonders große und wilde Kuhart ließ die Leute nicht in Ruhe. Die Kuhart hieß Nehil Gae, oder auf deutsch Blaue Kuh. Die Blaue Kuh und ihre Schwestern zertrampelten die Saaten auf den Feldern der Bauern, fraßen das Grünfutter ab und legten die Zäune der Hühnerställe um. Es war eine sehr wilde Art von Kuh. Sie kostete Indien jährlich viele, viele Dollar. Aber man konnte ihr nichts tun. Denn das verdammte Tier war doch heilig.

Da faßte die Regierung einen unseres Jahrhunderts würdigen Entschluß. Sie brach mit überkommenen Riten und überkommenen Vorurteilen. Sie erklärte die Kuh für ein Pferd, setzte sich über gewisse zoologische Merkmale hinweg und nannte die Nehil Gae nun Nehil Goa. Die Goas sind nicht heilig. Nur die Gaes. Und nun konnte die Jagd losgehen. Sie ging los. Und die wilden Blauen Pferde verschwanden. Und man hatte endlich von den wilden Blauen Kühen Ruhe. So einfach ist das Leben, wenn man es richtig anpackt.

Nicht nur in Indien, auch in Steindorf bei Salzburg. Dort berichtete die Polizei vor ein paar Tagen von einem schrecklichen Raubüberfall. Ein junges braves Mädchen war auf einsamer Landstraße von einem Unbekannten attackiert worden. Das junge brave Mädchen trug 485 Schilling bei sich und hatte zwei schöne lange Zöpfe. Der Unbekannte schlug es brutal nieder. Die Sinne schwanden ihm. Als sie wiederkehrten, waren die 485 Schilling verschwunden. Die beiden schönen langen Zöpfe auch. Der unbekannte Wüterich hatte sie abgeschnitten und mitgenommen. Denn sie waren nirgends zu entdecken. Es schien sich um einen Sammler zu handeln. Oder um einen Verrückten. Das junge brave Mädchen zeigte sich sehr erschüttert über die Sicherheitsverhältnisse in Steindorf bei Salzburg, und seine Umgebung zeigte sich erschüttert über das junge brave Mädchen.

Bis sich herausstellte, daß das junge brave Mädchen gar nicht so brav gewesen war und den ganzen Raubüberfall erfunden hatte. Es gab gar keinen brutalen Unbekannten und Haarfetischisten. Das junge Mädchen (wir können es nicht länger brav, aber ich denke, wir können es klug nennen), das junge kluge Mädchen also hatte die ganze Geschichte erfunden und seine Zöpfe selbst abgeschnitten. Und weggeworfen. Das Geld hatte es versteckt. Und warum das Ganze? Weil die Mama sich geweigert hatte, zuzustimmen, als das junge Mädchen bat, seine Haartracht ändern zu dürfen ...

Es gibt nichts Schlimmeres auf Erden als die Dummheit. Die Dummheit trägt Schuld an allem Elend und aller Not unserer Zeit. Die Dummheit war es, über die Denis und Albert vor dem kalten Kamin in Princeton sich so deprimiert fühlten. Aber wie man sieht, macht Not erfinderisch. Und um erfinderisch zu sein, braucht man Phantasie. Phantasie aber ist die erste und wichtigste Stufe auf der Treppe, die hinauf zur Weisheit führt. Die Symptome wären, wie gesagt, vorhanden. Wer weiß, was noch alles geschieht? Wer weiß, ob in dem kalten Kamin, vor dem Denis und Albert gestern noch saßen, nicht morgen schon das warme, helle Feuer der Vernunft flackern wird?

(Geschrieben 1949. Albert Einstein ist lange tot, Denis de Rougemont ein alter Herr. Und der Kamin ist heute, 1979, immer noch kalt.)

Alptraum zu vergeben

Mein Freund Felix schläft schlecht. Er hat einen wiederkehrenden Alptraum, den er gern vergeben möchte. In seiner Misanthropie geht er so weit, zu hoffen, er würde schon besser schlafen in der Gewißheit, daß andere Leute auch schlecht schlafen! Ich schulde meinem Freund Felix noch zweihundert Schilling. Er will sie mir erlassen, wenn ich ihm einen kleinen Wunsch erfülle. Nämlich seinen Alptraum hier aufzuschreiben. Damit er besser schlafen kann. Weil dann nämlich andere Leute auch . . . siehe oben. Was tut man nicht für einen Freund? Und für zweihundert Schilling.

Es fing ganz harmlos an.

Um einschlafen zu können, stellte sich Felix Schafe vor, die über eine Hürde sprangen. Dann stellte er sich vor, die Hürde sei die Grenze zweier Länder. Beispielsweise Uruguays und Paraguays. Er wußte nicht genau, ob es an der Grenze von Uruguay und Paraguay Schafe gibt, und seine Gedanken begannen ein wenig zu wandern. Er stellte sich vor, zwischen den beiden Staaten wäre es über die Frage der Schafe zu Streitigkeiten gekommen, zu schweren politischen Zerwürfnissen. Die Regierung von Uruguay hatte einen Riesenzorn auf die Regierung von Paraguay, und die Regierung von Paraguay hatte eine Viechswut auf die Regierung von Uruguay.

Weil sie so wütend war, beschloß die Regierung von Paraguay, der Regierung von Uruguay etwas anzutun. Sie wußte schon, was sie tun mußte, um Uruguay auf die Nerven zu gehen! Sie erklärte den Wert des ausländischen Geldes für gefallen. Ein uruguayischer Dollar war von nun an in Paraguay nur noch 95 paraguayische Cent wert.

Nachdem die Regierung von Uruguay sich von diesem Schicksalsschlag erholt hatte, schritt sie zu Gegenmaßnahmen. Die Gegenmaßnahmen liefen ungefähr auf das gleiche hinaus. Auch die uruguayische Regierung erklärte den Wert des ausländischen Geldes für gefallen. Ein paraguayischer Dollar war von nun an in Uruguay nur noch 95 uruguayische Cent wert.

(So weit war mein Freund Felix gekommen, aber er konnte noch immer nicht einschlafen. Deshalb spann er seine Überlegung weiter. Das hätte er nicht tun sollen!)

Nun lebte, nahe der Grenze, ein Mann in Uruguay, der hatte immer Durst. Durst auf Bier. Schrecklichen, unlöschbaren Durst auf Bier. Außerdem hatte er nur einen einzigen Dollar, und zwar einen paraguayischen. Er hieß Fernando. Als die Sache mit der Geldabwertung passierte, saß Fernando gerade neben der Grenze im Gras und hatte Durst. Auf der anderen Seite der Grenze, in Paraguay, stand ein Gasthaus. Fernando dachte lange nach. Dann erhob er sich, überschritt die Landesgrenze und betrat das Gasthaus in Paraguay, wo er ein großes Bier bestellte. Das Bier kostete gerade 5 paraguayische Cent.

Als es zum Zahlen kam, legte Fernando seinen ganzen Besitz, den paraguayischen Dollar, auf die Theke. Der Wirt wollte ihm gerade 95 paraguayische Cent herausgeben, als Fernando seine Hand festhielt.

»Halt«, sagte er. »Einen Moment, bitte sehr! Anstelle der 95 paraguayischen Cent gib mir doch, wenn es recht ist, einen uruguayischen Dollar. Denn der ist, wie bekannt, in Paraguay ja gerade 95 paraguayische Cent wert, nicht wahr?«

Der Wirt sah das ein und gab Fernando einen uruguayischen Dollar. Dieser, der noch immer durstig war (er war unlöschbar durstig), kehrte über die Grenze zurück nach Uruguay, in sein geliebtes Heimatland. Auch in seinem geliebten Heimatland stand, nahe der Grenze, ein Gasthaus. Fernando betrat es, grüßte freundlich und bestellte ein großes Bier. Das Bier kostete gerade 5 uruguayische Cent.

Als es zum Zahlen kam, legte Fernando seinen ganzen Besitz, den uruguayischen Dollar, auf die Theke. Der Wirt wollte ihm eben 95 uruguayische Cent herausgeben, als Fernando seine Hand festhielt.

»Halt«, sagte er. »Einen Moment, bitte sehr! Anstelle der 95 uruguayischen Cent gib mir doch, wenn es recht ist, einen paraguayischen Dollar! Denn der ist, wie sicher bekannt, in Uruguay ja gerade 95 Cent wert, nicht wahr?«

»Woll, woll«, sagte der Wirt. (Oder was Wirte in Uruguay eben zu sagen pflegen, wenn sie ihre Zustimmung ausdrücken wollen.) Und er gab Fernando einen paraguayischen Dollar.

Fernando trat ins Freie. Die Sonne stand hoch, es war heiß, die Erde glühte. Er konnte sich nicht helfen. Er hatte Durst. Entsetzlichen Durst. Ein kleiner Spaziergang konnte nicht schaden, dachte er.

Der kleine Spaziergang führte ihn über die Grenze nach Paraguay und in das paraguayische Gasthaus. Dortselbst bestellte Fernando, unter Mißachtung des Gesundheitszustandes seiner Nieren, ein großes Helles. Wir wissen schon, wieviel das große Helle kostete. Als es zum Zahlen kam, legte Fernando seinen ganzen Besitz, den paraguayischen Dollar, auf die Theke. Der Wirt wollte ihm gerade 95 paraguayische Cent herausgeben, als Fernando seine Hand festhielt.

»Halt«, sagte er. »Einen Moment, bitte sehr! Anstelle der 95 paraguayischen Cent gib mir doch, wenn es recht ist, einen uruguayischen Dollar. Denn dieser ist, wie bekannt, in Paraguay ja gerade 95 paraguayische Cent wert, nicht wahr?«

»Richtig, richtig, mein Junge«, sagte der Wirt. (Oder was Wirte in Paraguay eben zu sagen pflegen, wenn sie ihre Zustimmung ausdrücken wollen.) Und er gab Fernando einen uruguayischen Dollar.

Fernando trat ins Freie. Die Sonne stand schon etwas niedriger, aber es war nach wie vor heiß, und die Erde glühte noch immer. Fernando konnte sich nicht helfen. Er war entsetzlich durstig. Deshalb ging er über die Grenze nach Uruguay und als er dort das Gasthaus betrat, da stellte der Wirt schon ohne viele Worte ein großes Helles vor ihn hin.

Hier wollen wir aufhören.
Fernando trieb es so ein ganzes Jährlein. Dann platzten seine Nieren, und er starb auf uruguayischem Boden, nahe der Grenze. In seiner Tasche fand man einen paraguayischen Dollar.
»Verflucht«, sagte der Arzt, der ihn untersuchte, »wer hat wohl all das Bier bezahlt, das dieser Kerl getrunken hat?«
Ich finde, das ist eine sehr treffende Frage. Mit ihr wollen wir schließen. Schlafen Sie gut, schöne Leserin, hochgeschätzter Leser!

Keine Ferien für die Polizei

In dem französischen Film ›Keine Ferien für den lieben Gott‹ kommen ein paar Kinder, die den Sommer in Paris verbringen müssen, auf die Idee, Hunde zu stehlen und sie sodann gegen Finderlohn wieder abzuliefern. Das Geschäft blüht, bis sie mit dem Schandgeld eines Tages zwei alte Leute glücklich machen – nur so zum Spaß. Da hören sie es dann aus dem Munde des Herrn Pfarrers und vom Altar herunter: Hier hatte der liebe Gott seine Hand im Spiel! Der liebe Gott – aber das sind sie doch selber! Also gründen sie ein ›Hauptquartier des lieben Gottes‹, und von nun an geschehen Wunder in Paris. Ein armer Maler bekommt Farben, eine arme Frau ein Kleid, ein Kind Schuhe, eine Familie ein Eßpaket – es ist ein geschäftiger Sommer für den lieben Gott, und er hat keine Ferien. Natürlich passiert schließlich auch noch ein großes Unglück, und es sieht schlecht aus für die Vertreter des Allmächtigen, aber zuletzt wendet sich doch noch alles zum Guten, und jedermann ist glücklich.
Das kommt, weil das ganze nur ein Film ist und nicht Wirklichkeit.

In Wirklichkeit hat sich etwas Ähnliches ereignet. In Groningen, einer holländischen Stadt. In Groningen ist der Film ›Keine Ferien für den lieben Gott‹ schon gezeigt worden. Und seither geschehen in Groningen Wunder. Große Wunder, kleinere Wunder, ununterbrochen Wunder. Die Stadt steht kopf. So etwas hat sie noch nicht erlebt!

Es sieht so aus, als ob sich ein Unbekannter den Film zu Herzen genommen und beschlossen hätte, die Taten seiner Helden zu kopieren. Das läßt sich durchaus vorstellen, nicht wahr? Wenn das ›Phantom der Oper‹ zu einem Säuremord anregen kann, warum sollte dann nicht auch der ›Liebe Gott‹ eine gewisse Faszination ausüben? Persönlich denke ich gern an die kleine Stadt und ihren großen Unbekannten, der Kleider verschenkt und Schokolade, Kartoffeln und Fett, Geld und Schuhe. Tatsächlich wird mir ganz warm, wenn ich an ihn denke. Man sollte glauben, daß die kleine Stadt sehr fröhlich ist.
Ja, das sollte man glauben!
Aber in der Zeitung habe ich gelesen, daß sich die Sache ganz anders verhält. Viel weniger erfreulich. Zunächst einmal sind die Bürger von Groningen gar nicht erbaut über die Wunder, die nun geschehen. Im Gegenteil. Sie finden sie unheimlich, erschreckend, empörend und sündhaft. Sie haben Angst. Sie wollen, daß die Wunder aufhören! Aber die Wunder hören nicht auf.
Zunächst, als es anfing, waren alle mißtrauisch und vermuteten christlicherweise das Schlimmste. Die Schokolade, mutmaßten sie, war vergiftet. Und das Geld war gefälscht. Und in dem Kleiderbündel lag eine Zeitbombe. Aber dann aß ein kleines Mädchen ein Stück von der Schokolade, und die war nicht vergiftet. Und jemand kaufte mit dem Geld ein, und es war nicht gefälscht. Und auch die Sache mit der Zeitbombe erwies sich als Unsinn. Und so hätte man sich eigentlich entschließen können, zu glauben, daß hier einfach ein guter Mensch am Werk war. Oder wenn schon kein guter, so doch wenigstens ein verrückter.
Doch nicht einmal dazu entschloß man sich. Der Mensch war nicht gut, und er war nicht verrückt, er war – ein Verbrecher. Jawohl, ein Verbrecher. Er mußte einer sein! Ein anständiger Mensch wirft nicht so mit dem schwerverdienten Geld herum. Ein anständiger Mensch inszeniert keine Wunder. Ein anständiger Mensch frißt den guten Kuchen ganz alleine!
Und deshalb trat in Groningen die Polizei auf den Plan und begann, den Unbekannten zu suchen. Sie sucht ihn immer noch. Ich bin sehr unglücklich darüber, daß sie ihn sucht, und ich hoffe (die Polizei möge es mir verzeihen, wenn sie kann!), daß sie ihn nicht findet. Denn ich glaube, sie sucht ihn zu Unrecht.
Warum, zum Teufel, sucht sie ihn überhaupt? Ist es denn heute

schon ein Verbrechen geworden, Gutes zu tun und anderen Leuten Freude zu bereiten?
Darauf antwortet die Polizei von Groningen: Wir müssen den Mann suchen, weil zu befürchten steht, daß das Geld, mit dem er seine ›Wunder‹ finanziert, aus verbrecherischen Manipulationen und dunklen Quellen stammt.
Darauf antworten wir: Warum, verflucht noch mal, muß es aus dunklen Quellen stammen? Warum, verflucht noch mal, kann es nicht redlich erworbenes, ehrlich verdientes Geld sein? Kann sich denn heute niemand mehr vorstellen, daß ein normaler und anständiger Mensch Gutes tut? Warum müssen wir gleich, wenn etwas Erfreuliches geschieht, daran denken, daß Wahnsinn oder Verbrechen dahinterstecken? Ist das nicht ein erschreckendes Symptom? Hat schon einmal jemand die großen Politiker und Volksverführer auf ihren Geisteszustand hin untersucht, oder interessiert sich die Polizei dafür, woher das Geld kommt, mit welchem unsere Industriekapitäne und genialen Großkaufleute ihre prächtigen Autoluxusschlitten erwerben? Heißt es vielleicht: Der und jener hat sich ein Haus gebaut, eine Firma eingerichtet, einen Swimmingpool ausbaggern lassen – da wollen wir ihn doch gleich einmal einsperren, denn das kann ja nicht mit rechten Dingen zugehen!
Ich finde, die Polizei sollte den Unbekannten von Groningen nicht suchen. Ich denke, es ist häßlich, ihn für einen Verbrecher zu halten. Ich glaube, ich möchte lieber nicht weiter in einer Welt leben, in der diese Art der Menschenbeurteilung Mode wird.

Schuß in den Himmel

Die Bemühungen der Herren des Landes Vorarlberg um ein gottgefälligeres Leben ihrer Schutzbefohlenen begann eigentlich schon vor zwei Jahren. Damals wurde in verschiedenen Sommerbädern mit einem besonders perversen Dekadenzsymptom der Gegenwart Schluß gemacht: mit dem gemeinsamen Baden nämlich. Mochte die andere Welt ein Pfuhl der Sünde bleiben, geeignet, die Abscheu jedes Gutgesinnten zu erwecken – Vorarlberg erhob sich in dieser Zeit des Verfalls und der dunklen

Triebe wie der gewisse Vogel aus der Asche und wandte sein reines Antlitz gen Himmel: Es war erreicht. In Vorarlberg, dem stolzen, freien Land, badeten im Jahre des Herrn eintausendneunhundertundfünfzig Männer und Frauen getrennt. So ward der Sünde gesteuert. Und dem Materialismus, diesem Grundübel unserer entgötterten Epoche.

Der Vater des berühmten Biologen Uexküll war Friedensrichter in Estland. Alle Leute bewundern heute Uexkülls Sohn als einen der feinsten und würdigsten Vertreter jener Erscheinung, die man Homo sapiens nennt. Aber ich glaube, Uexkülls Vater hatte auch allerhand auf dem Kasten, wie man weiter nördlich zu sagen pflegt. Der alte Uexküll lebte in einer kleinen Stadt, und er hatte es mit allen möglichen Leuten zu tun. Auch mit solchen, die das gemeinsame Baden untersagt, wenn sie in Vorarlberg gelebt und dazu das Recht besessen hätten. Mit anderen natürlich auch. Aber auch mit Kämpfern gegen die Badeschamlosigkeit. Da war zum Beispiel Pastor Roben. Der hatte es mit dem Baron van Meer. Der Baron van Meer war ein schamloser Gottesleugner und in alle Ewigkeit verdammter Materialist, sagte er immer.

Den Landeshauptmann von Vorarlberg bedrückte der Einbruch des Materialismus in unsere Zeit schwer. Und mit Recht! Er kann einen auch bedrücken. Laßt uns der Metaphysik eine Träne schenken. Oder vielleicht zwei. Was ist aus ihr geworden, der holden Blume des Abendlandes? Es ist ganz klar, daß man etwas für sie tun muß. Aber wie? Ja, wenn das so einfach wäre. Wenn es so einfach wäre, den lieben Gott und den Teufel zu erkennen, dann käme kaum einer von uns je in einen Gewissenskonflikt. Dann schliefen wir alle wunderbar. Und hörten nicht die Totenwürmer in den Balken knabbern. Dann wäre das Leben leicht. So leicht, daß es wahrscheinlich schon wieder langweilig wäre. Doch leider ist die Sache nicht so einfach.
Das hat der Landeshauptmann von Vorarlberg übersehen, da er sich ›an die Arbeit machte‹. Er glaubte, einen vernichtenden Schlag gegen den Materialismus zu führen, als er die Bezirkshauptmannschaft anwies, die Veranstaltungen des heurigen Faschings an Samstagen nur bis Sonntag früh 2 Uhr dauern zu lassen. Ab 2 Uhr früh wird ›der Sonntag geheiligt‹. Das ist eine hübsche Zeit für Metaphysiker. Für Materialisten auch.

Dieser Baron van Meer soff und fluchte und lebte mit drei Frauen gleichzeitig – und bezahlte seine Kirchensteuer nicht. Er war aber immer mit seinen Knechten und Mägden draußen auf den Feldern, wenn die Erntezeit kam und half mit. Eines Tages im Hochsommer – sie hatten das ganze Heu schon fast unter Dach, nur ein paar Stunden brauchten sie noch – zog ein Gewitter auf. Ein entsetzliches Gewitter. Der Baron van Meer fluchte. Aber es half nichts. Die ersten Tropfen fielen. Ein Wolkenbruch folgte. Das Heu war beim Teufel. Da riß der Baron van Meer in seinem gotteslästerlichen Zorn seinen Revolver aus der Tasche und schoß mit einem gräßlichen Ausspruch in den Himmel.

Die Materialisten in Vorarlberg werden bis 2 Uhr früh tanzen und trinken und fröhlich sein. Und ab 2 Uhr früh werden sie den Sonntag heiligen. Das ist eine rührende Vorstellung. Besonders wenn man daran denkt, daß die schwankenden Gestalten, die zu dieser Zeit von nun an durch die nächtlichen Straßen heim zu ihren metaphysischen Brüdern im Geist wandern werden, den Beitrag Vorarlbergs in dem weltweiten Kampf um Verinnerlichung, Einkehr der Seele und Rückkehr zu den allein wesentlichen Dingen unseres Seins darstellen. Heraus, ihr Streiter für das Abendland! Seht zu, daß ihr zur morgendlichen Andacht bereits nüchtern seid! Nehmt Aspirin, bevor ihr einschlaft. Aspirin – den unentbehrlichen Helfer in eurer Gigantenschlacht um eine neue, eine bessere Welt!

Darauf lief der Pastor Roben zum alten Uexküll und schrie und tobte und rang die Hände und behauptete, der Baron habe mit diesem neuen Schandstreich dem Faß die Krone ausgeschlagen. »Er ist ein ganz und gar verworfener, materialistischer und vom Teufel besessener Ketzer, der nicht einmal an das Allerheiligste mehr glaubt«, rief er. »Gestern, während des Gewitters, hat er sogar mit seinem Revolver in den Himmel geschossen!«
Der alte Uexküll kratzte sein linkes Ohr.
»Und glauben Sie, daß er Chancen gehabt hat, den lieben Gott zu treffen«, fragte er endlich.
»Selbstverständlich nicht«, erwiderte der Pastor empört.
Der alte Uexküll kratzte sein rechtes Ohr.
Dann grinste er und sagte: »Entschuldigen Sie, Herr Pastor, aber dann glaubt der Baron ja mehr als Sie!«

Das Dilemma der Knaben Huckie und Ben

Gestern ging ich durch den Türkenschanzpark und blieb stehen, um einem Herrn zuzusehen, der einen verrosteten schmalen Blechkasten von einem Laternenpfahl abmontierte. Er tat es, um den Park zu verschönern. Es war auch ein ganz ungewöhnlich scheußlicher Kasten: schmutzig, alt, verbeult, zerfressen von Regen, Sonne und dem Zahn der Zeit. Oben hatte er einen Schlitz wie ein Telephonautomat, und unten hatte er eine Klappe. Neben dem Schlitz stand ›Einwurf 20 Groschen‹. Neben der Klappe stand ›Hier drücken!‹

Als der Herr den Kasten abgeschraubt hatte, warf er ihn auf einen Schubkarren und fuhr davon. Er hatte keine Beziehung zu dem alten Blech. Ich wohl. Ich hatte den Kasten schon in seiner Jugend gekannt. In seiner Glanzzeit. Ich hatte ihn schon gekannt, als er Unordnung und frühes Leid in das Leben der Knaben Huckie und Ben brachte ...

Huckie und Ben waren Freunde.

Sie gingen in meine Klasse. Nach der Schule gingen sie durch den Türkenschanzpark nach Hause. Weil es im Türkenschanzpark so viele Vögel gab. Und weil Huckie Vögel so liebte. Er liebte alle Tiere, aber Vögel am meisten. Ben weniger. Ihm waren Tiere gleichgültig. Er ging mit, weil er Huckies Freund war. Und weil er in der Gregor-Mendel-Straße wohnte.

Am liebsten gingen sie im Winter, wenn der Park verschneit war. Dann waren dort besonders viele Vögel, denn es gab wenig zu fressen, und alle hatten Hunger. Ben warf Schneebälle auf die Tafeln, die das Betreten der Rasenflächen verboten, während Huckie seine Frühstücksbrote an die Vögel verteilte. Dabei machte er natürlich die Erfahrung, daß es immer zu viele Vögel und immer zu wenig Frühstücksbrote gab. Und er überlegte schon, was er tun sollte, als Ben, der Lebenstüchtigere, einen schmalen Blechkasten fand, der an einem Laternenpfahl hing.

»Schau her«, sagte er und warf 20 Groschen in den Schlitz, worauf es weiter unten raschelte. Ben griff in die Klappe des Apparates und holte ein kleines Säckchen heraus. Auf dem Säckchen stand: ›Prima hochfeines Vogelfutter‹. Und damit war die erste Schwierigkeit beseitigt.

Die zweite ergab sich als Folge der Tatsache, daß die Knaben

Huckie und Ben am nächsten Tag nicht im Besitz von zwanzig Groschen waren. Während Huckie noch grübelte, bog Ben schon ein Stück Draht zurecht. Und während Huckie Schmiere stand, überlistete Ben den Mechanismus des Apparates. Es war nicht sehr schwer, ihn zu überlisten. Es war ein sehr simpler Apparat. Man mußte den Draht in die Klappe stecken und so lange hin und her bewegen, bis er einen Verschlußriegel im Innern aufklinkte. Dann begann es Säckchen zu regnen. Es gab viele Säckchen in dem Kasten. Aber es gab auch viele Vögel. Nach drei Tagen versuchte es Huckie selber. Nach vier Tagen brauchte er Ben nicht mehr dazu. Und nach sechs Tagen erwischte ihn ein Polizist.

Ben erwischte er nicht. Ben war, wie gesagt, lebenstüchtiger. Aber Huckie kam auf die Wachstube. Die Herren dort waren nicht sehr streng mit ihm, aber sie versuchten, pädagogisch auf ihn einzuwirken und ihm das Verwerfliche seiner Handlungsweise vor Augen zu führen. Dabei zeigte sich, daß Huckie ein völlig verwirrtes Kind zu sein schien. Ohne ethisches Unterscheidungsvermögen für Gut und Böse, Mein und Dein.
Er fühle sich nicht schuldig, sagte er freundlich. Er würde sich vielleicht schuldig fühlen, wenn er das Vogelfutter gestohlen hätte, um es selber zu essen. Aber das war nicht der Fall. Er aß kein Vogelfutter. Er hatte es ausschließlich für die Vögel gestohlen. Der Inspektor war schon froh, daß Huckie wenigstens das zugab. Schämte er sich zumindest dafür?
Nein, sagte Huckie. Denn er hatte es nicht aus Übermut gestohlen. Oder in böser Absicht. Es hatte es gestohlen, um hungrigen Tieren zu helfen. Seiner Ansicht nach gehörte das Futter in die Mägen der Spatzen und nicht in das Innere des Apparates. (Deshalb konnte man eigentlich auch gar nicht sagen, daß er gestohlen hatte. Er hatte nur einen Irrtum korrigiert, den die Leute begingen, die den Apparat füllten.)
Das Futter war der Besitz dieser Leute, argumentierte der Inspektor und fühlte sich nicht sehr wohl dabei. Sie hatten ein Recht, es zu verkaufen.
Er hätte es auch viel lieber gekauft als mit dem Draht herausgeholt, sagte Huckie bereitwillig. Das Herausholen an sich habe ihm gar keinen Spaß gemacht. Im Gegenteil.
Warum er es dann getan habe?

Weil er nicht immer zwanzig Groschen hatte. Und weil er auf gar keinen Fall so viele Groschen auftreiben konnte, wie es hungrige Vögel gab. Aber die Vögel, das mußte doch jeder Mensch einsehen, durften nicht weiter hungrig bleiben, bloß weil Huckie kein Geld hatte. Das Futter durfte doch nicht weiter im Kasten bleiben, und die Vögel durften doch nicht weiter ihre leeren Mägen behalten, bloß weil es nicht so viele Groschen gab wie Hunger im Park. Nein, Huckie fand, daß er ganz mit Recht gehandelt hatte. Sehr überlegt und verantwortlich. Er fand, daß eigentlich nicht er, sondern die Leute bestraft werden sollten, die das Futter verkauften. Als Strafe dafür, daß sie es nicht kostenlos in den Schnee streuten. Wenn sie das getan hätten, gäbe es keine hungrigen Vögel, er, Huckie, hätte nicht eingreifen müssen, und der Inspektor hätte keine Scherereien . . .

Der Inspektor sah ein, daß eine Bestrafung keinen Sinn hatte, weil der Junge sich vollkommen im Recht fühlte. Und also ließ er ihn laufen und drohte ihm nur mit den Folgen eines Wiederholungsfalles.

Vor diesen Folgen hatte Huckie Angst. Er wagte sich nicht mehr an den Kasten, die Vögel blieben ein paar Tage hungrig, und Huckie fühlte sich sehr elend. Bis Ben, der Lebenstüchtigere, kam und ihm eine große Schachtel, mindestens ein Kilogramm, Vogelfutter offerierte. Zum Gelegenheitspreis von fünfzig Groschen.

Huckie hatte die fünfzig Groschen. Er wußte genau, woher der Inhalt der Schachtel stammte. Aber er fragte nicht. Er zahlte und nahm. Und fand, daß sie beide schon sehr erwachsen waren.

Glück auf sanften Pfoten

Die Tür flog auf. Der kleine, magere Junge keuchte. Das blonde Haar hing ihm wirr in die blasse Stirn. »Bitte, bitte, lassen Sie mich vor! Ich weiß, Sie waren früher da, aber mein Peter stirbt sonst vielleicht, wenn er warten muß. Bitte!«

Es saßen schon ein paar Patienten im Raum: ein Bernhardiner, dem ein Glassplitter in die Schnauze gekommen war, ein Pekinese mit eingegipstem rechtem Vorderbein, ein Äffchen mit ge-

brochenen Rippen, ein Wellensittich mit geknicktem Flügel. Und neben den Tieren saßen drei Frauen und ein Mann. Das Äffchen, der Wellensittich, der Pekinese und der Bernhardiner sowie die vier Menschen sahen den kleinen Jungen an, der bebend vor ihnen stand. Er trug kurze Hosen, einen Rollkragenpullover und ein Lodenmäntelchen. Seine Schuhe waren voll Lehm. Er wirkte ein wenig verwahrlost. In der Hand hielt er einen Rucksack. Der Bernhardiner und der Pekinese begannen zu knurren. Aus dem Rucksack drang ein dünnes, klagendes »Miau!«
»Bitte!« sagte der Junge noch einmal. Er war höchstens neun Jahre alt. In diesem Augenblick öffnete sich eine weiße Tür, und der Arzt der Tierklinik erschien. Er war groß, schlank und hatte freundliche graue Augen. Der Arzt ließ eine Frau an sich vorbeitreten, die eine Schildkröte trug, und sagte freundlich: »Der nächste!«
Es entstand eine Pause. Die Unterlippe des kleinen Jungen zitterte. Da nickten ihm die vier Erwachsenen auf der Wartebank zu. Der Mann mit dem Äffchen sagte: »Na, geh schon!«
»Danke schön«, erwiderte der Junge rasch. Zu dem Arzt sagte er: »Guten Tag, Herr Doktor!« In seinem alten Rucksack miaute es wieder.
»Laß einmal sehen«, meinte der grauhaarige Arzt, als er die Tür seines Behandlungszimmers von innen geschlossen hatte.
Der Junge stellte den schweren Rucksack auf den Tisch und öffnete ihn. Eine dicke weiße Katze wurde sichtbar. Sie saß zusammengekrümmt da und bebte am ganzen Körper. Eine Pfote hielt sie unnatürlich angewinkelt. Am Hals sickerte Blut aus einer Rißwunde.
Der Arzt hob das Tier mit der Sicherheit jahrelanger Übung aus dem Rucksack.
»Vorsicht, er kratzt!«
»Mich nicht«, sagte der Arzt. »Mich kratzt keine Katze. Wie heißt er denn?«
»Peter«, antwortete der Junge erstickt.
Der Arzt sah sich die Wunde und die rechte Vorderpfote an. Er fragte: »Und wie heißt du?«
»Hürtgen.«
»Und wie noch?«
»Emil, bitte«, sagte der blasse Junge.

Der Arzt setzte die Katze wieder auf den Tisch. Jetzt war sie ruhig und zitterte nicht mehr, sie schien Vertrauen zu dem Arzt zu haben. Alle Tiere hatten Vertrauen zu Doktor Winter. In seinem Behandlungszimmer sah es aus wie bei einem Menschenarzt. Es gab Glaskästen mit Geräten, einen kleinen Untersuchungstisch, eine Waage und einen weißen Schreibtisch.
»Dein Peter hat sich die Pfote gebrochen. Wir werden ihm einen Gipsverband machen.«
Emil nickte stumm.
»Die Wunde am Hals ist nicht gefährlich. Aber wir wollen sie ein bißchen mit Jod einpinseln.«
Doktor Winter bereitete den Gipsverband vor. Peter sah ihm dabei zu. »Komisch, jetzt schnurrt er sogar!« sagte Emil verwundert. »Er muß doch Schmerzen haben!«
»Er weiß, daß es ihm bald besser gehen wird. Tiere fühlen das. Wie hat er sich denn verletzt?«
Der blasse Junge mit den großen blauen Augen senkte den Kopf. »Er ist mir unter ein Auto gerannt. Der Fahrer hat es gar nicht bemerkt, er fuhr weiter. Und mein Peter blieb liegen.«
»Wann war das?« Doktor Winter schnitt Mullbinden zurecht.
»Vor zwei Stunden.«
»Und wo?«
»Auf . . . auf dem Rathausplatz.« Emil war sehr rot geworden und drehte jetzt das Gesicht zur Wand. Der Arzt sah ihn aufmerksam an.
»Na hör mal, mein Junge, wie kommt denn dein Peter auf den Rathausplatz? Wohnst du dort?«
»Nein.« Emil öffnete und schloß die kleinen schmutzigen Hände. Er atmete hastig. Der Arzt schob vorsichtig die Knochenteile der gebrochenen Pfote zurecht, schiente sie, umwickelte sie eng mit Mull und begann danach mit dem Anlegen des Gipsverbandes. Die Katze leckte ihm die Hände.
Während dieser ganzen Zeit war es still in dem weißen Behandlungszimmer. Draußen hupte einmal ein Auto.
Erst als der Gipsverband angelegt war und Doktor Winter begann, Peters Fell um die Halswunde abzurasieren, fragte er leise: »Wie alt bist du?«
»Im Mai werde ich neun.«
Doktor Winter bepinselte die Wunde mit Jod. Peter zuckte ein bißchen, aber dann fuhr er gleich fort, die Hand des Arztes zu

lecken. Dieser flüsterte jetzt fast: »Ich habe vorhin im Radio Nachrichten gehört. Die Polizei sucht einen Jungen, der so alt ist wie du. Er heißt auch Emil Hürtgen. Er ist gestern nachmittag aus dem Waisenhaus in Grünwald ausgerissen und seither verschwunden. Dieser Junge hat auch eine Katze, hieß es im Radio. Die Katze hat er mit sich genommen.«
Der Junge, der Emil Hürtgen hieß, setzte sich kraftlos auf einen Sessel, legte die Arme auf den Tisch und den kleinen Kopf darauf und begann zu weinen. Er weinte und weinte und weinte. Es klang, als ob er niemals aufhören könnte zu weinen.
»Miau!« machte der dicke Peter. Es klang besorgt.
Doktor Winter wusch seine Hände und räumte seine Geräte fort. Er ließ sich Zeit, er ahnte, daß es in Emils Herzen viel Leid gab, das erst fortgeweint werden mußte, bevor man mit ihm sprechen konnte. Zuletzt setzte er sich neben ihn und gab ihm ein Taschentuch. Peter sah neugierig zu, wie Emil sich schluchzend schneuzte.
»Warum bist du weggelaufen?«
»Die haben dort gesagt, ich muß den Peter hergeben. Und ich habe ihn doch schon zwei Jahre. Und jetzt sollte ich ihn auf einmal hergeben!«
»Und warum?«
»Er ... er hat Koteletts geklaut, Herr Doktor!«
»Aha.«
»Er muß doch richtig zu fressen haben. Nie hat er genug. Er ist doch sehr groß und stark, nicht wahr, und wahrscheinlich braucht er soviel!«
»Wo hat er denn die Koteletts geklaut?«
»In der Speisekammer vom Waisenheim, Herr Doktor. Das war ja das Unglück. Immer wieder ist er nachts durch das offene Fenster geklettert und hat geklaut. Vor allem Fleisch. Ganze Koteletts! Die Frau Direktor hat es ein paarmal durchgehen lassen. Aber es ist immer schlimmer geworden. Zuletzt hat sie gesagt, der Peter muß fort. Sie wollten ihn ver ... ver ... ver ...« Emil begann wieder zu schluchzen. Das Wort »vergiften« war zuviel für ihn.
»Na, na, na!« sagte Doktor Winter, in dessen Augen ein nachdenklicher, seltsam wehmütiger Ausdruck trat. »Sie haben ihn ja nicht vergiftet. Er lebt ja noch! Aber aus Angst, daß man dir Peter wegnimmt, bist du also getürmt?«

»Ja, Herr Doktor. Werden Sie mich jetzt verraten? Werden Sie die Polizei rufen?«
Doktor Winter antwortete mit einer weiteren Frage: »Wo hast du denn heute nacht geschlafen?«
»In einer Telefonzelle, an der ein Schild ›Außer Betrieb‹ hing.«
»Und wie hast du dir die Zukunft vorgestellt?«
»Ich wollte nach Frankfurt, Herr Doktor. Ich wollte heute zur Autobahn hinauslaufen und versuchen, mitgenommen zu werden.«
»Und was hättest du in Frankfurt getan?«
»Ah, da gibt's massenhaft Arbeit für Kinder!«
»Tatsächlich?«
»Und ob! Ich habe einen Jungen gesprochen, der sagt, in Frankfurt kann man mächtig verdienen. Da haben doch die Amis ihren Flughafen. Und vor dem Flughafen gibt's eine Menge Parkplätze. Na, und wenn Sie dort Autos waschen, Herr Doktor, da verdienen Sie mindestens Ihre achtzig Mark im Monat.«
»Ich verstehe«, sagte Doktor Winter. »Und davon hättet ihr gelebt, Peter und du.«
Emil nickte gramvoll. »Ja, Herr Doktor. Aber da springt das dumme Tier mir auf dem Rathausplatz aus dem Rucksack – und, schumm, direkt rein ins nächste Auto!«
»Katzen wollen ihr Zuhause, weißt du. Sie lassen sich nicht einfach irgendwohin fortbringen.«
»Aber was hätte ich denn tun sollen, wenn man ihn mir im Waisenheim doch wegnehmen wollte!«
»Ich verstehe deine Situation, Emil«, sagte der Arzt. Er stand auf und ging im Zimmer hin und her. Die Hände hielt er auf dem Rücken. Er war tief in Gedanken. Plötzlich blieb er stehen und fragte: »Hast du deine Eltern gekannt, Emil?«
»Nein. Sie sind bei einem Eisenbahnunglück ums Leben gekommen. Ich war damals ein halbes Jahr alt.«
Doktor Winter nahm seine Wanderung wieder auf. Der Hahn der Wasserleitung tropfte. Er drehte ihn ab. Er trat ans Fenster und sah ins Freie. Es war schon sehr warm in dieser Woche vor Ostern, im Park gegenüber blühten die ersten Krokusse. Die Sonne schien, und kleine eilige Wolken segelten über den blauen Himmel. Der Doktor Emanuel Winter stand reglos am Fenster, etwa so lange, wie man braucht, um bis zehn zu zählen, dann drehte er sich jäh um. Jetzt lächelte er.

»Paß einmal auf, Emil: Ich muß jetzt auch die anderen Tiere verarzten und dann mal rasch fort. Nimm deinen Peter und setz dich hier hinein.«
Damit führte er den verstörten Jungen in ein kleines Nebenzimmer. »Hier sind Bücher und Zeitschriften. Wenn du Hunger hast, sag es der Schwester. Laß dir zu essen geben, was du willst. Auch für deinen Peter.«
»Ja, aber ...«
»Lauf mir nicht weg, Emil, nein?«
Der Junge schüttelte den Kopf.
»Ehrenwort?«
»Herr Doktor ... Gehen Sie jetzt zur Polizei?«
»Nein, Emil. Keine Angst! Bestimmt nicht. Gibst du mir dein Ehrenwort, daß du nicht wieder ausreißt?«
Langsam nickte der Junge. Die dicke Katze untersuchte neugierig ihren interessanten Gipsverband.

»Mein eigener Junge war neun, als er starb, Frau Direktor. Und als Emil mit seiner Katze in meine Sprechstunde kam, da glaubte ich, Paul stünde vor mir. Paul, so hieß mein Kind. Ich bin völlig erschüttert über die Ähnlichkeit.«
Es war eine Stunde später. Seinen Hut auf den Knien, so saß Doktor Winter vor der Leiterin des Waisenheims in Grünwald. Draußen im Park sangen viele lustige Kinderstimmen: »Froh zu sein, bedarf es wenig, doch wer froh ist, ist ein König!«
Die Leiterin des Waisenhauses war eine weißhaarige Dame mit Brille. Sie sagte: »Natürlich steht einer Adoption grundsätzlich nichts im Wege, Herr Doktor. Grundsätzlich, wiederhole ich. Aber es sind viele Formalitäten zu erledigen, das muß alles seinen Weg gehen ...«
»Ich habe mit meiner Frau gesprochen. Sie ... sie kann keine Kinder mehr bekommen, wissen Sie. Und sie ist über Pauls Tod nie hinweggekommen. Wir wären beide sehr glücklich, wenn wir Emil und seine Katze zu uns nehmen dürften.«
»Herr Doktor, eine Adoption ist etwas Endgültiges, Schwerwiegendes. Sie kennen das Kind doch noch gar nicht.« Doktor Winter erwiderte leise: »Ich kenne Emil. Ich verstehe etwas von Tieren. Kinder und Tiere sind einander ähnlich. Frau Direktor, darf Emil bei mir wohnen, bis alle Formalitäten geregelt sind?«
Die Leiterin des Waisenhauses stand auf und entschuldigte sich.

Sie sagte, sie könne das nicht allein entscheiden. Nach einer Viertelstunde kam sie wieder.
Doktor Winter sprang auf. »Nun?«
Lächelnd nickte die Leiterin mit dem Kopf.
»... doch wer froh ist, ist ein König«, sangen die Kinder im Park.

Emil war todmüde, als Doktor Winter ihn an diesem Abend in sein kleines Haus am Stadtrand brachte. Er begriff gar nicht mehr, was um ihn vorging. Schläfrig schüttelte er Nora Winter die Hand. Sie war eine kleine zierliche Frau mit schwarzem Haar und großen schwarzen Augen, die voll Tränen standen. »Guten Tag, mein Junge. Willkommen.«
»Grüß Gott«, sagte Emil. Er hielt den Rucksack mit Peter im Arm und gähnte. Er hatte keinen Hunger. Nora Winter badete ihn und zog ihm ein Nachthemd an.
»Das ist aber lustig, daß du ein Nachthemd für mich hast!« Emil staunte schläfrig.
»Ja, nicht wahr, das ist lustig«, sagte Nora Winter und dachte daran, wie oft sie ihrem eigenen Sohn dieses Nachthemd über den Kopf gezogen hatte. »Komm«, sagte sie. Sie nahm ihn an der Hand und führte ihn in ein buntes, freundliches Kinderzimmer.
»Das viele Spielzeug!« Mühsam riß Emil die Augen auf.
»Das gehört jetzt alles dir«, murmelte Nora Winter und fühlte, wie ihre Augen naß wurden. Auf einem Sessel neben dem kleinen Bettchen lag Peter, die Katze. Peter fühlte sich schon völlig zu Hause. Er hatte feine rohe Leber und lauwarme Milch bekommen und war selig.
Doktor Winter stand bei der Tür. Er hielt ein Cognacglas in der einen und seine Pfeife in der anderen Hand und sah zu, wie seine Frau den fremden Jungen ins Bett legte. Er sprach noch sein Nachtgebet. Dann war er eingeschlafen. Eine Hand lag auf dem Fell seiner Katze.
Nora Winter trat auf Zehenspitzen zu ihrem Mann und sah ihn stumm an. Er legte einen Arm um sie, und zusammen verließen sie das Kinderzimmer. Im Hinausgehen drehte er das elektrische Licht aus. Die Tür blieb angelehnt – wie früher.
»Hör mal«, sagte er.
Sie hörten die Katze schnurren. Und sie hörten, wie Emil atmete.

Liebe 56

»Zwei Dioptrien rechts, zweieinhalb Dioptrien links«, sagte der Arzt. Er ging von der großen Tafel mit den Buchstaben und Zahlen fort zu seinem Schreibtisch zurück. Dabei kam er an der Frau vorbei, die der Tafel gegenübersaß. Die Frau war schlank und groß, sie trug ein graues Kostüm, und ihr schwarzes Haar war kurzgeschnitten. Nun nahm sie die Probebrille ab, die der Augenarzt ihr aufgesetzt hatte und blinzelte. »Was heißt das, zwei und zweieinhalb Dioptrien, Herr Doktor?«

»Sie sind weitsichtig, gnädige Frau. Sie müssen eine Brille tragen.«

»Eine Brille ...« Die Frau zuckte zusammen. »Das ist ja furchtbar!« Sie sah aus, als wollte sie zu weinen beginnen. »Ich kann doch keine Brille tragen!«

»Unsinn«, sagte der Arzt und lächelte. »Erstens geht es um Ihre Gesundheit, zweitens sehen Sie ohne Brille nicht mehr genug, und drittens gibt es jetzt sehr elegante und schöne Brillen! Ich schreibe Ihnen gleich ein Rezept für den Optiker aus. Ihr Name, bitte?«

»Lucie Wiegand«, sagte die Frau. Sie sah abwesend und traurig aus.

»Ihr Alter?«

»Neununddreißig.« Lucie neigte sich über den Schreibtisch. »Geht es denn nicht anders, Herr Doktor? Muß ich denn eine Brille tragen?«

»Warum wehren Sie sich so dagegen?«

»Weil ich neununddreißig bin!«

»Na und? Sie sehen aus wie zweiunddreißig!«

»Danke, Herr Doktor.« Lucie sagte leise: »Ich bin aber verheiratet. Und mein Mann sieht nicht nur aus wie zweiunddreißig. Er *ist* zweiunddreißig.«

»Ich verstehe«, sagte der Arzt.

»Mein Mann ist sieben Jahre jünger – und er trägt keine Brille, Herr Doktor. Ich ... liebe meinen Mann. Ich hatte immer ein bißchen Angst in meiner Ehe ... wegen des Altersunterschiedes ... aber es ging gut ... bis heute ging alles wunderbar!«

Der Augenarzt klopfte dreimal auf die Schreibtischplatte, und Lucie klopfte dreimal auf die Schreibtischplatte, und dann sagte sie gramvoll: »Weitsichtigkeit ist eine Alterserscheinung ...«

»Das ist nun ein noch größerer Unsinn«, sagte der Augenarzt und lächelte, »so etwas will ich aus Ihrem Mund nicht mehr hören! Wenn Ihr Mann Sie bis heute geliebt hat, dann wird ihn auch die Brille nicht stören! Im Gegenteil, sie wird ihm gefallen! Sie sind eine bezaubernde junge Frau. Ich würde Sie mit und ohne Brille verehren. Wie lange sind Sie verheiratet?«
»Elf Jahre.«
»Na bitte! Bedenken Sie, wie aufregend es für Ihren Mann sein wird, Sie in vielen Situationen plötzlich mit einer Brille zu sehen.«
Jetzt lachte Lucie Wiegand. »Sie sind nett, Herr Doktor, sehr nett.«
Lucie ging vom Arzt zum Optiker. Die Brille war am gleichen Abend fertig. Als Walter Wiegand heimkam, rief er nach seiner Frau.
»Lucie, Liebling! Wo bist du?«
Zwei Arme legten sich von rückwärts um ihn. Sie flüsterte: »Erschrick nicht, wenn du dich umdrehst, mein Herz ...«
Er drehte sich um und sah die modisch geschwungene schwarze Hornbrille in ihrem Gesicht. Er holte tief Atem.
»Schrecklich, nicht?« fragte Lucie angstvoll.
»Schrecklich?« sagte er. »Ich bin begeistert! Du siehst so schön aus wie noch nie! Außerdem hast du doch in der letzten Zeit in der Nähe nicht mehr richtig gesehen ...«
»Eben!«
»Und jetzt wirst du wenigstens deutlich erkennen können, was ich heute entdeckt habe.« Er neigte den Kopf. »Schau mal, über dem Ohr.«
Sie sah genau hin. Dann sagte sie gerührt: »Ein graues Haar ...«
»Das erste«, sagte er. »Liebling, ich werde alt.«

Der Mann ist ja nackt!

Heute vor einer Woche erregte ein Herr, der in Wien durch die Schottengasse zum Ring ging, Aufsehen unter seinen Mitbürgern. Der Herr war von Beruf Installateur, polizeilich unbescholten und 24 Jahre alt. Der Herr war blond, blauäugig und von zartem Teint. Außerdem war der Herr nackt. Diese Charakteristik seines Zustandes ist durchaus ernsthaft und wörtlich zu nehmen. Wir haben uns angewöhnt, auch von Straßenarbeitern mit entblößtem Oberkörper oder von den gewissen entzückenden jungen Damen in den gewissen entzückenden schulterfreien Sommerkleidern zu sagen, sie seien nackt. Diese Ungenauigkeit kommt durch eine allen Menschen gemeinsame Vorliebe für Übertreibungen auf einem Gebiet zustande, das alle Menschen gemeinsam interessiert.

Der Herr, der durch die Schottengasse ging, war jedoch tatsächlich nackt. So nackt, daß er auffallen mußte. Er trug nur ein Paar himmelblaue Socken zu einem Paar vornehmer brauner Halbschuhe. Den nicht unbeträchtlichen Rest seiner Kleidung trug der Herr über dem Arm. An diesem Tag war es sehr heiß. Es war schließlich aber auch an vorhergegangenen Tagen sehr heiß gewesen! Viele Menschen hatten mit dem Gedanken gespielt, sich splitternackt auszuziehen. Keiner hatte die Kühnheit aufgebracht, ihn in die Tat umzusetzen. Wenigstens nicht auf offener Straße. (Es gehört nicht viel Kühnheit dazu, sich im Kreise lieber Freunde oder im trauten Heim auszuziehen.)

Der Herr, der durch die Schottengasse ging, zeigte keinerlei Anzeichen von Verlegenheit oder Unsicherheit. Wozu schließlich auch? Die meisten vierundzwanzigjährigen Installateure (blond, blauäugig, von zartem Teint) haben es nicht nötig, verlegen und unsicher zu sein, wenn sie nackt sind. Verlegen und unsicher wurde vielmehr seine Umgebung. Seine Umgebung räusperte sich, sah schamhaft zur Seite, noch schamhafter wieder auf das öffentliche Ärgernis und rief nach einem Sicherheitswachbeamten. Sicherheitswachbeamte haben eine herrliche Art, energisch und zielbewußt gegen die Unsicherheit und Verlegenheit ihrer Umgebung vorzugehen. Sie schreiten ein. Es ist für die Umgebung immer eine große Beruhigung, zu sehen, daß jemand einschreitet.

Nach den Beweggrund für seine strafbare Handlungsweise befragt, äußerte der Nackte, er habe sich ausgezogen, weil er hoffte, auf diese Weise in eine Klinik aufgenommen zu werden, die sich eines – seiner Ansicht nach operationsbedürftigen – Leidens annehmen würde. Seine Hoffnung erfüllte sich über Polizeikommissariat, Protokollaufnahme, Nacht im Kittchen und Morgenrapport insofern, als man ihn in die Psychiatrie schickte.

Wenn der blonde, blauäugige Herr in die Psychiatrie wollte, dann ist alles in Ordnung. Wenn er jedoch ganz woanders hin, beispielsweise in die Erste Hals-, Nasen- und Ohrenklinik wollte, dann ist ihm bitter Unrecht geschehen. Er wurde ein Opfer lächerlicher Umstände, und wir beklagten sein Los aufrichtig. Denn überlegen wir einmal: Es ist schon einige Zeit her, aber schließlich liefen wir alle einmal unbekleidet herum. Nicht wir persönlich, aber doch unsere Urururur-(und so weiter)großväter, die noch keine Wolkenkratzer, Atombomben, Fernschreiber und Feuilletons in Montagsblättern kannten. Das fiel damals niemandem auf, weil es niemanden gab, dem es hätte auffallen können. Weil jedermann nackt war.

Die Bedeckung ihrer Blößen war in gewissen Gegenden der Erde ein hundertprozentig kollektives Unternehmen. Mit dem Fortschritt der Jahrhunderte ergab sich die Tradition des Bekleidetseins immer mehr als eine ästhetische Notwendigkeit. Weil wir nämlich immer dicker, grauslicher und degenerierter wurden. Und schließlich erreichten wir einen Zustand, in dem ein Nackter ebenso – wenn nicht mehr – auffiel, wie seinerzeit ein Mann in einem zweireihigen Gesellschaftsanzug aufgefallen wäre.

Allerdings – da wir eben Herdentiere geworden sind – gibt es auch heute noch in ansonsten durchaus bekleideten Gegenden Inseln, in denen drei Leute sich plötzlich ausziehen, worauf fünfhundert es ihnen nachmachen. Eine solche Insel befindet sich beispielsweise nicht mehr als eine halbe Autostunde vom Schauplatz des erwähnten Zwischenfalles entfernt im Ufergebiet der mit Recht allseits so beliebten sogenannten schönen, blauen Donau.

Dort laufen Menschen in Rudeln herum, die – mit Ausnahme einiger angenehmer Exemplare – sehr viel weniger unästhetisch wirken, als der Herr aus der Schottengasse im schlimmsten Falle wirken konnte. Taucht in ihrer Mitte ein Mensch auf, der die Vermessenheit besitzt, eine Hose zu tragen, rotten sich die Nackten zusammen und vertreiben ihn ohne Umschweife mit bösen Worten, nassem Sand oder leeren Konservendosen. Weil unter lauter Nackten ein Bekleideter ebenso deplaciert wirkt wie unter lauter Bekleideten ein Nackter.

Man kann einwenden, daß die Leute aus dem Ufergebiet unter sich bleiben und niemand sie besuchen muß, der sie nicht sehen will, während die Schottengasse von vielen Menschen frequentiert wird, die nicht die geringste Sehnsucht haben, das zu sehen, was sie am vergangenen Montag eben dort sahen. Ordnung muß sein, das ist ganz klar! Wo kämen wir hin, wenn jedermann tut, was er will. Aber es geht, glauben wir, nicht an, daß man einen Nackten verhaftet und in die Psychiatrie schickt. Ist ein Mensch schon deshalb und nur deswegen verrückt, weil er sich an einem heißen Tag auszieht? Sind nicht vielmehr jene verrückt, die es an einem heißen Tag nicht tun?

Es wirft ein trauriges Licht auf die Verirrungen, denen wir in unserer Zivilisation täglich und stündlich erliegen, wenn wir im Fall einer öffentlichen Entblößung nicht mehr unterscheiden können zwischen den Begriffen anstößig und sinnvoll. Was heißt denn überhaupt anstößig? An jeder Ecke laufen uns durchaus angezogene Leute über den Weg, die für ihr Aussehen ohne Verhandlung zu lebenslänglichem Kerker verurteilt werden müßten. Wir sollten weniger Angst vor den Körpern als vor den Gesichtern haben, die uns begegnen. Lasset uns doch einen Maskenzwang für jedermann einführen! Die Gesichter sind es, die polizeiwidrig sind, nicht Arme, Beine und andere Extremitäten!

In einem Märchen von Hans Christian Andersen führt ein kleines Mädchen die von der Devotion der Erwachsenen bemäntelte Nacktheit des Kaisers dem ganzen Volk durch den Ruf: »Aber, der ist ja nackt!« vor Augen. Am Montag war die Situation umgekehrt. Der Kaiser war ein Installateur und alle Erwachsenen sahen sofort, was mit ihm los war. Sie sprachen es auch empört aus. Weil es sich eben um keinen Kaiser, sondern nur um einen Installateur handelte. »Der Mann ist verrückt«, sagten sie. Nur ein kleines Mädchen meinte: »Der Mann ist klug! Verrückt sind die anderen. Wenn es doch so heiß ist ...«

Kleine Mädchen besitzen ein gesundes Vermögen logischen Denkens. Später verlieren sie es. Dann tragen sie Mieder, Stökkelschuhe, viele andere ganz unbeschreibliche Dinge – und sind erwachsen. Und angezogen.

›Ich will Bücher schreiben, in denen Menschen vorkommen, die jeder kennt, damit alle Menschen sich in den Gestalten meiner Bücher wiederzuerkennen vermögen. Ich will niemals Langeweile mit Literatur verwechseln und immer aufregend schreiben. Und ehrlich! In meinen Büchern soll es keinen Satz geben, den niemand versteht. Alle Menschen sollen alle Sätze in allen meinen Büchern verstehen können: Minister und Waschfrauen, Briefträger und Millionärinnen, Bankpräsidenten und Telefonistinnen, Straßenbahnschaffner und Fabrikarbeiterinnen. Ich will, daß die Menschen, die Geld bezahlen müssen, um meine Bücher zu erwerben, etwas erhalten für ihr Geld: nicht nur Unterhaltung, sondern auch den Trost, daß da einer schrieb, der dieselben Probleme und Ängste und Sorgen hat wie sie – und dem es manchmal (sehr, sehr selten) gelingt, eine Lösung für ein Problem zu finden oder eine Angst zu verlieren oder eine Sorge.‹

Als Johannes Mario Simmel das schrieb, war er neunzehn Jahre alt und arbeitete – mit Windeseile zum Betriebschemiker ausgebildet – einmal für Tag- und einmal für Nachtschichten eingeteilt, in einem Riesenwerk, wo man dringendst Chemiker brauchte. Das war noch während des Krieges, und seit zwei Jahren lag ein Dutzend Novellen in Simmels Schublade. Eine Auswahl erschien nach Kriegsende als sein erstes Buch.

Nun gab Simmel die Chemie auf und schrieb nur noch – bis zu seinem Tode. Doch nie mehr schrieb er über seine Einstellung zu diesem zweiten Beruf, und wenn er von Zeitungs-, Fernseh- oder Rundfunkreportern interviewt wurde, sprach er stockend und zögernd und sagte nicht mehr »Ich will«, sondern »Ich möchte« oder »Ich wünschte« oder »Es wäre schön, wenn das ginge« oder »Vielleicht gelingt es mir einmal«. Er war ein sehr scheuer Mann, was das Schreiben anbetraf, scheu und unsicher und voller Zweifel daran, ob er es auch richtig machte – bis zuletzt.

Er erlebte sehr viel in seinem Beruf, aber er redete nur selten darüber, und gewiß ist es gut, daß Tote nicht mehr einen Nachruf auf sie lesen können, denn dies hier zu lesen, wäre Simmel peinlich gewesen. Er hätte wohl darüber gelacht. Er lachte gerne und viel und fast stets, wenn man über ihn und seine Arbeit berichtete. Es gab keine Beschimpfung und kein Lob, mit dem ihn die

deutsche Kritik nicht bedacht hätte, und das fand er offenbar komisch.
Er kam von der Chemie zum Journalismus, und dann schrieb er sehr viel für den Film (deutsche und ausländische Produktionen) und danach für eine große Illustrierte zu einer Zeit, in der diese Illustrierte noch Autoren wie Hemingway und Remarque und Jan de Hartog druckte. Eines Tages fand er es wichtig, Schluß mit dem Journalismus zu machen – dem er, wie er ständig beteuerte, alles verdankte, was er gelernt hatte –, und schrieb nur noch Bücher. Trotzdem nannten ihn viele geistreiche und auf ihr Niveau stolze Kritiker (deutsche, nicht ausländische!) noch lange, lange einen ›Illustriertenautor‹, während er von vielen anderen geistreichen und auf ihr Niveau stolzen Kritikern (deutschen und ausländischen!) mit Somerset Maugham und Graham Greene und immer wieder mit Hans Fallada verglichen wurde.
Die Herren in Deutschland, die ihn nicht mochten, nannten ihn auch einen ›Nestbeschmutzer‹ und einen ›brutalen Erfolgsjäger‹ und einen ›Trivialliteraten‹, und endlich (da ging ihnen schon die Puste aus) einen ›demokratisch engagierten Unterhaltungsschriftsteller‹. Als er noch Journalist war, warfen jene Herren ihm vor, er vergeude seine große Begabung an Zeitungsschmiererei. Als er Filme schrieb, erinnerten die Herren daran, was für ein glänzender Reporter er gewesen war. Und als er nur noch Bücher schrieb, nannten sie ihn einen ›Bestsellermechaniker‹ und gedachten voller Wehmut seiner Filmzeit. Zuerst fanden sie ihn hochtalentiert, dann kalt routiniert, endlich skrupellos und zynisch. Das amüsierte Simmel sehr.
Für ein und dasselbe Buch (›Lieb Vaterland magst ruhig sein‹) verriß ihn das ›Spandauer Volksblatt‹ in einer Weise, die eine Ehrenbeleidigungsklage gerechtfertigt hätte, während die berühmte Literaturbeilage der ›New York Times‹ Worte der Bewunderung fand, wie sie solche ganz selten findet. Das ›Vaterland‹ erschien in achtzehn Ländern und hatte nach fünf Jahren bereits allein in Deutschland eine Gesamtauflage von achthundertzwanzigtausend Exemplaren, denn die Leser liebten es sehr. Simmels Leser (und seine ausländischen Rezensenten) waren überhaupt fast immer anderer Ansicht als jene Gesellschaft von deutschen Kritikern, denen es ein Herzensbedürfnis bedeutete, ihn wie den allerletzten Dreck zu behandeln. Die Leser schrieben Simmel tagtäglich viele Briefe aus der ganzen Welt, und sie kauf-

ten seine Bücher derart begierig, daß er 1977 bereits auf eine Weltgesamtauflage von sechsundvierzig Millionen blicken konnte.
Er hatte die kleinen Leute gerne, von denen es, wie er meinte, »auf unserer Erde Milliarden gibt, die nichts zu sagen haben und auch nichts sagen, und die fleißig und tapfer sind, und komische Helden und heldenhafte Komiker«. Und die kleinen Leute hatten ihn gerne.
Er schrieb ein Theaterstück über einen solchen kleinen Mann – ›Der Schulfreund‹ hieß es –, und dafür bekam er den Ersten Preis beim Dramatikerwettbewerb des Nationaltheaters Mannheim, und die einen (deutsche, nicht ausländische!) Kritiker bescheinigten ihm Imbezillität oder verbrecherische Verantwortungslosigkeit, und die anderen (deutsche und ausländische!) priesen seinen Mut und sein Genie und fühlten sich an den ›Hauptmann von Köpenick‹ erinnert. Einige Vertreter der sogenannten öffentlichen Meinung bekamen sich über ihre respektiven guten und schlechten Kritiken regelrecht in die Haare und ließen in ihren Blättern gewaltige Privatschlachten toben, dieweilen ›Der Schulfreund‹ an fast allen großen deutschen und an unzähligen ausländischen Bühnen von Helsinki bis Johannesburg und von Sydney bis Pilsen aufgeführt, verfilmt, für das Fernsehen bearbeitet und bejubelt wurde.
Simmel schrieb – noch als Illustrierten-Serie – einen Roman über den ›mörderischen Kindergarten der idiotischen Geheimdienste‹, wie er formulierte, und er zog Agenten vieler Nationen en masse durch den Kakao. Der Held des Romans war gar nicht heldisch, aber klug und charmant, und er liebte schöne Frauen und gutes Essen und gesunden Menschenverstand. Simmel nannte die Geschichte ›Es muß nicht immer Kaviar sein‹. Aus geplanten zehn Folgen wurden dreiundsechzig, und als er die dreiundsechzigste zu Ende getippt hatte, klappte Simmel regelrecht zusammen und meinte, mit ihm sei es aus und mit der Serie Gott sei Dank auch. Doch aus der Serie wurde ein Buch gemacht, und Menschen in der ganzen Welt liebten es. (In Deutschland übersahen es die Kritiker zur Abwechslung. Im Ausland nicht, beileibe nicht! Dieses Buch entzückte, als erstes, die Kritik Amerikas, wo von da an Simmels Bücher ständig in Übersetzungen herauskamen.)
Der ›Kaviar‹ wurde verfilmt und für Funk und Fernsehen drama-

tisiert und hatte zehn Jahre nach seinem Erscheinen eine Auflage von zehn Millionen Exemplaren. Und handelte wieder von einem kleinen Mann, der mit den Großen und Mächtigen um sein Leben kämpfen muß. Simmels Leser in vielen Ländern verstanden genau, was er sagen wollte, und sie lachten auch sehr, denn es war ein lustiges Buch, weil es ein so ernstes Thema behandelte. Gerade darum hatte Simmel es lustig geschrieben. Er nannte das die ›Verpackung‹.

Ernste Themen – die Pest des Neonazismus in Deutschland, die Tragödie unseres geteilten Landes (das deshalb geteilt ist, weil es 1939 einen verbrecherischen Krieg begann, den größten aller Zeiten), die Gefahren des Alkohols, das Problem der im Stich gelassenen Jugend, die Schande jeder Art von Rassendiskriminierung – all diese ernsten Themen ›verpackte‹ Simmel stets auf die verschiedenste Weise: mit Spannung, Liebesgeschichten, Farce, mit Sex and Crime. Ja, auch mit Sex and Crime! Das nahmen ihm aufrechte und ehrenwerte Männer der Feder in Deutschland (nicht im Ausland!) sehr übel – seine Leser nie. Aber selbst die ehrenwerten und aufrechten Männer der Feder hatten durchaus verschiedene Meinungen: Die einen schimpften gewaltig, die anderen priesen gewaltig, und Simmel amüsierte sich gewaltig. Gar nicht amüsierte er sich darüber, was man in dem zweiten Deutschland mit ihm tat. Zuerst brachte man ein Buch und das Theaterstück und manche seiner Filme zu den Menschen in der DDR, und aus seinem ersten Roman ›Mich wundert, daß ich so fröhlich bin‹ entstand in der DDR ein wunderschöner Fernsehfilm, der einen internationalen Preis erhielt. Man lobte Simmel drüben, weil er über und für die kleinen Leute schrieb und gegen Krieg und Unrecht und Gewalt und Faschismus. Aber dann, bei ›Lieb Vaterland magst ruhig sein‹, wurden die Behörden in der DDR plötzlich böse auf ihn. Er hatte nämlich nicht nur, wie sonst so oft, geschrieben, daß in der Bundesrepublik vieles faul war, sondern daß auch drüben einiges nicht stimmte. Und das war natürlich ein Verbrechen, das man nicht verzeihen konnte. Darüber war Simmel sehr traurig.

Um so mehr erheiterte es ihn dann, daß just zu jener Zeit, da er für ein neues Buch in vielen deutschen Gazetten mit Unflat geradezu überschüttet wurde, die Universität von Boston daranging, eine große ›Johannes Mario Simmel-Collection‹ in ihrer Bibliothek aufzubauen; daß die ›Literary Guild‹ eben da das erste seiner in Amerika erschienenen Bücher annahm; und daß gerade damals Bertrand Russell an Simmels englischen Verleger schrieb, er könne nicht glauben, ein deutscher Autor besitze genügend Geist und Witz, um einen Roman zu verfassen, den Simmel verfaßt hatte – man solle ihm doch verraten, wer sich hinter diesem Pseudonym verbarg, schrieb Bertrand Russell. Da mußte Simmel wieder lachen.

Er hatte gute Freunde und gute Feinde. Die guten Freunde waren alle gut, aber es waren nicht alle gute Feinde. Das bedauerte Simmel. Er hätte es gerne gesehen, wenn sie alle gut gewesen wären. Doch das kann man wohl von Feinden nicht erwarten.

Simmel gab sich stets Mühe, bei der Lektüre hingerissener Hymnen über seine Arbeit nicht den Kopf zu verlieren, und er versuchte, auch aus den wüstesten Verrissen noch etwas zu lernen. Und nie vergaß er, genau anzusehen, was die kleinen Leute taten, und zuzuhören, wie sie redeten und was sie bekümmerte und bedrückte – und es waren immer Dinge, die ihn selber bewegten. Das empfand Simmel als eine Verpflichtung, sein Leben lang, denn er zählte sich stets zu den Kleinen und nicht zu den Großen. Er bemühte sich, die Wahrheit zu schreiben – so, daß möglichst viele Menschen seine Bücher lasen und nicht nur der kleine Kreis von Esoterikern, die ohnehin seiner Meinung waren. Denn was für einen Sinn hat die Wahrheit, wenn sie nur von wenigen zur Kenntnis genommen oder akzeptiert wird? Deshalb die ewige Plage mit den zahlreichen Arten der ›Verpackung‹.

Drei ganz verschiedene Autoren, die er bewunderte, schrieben Sätze, die Simmel sich sein Leben lang gemerkt hat, weil sie ihn am meisten von allen Äußerungen großer Schriftsteller beeindruckten.

Heinrich Böll: ›Das Aktuelle ist der Schlüssel zum Wirklichen.‹

Somerset Maugham: ›I just want to tell a good story.‹

Und Bertolt Brecht: ›Man kann die Wahrheit nur mit List verbreiten.‹

Mit List!

Das stimmte haargenau, fand Simmel. Und handelte danach. Jedes Mittel war ihm recht dabei. Und wenn er dann dafür sein Fett bekam von so manch einem jener verehrungswürdigen, integren und hochgebildeten Hüter der Kultur, dachte er bloß: Na ja! Denn dies war das einzig Wichtige für Simmel: Wie kam er an seine Leser am besten heran, wie erzählte er am wirkungsvoll-

sten, was ihm auf der Seele brannte, was, wie er wußte, so vielen auf der Seele brannte!
Er fand immer wieder einen Weg. Natürlich gibt es andere, unendlich literarischere Wege, das ist klar. Simmel konnte nur seine Wege gehen und so schreiben, wie es ihm gegeben war.
In einem der Romane steht der Satz: ›Wenn jeder Mensch auf der Welt nur einen einzigen anderen Menschen glücklich machte, wäre die ganze Welt glücklich.‹
Diese Überlegung zieht sich als roter Faden durch alle Romane Simmels. Es war sein Lieblingsgedanke, obwohl (oder weil) er in einer schlimmen Zeit lebte. Mit Büchern hat – bisher jedenfalls – noch kein Mensch jemals seine Zeit auch nur ein wenig besser machen können. Trotzdem versuchen es Schriftsteller immer und immer wieder, jeden Tag aufs neue. Auch Simmel hat es versucht, heftiger und heftiger in späteren Jahren, je mehr ihm klar wurde, daß er es vergeblich tat. Er lachte dann nicht mehr so viel. Aber er hörte nie auf, neue Listen zu ersinnen.
Ganz gewiß war er kein großer und feiner Dichter, aber er war auch kein lumpiger Schmierer, damit beschäftigt, sich seine Erfolge auszurechnen. Er war ein Schriftsteller, der für das Volk – nein, für viele Völker schreiben wollte. Er träumte davon, daß alle Völker einmal darangehen würden, ein einziges Volk zu werden auf jene Art, die im Buch der Bücher erklärt wird.
Weiter denn je sind wir heute von diesem paradiesischen Zustand entfernt. Aber wo immer Johannes Mario Simmel jetzt ist: Hoffen wir, daß er dort seinen Traum weiterträumen kann. Die Waschfrauen, Straßenbahnschaffner, Briefträger, Telefonistinnen und Fabrikarbeiterinnen, an die Simmel stets dachte, träumen dasselbe. Sogar Millionärinnen, Minister und Bankpräsidenten. Ja, aber ja doch! Die fangen gerade an. Auch sie, hört man, haben Simmels Bücher gelesen. Möge er also in Frieden ruhen.

Inhalt